Amanda Scott

Die Tochter des Highlanders

Der Macleod-Clan 1

Deutsch von Veronika Cordes

Weltbild

Originaltitel: *Lord of the Isles*
Originalverlag: Warner Books, New York

Dieses Werk wurde vermittelt durch die
Literarische Agentur Thomas Schlück GmbH, 30827 Garbsen.

Die Autorin

Amanda Scott stammt aus einer alten Juristen-Dynastie und ist in Kalifornien aufgewachsen. Die studierte Historikerin mit Schwerpunkt in englischer Geschichte hat einige Jahre als Lehrerin gearbeitet, bevor ihr Ehemann sie zum Schreiben brachte. Seither hat Amanda Scott jedes ihrer Manuskripte verkauft und mittlerweile weit über 40 Titel veröffentlicht. Ihre Romane stehen auf den Bestsellerlisten und haben zahlreiche Auszeichnungen gewonnen. Die Autorin lebt mit ihrer Familie in Nordkalifornien.

Weltbild Taschenbuch

Für Terry, Jim, David und Steve,
die immer da waren, wenn es darauf ankam.
Danke euch allen.
(Ach ja – ein Dankeschön auch für den Sonnenkollektor!)

SCHOTTISCHE INSELN

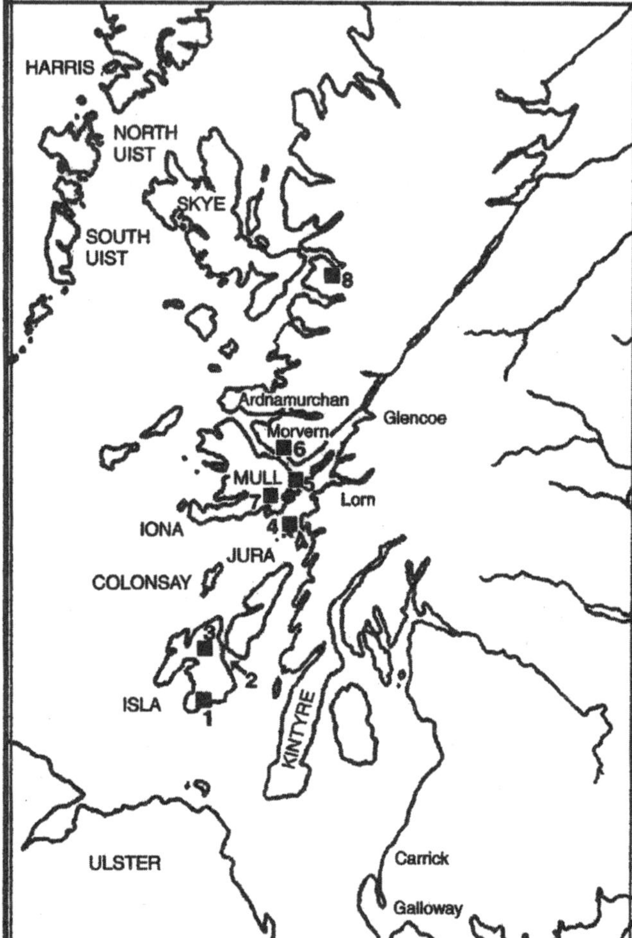

1. DUNYVAIG
2. SOUND OF ISLA
3. FINLAGGAN
4. DUNCONNEL
5. DUART CASTLE
6. ARDTORNISH
7. LOCHBUIE
8. CHALAMINE

Vorbemerkung der Autorin

Im vierzehnten Jahrhundert wandelte sich der Name Stewart von einer Amtsbezeichnung (Steward = Truchsess) zu einem Familiennamen (Stewart), wobei sich auch die Schreibung änderte. Der Truchsess Robert, ein Vorfahr der Stewart-Dynastie von Schottland und England, der den Beinamen »the Steward« trug, bestieg 1371 als Robert II. den Thron. Der offizielle Namen seiner Tochter, Prinzessin Margaret, lautete Lady Margaret Stewart. Denjenigen Lesern, die Näheres über die im Text erwähnten kanonischen Stunden wissen möchten, sei gesagt, dass im Winter die Zeit vor der Nona ab dreizehn Uhr dreißig dem Gebet für Verwandte und Freunde vorbehalten war; um vierzehn Uhr dann folgte das Mittagessen. Zur Vesper um sechzehn Uhr dreißig fand das Abendgebet statt, an das sich das Nachtmahl anschloss.

1

Schottland, Highlands und Westliche Inseln, Frühjahr 1370

Die tosende Dunkelheit begann wirklich unheimlich zu werden, als ein Blitz über den schwarzen Himmel zuckte, unmittelbar gefolgt von ohrenbetäubendem Donner, gegen den das Prasseln des Regens schier zu verstummen schien. Der Sturm, der den erschöpften einsamen Reiter schon den ganzen Nachmittag und Abend über gebeutelt, angeknurrt und bespuckt hatte, griff jetzt mit einer Wucht an, die ihn und sein Pferd derart zusammenfahren ließ, dass er fast aus dem Sattel gestürzt wäre.

In dem Bemühen, die eigene Furcht in den Griff zu bekommen, um das arme Tier nicht noch mehr zu verunsichern, zwang er sich, seine Stimme zu dämpfen und die Zügel mit ruhiger Hand zu führen. Doch als weitere Blitze aufflackerten, wurde er abermals fast aus dem Sattel gehoben. Einer nach dem anderen fuhren die zuckenden Lichter ihre Krallen aus, stachen auf alles um ihn herum ein, rissen Himmel und Erde auf; all dies wurde begleitet von so lautem Donnergrollen, dass es ihm schien, als schlügen die Götter in seinem Kopf die Trommeln.

Sein Pferd, jetzt vor Angst außer sich, scheute und bäumte sich auf. Es lief Gefahr, sich zu verletzen oder seinen Reiter abzuwerfen, denn der schmale Pfad, der bei Tageslicht, als ihn die Schauer in unregelmäßigen Abständen überspült hatten, noch ganz passabel gewesen war, brodelte und rauschte jetzt unter ihnen wie ein Hochwasser führender Fluss nach der Schneeschmelze im Frühjahr. Unter Aufbietung all seiner

Kräfte bemühte der Reiter sich, das verschreckte Tier unter Kontrolle zu bringen, was ihm erst gelang, als der Sturm ebenso unversehens abebbte, wie er begonnen hatte, und der Regen in ein Nieseln überging.

Da damit zu rechnen war, dass das Unwetter erneut über ihn hereinbrechen würde, wusste er, dass seine Sicherheit gefährdet war, je länger er sich im Freien aufhielt. Mehr als einmal hatte er sich während der letzten vier Stunden Vorwürfe gemacht, weil er trotz der Sturmwarnung von Glen Shiel aus weitergeritten war. Aber er hatte vor Einbruch der Nacht Kyle Rhea und die Fähre erreichen wollen, die zur Insel Skye übersetzte, damit er das Pferd, das er sich geliehen hatte, zurückgeben und heim nach Lochbuie segeln konnte.

So sehr er sich jedoch wünschte, wieder auf seinem eigenen Schiff zu stehen, wusste er doch, dass kein besonnener Mann Ruderer oder Boot – ganz zu schweigen sich selbst – gefährden würde, indem er heute Nacht mit der Fähre oder einem Langboot hinausfuhr. Er musste eine Unterkunft finden, und zwar sofort.

Mittags hatten die Wolken so tief über den nahen Hügeln gehangen, dass er ernsthaft darüber nachgedacht hatte, ob er sie, wenn er sich auf seinen Sattel stellte, nicht mit seiner Peitsche streifen könnte. Dann war es immer dunkler um ihn geworden, die Wolken hatten eine rötlich schwarze Färbung angenommen, Böen hatten sie gezaust und zu Vorboten dessen zusammengebraut, was er jetzt zu spüren bekam.

In diesem Augenblick schwoll der Wind erneut an, und mit ihm der Regen; die Wassermassen bildeten eine Wand, die ihn und das Pferd zu ertränken drohte. Erneut flackerten Blitze auf, wenngleich mittlerweile in einigem Abstand, und auch das Bersten und Nachklingen des Donners verlagerte sich in die Ferne. Das Schlimmste – zumindest was diese Attacke anging – war überstanden.

Er hatte volles Mitgefühl mit dem Pferd, denn ehrlich gestanden erschreckten auch ihn Gewitter bis ins Mark. Seit seiner Kindheit hatten sie ihn geängstigt und in ihm die Befürchtung hervorgerufen, eine solche Erschütterung könne den Himmel zerreißen und Gott kopfüber auf die Erde oder ins Meer stürzen lassen. Und wenn der Blitz Gott verfehlte, würde er bestimmt ihn selbst treffen.

Mit zunehmendem Alter war er zu der Überzeugung gelangt, dass ein allmächtiger Gott gegen Blitze gefeit war; zweifelhaft blieb, ob das Gleiche auch auf seine eigene sterbliche Hülle zutraf. Er hatte sich bemüht, seine Bangigkeit zu besiegen, die er, um den Ruf, den er genoss, nicht aufs Spiel zu setzen, selbstredend niemandem außer sich selbst eingestand. Als kühner, in Schlachten erprobter Soldat von einem Meter fünfundneunzig gab man nicht zu, dass man von Kindesbeinen an eine Heidenangst vor den flammenden Pfeilen der Natur hatte.

Während Wind und Regen weiter auf ihn einpeitschten und der Weg vor ihm allein von den sich entfernenden Blitzen erhellt wurde, überlegte er angestrengt, wo er ein schützendes Dach finden könnte. Er wusste lediglich von einem einzigen Großgrundbesitzer in der näheren Umgebung, der einen, wenn man ihn darum bat, gastfreundlich und einigermaßen komfortabel aufnehmen würde. Falls er zuvor zum Hof eines Kleinpächters gelangte, wären die Annehmlichkeiten für ihn und sein Pferd dagegen weitaus geringer. Er beschloss also, wenn auch widerwillig, Murdoch Macleod von Glenelg aufzusuchen.

Wo genau er sich befand, konnte er in der Dunkelheit nicht ausmachen, er wusste nur, dass die Burg, die er suchte, ganz in der Nähe sein musste, höchstwahrscheinlich jenseits des steilen Bergrückens zu seiner Linken. Dieser stellte ein weiteres Hindernis dar, neben dem noch immer bedrohlichen Sturm. Da aber die Zeit drängte, lenkte er das Pony den Hang hinauf und bat Gott inständig, sein Feuer in Schach zu halten, bis sie die Bergkuppe überwunden hatten.

Während er sich den Hang hinaufkämpfte, hörte es auf zu

regnen, und kurz nachdem er den Gipfel erreichte, brach plötzlich der Vollmond durch die schwarzen Wolken, die über ihm dahinjagten. Das Licht, das er auf die vom Sturm gebeutelte Landschaft warf, ließ einen langen, schmalen See erkennen, der im tiefer liegenden Tal schimmerte und an dessen zerklüftetem Nordufer, auf einem vorspringenden Kap, eine gewaltige Burg thronte.

So unversehens, wie er aufgetaucht war, verschwand der Mond wieder hinter den Wolken, und abermals breitete sich Dunkelheit aus, wenn auch nicht für lange. Nach wenigen Minuten drang erneut silbernes Mondlicht durch den dahinjagenden Wolkenvorhang. Der Wind heulte weiterhin, wirbelte durch das schmale Tal, setzte mit seinen Böen dem Reiter zu, der sich nur mit Mühe im Sattel halten konnte, peitschte Wellen mit Schaumkronen auf den dunklen See. Aber bei dem Mondlicht, das auf seine aufgewühlte Oberfläche fiel, und den erleuchteten oberen Fenstern der Burg konnte der Reiter seinen Weg erkennen und sich lebhaft die Wärme eines gastlichen Feuers und das Mahl vorstellen, das ihn zweifellos in dem großen Saal erwartete.

Dass er dort auch die Liebe seines Lebens finden würde – auf diesen Gedanken kam er nicht.

Der Wind tobte um Burg Chalamine, und die zuckenden Blitze und das Donnergrollen verleiteten zumindest vier der jüngsten Burgbewohner zu erschreckten Schreien. In dem Lärm, der bereits herrschte, weil das Abendessen unsäglich lange auf sich warten ließ, ging ihr Brüllen jedoch fast unter.

»Wir haben Hunger, Cristina«, maulte die zehnjährige Sidony zum dritten Mal.

Die neunjährige Sorcha pflichtete ihr bei und ergänzte: »Is ja auch schon ziemlich spät.«

Mit ihrem feinen weißblonden Haar, den schmalen Gesichtern und blassblauen Augen hätte man die beiden jüngsten Macleod-Schwestern gut und gern für Zwillinge halten können. Es kam noch hinzu, dass sie fast gleich groß waren und jetzt, da sie ihre älteste Schwester ansahen, auf nahezu identische Weise die Stirn krausten.

»Das Essen wird bald aufgetragen«, meinte die achtzehnjährige Lady Cristina Macleod beschwichtigend. »Ich habe Adela geschickt, dem Personal in der Küche Beine zu machen. Mariota, Liebes«, fügte sie hinzu, »geh nicht so nah ans Feuer. Dein Rock streift beinahe die Flammen.«

»Aber wenn mir doch kalt ist! Kannst du nicht dafür sorgen, dass jemand aus diesem mickrigen Feuer ein größeres macht?«

Noch ehe Cristina entgegnen konnte, dass das Feuer in dem ausladenden Kamin groß genug war, nörgelte die siebzehnjährige Mariota: »Wo bleibt eigentlich Vater?«

Der Burgherr beantwortete diese Frage selbst, indem er in diesem Moment durch die Tür der Vorratskammer am Nordende in den großen Saal trat und bellte: »Zum Teufel mit diesen Schurken da unten! Ich hatte ihnen befohlen, die Hunde nicht in die Küchenräume zu lassen, und jetzt erfahre ich von Adela, dass sich mein Abendessen verspätet, weil zwei dieser Kerle sich einen hitzigen Kampf um einen Braten geliefert haben, der zum Tranchieren bereitstand.«

Cristina war entsetzt, bewahrte aber angesichts dieses weiteren Zwischenfalls die Ruhe. »Zwei Kochgehilfen haben sich um einen Braten gestritten, Sir?«

»Keine Kochgehilfen! Hab ich nicht grade gesagt, man hätte schon wieder die verfluchten Köter in die Küche gelassen? Keine Ahnung, was für eine Art Haushalt du hier führst, aber …«

»Ihr grollt mir zu Recht, denn ich bin mir sicher, Ihr habt das mit den Hunden bereits gesagt. Aber bei dem Geschrei, das alle hier drin gleichzeitig angestimmt haben, und dazu noch diesem Donner draußen, der einem in den Ohren gellt, muss ich es überhört haben. Was ist denn, Tam?«, wandte sie sich an den schlaksigen Diener, der vom Treppenhaus aus auf sie zueilte. »Sag mir bitte nicht, dass schon wieder etwas Unangenehmes passiert ist.«

»Nein, Mistress. Zumindest glaub ich nich, dass es was Unangenehmes is. Da is nur ein Gentleman hoch zu Ross am Tor und bittet um Einlass.«

»Gott der Allmächtige!«, entfuhr es Seiner Lordschaft. »Cristina, welcher Narr treibt seinen Gaul nur durch ein derartiges Unwetter?«

»Einer, der davon überrascht wurde, würde ich meinen.«

»Ach ja? So wird es wohl sein. Wenn er nicht gemerkt hat, dass schon den ganzen Tag über ein Wolkenbruch drohte, dann ist er wie gesagt ein ausgemachter Narr!«

»Sollen wir ihm etwa den Schutz verwehren, um den er nachsucht, Sir? Selbstverständlich wird geschehen, was Ihr anordnet. Tam wartet auf Eure Weisungen.«

»Unsinn! Ihm etwas verwehren? Nichts dergleichen habe ich gesagt, Mädchen, und das weißt du genau. Bin ich etwa ein Barbar?«

»Nein, Sir, gewiss nicht.«

»Ist es denn nicht Highland-Gesetz und Brauch, jeden, der Obdach erbittet, aufzunehmen und für seine Sicherheit zu bürgen, solange er unsere Gastfreundschaft in Anspruch nimmt?«

»Ihr habt ja recht, Sir, wie immer.« Damit bedeutete Cristina dem Diener, den Gentleman einzulassen. »Ach, und Tam, sorge dafür, dass sich jemand um sein Pferd kümmert«, trug sie ihm noch auf. »Bei diesem Donner muss das arme Tier ja völlig verstört sein.«

»Ja, Mylady. Wird erledigt.«

»Moment noch, Junge«, blaffte Macleod. »Hat dir unser Besucher seinen Namen verraten?«

»Gewiss, Mylord. Er gab sich aus als Hector Reaganach, Laird von Lochbuie.«

Cristina hielt den Atem an.

»Nicht möglich!«, rief Macleod aus. »Hector der Grimmige, wie er genannt wird? Na, und wenn schon. Ich weiß, wer er ist – einer der Macleans. Allesamt Emporkömmlinge!«

Der Diener wartete verunsichert ab, aber Cristina hatte sich bereits wieder gefangen und bedeutete ihm abermals, den Gast nach oben in den Saal zu geleiten.

Nachdem Tam gegangen war, nahm sie rasch die Szene in Augenschein, die sich ihr bot. Ihre drei jüngsten Schwestern hatten sich mit einem Spiel vergnügt, dessen Regeln offenbar darin bestanden, sich gegenseitig von einem Ende des Saals zum anderen zu jagen und dabei alle möglichen Gegenstände im Raum zu verstreuen. Zur Vergrößerung der Unordnung trugen Dokumente bei, die ihr Vater auf dem bereits für das Abendessen gedeckten Tisch ausgebreitet hatte.

»Isobel«, sagte sie zu der Zwölfjährigen, die den Zeitvertreib angestiftet hatte, »sei doch bitte so lieb …«

Sie wollte darangehen, ihren Geschwistern und den beiden Dienern, die sich gegenwärtig im Saal aufhielten, eine Reihe von Anweisungen zu erteilen, als eine schrille Stimme vom Türeingang der inneren Kammer hinter dem Podium aus zu wissen begehrte, wann mit dem Abendessen zu rechnen sei.

»Ich verschmachte schier, und wenn ich mich nicht irre, hätten wir uns schon vor mehr als einer Stunde zu Tisch begeben sollen. Wenn du nicht warten möchtest, bis du mich wieder aufgepäppelt hast, oder, schlimmer noch, mich gleich ins Grab bringen willst, dann sorg bitte umgehend für eine kleine Stärkung, Liebes.«

Lady Euphemia Macleod sah tatsächlich so aus, als ob sie am Verhungern wäre: Sie war zaundürr. Ihre besten Jahre waren bereits an ihr vorübergegangen, ohne dass sie jemals in den Stand der Ehe getreten wäre. Stattdessen hatte sie seit der Eheschließung ihres jüngeren Bruders Macleod von Glenelg vor etwa zwanzig Jahren mit in dessen Haushalt gelebt und hatte sich dort nicht weiter nützlich gemacht, bis vor acht Jahren Lady Anna Macleod bei der Geburt ihrer neunten Tochter unerwartet gestorben war.

Bedauerlicherweise hatte auch der Säugling den Kampf nicht überlebt. Dafür zeigten sich plötzlich Lady Euphemias verborgene Qualitäten, als sie inmitten des Durcheinanders aus Entsetzen und Kummer, das alle zu überwältigen drohte, die Familie in ihre Obhut nahm. Drei volle Monate lang hatte sie sich um jedes Kind und jeden Erwachsenen gekümmert, hatte jede Krise gemeistert, bis zu dem Tag, da sie mit Blick auf die damals elfjährige Cristina liebevoll gemeint hatte: »Du bist praktisch veranlagt, mein Liebes, du besitzt Durchsetzungsvermögen. Es ist eher dein Recht und deine Pflicht als die meine, dem Haushalt deines Vaters so lange vorzustehen und seine Gäste zu bewirten, bis er dir die Freundlichkeit erweist, dir einen Gemahl zu bestimmen. Und dann wirst du selbstverständlich das Heft an unsere liebste Mariota weiterreichen.«

Mit jenen schicksalsschweren Worten hatte Lady Euphemia sich wieder auf ihre vormalige Position zurückgezogen und Cristina die Führung des Haushalts übernommen.

»Ein verrückter Hund, dieser Maclean, zu derart ungelegener Zeit hier aufzukreuzen«, schnarrte Macleod. »Wo ist der Krug, Cristina? Ich komme um vor Durst.«

Cristina nickte einem der Bediensteten zu, dem Wunsch des Hausherrn nachzukommen, und half dann den Kindern, ihre Spielsachen wegzuräumen, als laut widerhallender Donner an den Fensterläden rüttelte und schwarzer Rauch aus dem offenen Kamin quoll, als würde gleich der Teufel persönlich erscheinen. Jemand schrie gellend: »Feuer! Zu Hilfe!«

»Verdammt, was ist denn jetzt wieder los?!«, polterte Macleod.

Das Geschrei hielt an, aber obwohl Cristina die Stimme sofort erkannt hatte, konnte sie durch den immer dichter werdenden Qualm nicht sehen, was passiert war.

Lady Euphemia schien es nicht anders zu ergehen. »Mariota, was ist denn?«, fragte sie. »Um Himmels willen, Kind, hör auf mit diesem Gekreische!« Aber ihre Worte zeigten keine Wirkung.

»Beruhige dich, Mariota«, sagte Cristina beschwörend und tastete sich so rasch sie konnte am Tisch vorbei auf den offenen Kamin und ihre schreiende Schwester zu, nur um jäh beiseitegedrängt zu werden, als eine riesenhafte Gestalt an ihr vorbeifegte.

Nachdem er sein verschrecktes Pferd einem der Burschen übergeben hatte, folgte Hector einem anderen in das Hauptgebäude der Burg Chalamine. Der Eingang gab den Blick auf eine steinerne Wendeltreppe frei. Der Wind riss seinem Führer die Tür aus der Hand und ließ sie gegen die Mauer krachen. »Wenn Ihr nichts dagegen habt, Sir, nehm ich Euch Euren feuchten Umhang und die Streitaxt ab«, erbot sich der Bedienstete.

Hector legte die mit einer Schlinge befestigte Axt ab – ein Erbstück, das er fast immer bei sich trug –, entledigte sich seines durchweichten Mantels und überreichte beides dem Diener, der die Sachen aufhängte. Als er die Tür schloss, waren von oben ein ohrenbetäubender Donnerschlag zu vernehmen und gleich darauf die Schreie einer Frau. Der Bursche reagierte sofort und hastete die Wendeltreppe hinauf, während Hector die Tür verrammelte und ihm erst dann folgte. Offensichtlich überrascht von den Rauchschwaden, die an ihm vorbeiwaberten, hielt der Bedienstete an der Tür zum Saal inne.

Hector, der mit einem Blick die verräucherte Szenerie erfasste, stieß ihn beiseite und eilte auf die Stelle zu, von der die Schreie herkamen, ohne den Hindernissen, die ihm dabei in die Quere kamen, besondere Beachtung zu schenken.

Wie erwartet, entdeckte er inmitten der wogenden Qualmwolken ein junges Mädchen, das erfolglos und begleitet von lautem Kreischen versuchte, die Flammen zu ersticken, die eine Seite ihres langen Rocks in Brand gesetzt hatten und sich jetzt weiter hinauffraßen und ihre Arme und ihr Gesicht, wenn nicht gar ihr Leben bedrohten. Da aufgrund des Rauchs kein Eimer oder Krug in unmittelbarer Nähe auszumachen war, griff Hector nach dem Stoff unterhalb der Hüfte des Mädchens, riss ihr ungeachtet ihres gellenden Aufschreis den Rock ab und warf ihn ins Feuer.

Da sie weiterhin laut heulte, packte er sie bei den Schultern und schüttelte sie unsanft. »Schluss jetzt mit diesem Kreischen«, herrschte er sie an. »Sag mir, ob du dich verbrannt hast.«

Statt zu antworten, brach sie in Tränen aus und sank ihm in die Arme.

Verblüfft hielt er sie umfangen. »Jemand sollte diese Scheite umschichten und das Feuer schüren«, ordnete er kurz angebunden an. »Das ist meines Wissens die einzige Möglichkeit, den Rauch zu vertreiben.«

»Bitte tu, was er sagt, Tam, und leg noch ein Scheit drauf, wenn du schon dabei bist«, ließ sich eine ruhige weibliche Stimme unweit von ihm vernehmen. »Und du, Mariota, beruhige dich endlich und sag uns, ob du verletzt bist.«

Der Kopf, der sich an die Brust ihres Retters schmiegte, bewegte sich leicht, und eine tränenerstickte Stimme meinte verdrießlich: »Ich glaube nicht. Trotzdem war es grauenvoll! Als ob der Wind sich in einen Dämon verwandelt hätte, Cristina, der mich überall seinen feurigen Atem spüren ließ! Er wollte mich töten!«

»Red keinen Unsinn«, sagte Hector streng »Du dürftest klug genug sein, um zu wissen, dass … dass …«

Sie blickte zu ihm auf, und was er hatte sagen wollen, blieb ihm in der Kehle stecken, als er in das Gesicht sah, das seinem eigenen so nahe war und das jetzt, da der Dunst sich allmählich verzog, seinen ganzen Liebreiz offenbarte.

Sie war berückend schön, ihre Augen so hellgrün wie junges Gras im Frühjahr, das Haar wie das gesponnene Gold in den Balladen. Ihr Körper war, wie seine Hände sich überzeugen konnten, schlank und biegsam. Ihr Busen, der sich mit ihrem durch die Aufregung beschleunigten Atem noch immer hob und senkte, war weich und üppig. Ihre Taille war so schmal, dass er sie bestimmt mit beiden Händen umspannen konnte, und darunter wölbten sich ihre sinnlichen Hüften. Ihre Lippen sahen ebenfalls so samtig und voll aus, dass er, wäre er nicht jahrelang auf gute Umgangsformen getrimmt worden, sie am liebsten auf der Stelle gekostet hätte. Noch nie war ihm solche Anmut begegnet, trotz seiner umfangreichen Erfahrungen mit dem anderen Geschlecht und der Tatsache, dass sein Bruder mit einer Frau vermählt war, die als die Schönste der Inseln galt. Mairi mit ihrem rabenschwarzen Haar sah sicherlich hinreißend aus, aber kein Mann, der Augen im Kopf hatte, würde behaupten, dass sie der Schönheit, die er in seinen Armen hielt, gleichkam.

»Ihr könnt sie jetzt loslassen, Mylord«, sagte dieselbe sachliche Stimme, die er zuvor vernommen hatte.

Erstaunt wandte er den Kopf und sah die Frau, zu der diese Stimme gehörte, direkt neben sich stehen. Aufgrund ihres schlichten rotgelben Gewands und der schmucklosen Leinenhaube, unter der sie ihr Haar verbarg, hielt er sie zunächst für die Magd der Holden. Dann erinnerte er sich jedoch daran, wie sie dem Mädchen in seinen Armen befohlen hatte, sich zu beruhigen, und kam stattdessen zu dem Schluss, sie müsse eine arme Verwandte oder angestellte Gesellschafterin sein.

Der Schalk in ihren Augen sprach hingegen eine andere Sprache. Obwohl er sich so gut wie sicher war, sie noch nie gesehen zu haben, schaute sie ihn an, als würde sie ihn kennen. Mit einem höflichen Nicken blickte er wieder auf den köstlichen Leckerbissen in seinen Armen, befand, dass die junge Dame sich soweit erholt zu haben schien, um auf eigenen Beinen stehen zu können, und gab sie frei.

Die sachliche Stimme ließ sich wieder vernehmen: »Ihr

habt sie zu Recht gescholten, Sir. Nur wenige Augenblicke zuvor hatte ich sie davor gewarnt, nicht zu dicht ans Feuer zu gehen.«

»Das hat sie wirklich getan«, sagte die Schöne mit einem verschämten Lächeln, dessen Charme ihn fast umwarf. »Aber wisst Ihr, mir war so kalt, und ich hielt es für ausgeschlossen, dass die Flammen mir derart gefährlich werden könnten. Ich verstehe gar nicht, wie etwas so Fürchterliches passieren konnte.«

»Ich vermute, dass es dazu kam, als der Bursche mir unten die Tür öffnete«, sagte Hector. »Sie wurde ihm aus der Hand gerissen, und bei dem heftigen Wind entstand ein starker Sog, der Rauch und Flammen in diesen Raum zog.« Weitaus sanfter fügte er hinzu: »Ihr solltet in Zukunft besser darauf achten, Mistress, ausreichend Abstand zu wahren.«

»Ach du meine Güte, Sir!« Sie riss die Augen weit auf und umfasste mit ihren schlanken Händen ihr kleines rundes Kinn. »Wie ungemein klug Ihr doch seid!«

Cristina kannte Hector Reaganach. Sie hatte ihn und seinen Zwillingsbruder Lachlan – genannt »der Listige« –, Großadmiral von Schottland, bei drei verschiedenen Gelegenheiten erlebt, als ihr Vater sie anlässlich der alljährlich zu Ostern stattfindenden großen Jagd und dem anschließenden prunkvollen Fest an den Hof von Ardtornish Castle mitgenommen hatte.

Macleod hatte gehofft, Cristina würde die Aufmerksamkeit eines geeigneten Adelssprosses auf sich ziehen, damit er sie endlich verheiraten konnte. Sie wusste, dass Mariota und Adela, ihre beiden nächstjüngeren Schwestern, dem erfolglosen Bemühen mit gemischten Gefühlen gegenüberstanden: Mariota hätte sich durchaus gewünscht, dass die Älteste heiratete; die Vorstellung, im Anschluss deren Pflichten übernehmen zu müssen, behagte ihr allerdings nicht. Adela wiederum wusste nur zu genau, an wem diese Aufgaben dann hängen bleiben würden; wie allen anderen war ihr klar, dass, sobald Cristina verheiratet wäre, Mariota es ihr umgehend gleichtun würde. Sämtliche Geschwister Macleod waren blond und anmutig, aber Mariotas Schönheit raubte jedem Mann den Atem.

Zumindest Hector Reaganach hatte sie mit Sicherheit den Kopf verdreht, stellte Cristina amüsiert fest, als sie die beiden beobachtete.

Sie selbst war vom ersten Augenblick an von ihm fasziniert gewesen, denn trotz der Attribute »grimmig« oder zumindest »streng«, mit denen er im Allgemeinen belegt wurde, war sein Lachen ansteckend, seine Geschichten und Lieder erheiternd, und so groß, kräftig und stattlich, wie er war, schien er bestens für sich und alle, die er beschützen wollte, sorgen zu können.

Unendlich erleichtert und dankbar, dass sein rasches Eingreifen Mariota vor Schlimmerem bewahrt hatte, sagte sie leise: »Ich danke Euch, Sir«, und an die Schwester gewandt: »Mariota, Liebes, meinst du nicht, du solltest dir vielleicht einen frischen Rock anziehen?«

»Das sollte ich in der Tat!«, rief Mariota. »Hoffentlich seid Ihr nicht schockiert, mich hier im Unterrock stehen zu sehen, Sir, aber wenn ja, habt Ihr Euch das selbst zuzuschreiben.«

»Mariota«, merkte Cristina an, »Seine Lordschaft hat dir einen großen Dienst erwiesen. Du solltest ihm in aller Form danken und dich dann umkleiden gehen.«

»Es *ist* aber doch seine Schuld!«, beharrte die Jüngere und sah verschmitzt zu ihm auf. »Er hat mir mein bestes Stück einfach heruntergerissen!«

Hector Reaganach lachte leise in sich hinein und schüttelte den Kopf.

Seine Augen waren vom tiefsten und blauesten Blau, das Cristina je gesehen hatte. Selbst jetzt, im rauchig flackernden Licht der Fackeln, der Feuerschalen, der Kerzen und des offenen Kamins im Saal, konnte sie sehen, wie blau sie waren. Mariota dagegen kam es auf die Farbe seiner Augen nicht an. Die kesse Göre lachte noch immer – nein, schäkerte mit ihm auf Teufel komm raus –, ohne dass der arme Kerl ihr dies übel zu nehmen schien.

»Jetzt aber los, Mariota«, kam es unversehens von Macleod und gemahnte Cristina daran, dass er sich ebenfalls noch im Saal aufhielt. »Lauf zu und zieh dir etwas Ordentliches an. Du machst dich ja lächerlich.«

Mariota gehorchte, nicht ohne Hector nochmals zugeblinzelt zu haben, und da Tam sich noch immer um das bereits hell auflodernde Feuer kümmerte, gab Cristina einem anderen Burschen ein Zeichen, Macleods Dokumente vom Tisch zu räumen und ein weiteres Gedeck aufzulegen.

Jetzt endlich ging Hector Reaganach auf den Hausherrn zu und streckte ihm die Hand entgegen. »Vergebt mir, Sir«, sagte er. »Bei all dem Durcheinander habe ich Euch gar nicht gesehen.«

»Schon gut, und danke für Euer rasches Eingreifen«, sagte Macleod schroff und drückte dem Gast mit säuerlicher Miene die Hand. »Derweil wir sie überall suchten, hätt sich dieser unbedachte Fratz in Rauch auflösen können. So groß wie Ihr seid, habt Ihr sie wahrscheinlich über den Rauch hinweg sehen können.«

»Ich bin lediglich den Schreien gefolgt«, sagte Hector und lächelte entwaffnend. »Und ich bin es, der Euch verbunden ist, Sir. Dieser Sturm da draußen ist grauenhaft, und ich bin dankbar, wieder ein Dach über dem Kopf zu haben.«

»Na ja, ist auch mehr als unvernünftig von Euch, bei diesem Mistwetter unterwegs zu sein.«

»Da muss ich Euch recht geben«, pflichtete Hector ihm bei. »Meine Familie wäre bestimmt genauso entsetzt über mich wie Ihr, Sir. Das zeigt mir, dass Ihr ein Mann von Verstand seid. Darüber hinaus seid Ihr vom Glück begünstigt – bei solch hübschen Töchtern.«

Obwohl er sich derart taktvoll gab, wusste Cristina aus Erfahrung, dass er wie jeder andere Mann, der Mariotas ansichtig wurde, für die Schönheit der anderen keine Augen mehr hatte. Aber immerhin schien er höflich und rücksichtsvoll zu sein.

Ihr Vater jedoch schnaubte nur. Abrupt und ohne ein Blatt vor den Mund zu nehmen, legte er los: »Gewiss, dabei ist es mir nicht entgangen, welche meiner Töchter Ihr wie eine liebeskranke Eule angestarrt habt. Aber Ihr werdet die Güte haben, Eure Hände von dem Mädchen zu lassen und unter meinem Dach nicht mit ihr herumzuschäkern, habt Ihr verstanden?«

»Mit ihr schäkern? Ehrlich gestanden, Sir, glaube ich, dass ich sie heiraten möchte. Ich kann mir kein schöneres Leben vorstellen als eines, in dem ich tagein, tagaus ihr entzückendes Gesicht anschaue.«

»Dann seid Ihr also doch ein Narr«, sagte Macleod frei heraus. »Ihr tätet besser daran, ein Frauenzimmer zu heiraten, das einen Haushalt so umsichtig zu führen versteht wie unsere Cristina – die obendrein in der Krankenpflege bewandert ist und die Gärten in Ordnung hält. Nur kann ich Euch die wohl auch nicht geben«, fügte er mit einem listigen Blick hinzu.

Cristina seufzte. Sie durchschaute die Taktik ihres Vaters.

Macleod vertrat die Ansicht, ein Mann begehre etwas umso mehr, wenn er befürchtete, es läge außerhalb seiner Reichweite. Da jedoch Mariota mit von der Partie war, verfing dieses Vorgehen bei Hector Reaganach nicht.

Er lächelte, nickte Cristina freundlich zu und sagte: »Ich bin sicher, dass Mistress Cristina – ich meine, Lady Cristina, ich bitte um Verzeihung …«

Sie sagte nichts, sondern sah ihn nur an und wusste so genau, was er jetzt sagen würde, als ob sie ihm die Worte selbst in den Mund gelegt hätte.

Er hielt ihrem Blick eine Weile stand, um sich dann an

Macleod zu wenden. »Ich bin sicher, sie verfügt über alle Vorzüge, die eine Ehefrau haben sollte, Sir. Aber es ist Eure jüngere Tochter, die mich für sich eingenommen hat, und auch sie ist im heiratsfähigen Alter.«

»Gewiss ist sie das, aber ich habe fünf Töchter im heiratsfähigen Alter«, sagte Macleod gereizt. »Mariota ist siebzehn, Adela sechzehn, Maura fünfzehn, und unsere Kate ist gerade vierzehn geworden. Da jedes Mädchen mit dreizehn heiraten kann, sind es also fünf.«

»Dann freut Ihr Euch bestimmt, wenn ich Euch eine abnehme.«

»Durchaus. Aber Cristina als die Älteste muss als Erste unter die Haube.«

Bei diesen Worten drehte sich Cristina, die gerade die jüngeren Mädchen anhielt, sich die Hände in dem Becken zu waschen, das Tam mit Wasser gefüllt hatte, um und sah, dass sich auf Hector Reaganachs Zügen Bestürzung gemischt mit Sturheit breitmachte.

Um ihn von einer unbedachten Entgegnung abzuhalten, die Macleods Unmut geschürt und zweifellos die Stimmung beim Abendessen getrübt hätte, sagte sie: »Mein Vater glaubt, dass es einer jüngeren Tochter Unglück bringt, wenn sie vor ihrer älteren Schwester heiratet, Sir. Ihr werdet das gewiss verstehen. Viele Inselbewohner teilen diese Ansicht.«

»Herrgott noch mal, Macleod«, meinte Hector, »für derart abergläubisch hätte ich Euch gar nicht gehalten.«

»Dem ist auch nicht so, Sir, ganz und gar nicht«, widersprach Lady Euphemia und warf Macleod einen prüfenden Blick zu. »Mein Bruder ist stolz darauf zu wissen, was sich gehört, und weil er darüber hinaus ungemein klug ist, werdet Ihr ihn nicht von seiner Meinung abbringen. Wenn er darauf besteht, dass Ihr um Cristina anhalten müsst, dann solltet Ihr dem tunlichst entsprechen. Sie ist ja auch wirklich ein gutes Kind, unsere Cristina, und sanft dazu. Also tut, was mein Bruder sagt, Sir, schon weil Mariota viel zu selbstsüchtig und launisch ist.«

»Genug, Euphemia«, fuhr Macleod dazwischen. »Es steht dir nicht zu, das Mädchen zu kritisieren.«

»Nein, Murdo, gewiss nicht. Das war auch gar nicht meine Absicht.«

Cristina beobachtete, wie Hectors Blick sich verengte. Wahrscheinlich wurde ihm bewusst, dass ihre Tante sich auf Macleods Seite stellen würde. Er musste genügend Frauen getroffen haben, die in einem Abhängigkeitsverhältnis lebten, um zu erkennen, dass er einer davon gegenüberstand, und zu begreifen, dass ihr Frieden und ihre Sicherheit nur gewährleistet waren, wenn sie sich der Meinung des Hausherrn beugte.

So sicher Cristina all dies wusste, entging ihr dennoch nicht, wie sich in seinem gut geschnittenen Gesicht erneut Entschlossenheit widerspiegelte. Für sie stand fest, dass der Gast vor Betreten des großen Saals nicht die Absicht gehabt hatte, irgendjemanden zu heiraten. Doch allein schon Mariotas Rückkehr würde ausreichen, ihn in seinem frisch entbrannten Verlangen zu bestärken.

In der Hoffnung, ihm vorher klarzumachen, dass Macleod sein Werben zurückweisen würde, und dadurch tiefen Kränkungen zuvorzukommen, sagte sie: »Ich glaube, es ist weniger ein Aberglaube, der meinen Vater leitet, Sir, als vielmehr die Sorge, dass Unheil über die Macleods kommen könnte, wenn er eine seiner jüngeren Töchter zuerst verheiratet.«

»Aber genau das ist doch Aberglaube!«

»Da muss ich Euch widersprechen, Sir. Um abergläubisch zu sein, muss man *glauben,* dass Unheil folgt. Mein Vater möchte lediglich Vorsorge dafür treffen, dass, sollte Unglück über unseren Clan kommen, die anderen ihn nicht dafür verantwortlich machen.«

Hector sah sie prüfend an. »Ihr solltet Gelegenheit bekommen, meinen Bruder kennenzulernen. Auch er hat etwas für Spitzfindigkeiten übrig. Ich dagegen nicht.«

Macleod runzelte die Stirn und sagte mürrisch: »Da Euer Bruder bereits verheiratet ist, habt Ihr keinen Grund, ihn Cristina vorzustellen. Ich sehe auch keinen Anlass, noch länger über ein solches Thema zu sprechen, wenn Ihr selbst nicht die Absicht habt, sie zu heiraten.«

»Vielleicht zieht Ihr es vor, mit Hector Reaganach in der inneren Kammer das Abendessen einzunehmen, um die Angelegenheit nach eigenem Gutdünken zu klären«, sagte Cristina. »Den Kindern habe ich wegen des Sturms angeboten, dass sie heute im Saal speisen dürfen.«

Wie um dieses Versprechen zu bekräftigen, ließ ein weiterer gewaltiger Donner die Steinmauern erbeben. Sidony kreischte auf.

»Wir essen alle zusammen im Saal«, bestimmte Macleod. »Es gibt nichts unter vier Augen zu besprechen. Mein Entschluss steht fest. Keiner wird mich umstimmen.«

Hector Reaganach lächelte. »Das wird sich, bei allem Respekt, Sir, zeigen. Gilleans Söhne sind nicht dafür bekannt, sich, wenn sie das Ziel vor Augen haben, in Geduld zu üben oder sich davon abbringen zu lassen.«

»Gewiss, doch auch wir Macleods haben unseren eigenen Kopf, Freundchen. Vergesst das nicht.«

Wieder seufzte Cristina auf. Das Abendessen würde in einer angespannten Atmosphäre stattfinden.

2

Der Sturm hatte an Heftigkeit wieder zugenommen, als man sich an der hohen Tafel niederließ. Ein besonders lauter Donnerschlag erschreckte die kleine Sorcha derart, dass sie stolperte. Sie fing sich noch rechtzeitig, stieß sich dabei aber das Knie an einem Tischbein.

»Küss deinen Daumen, Kind«, wies Macleod sie an. »Dann vergeht der Schmerz.«

Sie tat wie geheißen, und als Cristina sah, dass Hector sich ein Grinsen verkneifen musste, wusste sie, dass er Macleods Aberglauben als einfältig betrachtete. Leicht verärgert vergewisserte sie sich, dass ihre Schwestern schweigend um den Tisch herum standen und darauf warteten, dass der Vater das Tischgebet sprach.

Das Gewitter tobte jetzt noch heftiger. Grell aufzuckende Blitze sorgten für eigenartige Lichteffekte im Hallengewölbe, dumpf grollender Donner prallte mit solchem Getöse an die Steinmauern der Burg, dass kaum jemand mehr als ein paar Wortfetzen von dem Gebet mitbekam, das Macleod sprach.

Nach einem abrupten »Amen« bedeutete er allen, Platz zu nehmen.

Als man sich zu Tische setzte, warf Isobel mit einer Kopfbewegung ihre flachsblonden Zöpfe zurück und sagte laut und vernehmlich zu Hector Reaganach: »Warum wart Ihr bei einem derartigen Unwetter unterwegs, Sir, wenn Ihr doch meinem Vater zustimmt, dass es gefährlich ist?«

Cristina, die sich das auch schon gefragt hatte, aber niemals gewagt hätte, ihre Neugier derart unverblümt zu zeigen, wartete ab, bis ein weiteres Donnergrollen verebbt war, um dann zu sagen: »Wohlerzogene Menschen stellen ihren

Gästen keine solchen Fragen, Isobel. Iss jetzt und lass unseren Gast in aller Ruhe seine Mahlzeit genießen.«

»Wie soll ich denn etwas lernen, wenn ich keine Fragen stellen darf?«

»Werd nicht frech, Mädchen«, kam es drohend von Macleod.

Wohl wissend, dass Hector Reaganach sie belustigt beobachtete, sagte Cristina: »Wenn du nichts dagegen hast, Isobel, unterhalten wir uns nachher darüber. Jetzt sag erst einmal Tam, was er dir von der Platte, die er in der Hand hat, vorlegen soll.«

Schmollend tat Isobel wie geheißen.

»Wir wollen keinen Ton mehr von dir hören und von euch anderen auch nicht«, wies Macleod sie zurecht. »Nichtsdestoweniger ist die Frage des Kindes durchaus berechtigt«, wandte er sich dann an Hector. »Hört Euch nur dieses Getöse da draußen an. Es ist absoluter Wahnsinn, sich bei so einem Inferno hinauszuwagen. Ihr müsst schon einen handfesten Grund haben, wenn Ihr Euch freiwillig Derartigem aussetzt.«

»Den hatte ich auch«, sagte Hector, worauf Isobel Cristina einen vorwurfsvollen Blick zuwarf.

Cristina reagierte nicht darauf. Wenn, so sagte sie sich, ihre vorlaute kleine Schwester noch nicht begriffen hatte, dass der Vater es, was ihn selbst betraf, nicht für nötig hielt, die Regeln der Höflichkeit einzuhalten, würde sie dies bald lernen.

Der belustigte Ausdruck in Hectors Augen verstärkte sich, als ihr Blick abermals dem seinem begegnete, aber anstatt sie noch mehr zu verärgern, erwärmte sein Blick sie diesmal bis in die Zehenspitzen, und unverständlicherweise war sie drauf und dran, ihn anzulächeln. Es lag nur daran, so redete sie sich ein, dass sie darüber erleichtert war, dass er trotz der bohrenden Fragen ihres Vaters Haltung bewahrt hatte. Dabei spürte sie genau, dass sie sich zu diesem Mann hingezogen fühlte, auch wenn sie sich sehnlichst wünschte, es nicht zu sein. Sie beobachtete, dass er ein- oder zweimal in Mariotas Richtung schaute, wenn auch nur kurz. Die gekrauste Stirn ihrer Schwester verriet, dass sie das ebenfalls bemerkt hatte und seine guten Manieren weit weniger als Cristina bewunderte.

Macleod ließ den Gast nicht aus den Augen und wartete zweifellos auf eine Erklärung. Als Hector sich stattdessen aus der Schüssel mit geschmortem Hammel bediente, sagte Macleod gereizt: »Also, weshalb seid Ihr dann bei diesem Sturm unterwegs gewesen?«

Hector tat sich weiterhin von dem Hammel auf, aber Cristina sah, wie seine Wangenmuskulatur zuckte. Sie kannte ihn nicht gut genug, um zu erraten, was in ihm vorging, aber eins stand für sie fest: Macleods Kreuzverhör ging ihm langsam auf die Nerven.

Nachdem er sich ausreichend Geschmortes aufgetan hatte, wandte er sich an seinen Gastgeber. »Ich bin im Auftrag Seiner Gnaden unterwegs, Sir«, sagte er liebenswürdig, »und sicherlich habt Ihr Verständnis dafür, wenn ich mich hier bei Tisch nicht über die Einzelheiten verbreite.«

»Großer Gott, Ihr habt wohl vergessen, junger Mann, dass ich der Ratsversammlung Seiner Gnaden angehöre. Deshalb steht es mir zu, zu erfahren, worum es geht, sofern es, wie ich annehme, die Inseln betrifft.«

»Ich bin mir Eurer Stellung wohl bewusst«, sagte Hector, »und werde Euch unter vier Augen gern Rede und Antwort stehen. Nur ist dies für Kinderohren kein Thema.«

»Ach so. Na gut.« Macleod nahm die Tafelrunde in Augenschein, als wäre ihm gerade erst wieder eingefallen, dass seine Töchter zugegen waren.

»Das ist gemein!«, empörte sich Mariota. »Ich bin kein Kind mehr und würde gern von Euren Abenteuern hören, Sir. Bestimmt waren sie aufregend, und ich brenne darauf, Euren Erzählungen zu lauschen. Vater, könnt Ihr die Kleinen nicht mit Tante Euphemia wegschicken?«

So gern sie Mariota zur Ordnung gerufen hätte wie zuvor Isobel, sagte Cristina nichts, weil sie wusste, dass sie damit nichts ausrichten würde; jeder Vorwurf würde an Mariota abgleiten. Als dann aber auch Isobel Anstalten machte zu protestieren, sah sie die kleine Schwester nur scharf an, damit diese den Mund hielt. Hector jedoch bedachte Mariota mit einem Lächeln und sagte: »Jeder, der nicht völlig mit Blindheit geschlagen ist, kann erkennen, dass Ihr kein Kind mehr seid, Mylady.«

»Nur um mich zu besänftigen, braucht Ihr so etwas nicht zu sagen, Mylord«, meinte Mariota schelmisch und klimperte mit ihren unwahrscheinlich langen schwarzen Wimpern.

»Ich habe Euch damit nur zugestimmt, junge Dame«, entgegnete er.

Mariota schüttelte den Kopf. »Ihr sagtet, Ihr wollt mich heiraten, aber Ihr glaubt doch nicht etwa, ich würde eine Ehe mit einem gewöhnlichen Ausgesandten eingehen, selbst wenn er für den Herrn der Inseln unterwegs ist.«

»Mariota!« Diesmal gelang es Cristina nicht, sich zu beherrschen. Sie warf ihrem Vater einen beschwörenden Blick zu, damit er Ruhe bewahrte, und fuhr dann fort: »Liebes, einem Gast gegenüber solltest du tunlichst deine Zunge im Zaum halten.«

Macleod, offenbar unbeeindruckt von Mariotas Unverfrorenheit, nagte an einem Hammelknochen herum. Auch Hector wirkte gelassen, er fragte lediglich: »Ihr seht demnach in mir nichts weiter als einen Kurier Seiner Gnaden?«

Herablassend zuckte Mariota mit den Schultern. »Eure Position oder die Stellung Eures Auftraggebers ist sicherlich nicht so hoch, dass sie mich beeindrucken könnte. Euer Clan ist leider unbekannt – mir zumindest – und kommt deshalb höchstwahrscheinlich für eine Verbindung nicht infrage.«

»Hoho, junge Dame, Euer Vater mit seinen acht – zugegebenermaßen bildhübschen – Töchtern, für die er Ehegatten finden muss, dürfte nicht so schwer zufriedenzustellen sein.«

»Es geht hier nicht um ihn – ich bin diejenige, die schwer zufriedenzustellen ist, Sir.« Sie warf den Kopf zurück. »Sobald Cristina verheiratet ist, werde ich aus Dutzenden von Anträgen meine Wahl treffen können – darunter Anträge von den angesehensten Familien des Landes, das kann ich Euch versichern.«

»Das stimmt«, sagte Macleod selbstgefällig. »Das Mädchen wird sowohl aus den Highlands wie auch von den Inseln Heiratsanträge erhalten und braucht deshalb nicht den erstbesten Emporkömmling aus dem Gillean-Clan zu nehmen, nur weil der sie will. Sie wird sich für den Mann entscheiden, der sich seiner Familiengeschichte wohl bewusst ist, einen, der überhaupt über eine nennenswerte Familiengeschichte *verfügt*.«

»Bei allem Respekt, Sir, versichere ich Euch, dass die Ahnenreihe unseres Gillean-Clans so lang ist wie Eure eigene«, entgegnete Hector.

»Ausgeschlossen. Davon kann gar keine Rede sein«, winkte Macleod ab. »Uns, die Macleods, gibt es nämlich seit Anbeginn der Welt. Ihr wollt mir doch nicht etwa weismachen, einen Maclean hätte es schon vor der großen Flut gegeben, hm?«

»Was für eine Flut soll denn das gewesen sein?«, fragte Hector.

»Da haben wir's! Es überrascht mich nicht, dass Ihr die Bibel nicht so gut kennt wie ich. Dabei behauptet Ihr Macleans, Ihr wärt ein gebildeter Clan. Macht nichts, ich bin überzeugt, mein Wissen über die Heilige Schrift reicht für uns beide. Ich spreche von der Sintflut, die die ganze Welt ertränkt hat, mit Ausnahme dieses Burschen Noah, seiner Familie und seiner Tiere«, sagte Macleod.

»Diese Flut meint Ihr also?«, entgegnete Hector. »Meines Wissens gab es davor bereits eine Menge Macleans und danach ebenso.«

»Das behauptet Ihr«, trumpfte Macleod auf. »Ich habe nie

davon gehört, dass irgendein Maclean an Bord von Noahs Arche gewesen wäre.«

»Noahs Arche?« Hector wölbte angriffslustig die Brauen. »Noahs Arche brauchten wir gar nicht. Wer hat jemals von einem Maclean gehört, der kein seetüchtiges Schiff sein Eigen nannte?«

Schweigen senkte sich über die Runde. Es war, als ob alle aufgehört hätten zu atmen. Bis Macleod in lautes Gelächter ausbrach und Hector ihn angrinste.

»Glaubt mir, Sir«, sagte er, »das war nicht respektlos gemeint, aber Ihr kennt meine Familiengeschichte sehr wohl und meine gegenwärtige Position auf den Inseln ebenfalls. Ihr werdet mit mir sicher darin übereinstimmen, dass eine Allianz zwischen unseren beiden Familien für beide Seiten vorteilhaft wäre.«

»Wohl wahr. Ihr habt viel Macht erworben«, räumte Macleod ein. »Zumindest Euer gerissener Bruder. Und einen beträchtlichen Landbesitz habt Ihr Euch dank seiner Tricks auch zugelegt.«

»Stimmt es, dass man Euren Bruder Lachlan den Listigen nennt?«, wollte Isobel wissen.

»Stimmt.« Hector bedachte sie mit einem Lächeln. »Er ist Großadmiral der Inseln und darüber hinaus der Haushofmeister Seiner Gnaden.«

»Ich habe von ihm gehört«, sagte sie. »Stimmt es, dass er Seine Gnaden entführt hat und ...?«

»Schluss jetzt, Isobel«, fiel Macleod ihr ins Wort. »Kein Ton mehr von dir, sonst kannst du dich auf etwas gefasst machen.«

Das kleine Mädchen verzog das Gesicht und flüsterte: »Sehr wohl, Sir.«

Macleod warf seinem Gast einen finsteren Blick zu. »Da sieht man, wie es um die Welt bestellt ist, wenn Kinder über die Machenschaften der Mächtigen ebenso gut Bescheid wissen wie wir. Euer Bruder – und Ihr auch, jawohl – sollten sich für so manches schämen, was Ihr getan habt, um Eure Positionen zu erlangen.«

»Bei allem Respekt, Sir, aber mein Bruder würde Euch da nicht zustimmen. Er vertritt die Meinung, dass Verstöße gegen gängige Verhaltensweisen zugunsten einer guten Sache durchaus akzeptabel sind.«

»Trotzdem sollte sich kein Mann zum Richter über seinen eigenen Fall aufschwingen«, meinte Lady Euphemia.

Sichtlich bestürzt, aber um ein charmantes Lächeln bemüht, entgegnete Hector: »Habt Ihr die Sentenzen des Publilius Syrus gelesen, Madam?«

»Gott bewahre, nein!« Hilfe suchend sah Lady Euphemia ihren Bruder an, der erneut die Stirn runzelte. »Dass Ihr mich des Lateinischen für kundig haltet, was keineswegs zutrifft, ist merkwürdig. Jeder weiß, dass Schulbildung dem starken Geschlecht vorbehalten ist; allerdings mag es Euch überraschen, dass ich, die ich doch nur eine Frau bin, dennoch einiges mitbekommen habe. Das liegt an meinem Vater, der, obgleich er nicht so gelehrt war wie der Eure, seinen Töchtern großmütig gestattete, dem Unterricht beizuwohnen, den die Tutoren unseren Brüdern erteilten. Aber auch wenn Ihr die römischen Gelehrten gewiss besser kennt als ich, finde ich so manche ihrer Ansichten faszinierend. Und ich muss sagen, dass ich Sextus Propertius mehr bewundere als Publilius Syrus, denn wenn ich mich nicht irre, war es Propertius, der gesagt hat: ›Es gibt etwas über das Grab hinaus; der Tod beendet nicht alles, der bleiche Geist entflieht dem besiegten Scheiterhaufen.‹ Durchaus tröstlich, findet Ihr nicht?«

»Ich muss zugeben, Madam, dass mir dieses Zitat nicht geläufig ist.« Cristina hörte aus dieser höflichen, wiewohl knappen Bemerkung Anerkennung heraus.

»Das ist nicht weiter überraschend«, meinte Lady Euphemia. »Denn wie viele andere gebildete Gentlemen habt Ihr Euch zweifellos einen großen Wissensschatz angeeignet, Sir, und da nimmt es nicht wunder, wenn Ihr das eine oder andere vergessen habt. Verwunderlich mag es dagegen sein, dass ich so freimütig gesprochen habe. Allerdings vor den Kindern, vor allem vor einem wie unserer vorlauten Isobel, zu äußern, dass Missetaten auch tugendhaft sein können ...«

»Schweig, Weib«, schnappte Macleod. »Das will er nicht hören. Und ich auch nicht.«

»Gewiss doch, Murdo ... das heißt, gewiss nicht! Bitte vergebt mir, Mylord«, sagte sie zu Hector. »Ich weiß gar nicht, was mich dazu ermutigt hat, so mit Euch zu sprechen.«

»Deine Geschwätzigkeit braucht gar nicht sonderlich ermutigt zu werden«, merkte Macleod bissig an.

»Ihre Ladyship ist unbestritten von Natur aus wissbegierig«, meinte Hector und lächelte wieder.

Auch Cristina lächelte. Sein Bemühen, Macleod zu beschwichtigen, war anerkennenswert, auch wenn es zu nichts führte.

»Ja, Euphemia ist ein neugieriges Weib«, sagte Macleod. »Schon als Kind lauschte sie an den Türen, und das tut sie wohl immer noch; Isobel jedenfalls scheint diese Angewohnheit übernommen zu haben.«

»Von mir hat sie das nicht!« Lady Euphemia zeigte sich entrüstet. Als sie den Blick ihres Bruders auffing, dämpfte sie die Stimme und sagte eindringlich: »Murdo, bitte glaube mir, dass ich Derartiges in deinem Haus nie und nimmer tun würde. Als Kind habe ich gelauscht, das stimmt. Aber nur weil ich dachte, dass das, was eure Tutoren erzählten, genauso spannend wäre wie die Legenden. Und obwohl sie das nicht waren, haben sie mich dennoch gefesselt.«

»Lauter Unsinn«, befand Macleod. »Dadurch, dass ein Mann studiert, erwirbt er weder Land noch Reichtümer. So etwas gelingt nur durch harte Arbeit, einen starken Arm für das Schwert und einflussreiche Freunde.«

»Ihr habt in der Tat viel erreicht, Sir«, sagte Hector. »Die Macleods haben sich zu einem der mächtigsten Clans der Inseln entwickelt.«

»Wohl wahr«, nickte Macleod. »Es ist Euch sicher bekannt, dass Macleod von Lewis mein Verwandter ist. Er hat es weit gebracht, das kann man wohl sagen. Er ist verheiratet mit Marjory, der ältesten Tochter Seiner Gnaden, die ihm seine erste Gemahlin schenkte, Amy Macruari.«

»Mein Bruder Lachlan wiederum ist mit der ältesten Tochter aus seiner Ehe mit Prinzessin Margaret Stewart vermählt«, merkte Hector leise an.

»Ah, von wegen, Prinzessin ist sie noch nicht, Freundchen; vielleicht wird sie es niemals werden, egal, was diese Narren in Edinburgh bestimmt haben. Robert Stewart als Nachfolger des jetzigen Königs von Schottland? Ich halte das für eine miserable Entscheidung.«

»Da gibt es viele, die Eure Auffassung teilen, Sir«, sagte Hector gelassen. »Es ist nicht zu leugnen, dass es in Schottland Männer aus älteren Familien gibt, die ...«

»Ganz meine Meinung. Wenn schon die Söhne Gilleans Emporkömmlinge sind, sollte man mal überlegen, wie es um einen Mann bestellt ist, der Kinder produziert wie ein Kaninchen, sie nach der Stellung, die er bekleidet, alle Stewart nennt und aufgrund seiner Verwandtschaft mit der Schwester von Robert Bruce Anspruch auf den Thron erhebt, ohne auch nur über halb so viel Verstand wie Bruce oder seine Geschicklichkeit mit dem Schwert zu verfügen.«

»Da könntet Ihr recht haben. Nichtsdestoweniger ist Robert Stewart derjenige, den das schottische Parlament zum Thronerben bestimmt hat. Daran gibt es nichts zu rütteln, es sei denn, es kommt zu einem Volksaufstand«, sagte Hector.

Als er das finstere Gesicht seines Gastgebers sah, fügte er hinzu: »Ich gebe zu bedenken, Sir, dass – wie vorgeschlagen – eine Allianz mit dem Clan der Gilleans Eure Macht um ein Vielfaches vergrößern würde, wenn Robert tatsächlich die Nachfolge antritt. Ihr und Eure Verwandtschaft wärt dann noch enger mit dem Thron von Schottland und der Lordschaft der Inseln verbunden.«

Zu Cristinas Überraschung wies ihr Vater die Überlegung diesmal nicht schroff zurück.

Das plötzlich eingetretene Schweigen zog sich in die Länge, bis Mariota neugierig fragte: »Inwiefern würde unsere Heirat so etwas bewirken, Mylord?«

»Mein Bruder und ich sind enge Vertraute des Lords der Inseln«, erwiderte er. »Bestimmt würdet Ihr Euch mit Mairi, der Gemahlin meines Bruders, anfreunden. Sie ist die Tochter Seiner Gnaden.«

Mariota dachte darüber nach und sagte dann: »Als einer der Berater Seiner Gnaden unterhält mein Vater doch gute Beziehungen zu Stewart. Ist es nicht so, Sir?«

Macleod nickte kurz. »Wie ich bereits sagte«, meinte er dann zu Hector, »kann Mariota, sobald Cristina verheiratet ist, in den höchsten Kreisen und nach eigenem Gutdünken nach einem Ehemann Ausschau halten. Ich bin also auf eine engere Verbindung zu MacDonald oder Stewart nicht erpicht. In der Tat könnte Stewart seiner Linie treu bleiben und sich mit den Macleods verbinden. Sollte es je dazu kommen, dass er die Krone trägt, würde ich sein Angebot, Mariota zur Prinzessin zu erheben, nicht verschmähen.«

Cristina warf Mariota, die wieder in Gedanken versunken war, einen Blick zu.

»Wie herrlich!«, rief Lady Euphemia aus. »Findest du nicht auch, Liebes? Denk nur mal daran, dass dann alle anderen Ladys vor dir niederknien würden – mit Ausnahme der Königin natürlich. Dafür aber Alasdair Stewart, nicht wahr, Murdo? Ich muss sagen, ich habe Beunruhigendes über diesen jungen Mann gehört. Trägt er nicht einen furchteinflößenden Beinamen – »Wolf« oder etwas Ähnliches? Die anderen sind ja leider alle entweder verheiratet oder viel zu jung, um für unsere Mariota in Frage zu kommen, ist es nicht so?«

»Ich möchte weder einen üblen Kerl noch ein Kind heiraten, Vater«, beeilte sich Mariota einzuwenden.

Macleod ging darüber hinweg. »Ich hab diese Möglichkeit

nur erwähnt«, meinte er zu Hector, »um darauf hinzuweisen, in welch hochrangigen Kreisen sich das Mädchen umsehen kann. Für Euch ist sie nicht bestimmt, Hector Reaganach, aber Cristina könnt Ihr auf der Stelle haben. Nicht nur um meine Verbindung zu MacDonald zu festigen, sondern um das Mädchen versorgt zu wissen, damit die anderen ebenfalls heiraten können.«

»Wie ich bereits zum Ausdruck brachte, Sir«, gab Hector mit Blick auf Cristina, die ihn unentwegt ansah, zurück, »liegt es mir fern, Lady Cristina zu beleidigen …«

»Oh, das könnt Ihr gar nicht«, fiel Lady Euphemia ihm ins Wort. »Unsere Cristina lässt sich nicht beleidigen. Ist es nicht so, Liebes? Cristina ist unser Fels in der Brandung. Nichts vermag sie zu erschüttern.«

»Das stimmt.« Sidony, die sich zum ersten Mal einmischte, lächelte ihrer ältesten Schwester zu. »Cristina ist niemals launisch wie Mariota oder Adela. Sie ist eben Cristina.«

»Vielen Dank, Sidony«, sagte Cristina zu der Kleinen und fügte sachlich hinzu: »Ich weiß ja, dass es als Kompliment gemeint war. Da ihr Mädchen jetzt mit dem Essen fertig seid, sollten wir die Gentlemen allein lassen. Es wird Zeit für euch, zu Bett zu gehen.«

Da nicht einmal Isobel widersprach, verabschiedete sie sich von den beiden Männern und geleitete ihre Schwestern aus dem Saal.

Unwillkürlich beeindruckt davon, wie problemlos Lady Cristina ihre sieben Schwestern dazu brachte, den Raum zu verlassen, spürte Hector dennoch, dass sie trotz der Bemerkung zu der kleinen Sidony den Kommentar ihrer Tante durchaus nicht als Kompliment aufgefasst hatte.

Er hätte gar nicht sagen können, warum er so sicher war, aber für ihn stand fest, dass sie alles andere als begeistert war, als die Tante sie als »Fels in der Brandung«, auf den man sich verlassen könne, charakterisiert hatte.

Vielleicht hatte das Flackern in ihren goldenen Augen sie verraten oder die leicht angespannten Kieferknochen, vielleicht war es auch ihre plötzlich etwas steife Haltung gewesen.

Was mochten das für Männer gewesen sein, die der Vater ihr vorgestellt und von denen keiner um ihre Hand angehalten hatte?, überlegte er. Ihre Figur ließ nichts zu wünschen übrig, und ihre Lippen luden geradezu zum Küssen ein. Sobald ein Mann allerdings Mariota erblickte ... Aber bestimmt steckte mehr dahinter, wenn Macleod sich einerseits mit der hübschesten seiner Töchter brüstete und gleichzeitig bemüht war, deren ältere Schwester zu verheiraten. Alle acht Macleod-Sprösslinge konnten sich sehen lassen, und trotz seiner Bemerkung vorhin zu Mariota war es so gut wie ausgeschlossen, dass Macleod Schwierigkeiten haben würde, für jede einen Ehemann zu finden.

Irgendwie merkte er, dass Lady Euphemia noch etwas auf dem Herzen hatte, schenkte dem aber keine Beachtung, bis sie sagte: »Ich bin, Mylord, überzeugt, dass Cristina Euch mit der Zeit sehr viel glücklicher machen würde.«

»Bitte um Verzeihung, Mylady«, erwiderte er, »ich war wohl in Gedanken ganz woanders.«

»Ist auch kein Wunder«, knurrte Macleod. »Tätest du nicht besser daran, Cristina mit den Kindern zu helfen, Euphemia?«

»Ja, gewiss doch, bin schon unterwegs«, beeilte sie sich zu sagen. »Ich wollte nur noch anmerken, dass gute Menschen manchmal so schwer von Begriff sind, weil sie sich einfach nicht vorstellen können ... Na ja, zumindest nicht, wenn sie nicht wollen. Und wie oft nehmen sie Dinge hin, anstatt sie infrage zu stellen ... Aber Ihr braucht Euch wahrscheinlich gar nicht darum zu kümmern, Sir; sicher wird es meinem lieben und in allem so klugen Bruder gelingen, Euch davon zu überzeugen, unsere geliebte Cristina zu heiraten. Sie wird Euch sehr glücklich machen, ich hoffe, das ist Euch klar.«

Hector, der nicht die leiseste Idee hatte, worauf Euphemia

hinauswollte, beschränkte sich auf ein höfliches Lächeln, während Macleod losdonnerte: »Was quasselst du da für einen Unsinn, Weib? Na, wie auch immer«, schickte er eilends hinterher, als sie Anstalten machte, noch etwas hinzuzufügen. »Wir wollen es nicht hören. Sieh lieber zu, dass du zu den andern kommst. Wir haben wichtige Dinge zu besprechen.«

Euphemia ergriff die Flucht. Schweigen legte sich über die beiden Männer, derweil Bedienstete die Reste des Mahles abtrugen und nur eine große Kanne Brogac und zwei Zinnbecher stehen ließen.

Einen davon hob Macleod: »Trinken wir auf einen erfolgreichen Abschluss unserer Verhandlungen. Aber zuerst verratet mir doch, was dahintersteckt, dass MacDonald Euch aussendet, um alle möglichen Leute aufzusuchen? Diplomatie allein kann es doch nicht sein, wenn er Euch samt dieser Streitaxt, die Ihr angeblich immer mit Euch führt, losschickt.«

Hector nahm einen Schluck aus seinem Becher, überlegte kurz, stellte das Trinkgefäß ab und sagte: »Wie Ihr wisst, hat MacDonald sich vor mehreren Monaten nach Inverness begeben, zu einem Treffen mit dem König.«

»Gewiss doch, es heißt ja, er hätte endlich vor unserem Davy das Knie gebeugt, obwohl er immer wieder geschworen hat, er werde dies niemals tun«, sagte Macleod. »Er hat ein ums andre Mal betont, dass er sich als regierender Prinz einem David Bruce nicht unterwerfen würde. Das sagt doch alles.«

Wohl wissend, dass Macleod weder ein Befürworter von MacDonald noch von Stewart war und wie jedermann in Schottland vom regierenden Schottenkönig nicht viel hielt, wählte Hector seine Worte mit Bedacht. »MacDonald«, sagte er, »kam auf Geheiß von Stewart mit David zusammen, um Zusatzvereinbarungen zu treffen und dadurch eventuellen Unannehmlichkeiten zuvorzukommen.«

»Mit anderen Worten: Stewart wollte unserem Davy zu verstehen geben, dass MacDonald mit ihm verbündet ist, und somit verhindern, dass Davy noch mal versucht, einem englischen Prinzen die Krone Schottlands aufs Haupt zu drücken. Na ja, der Kerl war sowieso nicht mein Fall, auch wenn ich nie behauptet habe, dass er dumm ist. Aber was hat das damit zu tun, dass Ihr bei diesem Unwetter heute unterwegs seid?«

Wie um seine Frage zu unterstreichen, erschütterte ein weiterer Donner die Burg.

»Der Steward beabsichtigt, Fastnachtsdienstag und die erste Fastenwoche bei seiner Tochter und ihrer Familie zu verbringen«, gab Hector ihm Auskunft.

»Ach ja? Auf Ardtornish oder Finlaggan?«

»Auf Ardtornish«, erwiderte Hector. »Wie Ihr wisst, hat MacDonald die jährliche Ratsversammlung auf Finlaggan diesmal vorverlegt. Er möchte jedoch, dass wir zwei Wochen später alle wie üblich auf Ardtornish zusammenkommen.«

»Beabsichtigt der Steward, an unserer Ratssitzung auf Finlaggan teilzunehmen?«

»Nein, er reist mit seinem Gefolge von Stirling direkt nach Ardtornish. Mein Auftrag lautet, möglichst viele der einflussreichen Familien der Inseln von seinem Besuch in Kenntnis zu setzen, damit jeder, dem daran gelegen ist, ihm seine Ehrerbietung erweisen kann.«

»Und deswegen hat MacDonald Euch ausgesandt? Soviel ich weiß, schicken er und Euer Bruder Euch nur durchs Land, wenn es gilt, ihren Wünschen Nachdruck zu verleihen.«

»Ich bin nur einer von mehreren Gesandten.«

»Aber er hat Euch zu mir geschickt.«

»Nein, Sir. Wie bereits erwähnt, hat mich das Unwetter auf meinem Rückweg aus Glen Shiel überrascht, und ich habe lediglich eine Unterkunft gesucht. Seid versichert, dass Seine Gnaden keinesfalls beabsichtigte, Euch durch einen Gesandten zu so einem gewichtigen Anlass bitten zu lassen. Da er weiß, dass Ihr mit Sicherheit an der Ratssitzung teilnehmen werdet, hat er vor, Euch persönlich zu laden.«

Macleod sah ihn scharf an, aber Hector hielt dem Blick stand. Obwohl MacDonald ihn in der Tat ausgeschickt hatte, um vielen der einflussreichen Familien nachdrücklich klarzumachen, wie sehr es ihm darauf ankomme, dass deren Vertreter dem Steward ihre Aufwartung machten, war Macleods Name nicht auf der Liste gestanden, weil MacDonald wusste, dass der alte Griesgram eine persönliche Einladung nicht ablehnen und alles darunter verübeln würde.

»Ich sollte Euch vielleicht noch sagen«, fügte er hinzu, »dass Seine Gnaden darüber hinaus plant, eine kleine Flotte zusammenzustellen, zur Begrüßung des Steward und zum Schutz auf seiner Reise. Bestimmt wird er Euch fragen, wie viele Schiffe die Macleods beisteuern können.«

»Aha«, meinte Macleod, »ich habe mich schon gewundert, warum er den Termin für unsere Ratsversammlung vorverlegt hat. Das ist kein Problem. Ich halte zwar den Steward nicht für den besten Mann, aber ich stelle ihm gern ein Schiff oder zwei zur Verfügung und werde mich nicht gegen ihn wenden. Das ist doch eigentlich eine hervorragende Gelegenheit, meine schöne Mariota herumzuzeigen ... Das heißt, sie könnte es sein, wenn ihre Schwester bis dahin im Hafen der Ehe gelandet ist.« Er grinste Hector vielsagend an.

Hector verzog das Gesicht. Es überraschte ihn nicht, dass Macleod so bereitwillig seine Mitwirkung zusagte. Wie die meisten anderen, denen er die Nachricht hatte zukommen lassen, sah Macleod zweifellos freudig dem prächtigen, wenn nicht gar königlich-prunkvollen Fest am Fastnachtsdienstag auf Ardtornish entgegen, war doch der Winter bislang zwar nicht übermäßig kalt, so doch trostlos und nass gewesen. Froh, einem Fallstrick erfolgreich ausgewichen zu sein, kam Hector auf ein weit reizvolleres Thema zu sprechen.

»Ich entnehme Eurer Zusage, dass ich Seiner Gnaden ausrichten darf, er könne auf Euch zählen, Sir. Und was Mariotas Teilnahme an den Festlichkeiten anbelangt, so hoffe ich, dass sie an meiner Seite dort erscheint. Wenn alles wunschgemäß verläuft, könnten wir sogar noch die eine oder andere Eurer Töchter geeigneten Familien vorstellen. Aber zunächst sollten wir über meinen Wunsch sprechen, die Hand Eurer Tochter zu gewinnen.«

»Ich habe Euch doch schon gesagt, dass Ihr mit meinem Segen Cristina haben könnt. Sie wird Euch eine prachtvolle Ehefrau sein.«

»Macleod, da wir unter uns sind, brauche ich meine Zunge nicht im Zaum zu halten. Es ist nicht Cristina, die ich will, sondern Mariota, und das wisst Ihr sehr wohl. Stellt Euren Aberglauben hintan und bedenkt, was eine solche Ehe für Euch und Eure Familie für Vorteile mit sich bringt.«

»Ich weiß sehr wohl, dass Ihr Mariota begehrt. Jeder Mann, der sie erblickt, will sie haben, aber ich habe gesagt und sage es jetzt noch einmal, dass Ihr sie nicht bekommt, ehe Cristina verheiratet ist. Wenn Ihr niemanden wisst, der sie haben will, müsst Ihr sie selbst nehmen oder aber auf beide verzichten. Und jetzt wäre ich Euch dankbar, wenn Ihr die Angelegenheit auf sich beruhen lassen würdet.«

»Seid doch kein Narr.« Endlich und nicht ohne Erleichterung ließ Hector von seinen höflichen Umgangsformen ab. »Ihr habt gar nichts davon, wenn Ihr mich quält, und ich halte rein gar nichts von Eurem verdammten Aberglauben. Seine Gnaden und meine Familie drängen mich zur Heirat, und vielleicht könnt Ihr Euch vorstellen, wie sie reagieren werden, wenn ich ihnen erzähle, ich hätte die Frau, die ich begehre, gefunden, aber ihr Vater würde sie mir nicht geben, weil er abergläubisch ist. Ihr wisst, dass Seine Gnaden für eine gute Geschichte empfänglich ist und sie garantiert jedem Inselbewohner weitererzählt, dem er begegnet. Ist Euch daran gelegen?«

Macleods Züge hatten sich verfinstert. Sein Schweigen legte Hector dahingehend aus, dass der alte Mann zumindest seine knifflige Lage überdachte. Dass er MacDonald verärgern wollte, war nicht anzunehmen, außerdem wusste man auf den Inseln, dass beide Brüder Maclean beim Lord der Inseln hohes Ansehen genossen. Sich Hector den Grimmigen zum Feind zu machen, wäre für Macleod alles andere als günstig.

Der Ältere schwieg noch immer. Dann seufzte er auf, nickte und füllte erneut beide Becher.

»Ihr habt gut gepunktet«, sagte er. »Ich kann nicht behaupten, dass mir Euer Ansinnen gefällt, aber wenn Ihr die Angelegenheit in dieser Form darlegt, bleibt mir nichts übrig, als Euretwegen von meinen Prinzipien abzuweichen. Wenn Ihr mir also versprecht, alles Euch Mögliche zu unternehmen, um meine anderen Töchter gut zu verheiraten, und dass Ihr mir beisteht, wenn Unheil über den Clan der Macleods kommt, werde ich Eure Vermählung vorbereiten. Darauf lasst uns jetzt beide trinken.«

Lächelnd und mit aller Gewalt das Triumphgefühl unterdrückend, das in ihm hochstieg, begegnete Hectors Blick dem starren von Macleod. Die Becher stießen aneinander, und die beiden Männer tranken auf ihre Vereinbarung.

3

Die Insel Mull

Zwei Tage später betrat Hector zu abendlicher Stunde den großen Saal auf Duart Castle, wo sein vier Jahre alter Namensvetter sich gerade mit einem zornigen Protestschrei und um sich schlagend gegenüber seiner Mutter, die ihn hochheben wollte, zur Wehr setzte.

Lachlan Lubanach Maclean, der stolze Vater des kleinen Bengels und Hectors Zwillingsbruder, ging dazwischen und nahm seinen wütenden Sohn auf den Arm, nickte Hector zur Begrüßung kurz zu und trug das weiterhin tobende Kind hinaus. Weit entfernten sich die beiden nicht, denn das Geschrei hörte nur kurz auf, um gleich darauf in einer anderen Tonart wieder anzuheben, bis es schließlich angesichts der strengen väterlichen Ermahnungen verstummte.

Unwillkürlich empfand Hector Mitleid mit dem kleinen Burschen.

»In letzter Zeit scheine ich immer öfter zu ungelegener Stunde aufzutauchen«, sagte er zu seiner niedergeschlagen dreinschauenden Schwägerin. »Ich sollte mehr darauf achten, wann ich zu Besuch komme und zu wem.«

»Wo habt Ihr denn noch zu ungelegener Zeit vorgesprochen?«, fragte sie und zog die Brauen hoch.

»Auf Glenelg«, antwortete er. »Meine Ankunft dort war noch dramatischer. Ich kam gerade recht, um ein entzückendes junges Mädchen zu retten. Ihr Rock hatte Feuer gefangen.«

»Um Himmels willen! Ihr müsst uns alles darüber berichten, aber hier seid Ihr, wie Ihr wisst, zu jeder Stunde willkommen, Sir. Was Hector Og anbelangt, so hoffe ich, dass er, nicht anders als sein Bruder, seine Launenhaftigkeit nach und nach ablegt. Wie pflegte doch meine Mutter zu sagen? Man bekommt die Kinder, die man verdient. Nur gut, dass unser kleines Mädchen das Temperament ihres Vaters und nicht meins geerbt hat.«

»Dann solltet Ihr noch mehr auf sie aufpassen als auf die Jungs«, grinste Hector. »Habe ich Euch erzählt, was sich Euer Gemahl als Kind alles geleistet hat?«

»Ich habe ihr alles berichtet, was sie wissen sollte«, kam es von seinem Zwillingsbruder, der, wieder in den Saal zurückgekehrt, jetzt auf Hector zuging und ihn gebührend begrüßte. Lachlan war etwas kleiner als sein Bruder, auch hagerer, und sein Haar war eine Nuance heller, aber ansonsten waren sie sich sehr ähnlich. »Verzeih, dass ich mich kurz entfernen musste«, sagte er. »Hector Og entwickelt sich zu einem ausgemachten Trotzkopf, und ist darin gewissen anderen nicht unähnlich.«

»Damit meinst du doch hoffentlich nicht mich?«, fragte Hector.

»Keineswegs.« Lachlan grinste seine Frau unverhohlen an. »Nicht dich. Übrigens haben wir dich schon vor ein paar Tagen zurückerwartet. Was hat dich aufgehalten?«

»Dieses und jenes.«

»Ach ja? Ich nahm an, du würdest lediglich die Einladungen Seiner Gnaden zum Fest am Fastnachtsdienstag übermitteln und Schiffe für meine kleine Flotte rekrutieren.«

Mairi lachte fröhlich. »Von wegen, dass du das angenommen hast! Das weißt du ganz genau, schon weil dir ebenso wie meinem Vater aus gutem Grund daran gelegen war, deinen Bruder auszuschicken. Lasst Euch bloß nicht von ihm aufs Glatteis führen, Sir. Wahrscheinlich hätte er Euch nur zu gern begleitet.«

»Was mit Sicherheit Anlass zu Spekulationen gegeben hätte«, meinte Hector und zwinkerte seinem Zwillingsbruder zu. »Glaubt Ihr nicht auch, die Leute hätten sich gefragt, warum Seine Gnaden seinen Großadmiral ausschickt, um derlei Einladungen auszusprechen, ganz zu schweigen von der Bitte an sie, Schiffe bereitzustellen? Sie hätten doch bestimmt gedacht, wir wollten einen Krieg anzetteln.«

Lachlan zuckte mit den Schultern. »Der einzige Krieg, in den wir gegenwärtig verstrickt sind, ist der mit einem eigensinnigen Vierjährigen.«

Hector lachte leise. »Mein kleiner Namensvetter hat demnach seinen eigenen Kopf, hm?«

»Das kann man wohl sagen.« Lachlan sah seinen Bruder an.

»Du warst sehr streng mit ihm.«

»Das stimmt. Eines Tages wird er viel Macht besitzen und damit große Verantwortung tragen müssen. Wenn er nicht lernt, sich selbst zu beherrschen, wird er schwerlich über andere herrschen können. Deshalb wäre ich dir dankbar, wenn du diesem frechen Bengel nicht noch den Rücken stärken würdest. – Was hast *du* denn noch hier verloren?«, fügte er mit Blick an Hector vorbei in sehr viel schrofferem Ton hinzu.

Hector wandte sich um. Im schmalen Türbogen, durch den er kurz zuvor so schmachvoll entschwunden war, stand breitbeinig sein Neffe und blickte starr seinen ergrimmten Vater an; er verzog nicht einmal die Miene, als Lachlan die Arme verschränkte und seine Augen sich verengten.

»Mylord, ich möchte mich gebührend entschuldigen«, sagte der kleine Junge. Er zeigte keine Furcht, sondern sprach mit klarer, fester Stimme, wenn auch seine Aussprache – er hatte Probleme mit dem l und dem r – kindlich war.

»Und an wen richtet sich diese Entschuldigung?«, fragte der Vater.

»An Euch«, antwortete der Junge, »aber noch mehr an meine Mutter. Ich ... Es tut mir leid, Mam!«

Jetzt glitzerten Tränen in seinen Augen, und als Mairi die

Arme ausbreitete, stürzte er auf die Mutter zu und schmiegte sich eng an sie.

»Bring ihn zu Bett, Liebes«, sagte Lachlan und lächelte nachsichtig.

»Das werde ich«, sagte sie. »Aber dass ihr euch ja nicht einfallen lasst, etwas Wichtiges zu besprechen, ehe ich zurück bin. Sonst könnt ihr etwas erleben. Habt Ihr übrigens schon gegessen?«, wandte sie sich an Hector.

»Ja, danke. Ich war vorher noch kurz auf Lochbuie, um mich umzuziehen und eine kleine Stärkung zu mir zu nehmen.«

»Gut«, sagte sie. »Dann werde ich lediglich dafür sorgen, dass man Euch Brogac aufträgt und ein paar Leckerbissen serviert, damit Ihr mir bis zum Morgen nicht verhungert. Ihr bleibt selbstredend über Nacht hier.«

»Gerne. Vielen Dank.«

»Nichts zu danken. Dies ist nach wie vor auch Euer Zuhause. Aber nochmals: Wenn Ihr ihm irgendetwas von Wichtigkeit erzählt, bevor ich zurück bin, reiß ich Euch den Kopf ab.«

Hector grinste sie an. Er mochte sie sehr. Mit ihren glänzenden schwarzen Locken, den dunkelblauen Augen, dem makellosen Kinn und der schlanken Figur (trotz der drei Kinder, die sie geboren hatte) war Mairi von den Inseln nicht nur eine schöne, sondern auch eine starke Frau und wie dafür geschaffen, an der Seite des künftigen Oberhaupts des Gillean-Clans zu leben.

Eigentlich hatte er stets einen andersgearteten Frauentyp bevorzugt – unterwürfiger sollten sie sein und, wie er fand, weiblicher (obwohl man Mairi keineswegs vorwerfen konnte, unweiblich zu sein). Frauen eben, die voller Bewunderung zu ihm aufblickten, anstatt zu versuchen, ihm Paroli zu bieten. Er hoffte, Mairi würde nicht lange brauchen, die Kinder zu Bett zu bringen, brannte er doch darauf, seine große Neuigkeit zu verkünden. Aber er wusste auch, dass er gut daran tat, bis zur Rückkehr seiner Schwägerin damit zu warten.

»Jetzt erzähl mal, was du in Erfahrung gebracht hast und mit wie vielen Schiffen ich rechnen kann«, drängte Lachlan. »Wie steht es mit MacDougall von Dunstaffnage?«

»Etwa vierzig Schiffe«, sagte Hector. »Und MacDougall wird selbstredend kommen, allein schon um sich nach einem Ehemann für seine jüngere Tochter Sarah umzusehen und vielleicht auch nach einem, der Fiona zusagt. Ich habe sie nicht angetroffen, und MacDougall meint, dass sie, obwohl sie wieder zu Hause ist und ihre Trauer überwunden hat, den festen Vorsatz hat, sich jetzt noch nicht wieder zu verheiraten. Mit Sarah kann sie es natürlich nicht aufnehmen, aber es dürfte MacDougall dennoch gelingen, einen geeigneten Mann für das Mädchen zu finden.«

»MacDougall unterstützt den Steward nicht«, sagte Lachlan.

»Das nicht, aber er wird ihm seinen Respekt erweisen und nicht riskieren, MacDonald zu kränken. Er will außerdem zwei Langboote entsenden, schon weil ich ihm klargemacht habe, dass MacDonald es ihm übel nehmen würde, wenn er seine Abneigung zum Ausdruck bringen würde. Bei Macleod von Glenelg verhielt es sich ebenso.«

Lachlan runzelte die Stirn. »Den hast du also auch aufgesucht. Ich schätze, du solltest ihn über den Empfang für den Steward unterrichten. Eigentlich wollte MacDonald ihn persönlich einladen.«

»Das werde ich dir näher erklären, wenn ...« Er warf einen Blick zum Türbogen.

»Keine Angst. Mairi geht nicht gleich an die Decke, wenn wir über politische Einzelheiten sprechen, die sie sich selbst ausrechnen kann. Sie ist mehr auf Privatangelegenheiten erpicht. Beispielsweise weiß sie, dass du Macleod von Lewis und ihre Schwester Marjory aufgesucht hast, und möchte alles an Neuigkeiten über sie erfahren. Sie kennt MacDougall recht gut, und Fiona besucht uns ja hin und wieder. Auch ich habe mich mit ihm getroffen, würde aber gern hören, was du von ihm hältst.«

Hector war sich keineswegs so sicher, dass Mairi so wählerisch sein würde, auch wenn sie sich bislang noch nicht dazu geäußert hatte. Da jedoch Lachlan eines Tages Oberhaupt ihres Clans sein würde, war er ebenso wie der Lord der Inseln Hectors Lehnsherr. Er nahm die Stellung zum Teil bereits jetzt ein, weil ihr Vater, Ian Dubh Maclean, mehr Interesse für das Studium der Wissenschaft zeigte denn für politische Belange.

Die Macleans gehörten seit jeher zu den gelehrten Clans, und ihr Ruf lag ihm sehr am Herzen.

»Wie geht es unserem Vater?« Mit dieser Frage wollte Hector lediglich das Thema wechseln; entscheidende Veränderungen erwartete er eigentlich nicht. Ian Dubh ging für gewöhnlich auf Bellachuan, ihrem Wohnsitz auf der Insel Seil, seinen Studien nach.

Umso überraschter war er, als Lachlan sagte: »Du kannst dich selbst von seinem Ergehen überzeugen. Er ist hier.«

»Hier?«

»Ja. Wie er sagte, wollte er seine Enkel besuchen. Ich war ein wenig in Sorge, denn dieses Interesse schien gar nicht zu ihm zu passen, aber es sieht so aus, als wollte er sich davon überzeugen, ob eines der drei Rangen das Format besitzt, in seine Fußstapfen zu treten.«

»Das soll sich in diesem zarten Alter bereits erkennen lassen? Die kleine Finguala ist noch keine zwei Jahre alt und Hector Og und Ian sind erst vier beziehungsweise drei.«

»Vater behauptet, als wir noch auf allen vieren herumkrochen, hätte er bereits gewusst, dass ich der intellektuell Angehauchte werden würde und du der Krieger. Er sagte, du hättest mich von dem Augenblick an, da ich den Mutterleib verließ, also etwa zwanzig Minuten nach dir, beschützt.«

»Was hat ihn bloß auf eine solche Idee gebracht?«

»Er sagte, du hättest gebrüllt, bis die Amme dich hochnahm, damit du mich ansehen konntest. Erst dann hättest du Ruhe gegeben.«

»Und dein angeblicher Intellekt?«

»Vater zufolge habe ich dich angeblickt und schien zufriedengestellt, so als wüsste ich, dass wir beide alles im Leben erreichen könnten. Übrigens hast du vorhin, als ich Macleod erwähnte, so merkwürdig dreingeschaut. Gibt es da irgendetwas, das ich wissen sollte?«

»Erst wenn deine Lady zurück ist. Ich behalte meinen Kopf lieber dort, wo er ist.«

Eine Dienerin trat ein, mit einem schweren Tablett, auf dem sich zwei Zinnbecher befanden, ein voller Krug, ein Korb mit Brötchen, eine Platte mit Bratenscheiben und ein Marmeladentopf.

Während Lachlan den Whisky einschenkte, griff Hector zu einem Brötchen, zerteilte es der Länge nach und belegte es mit zwei dicken Scheiben Roastbeef.

»Hast du nicht gesagt, du hättest schon gegessen?«, zog ihn Lachlan auf.

»Habe ich auch, aber bei dir schmeckt es mir besser. Keine Ahnung, was ihr mit dem Fleisch anstellt, jedenfalls ist es würziger als unseres auf Lochbuie.«

»Frag Mairi. Sie kann es dir sagen.«

»Was soll er Mairi fragen?«, kam es von besagter Lady, die gerade den Saal betrat und lächelnd auf die beiden Männer zukam.

»Es geht um das Fleisch«, sagte Hector. »Was macht man, damit es diesen wunderbaren Geschmack erhält?«

»Das weiß ich, ehrlich gesagt, auch nicht«, sagte sie. »Ich habe einen der Küchenjungen auf Ardtornish überredet, mit uns hierherzukommen, und der kümmert sich um alles. Bestimmt hat es was mit den Gewürzen zu tun, die er ins Fleisch reibt, ehe er es auf den Spieß steckt, und da er uns noch nie einen trockenen oder fad schmeckenden Braten serviert hat, habe ich mir nicht weiter den Kopf darüber zerbrochen. Aber ihr könnt ihn ja selbst bitten, Euch sein Geheimnis zu verraten.«

Obwohl er wusste, dass er das nicht tun würde, nickte Hector. Das Fleisch auf Duart war zwar köstlich, aber eigentlich maß er dem Essen, solange es reichlich war, nicht so viel Bedeutung bei, um sich eigens in der Küche seines Zwillingsbruders nach der Art der Zubereitung zu erkundigen.

»Jetzt aber berichtet, was es an Neuigkeiten gibt«, sagte Mairi. »Wie geht es auf Lewis?«

»Alles bestens. Euer jüngster Neffe hat inzwischen vier Zähne und eine blond gelockte Mähne. Die Älteste soll nach Ostern als Pflegetochter nach Argyll geschickt werden. Eure Schwester erfreut sich bester Gesundheit, und ihr Gatte ist wie immer durch nichts aus der Ruhe zu bringen; während meines Aufenthalts dort fand ich das schwer zu ertragen, mittlerweile bewerte ich es aber als positiven Charakterzug, nachdem ich auf Chalamine seinen Onkel kennengelernt habe.«

»Als du vorhin Glenelg erwähntest, dachte ich, du hättest ihn auf Lewis angetroffen«, sagte Lachlan. »Dass du auf Chalamine warst, überrascht mich, ehrlich gesagt. Du wusstest doch, dass MacDonald vorhatte, nach seinem Eintreffen auf Finlaggan Macleod von dem bevorstehenden Empfang zu informieren. Er vertraut dem Mann nicht, auch wenn er dem Rat angehört. Was hat dich bewogen, ihn auf eigene Faust aufzusuchen?«

»Das Wetter«, gestand Hector und wandte den Blick von seinem Zwillingsbruder zu Mairi und wieder zurück zu Lachlan. »In Glen Shiel geriet ich mit meinem Pferd in ein Unwetter. Ich hätte versuchen können, in einem Bauernhof Unterschlupf zu finden oder aber auf Chalamine. Ich entschied mich für Letzteres.«

Mairi krauste die Stirn. Lachlan dagegen zwinkerte dem Bruder zu. »Hat es geblitzt?«

»Und wie! Darüber hinaus goss es derartig, dass sich dieser Noah gleich hätte daranmachen können, eine neue Arche zu zimmern.«

»Noah?«

Hector schnitt eine Grimasse und grinste dann. »Du kennst doch diesen Burschen. Macleod wollte mir weismachen, seine Ahnen hätten sich schon auf der Welt rumgetrieben, noch ehe ein Sohn Gilleans sie mit seiner Gegenwart beehrte. Er behauptete steif und fest, noch nie davon gehört zu haben, dass auf der Arche Noah ein Maclean an Bord gewesen sei.«

»Eine Unverschämtheit«, meinte Mairi. »Scheint mir ein ungehobelter Mann zu sein.«

»Nun ja, ich habe ihm erwidert, die Macleans wären auf Noahs Arche nicht angewiesen gewesen.«

Lachlan lächelte versonnen. »Ich wette, er wollte daraufhin wissen, wie unser Clan die Sintflut überlebt hat.«

»Stimmt. Und ich sagte ihm, dass seit Menschengedenken noch kein Maclean ein fremdes Schiff benötigt hätte, um einer Katastrophe zu entgehen.«

»Das habt Ihr nicht wirklich gesagt!« Mairi lachte laut auf und lachte noch lauter, als Hector nickte. »Was hätte ich darum gegeben, das Gesicht dieses alten Schlitzohrs zu sehen! Wie hat er sich aus der Affäre gezogen?«

»Er nahm es mit Humor, und kurz darauf erklärte er sich damit einverstanden, dass ich seine Tochter heirate«, sagte Hector wie beiläufig.

Diese Mitteilung verblüffte die beiden sichtlich.

Mairi schien es die Sprache verschlagen zu haben, und selbst Lachlan schwieg eine Weile, wenn auch wie immer nicht lange.

»Wie hat sich das ergeben?«, fragte er betont ruhig.

Etwas in der Art, wie er das sagte, ließ Mairi überrascht aufblicken.

Auch Hector entging der warnende Unterton nicht; dennoch hielt er dem durchdringenden Blick seines Zwillingsbruders stand. »Wenn du das Mädchen gesehen hättest, würdest du nicht so dumm fragen.«

»Sie ist also eine Schönheit?«

»Wie ich ihresgleichen noch nie gesehen habe.«

»Ich bezweifle, dass sie sich mit der meiner Frau messen kann«, hielt Lachlan dagegen.

Wohl wissend, dass er dünnes Eis betreten hatte, zögerte Hector mit einer Antwort.

»Sir«, wandte sich Mairi an ihren Gemahl, »Ihr könnt nicht erwarten, dass jeder Mann mich so schön findet wie Ihr, und erst recht nicht, nachdem ich Euch drei Kinder geboren habe!«

»Ihr seid schön wie eh und je, meine Liebe«, sagte Hector. »Ihr geltet noch immer als die schönste Frau der Inseln, und dem widerspreche ich keineswegs, denn Ihr seht einfach hinreißend aus. Auch die Mutterschaft hat nichts daran geändert.«

»Ihr wollt mich wohl in meiner Eitelkeit bestärken, Sir. Aber?«

»Meine Herzensdame ist ebenfalls hinreißend. Auch wenn sie keinerlei Ähnlichkeit mit Euch aufweist, habe ich noch nie ein so entzückendes Mädchen gesehen. Mir stockte der Atem, als ich sie zum ersten Mal erblickte. Ihrem Vater zufolge war meine Reaktion die gleiche wie die eines jeden Mannes, der ihrer ansichtig wird.«

»Wenn ich mich recht erinnere«, sagte Mairi nach einigem Nachdenken, »hat Macleod von Glenelg viele Töchter, die er verheiraten muss, und der Bräutigam, der den Anfang macht, lässt noch auf sich warten.«

»Ja, und er bestand darauf, seine Älteste als Erste unter die Haube zu bringen. Er hätte sie mir buchstäblich aufgedrängt, wenn ich das zugelassen hätte.«

»Aufgedrängt?«

»Ja, denn sie ist im Vergleich zu ihrer Schwester unscheinbar. Ich sage Euch: Kaum hatte ich die Jüngere erblickt, war es um mich geschehen. Allerdings ist Macleod abergläubisch wie kein Zweiter. Er wollte mir stattdessen unbedingt seine Älteste geben, weil er Angst hat, dass, wenn er eine Jüngere zuerst verheiratet, dies irgendwelche unheilvolle Folgen für seinen Clan nach sich zieht.«

»Dein Blick ist demnach auf eine jüngere Tochter gefallen«, folgerte Lachlan.

»Genau, auf die Zweitälteste, die allerdings das Juwel seiner Sammlung ist, glaub mir.«

»Wie ist sie denn so?«, fragte Mairi.

»Habe ich das nicht gerade eben gesagt? Sie ist wunderschön.«

»Ich nehme an, sie möchte wissen, ob du uns ein bisschen mehr als das über sie verraten kannst«, gab Lachlan freundlich zu bedenken. »Welche Farbe hat ihr Haar?«

»Es ist golden. Wie gesponnenes Gold. Es war offen, als ich sie zum ersten Mal sah, und selbst durch die Rauchschwaden, die sie einhüllten, sah es so aus, als wäre ihr entzückendes Gesicht von Sonnenstrahlen umrahmt.«

»Rauchschwaden?«, fragte Mairi. »Was für Rauchschwaden?«

»Ich sagte doch schon, dass ihr Rock Feuer gefangen hatte, das zu ersticken mir jedoch Gott sei Dank gelang, bevor es dem Mädchen Schaden zufügen konnte.«

»Menschenskind«, meinte Lachlan, »du scheinst ja regelrecht liebestrunken.«

»Warst du das etwa nicht, als du dich in deine Lady hier verliebtest?«

»Mit Sicherheit habe ich mich niemals so töricht angehört wie du. Verfügt dieses Bild von einer Frau über eine Mitgift, ganz zu schweigen von einer, die dir und deiner Herkunft entspricht?«

»Was spielt das für eine Rolle? Ich habe genug, um für sie zu sorgen, und im Laufe der Zeit wird noch mehr hinzukommen, auch mehr Macht, wenn man aus dem, wie es bisher für mich gelaufen ist, auf die Zukunft schließen kann. Ich bin durchaus in der Lage, Bruderherz, einer Frau ein gesichertes Leben zu bieten und einer Schar Kinder ebenfalls.«

»Gewiss doch«, pflichtete sein Bruder bei. »Nur möchte ich dich daran erinnern, dass du nicht nur an dich denken solltest, sondern auch unserem Clan gegenüber in der Pflicht stehst.«

»Wie ist sie denn nun?«, begehrte Mairi nochmals zu erfahren.

»Das habe ich doch schon gesagt.«

»Sir, Ihr habt gesagt, dass sie blond ist. Vielleicht ist Euch entgangen, dass gut und gern die Hälfte der Frauen in den Highlands und auf den Inseln blond ist. Ich möchte mehr über sie wissen.«

»Also gut«, sagte er und runzelte die Stirn zum Zeichen, dass er versuchte, sich in Erinnerung zu rufen, was er noch über Mariota berichten könnte, um Mairis Neugier zu befriedigen. »Abgesehen davon, dass sie blond ist, hat sie Augen so grün wie junges Gras. Ihre Figur ist ... makellos«, kam es nach einigem Zögern, weil er sich nicht sicher war, wie weit er auf diesen Punkt eingehen sollte. Als er sah, dass sein Bruder ihm zuzwinkerte, fand er, dass er genug über Mariotas Gestalt gesagt hatte. »Sie ist bildhübsch. Ihr werdet sie ja bald schon sehen«, meinte er, »die Hochzeit findet in zehn Tagen statt.«

»Warum diese Eile?«, wand Lachlan ein. »Das lässt den Priestern nicht einmal genug Zeit, das Aufgebot bekannt zu geben.«

»Das ist auch nicht nötig. Macleod hat seinen eigenen Kaplan, der tut, was ihm angetragen wird. Wir sind übereingekommen, die Eheschließung rasch vorzunehmen, damit ich das Mädchen auf Lochbuie einführen kann, bevor er und ich zur Ratsversammlung nach Finlaggan aufbrechen. Außerdem möchte er seine älteste Tochter und eventuell auch die nächsten beiden mit nach Ardtornish nehmen und sie dort dem Steward vorstellen.«

»Wohl, um dort Ehemänner für sie zu ködern«, mutmaßte Lachlan.

Mairi kräuselte die Stirn. »Ihr habt noch immer nicht gesagt, *wie* sie ist, Sir. Ihr Haar und die Farbe ihrer Augen interessieren mich nicht. In eine hässliche Frau würdet Ihr Euch doch erst gar nicht verlieben. Aber worüber denkt sie nach? Ist sie intelligent? Beschäftigen sie Dinge von Bedeutung? Möchte sie viele Kinder? Versteht sie etwas davon, wie man einen großen Haushalt organisiert und leitet? Ich gehe wohl nicht fehl, wenn ich sage, dass dem Euren auf Lochbuie eine Frau, die derlei Dinge zu handhaben weiß, zugutekommen würde.«

»Was ihre Gedanken beschäftigt, kann ich beim besten Willen nicht sagen. Meint Ihr etwa, ein Mann wie ihr Vater hätte uns Zeit gelassen, eine Weile allein zu zweit zu sein? Kein vernünftiger Mann würde das Risiko eingehen, seine Tochter mit einem Mann allein zu lassen, wenn sie noch nicht mit ihm verheiratet ist!«

Mairi und Lachlan tauschten ein Lächeln, das Hector daran erinnerte, dass die beiden vor ihrer Ehe viele verbotene Augenblicke zusammen verbracht hatten. Er verzog das Gesicht.

»Ich wünsche dir alles Gute, Bruderherz«, sagte Lachlan, »und ich hoffe, sie macht dich glücklich. Wenn nicht, wirst du mit Sicherheit einen Weg finden, die Situation hinzubiegen.«

»Ich weiß nicht recht«, meinte Mairi. »Mir wäre wohler, wenn Ihr mir mehr über sie sagen könntet, als dass sie ein hübsches Gesicht hat und verführerische Augen und dass sie Euer Bett zweifellos schmücken wird.«

Ihr Ehemann unterdrückte ein Lachen. Hector ging darüber hinweg. »Ihr werdet sie ja bald kennenlernen, dann könnt Ihr Euch selbst einen Eindruck verschaffen«, sagte er nur. »Denn selbstredend müsst Ihr an meiner Hochzeit teilnehmen.«

»Keine Sorge, Bruder, wir werden kommen«, bekräftigte Lachlan. »Und jetzt sollten wir noch anstoßen, um die Vereinbarung zu besiegeln und dir alles Gute zu wünschen.«

»Darauf trinke ich ebenfalls«, sagte Mairi und schloss Hector in die Arme. »Und ich werde stets da sein, Sir, wenn sie mich braucht. Richtet ihr das bitte von mir aus.«

»Das werde ich, Mylady, vielen Dank.« Er drückte seiner Schwägerin einen Kuss auf die Stirn.

»So, ihr beiden, das reicht jetzt«, kam es von Lachlan.

Hector lachte auf. Um das Thema zu wechseln, erzählte er eine amüsante Geschichte von einem seiner Besuche, und sie saßen angenehm plaudernd beisammen, bis es Zeit wurde, zu Bett zu gehen.

Nachdem Cristina die jüngeren Schwestern in ihre jeweiligen Kammern hinaufbegleitet hatte, war sie nicht mehr in den großen Saal zurückgekehrt. Als sie am darauffolgenden Morgen zur gewohnten Zeit aufwachte, stellte sie nicht nur fest, dass sich das Unwetter gelegt hatte; sie erfuhr auch, dass ihr Gast bereits nach Kyle Rhea aufgebrochen war, um mit seinen Männern, die dort gewartet hatten, nach Hause zu segeln.

Erst um einiges später erfuhr sie von den Abmachungen, die zwischen ihm und ihrem Vater getroffen worden waren, und dies auch nur, weil Macleod beiläufig erwähnte, dass er einer Ehe mit Hector Reaganach zugestimmt habe, während sie gerade die Diener anwies, den Tisch für das Mittagessen zu decken.

»Ihr habt eingewilligt, dass er Mariota heiratet?«, fragte sie überrascht.

»Nun ja, jedenfalls glaubt der Bursche das.«

Sie sah den Vater an. »Gewiss doch nicht zu Unrecht, Sir«, sagte sie und fuhr fort: »Bitte, seid ehrlich zu mir. Es kann doch nicht Eure Absicht sein, Euch einen Mann, der in solch enger Beziehung zum Lord der Inseln steht, zum Feind zu machen.«

»Habe ich nicht gesagt, dass ich beabsichtige, ihn zu meinem Schwiegersohn zu machen?«

»Aber wenn dem so ist, wieso irrt er dann, wenn er glaubt, er werde sich mit Mariota vermählen?«

»Ich hab ihm von Anfang an klargemacht, dass du als Erste heiraten musst, Tochter, und ich habe nicht gelogen – jedenfalls nicht meiner Familie gegenüber.«

»Hector kann doch unmöglich damit einverstanden gewesen sein, mich zu heiraten«, protestierte sie.

»Niemand kann behaupten, ich hätte mich dem Kerl gegenüber nicht deutlich ausgedrückt.«

Sie musste ihm zwangsläufig beipflichten. Wenn aber Hector Reaganach in dem Glauben aufgebrochen war, dass sein Gastgeber zugesichert hatte, ihm Mariota zur Frau zu geben, würde er sich später nicht damit abfinden, eine andere zu ehelichen.

Dass er Cristina nicht wollte, hatte er bereits zu verstehen gegeben.

»Er wird sich nicht mit einem Ersatz zufriedengeben«, warnte sie. »Und was ist mit Mariota? Sind Euch ihre Gefühle etwa gleichgültig?«

»Nein, keineswegs. Aber sie hat nichts von meiner Unterredung mit dem Kerl mitbekommen, und ich werde ihr auch nichts davon erzählen. Sie wird nicht so tun, als wäre sie in ihn verliebt, zumal sie doch selbst gesagt hat, er sei nicht gut genug für sie. Ich bin ja auch der Meinung, dass er ihrer nicht würdig ist. Schließlich ist er nichts weiter als ein Maclean.«

Christina unterdrückte ihre Entrüstung darüber, dass er einen Maclean als gut genug für sie befand, nicht aber für Mariota, und schwieg. Was der Vater gesagt hatte, entsprach durchaus den Tatsachen. Wenn man einmal davon absah, dass Mariota mit ihm genau wie mit jedem anderen Mann herumgeschäkert hatte, hatte sie keinerlei ernsthaftes Interesse an Hector Reaganach bekundet.

»Was habt Ihr also vor, Sir?«, zwang sie sich ganz ruhig zu fragen. »Wie wollt Ihr ihm beibringen, dass er Mariota nicht haben kann? Er wird doch kommen und dann erwarten, seine Braut in Empfang zu nehmen.«

»Sicher, und das wird er auch«, sagte Macleod.

»Aber eben habt Ihr gesagt, er kann sie nicht kriegen.«

»Nichts dergleichen habe ich gesagt. Nur dass er *Mariota* nicht haben kann.«

»Dann …«

»Kapierst du denn nicht, Cristina? Habe ich nicht von Anfang an gesagt, wer seine Braut werden muss?«

Ein Schauer lief ihr über den Rücken. »Eure Absicht ist klar, Vater, aber Ihr könnt den Mann nicht zwingen. Er hat deutlich gesagt, dass er mich nicht will.«

»Keine Sorge, Mädchen«, meinte Macleod vergnügt. »Du bist eine gute und gehorsame Tochter, und dafür sollst du entsprechend belohnt werden. Überlass alles mir, dann wird sich die Angelegenheit von selbst regeln.«

Da sie wusste, dass keines ihrer Argumente Gehör finden würde, setzte Cristina ihre Hoffnungen auf Hector Reaganach, der sich mit Sicherheit nicht von Macleod hinters Licht führen lassen würde.

Auch Mariota gegenüber schwieg sie sich über das, was der Vater beabsichtigte, aus, allein schon weil sie annahm, dass nichts daraus werden würde und Mariota sowieso nicht auf Hector Reaganach erpicht war.

Es dauerte jedoch nicht lange, bis jeder auf Chalamine wusste, dass der Laird Vorbereitungen für eine Hochzeit traf. Er besprach sich mit seinem Pfarrer, bestellte ein Festmahl und versandte Einladungen. Zu Cristinas Erleichterung war die Gästeliste notgedrungen kurz und beschränkte sich lediglich auf die allernächsten Verwandten, denn anders als Hector Reaganach, der nichts davon zu halten schien, sich zu verkriechen, wenn ein Unwetter über die Highlands und die Inseln hinwegging, waren andere – selbst wenn ein bedeutender Anlass vorlag – nicht so verwegen, es mit schwerem Seegang aufzunehmen. Das Wetter blieb einfach unberechenbar, mit Wind und Regen an einem Tag und grauem Himmel am nächsten.

Vier Tage vor der anberaumten Hochzeit hatte Mariota noch immer keine Ahnung von dem bevorstehenden Ereignis. Da sie nun mal nicht zu denen gehörte, die sich mit Dingen beschäftigten, die sie ihrer Meinung nach nicht betrafen, riss sie sich auch nicht gerade darum, im Haushalt mitzuhelfen. Reinigungsarbeiten und dergleichen gingen ihr nur langsam von der Hand, ebenso das ewige Backen und ähnliche Verrichtungen.

Als ihr aber ihr Vater an jenem Morgen beim gemeinsamen Frühstück eröffnete, dass sie ihre Kammer für einen Cousin räumen müsste, der mit seiner Familie zu Besuch käme und beabsichtige, auf Chalamine zu übernachten, wollte sie den Grund dafür wissen.

»Na, wegen der Hochzeit natürlich«, beschied ihr der Vater.

»Was für eine Hochzeit?«

»Hast du denn nichts mitbekommen, Kind? Wir treffen jetzt schon seit zwei Wochen Vorbereitungen für diesen Tag. Cristina soll doch am Samstag verheiratet werden.«

Mariota war völlig perplex. »Mit wem?«

»Na ja, mit Hector Reaganach, mit wem denn sonst. Erinnerst du dich nicht an den Mann, der zu uns kam, um nach einer Braut Ausschau zu halten?«

»Gütiger Himmel«, entfuhr es Lady Euphemia. »Du hast zwar mehrmals von Cristina gesprochen, Murdo, aber ich hielt das lediglich für einen Versprecher. Meines Wissens wollte er unsere Mariota heiraten, und ich glaube, davon geht er auch selbst aus.«

»Wird tatsächlich eine Hochzeit gefeiert?«, fragte Isobel.

»Ich dachte, wir veranstalten lediglich den üblichen Frühjahrsputz.«

In Cristinas Gesicht zuckte es, als sie sah, dass Mariota völlig entgeistert dreinblickte. In den zurückliegenden Tagen war sie häufig drauf und dran gewesen, Macleod zu erklären, dass sie sich seinem Vorhaben nicht fügen werde. Da sie aber wusste, dass er ihre Einwände übergehen oder sie, noch schlimmer, körperlich züchtigen würde, wie es in der Vergangenheit hin und wieder geschehen war, wenn sie den Gehorsam verweigert hatte, hatte sie geschwiegen.

Hätte sie auch nur einen Augenblick lang geglaubt, dass Mariota Hector ebenso begehrte wie er sie, hätte sie ihre Mitwirkung bei dem, was Macleod vorhatte, verweigert, ungeachtet der Konsequenzen, die sich daraus für sie ergeben würden. Aber sie war überzeugt gewesen, dass Mariota Hector Reaganach keineswegs begehrte – genauso überzeugt wie sie davon war, dass Hector Reaganach den Plan des Vaters durchkreuzen würde, sobald er davon erfuhr. Jetzt allerdings war sie von gar nichts mehr überzeugt.

»Ich versteh das nicht«, wandte sich Mariota schmollend an den Vater. »Wie kann Cristina Hector Reaganach heiraten? Er wollte doch mich.«

»Du hast gesagt, du willst ihn nicht«, erinnerte Cristina die Schwester. »Du hieltest ihn für deiner nicht würdig und sagtest, er würde nie so wohlhabend sein wie sein Bruder. Du sagtest sogar, seine Streitaxt …«

»Eine barbarische Waffe habe ich sie genannt«, präzisierte Mariota und rümpfte die Nase. »Und das ist sie ja auch.«

»Axt oder nicht Axt, er ist deiner nicht würdig, mein Kind«, sagte Macleod. »Du kannst jeden Mann kriegen, den du willst, wie schon gesagt selbst einen königlichen Prinzen.«

»Wenn aber Hector doch mich will, warum soll Cristina ihn dann bekommen?«

»Lass es gut sein, Kindchen«, wiegelte Macleod ab. »Du wolltest ihn nicht und hast gut daran getan, ihn zurückzuweisen. Denk daran, welchen Beinamen man ihm gegeben hat. Er dürfte als Ehemann ein Raubein sein. Tatsache ist jedoch, dass die Heirat eines Mitglieds unserer Familie mit einem von seiner – die so eng mit dem Lord der Inseln verbunden ist – für uns alle von Vorteil ist. Er braucht nur die Richtige von euch beiden zur Frau zu nehmen.«

Mariotas Gesichtsausdruck ging in Windeseile von Verblüffung zu Empörung über.

Cristinas Magen krampfte sich einmal mehr zusammen. Um dem drohenden Wutausbruch der Schwester zuvorzukommen, sagte sie leise: »Mit Sicherheit wird Hector Reaganach da auch noch ein Wörtchen mitreden. Wir sollten also abwarten und sehen, was …«

»Abwarten, von wegen!«, polterte Macleod. »Ich werde dafür sorgen, dass alles glattläuft. Und ihr werdet alle tun, was ich euch sage, dann klappt es auch.«

»Bin ich etwa die Einzige, die das gemein findet?«, begehrte Mariota auf. »Hector Reaganach liebt mich! Er will mich! Und ihr beide, die mich über alle Maßen lieben sollten, habt euch gegen mich verschworen, um zu verhindern, dass er mich bekommt. Ihr seid grausam und unmenschlich, alle beide, und garantiert zerhackt er euch mit seiner Streitaxt, wenn ich ihm sage, was ihr vorhabt! Und ich *werde* es ihm sagen! Verlasst euch darauf!«

»Untersteh dich, auch nur ein Wort mit ihm zu wechseln!«, schnappte Macleod. »Wenn du das tust, Mariota, handelst du dir die größten Unannehmlichkeiten ein.«

»Meine Güte! Glaubst du, unsere geliebte Mariota schert sich darum?« Erregt blickte Lady Euphemia von einem Familienmitglied zum anderen. »Das heißt, ich glaube, es kümmert sie keinen Pfifferling … Sie ist ein solcher Freigeist, seit jeher schon, dass sie kaum jemals darüber nachdenkt, was anderen wichtig ist, und ich würde eher vermuten … Oh, mein Lieber, nein, das meine ich nicht so, bestimmt nicht, aber das wird sie nie und nimmer. Wenn du das, was du vorhast, durchsetzen willst, Murdo, dann bleibt dir wohl nichts anderes übrig, als sie vorsorglich wegzusperren, bis alles vorbei ist.«

»Seid Ihr denn auch gegen mich, Tante? Das hätte ich mir eigentlich denken können! Ihr teilt ja immer Vaters Meinung. Aber Ihr seid auf dem Holzweg, wenn Ihr glaubt, er würde mich einsperren. So grausam könnte er unmöglich sein.«

»Habe ich gesagt, dass er das tun würde?«, fragte Lady Euphemia. Ebenso gut hätte sie die Luft im Raum ansprechen können, denn keiner antwortete.

»Nein, Liebes, natürlich würde er dir eine solche Grausamkeit niemals zufügen«, beschwichtigte Cristina die Schwester. »Ich würde so etwas auch gar nicht zulassen. Vielleicht solltest du dich aber zurückziehen, dich ausruhen und allmählich wieder zu deiner fröhlichen Art finden. Ich werde unterdessen noch einmal mit ihm reden. Deine Augen sind bereits ganz rot; ein kurzer Schlummer sollte sie rasch wieder zum Funkeln bringen.«

Lady Euphemia schwieg, bis Mariota den Raum verlassen hatte. Als dann weder Cristina noch Macleod das Wort ergriff, meinte sie besorgt: »Ich glaube, es muss sein – ich meine, sie wegzusperren.«

»Red keinen Unsinn, Euphemia«, brummte Macleod. »Das Mädchen wird sich schon damit abfinden. Sie weiß genau, dass sie erst heiraten kann, wenn ihre Schwester vermählt ist. Ich will nicht derjenige sein, der das Schicksal der Macleods herausfordert, bloß weil er sich vor einer Entscheidung drückt. Und damit habe ich alles gesagt, was ich zu dem Thema zu sagen habe, also Schluss jetzt.«

Cristina warf ihrer Tante einen Blick zu und seufzte auf. Der Vater gab sich noch sturer als sonst. Ein sicherer Pfad durch das heraufziehende Ungemach bot sich nicht an, dennoch musste ein Ausweg gefunden werden, Mariota zuliebe, deren Glück auf dem Spiel stand. Dass ihr eigenes ebenfalls in Gefahr war, darauf kam es ihr nicht an. Es ging ihr einzig und allein darum, den irrsinnigen und völlig abwegigen Plan ihres Vaters zu durchkreuzen.

Sie nickte ihrer Tante erst einmal unmerklich, aber dennoch vielsagend zu, woraufhin Lady Euphemia auf der Stelle einen Vorwand fand, sich zu entfernen. Als sie den Raum verlassen hatte, sagte Cristina: »Vergebt mir, Vater, aber ich muss die Rolle ablehnen, die Ihr mir bei dem, was Ihr zu tun gedenkt, zuweisen wollt.«

»Was zum Teufel redest du da? Drück dich klar und deutlich aus, wenn du unbedingt etwas sagen musst!«

»Also gut. Ich mache da nicht mit«, sagte sie kurz angebunden. »Das dürfte deutlich genug sein.«

4

Macleod starrte Cristina an, Zornesröte stieg ihm ins Gesicht. »Was zum Kuckuck soll das heißen, du machst da nicht mit? Du wirst tun, was ich dir sage, Tochter, und Schluss.«

»Ich werde nicht die Ehe mit einem Mann eingehen, der meine Schwester begehrt, Sir, und ich glaube auch nicht, dass er sich damit einverstanden erklären wird. Ich war bereit, mich Eurem Befehl zu fügen, als es so aussah, als sei Mariota an einer Heirat mit ihm nicht interessiert. Jetzt, da ich weiß, dass sie ihn will, verweigere ich Euch den Gehorsam. Ihr habt offenbar eingewilligt, dass er sie heiratet, also müsst Ihr dem Mann gegenüber auch Wort halten.«

»Bah, keine Abmachung ist gültig, wenn man sich nicht auf die Daumen spuckt und sie dann aneinanderdrückt. Was wir nicht gemacht haben. Ich möchte also keine Widerworte von dir oder deiner Schwester mehr hören. Ich tue nur, was für den Clan der Macleods das Beste ist, während sie den Mann nur aus dem einen Grund haben möchte, weil sie nicht will, dass du ihn bekommst. Aber sie wird bald merken, dass sie mit meiner Taktik besser dran ist.«

Auch wenn Cristina nicht daran zweifelte, dass das plötzliche Interesse ihrer Schwester an Hector ihrer habgierigen Natur zuzuschreiben war, taten Mariotas Beweggründe für sie nichts zur Sache.

»Ich bedaure, Sir«, sagte sie mit fester Stimme, »aber ich kann diesen unseligen Plan nicht unterstützen.«

Die Ohrfeige, die Macleod ihr daraufhin verpasste, trieb ihr zwar die Tränen in die Augen und ließ sie zurücktaumeln, aber sie schrie nicht auf, sondern sah ihn, während sie sich über die brennende Wange strich, unverwandt an. »Verfahrt mit mir, wie es Euch beliebt«, sagte sie, »aber selbst mithilfe des Euch hörigen Geistlichen dürftet Ihr es nicht schaffen, eine Eheschließung zu erzwingen, wenn sich sowohl die Braut als auch der Bräutigam weigern, vor den Altar zu treten.«

»Bevor es deiner törichten Schwester in den Sinn kam, einen Aufruhr anzuzetteln, fängst du schon damit an.«

»Zutreffender dürfte sein, dass ich keinen Grund sah, Stellung zu beziehen, weil ich davon überzeugt war – und es weiterhin bin –, dass Hector Reaganach meine Ansicht teilen wird.«

»Und wenn er nichts dagegen einzuwenden hat? Was dann, Tochter?«

»Wenn er mich wirklich heiraten möchte, würde ich mich freuen«, gab sie ehrlich zu. »Ich leugne nicht, dass ich ihn mag. Aber Tatsache ist, dass er nicht mich begehrt, sondern Mariota, und sie will ihn ja auch.«

»Papperlapapp. Mariota weiß doch gar nicht, was sie will«, gab Macleod zurück. »Und was Hector Reaganach anbelangt – was ist, wenn ich dir verspreche, dass er nichts gegen dich einzuwenden haben wird?«

Cristinas Herz machte vor Freude einen Sprung, sodass sie sich auf die Unterlippe beißen musste, um die Gefühle zu unterdrücken, die bei dem Gedanken, Hector Reaganach begehre sie, unwillkürlich in ihr aufstiegen. Dennoch schüttelte sie den Kopf. »Ich werde nicht dazu beitragen, Mariota zu enttäuschen«, sagte sie. »Sie begehrt ihn aus welchem Grund auch immer, und ich möchte unter gar keinen Umständen diejenige sein, die ihrer Schwester den Mann, den sie heiraten wollte, weggeschnappt hat.«

»Das wirst du auch nicht«, sagte er kurz angebunden. »Einen Tag vor der Hochzeit werde ich Mariota fortschaffen, und wenn ich sie mit der Peitsche dazu zwingen muss. Willst du das verantworten?«

»Nein, natürlich nicht, zumal eine solche Handlungsweise

ungerecht wäre«, sagte Cristina, obwohl sie wusste, dass er zu allem fähig war, um durchzusetzen, was er für notwendig erachtete. »Bestraft, wenn es unbedingt sein muss, mich, aber nicht sie.«

Als seine Augen siegesgewiss aufleuchteten, merkte sie, dass sie einen Fehler begangen hatte. »Du wirst das tun, um was ich dich bitte«, sagte er sanft. »Denn wenn du dich weiterhin gegen mich stellst, muss ich zwangsläufig daraus schließen, dass es wegen Mariota und dem Wirbel ist, den sie veranstaltet hat, und dafür werde ich sie bestrafen, verlass dich drauf. Geh jetzt und hol sie her. Damit ich ihr ein für alle Mal ihre Pflichten als Tochter in diesem Hause klarmache. Danach wird sie bestimmt kein Wort mehr über die Angelegenheit verlieren. Geh jetzt.«

Niedergeschlagen musste Cristina sich eingestehen, dass sie die Schlacht verloren hatte. Wenn der Vater erst einmal seinen Standpunkt deutlich machte, war keine der Schwestern vor seinem aufbrausenden Temperament sicher. Er würde Mariota bestrafen und danach sowohl auf sich selbst als auch auf Cristina böse sein; wie schon so oft würde er beim kleinsten Vergehen, das sich eine von ihnen zuschulden kommen ließe, aus der Haut fahren.

»Sehr wohl, Sir«, sagte sie resigniert. »Ich werde Eurer Bitte nachkommen.«

»Bist ein braves Mädchen«, sagte er. »Wusst ich's doch.«

Von da an rannte Cristina die Zeit davon. Als könnten sich die Wettergötter nicht entscheiden, auf welche Jahreszeit sie sich festlegen sollten, blieb es wechselhaft. Wenn der Himmel wolkenlos war, heulte der Wind um Chalamine, so als wäre auch er erbost über die jüngsten Entwicklungen auf der Burg. Mariota war ebenso unberechenbar wie das Wetter. Einmal weigerte sie sich, mit Cristina oder den anderen auch nur ein einziges Wort zu wechseln, dann wieder gab sie sich, als ob nichts ihren Seelenfrieden beeinträchtigen könnte. Beim Abzählen der Bettwäsche für die Hochzeitsgäste, die über Nacht bleiben würden, meinte Lady Euphemia zu Cristina, dass Mariotas Unschlüssigkeit ein Segen sei.

»Du weißt ja, wie sie sich aufführt, wenn sie wütend ist«, sagte sie. »Und davor, meine Liebe, hatte ich ehrlich gesagt die größte Angst, als dein Vater ihr eröffnete, dass er beschlossen hat, dich mit Hector Reaganach zu vermählen.«

»Jeder ändert mal seine Meinung, Tante«, erwiderte Cristina. »Dass Mariota jetzt anders über Hector denkt, ist nicht außergewöhnlich. Sie ist eben, wie Ihr wisst, sehr einfühlsam.«

»Ich weiß genau, was du meinst, Liebes, obwohl ich das nicht als einfühlsam bezeichnen würde. Meiner Meinung nach dramatisiert und übertreibt sie in allem, was sie an Empfindungen zum Ausdruck bringen möchte. Findest du nicht, dass unsere Mariota ihre jeweilige Gemütsverfassung mehr ausschlachtet als nötig? Meine Mutter – ja, und meine Großmutter auch – pflegte zu sagen, statt nur an sich sollte man auch mal an seine Mitmenschen denken. Sollte also unsere liebe Mariota einmal nicht nur an sich selbst, sondern an jemand anderen gedacht haben, ist mir das wohl entgangen. Ist dir etwas davon aufgefallen?«

Cristina lächelte. »Aber Tante, ich weiß doch, dass Ihr nicht anders als wir alle ihr sonniges Wesen schätzt. Wenn Mariota glücklich ist, ist sie freundlich und umsichtig wie kein anderer. Sie wird mir entsetzlich fehlen, wenn sie irgendwann einmal heiratet und dann mit ihrem Ehemann zusammenlebt.«

»Aber, meine Liebe, du wirst noch vor Mariota von hier weggehen. Dein Vater ist fest entschlossen, dich mit Hector Reaganach zu vermählen.«

Cristina unterdrückte einen Seufzer. »Ich befürchte, mein Vater hat sich da etwas ausgedacht, das nicht zu verwirklichen ist. Ihr habt Hector Reaganach ja kennengelernt und hattet genügend Zeit, Euch ein Bild von seinem Charakter zu machen. Haltet Ihr ihn für den Typ Mann, der sich von meinem Vater an der Nase herumführen lässt? Ich nicht. Deshalb glaube ich auch nicht, dass ich von hier weggehe. Aber genug davon. Vielleicht könntet Ihr jetzt eine Dienerin bitten, diese Leintücher in die jeweiligen Zimmer zu bringen und dafür zu sorgen, dass die Betten gemacht werden. Die ersten Gäste werden morgen eintreffen, und wir müssen, komme, was da wolle, Vorkehrungen treffen und so tun, als glaubten wir, alles Weitere würde wie von meinem Vater geplant ablaufen.«

»Gewiss doch, Liebes. Schon weil ich aus Erfahrung weiß, dass meistens alles so kommt, wie er sich das ausgedacht hat. Ich habe bereits eine Münze für Lord Hectors Schuh bereitgelegt, weil er meiner Meinung nach alles an Glücksbringern braucht, was wir für ihn auftreiben können. Stimmst du mir da nicht zu?«

Cristina gab keine Antwort. Sie war nicht in der Lage, ihre Gefühle in Worte zu kleiden, weil sie gar nicht genau wusste, was sie empfand. Unter normalen Umständen, das heißt, wenn die Eheschließung in geziemender Weise zwischen ihrem Vater und Hector Reaganach abgesprochen worden und sie für beide die zur Braut Erwählte gewesen wäre, hätte sie die Hochzeitsfeier herbeigesehnt. Unter den gegebenen Umständen allerdings sehnte sie sich keineswegs danach, ahnte sie doch, dass der unvermeidliche Zusammenstoß zwischen den beiden Männern nichts Gutes nach sich ziehen würde.

Hector war in den zurückliegenden zehn Tagen ungemein aktiv gewesen. Nachdem er die erste Nacht bei Mairi und Lachlan auf Duart Castle auf der Insel Mull verbracht hatte, war er tags darauf von Lochbuie aus fünf Meilen den Sund hinaufgesegelt, um auf Ardtornish Castle dem Lord der Inseln Bericht zu erstatten.

Höchst zufrieden, dass fast jeder, dem die Einladung zu dem Fest am Fastnachtsdienstag überbracht worden war, sein Erscheinen zugesagt hatte, war MacDonald anschließend näher auf das eingegangen, was Hector und seine Männer auf ihrer Reise sonst noch in Erfahrung gebracht hatten. Alles in allem schien man sich auf den Inseln friedlich zu verhalten, auch wenn MacDonald hinsichtlich einiger Clans, die vor allem Einwände gegen Robert Stewart als schottischen Thronerben zu erheben schienen, Bedenken äußerte. Seit Robert Bruce und William Wallace vor sechzig Jahren Schottland vereint hatten, war vieles erreicht worden; die Animositäten jedoch, die weiterhin zwischen vereinzelten Clans schwelten, konnten jederzeit zu handfesten Schwierigkeiten ausarten.

Seinem Vater war Hector auf Duart nicht begegnet; der alte Herr hatte geruht, nicht zum gemeinsamen Abendessen zu erscheinen. Deshalb hatte er, nachdem er am nächsten Morgen frühzeitig aufgebrochen war, um MacDonald zu informieren, gehofft, bei seiner Rückkehr nach Duart Gelegenheit zu finden, Ian Dubh von seinen Heiratsplänen zu unterrichten. Aber obwohl er nur einen Tag auf Ardtornish geblieben war, erfuhr er bei seiner Rückkehr, dass sein Vater Hals über Kopf nach Bellachuan aufgebrochen war.

»Hast du ihn über meine Absichten unterrichtet?«, fragte er seinen Zwillingsbruder.

»Nein. Diese Frage hättest du dir sparen können«, erwiderte Lachlan mit einem Augenzwinkern. »Schließlich geht es um etwas, das bekannt zu machen dir allein zukommt.«

»Feigling«, brummte Hector.

»Von wegen«, widersprach Lachlan. »Ich wollte dir nicht die Schau stehlen. Vater wäre zweifellos neugierig gewesen, alles über die Braut, die du dir erwählt hast, zu erfahren, und da ich sie ja noch nicht kennengelernt habe, hätte ich ihm nicht mehr sagen können, als dass sie eine jüngere Tochter von Macleod von Glenelg ist. Das hätte ihn, wie du weißt, kaum für sie eingenommen. Deine Euphorie angesichts dieser bevorstehenden Verbindung hingegen dürfte jedwede Kritik im Keim ersticken.«

Hector runzelte die Stirn. Er hatte es kaum erwarten können, seinem Zwillingsbruder und Mairi die große Neuigkeit mitzuteilen, und damit gerechnet, dass sie sich mit ihm freuen würden. Lachlans lauwarme Reaktion auf die Eröffnung und Mairis ständiges Bohren, mehr über Mariotas Charakter zu erfahren und darüber, ob sie in der Lage sei, einen Haushalt zu führen, waren ihm zwar unangenehm gewesen, hatten aber seine Freude über die Wahl, die er getroffen hatte, nicht geschmälert. Wahrscheinlich, so redete er sich ein, befürchtete sein Bruder, dass Mariotas äußere Erscheinung die von Mairi in den Schatten stellen könnte, was völlig abwegig war. Deshalb schüttelte er nur den Kopf und sagte zu ihm: »Dann breche ich also morgen nach Seil auf. Ich möchte nicht, dass er es aus dem Munde Dritter erfährt.«

»Er wollte in Kürze wieder hier sein. Wenn du also mit deiner Neuigkeit noch ein bisschen warten kannst ...«, riet ihm Lachlan. »Er ist auf eine Truhe mit Dokumenten gestoßen, die offenbar aus den Tagen von Wallace und Bruce stammen. Wo ich doch meinte, wir hätten all diese Unterlagen MacDonald ausgehändigt, als er uns Duart übergab. Vater ist jedenfalls überzeugt, dass diese Dokumente für den Archivar Seiner Gnaden von größtem Interesse sein werden. Selbstredend will er sie genau durchsehen, bevor er sie zurückgibt.«

»Natürlich«, pflichtete Hector lächelnd bei. Die Leidenschaft seines Vaters für alles Historische war ihm wohlbekannt. »Dennoch bleibt es dabei, dass ich nach Seil fahre. Es wäre höchst unschicklich, mit der Einladung zu meiner Hochzeit noch länger zu warten. Er nimmt es zwar selten genug auf sich, an derlei Festlichkeiten teilzunehmen, aber ich bin immerhin sein ältester Sohn.«

Lachlan grinste nur und wünschte dem Bruder eine gute Reise.

Das Treffen zwischen Hector und seinem Vater verlief ohne Zwischenfall. Wenn Ian Dubh sich schon nicht freudig über die geplante Vermählung äußerte, so drückte er doch auch kein Missfallen darüber aus, ließ sich aber auch nicht davon abhalten, während der Unterredung einen Stapel Dokumente durchzusehen, von denen er selbst bei der Verkündung der Neuigkeit nur kurz aufgeschaut hatte, um »Eine Macleod demnach?« zu sagen.

»Ja, Sir. Lachlan zufolge habt Ihr bestimmt auf eine angemessenere Verbindung gehofft.«

»Keineswegs, mein Sohn. Du und dein Bruder, ihr habt für den Clan Gillean bereits viel erreicht, deshalb wünsche ich mir nichts weiter, als dass du glücklich wirst. Und da du mit deiner Wahl so lange gewartet hast, bin ich überzeugt, dass du weißt, was du tust.«

»In der Tat, und Ihr werdet zweifelsohne mit meiner Auserwählten einverstanden sein, wenn Ihr sie seht. Ich hoffe, Ihr erweist mir die Ehre, mit mir nach Glenelg zu reisen, um zusammen mit Lachlan und Mairi an den Hochzeitsfeierlichkeiten teilzunehmen.«

»Das bleibt abzuwarten«, meinte Ian Dubh und beugte sich über ein Schriftstück, von dem zahlreiche Wachssiegel an goldenen und roten Bändern herabhingen. »Bei meinem kürzlichen Besuch auf Duart habe ich eine interessante Entdeckung gemacht und bin nur nach Seil zurückgekehrt, um zu versuchen, ein oder zwei Einzelheiten mit unseren hier vorhandenen Dokumenten abzuklären.«

»Lachlan sagte, Ihr hättet eine Truhe mit Schriftstücken gefunden, die Seiner Gnaden gehören.«

»Ganz recht. Ich habe vor, sie MacDuffie von Colonsay vorzulegen, dem ...«

»Dem Archivar Seiner Gnaden«, ergänzte Hector. »Ich bin ihm mehrmals begegnet, Sir, damals, als Lachlan und ich Euch als Gesandte des Rats der Inseln dienten.«

Er hielt es nicht für angebracht zu erwähnen, dass er und sein Zwillingsbruder seinerzeit MacDuffie sowie ein paar andere bis zur Klärung eines Missverständnisses als Geiseln festgehalten hatten. Wie viele Inselbewohner wusste sein Vater das eine oder andere über diesen Zwischenfall, aber längst nicht alles, und Hector wollte nicht derjenige sein, der ihn über die Einzelheiten unterrichtete. So wie es ihm zukam, dem Vater mitzuteilen, dass er vorhatte zu heiraten, war es Sache seines Bruders, Ian Dubh über alles im Zusammenhang mit dieser Angelegenheit aufzuklären, falls Lachlan dies für nötig hielt.

»Ach ja, natürlich kennst du MacDuffie«, nickte Ian Dubh.

»Gehe ich demnach recht in der Annahme, dass Ihr in Kürze nach Duart zurückkehrt?«, fragte Hector.

»In der Tat. Schon weil ich nicht lange über diese Dokumente verfügen kann. Und auch wenn MacDuffie auf seine Art ein ausgezeichneter Mann ist, tut er nichts weiter als Aufzeichnungen aufzubewahren. Er versucht erst gar nicht, sie zu verstehen oder Schlussfolgerungen aus ihnen zu ziehen.«

»Dann steht zu hoffen, dass Ihr die Zeit erübrigen könnt, mit uns nach Glenelg zu reisen«, sagte Hector. »Es machte nicht den Eindruck, als ob Macleod beabsichtigte, viele Gäste einzuladen. Seinen Worten nach zu schließen, scheint er vielmehr froh zu sein, wenn ich gleich nach der Hochzeitsnacht das Feld räume.«

»Macleod hat noch nie zu denen gehört, die ihr Geld mit vollen Händen ausgeben«, bemerkte Ian Dubh und legte das Schriftstück, das er studiert hatte, beiseite, um sich ein weiteres vorzunehmen. »Ihm dürfte es einzig und allein darauf ankommen, dass du ihm das Mädchen abnimmst und ihr ein angenehmes Heim bietest. Soweit ich weiß, hat er mehrere Töchter im heiratsfähigen Alter.«

»Oh ja, insgesamt acht«, präzisierte Hector. »Meine Zukünftige ist die zweitälteste.«

»Ach ja?« Ian Dubh blickte seinen Sohn an. »Das überrascht mich, ehrlich gesagt. Ich wusste gar nicht, dass er die erste bereits verheiratet hat. Das muss mir entgangen sein.«

»Nein. Die Älteste lebt weiterhin auf Chalamine.«

»Eigenartig. Wo er doch so abergläubisch sein soll.«

»Das ist er auch. Er hat versucht, mich zu überreden, die Älteste zu heiraten, weil er, wie er sagte, befürchtete, dass sonst ein Unheil oder Ähnliches über den Clan der Macleods hereinbrechen würde. Aber ich konnte ihn davon überzeugen, mir Mariota zu geben.«

»Dann haben sich deine Überredungskünste gewaltig verbessert«, meinte Ian Dubh.

In dem Bewusstsein, dass eine Erwiderung auf diese Bemerkung zu nichts führen würde, schwieg Hector und verabschiedete sich bald darauf.

Zurück auf Lochbuie, gab es für ihn viel zu tun, musste er doch feststellen, dass sein Heim zwar für ihn selbst ausreichend komfortabel war, aber längst nicht für Mariota. Also beauftragte er seine Dienerschaft, für seine Braut alles in Ordnung zu bringen; dann widmete er sich den Vorbereitungen für die jährliche Ratsversammlung der Inseln auf Finlaggan.

Sein Zwillingsbruder galt als bestinformierter Mann der westlichen Highlands und der Inseln, und diesen Ruf hatte er sich mithilfe eines ausgedehnten Netzes von Informanten erworben, von denen viele aus adligen Familien stammten und einen Teil ihrer Jugendzeit bei Ian Dubh auf Seil verbracht hatten. Lachlan stand mit einigen von ihnen nach wie vor in schriftlicher Verbindung; um zusätzlich Kontakt mit ihnen zu halten, verließ er sich auf Hector, weshalb es diesem alljährlich vor der Ratsversammlung der Inseln oblag, diejenigen Mitglieder des Lachlan-Netzwerks aufzusuchen, von denen man längere Zeit nichts gehört hatte.

Einen Großteil dieser Aufgabe hatte er während seiner letzten Reisen erledigt; lediglich bei zwei Männern musste er noch vorsprechen. Dies nahm er in Angriff, als alles auf Lochbuie geregelt schien, und war zwei Nächte vor dem geplanten Aufbruch nach Glenelg zurück.

Lochbuie dünkte ihm inzwischen sowohl im Inneren wie auch äußerlich durchaus repräsentativ, auch wenn die Küchengärten zu dieser Jahreszeit noch keine Farbenvielfalt oder auch nur ein saftiges Grün aufzuweisen hatten. Es war nach wie vor kühl, und der Himmel zeigte sich weiterhin grau. Immerhin wirkte alles sauber und ordentlich, und dementsprechend erwartungsvoll brach er nach Duart auf.

Der erste Wermutstropfen, der seine Freude trübte, war, dass er seinen Vater in seine neuen Entdeckungen vertieft vorfand und der alte Herr keinerlei Anstalten machte, davon abzulassen, um an der Hochzeit teilzunehmen.

»Ich werde deine Braut noch früh genug kennenlernen«, winkte Ian Dubh auf Hectors Drängen hin ab. »Macleod kenne ich bereits, und diese Bekanntschaft brauche ich nicht aufzufrischen, zumal du sowieso nur eine Nacht wegbleibst. Es ist weit bis nach Glenelg, und die Jahreszeit ist auch nicht gerade die angenehmste für eine Reise, sei es per Schiff oder auf eine andere Weise.«

Auch MacDonald hatte die Einladung abgelehnt und vorgebracht, er habe vor der Zusammenkunft auf Finlaggan viel zu tun; er werde sie alle ja bald dort treffen.

Der entscheidende Tiefschlag kam jedoch an jenem Abend, als aus Ardtornish eine dringende Nachricht für Lachlan eintraf, die ihn davon in Kenntnis setzte, dass zwischen den MacDuffies und den MacKinvens von Colonsay ein Streit um Sturmvogelöl ausgebrochen war, das in schottischen Abteien und anderswo als heiliges Öl beim Spenden der Sakramente verwendet wurde. MacDonald beharrte darauf, dass sein Großadmiral persönlich diesen Zwist beilege, noch ehe er sich auf die jüngsten Erträge dieses kostbaren Öls auswirke. Seine Gnaden verkaufte es über den mächtigen Hanseatischen Bund an Kirchen in ganz Europa, und es machte einen großen Teil der Einnahmen der Inseln aus.

So kam es, dass sich am darauffolgenden Morgen, obwohl zwei Langboote von Maclean von Duart aus nach Chalamine in See stachen, außer den Ruderern und den beiden Steuermännern lediglich Hector, die Frau seines Bruders sowie ihre Dienerin Meg Raith als Passagiere an Bord befanden. Die Fahrt verlief ereignislos, sah man einmal von dem Trübsal verbreitenden grauen Himmel und dem ständigen Nieselregen ab, der immerhin erträglich war, weil die Ruderer über das Achterdeck für die Damen und sonstigen Schutzsuchenden Segeltuchplanen gespannt hatten.

Sie verbrachten die Nacht bei MacDonalds Verwandtem auf Skye, der Hector auch das Pferd geliehen hatte, mit dem dieser bei seinem vorhergehenden Besuch nach Glen Shiel und Chalamine geritten war. Am nächsten Morgen setzten sie nach Kyle Rhea aufs Festland über und erreichten Chalamine weit vor der Zeit, zu der Hectors Vermählung stattfinden sollte.

Tam, der Bursche, der ihn bei seinem ersten Besuch willkommen geheißen hatte, empfing sie auch jetzt am Eingang der Burg und geleitete sie hinauf in den großen Saal, der diesmal nicht von Rauch erfüllt, sondern für die bevorstehende Zeremonie vorbereitet war. Wenn Hector erwartet hatte, dass die Trauung unverzüglich stattfinden würde, wurde er alsbald eines Besseren belehrt.

Weder seine Braut noch ihre Schwestern waren zu sehen. Als einziges Familienmitglied traf er seinen Gastgeber an, der, in ein Badetuch gehüllt, auf einem Hocker vor dem großen offenen Kamin saß und sich von einem Diener Haar und Bart stutzen ließ.

»Nehmt Platz«, beschied er die Ankömmlinge kurz angebunden und deutete in Richtung einer Bank in der Nähe. Hector schloss daraus, dass er seine beiden Begleiterinnen recht gut kannte. »Wir sind gleich fertig.« Und zu seinem Barbier gewandt: »Sorg dafür, dass alles an Abfällen verbrannt wird, damit sich niemand daran vergreifen kann.«

Mairi lächelte. »Man kann nie vorsichtig genug sein, wie, Sir?«

Macleod strahlte sie an. »Durchaus, durchaus, Mylady. Wie oft wird so etwas zu irgendwelchen finsteren Machenschaften benutzt. Ich achte stets darauf, dass niemand meine abgeschnittenen Haare oder Fingernägel aufsammelt und dazu verwendet, dem Clan Macleod Böses zuzufügen.«

Hector tauschte einen Blick mit seiner Schwägerin, die jedoch keine Miene verzog. Auf ihre Bemerkung hin hatte er den Reiz verspürt zu kichern; angesichts der raschen und zustimmenden Entgegnung des Hausherrn unterdrückte er jedoch diesen Impuls.

»Der Großadmiral der Inseln ist nicht mitgekommen?«, fragte Macleod und wölbte die Brauen.

»Nein, Sir«, erwiderte Hector. »Seine Gnaden hat ihn beauftragt, Streitigkeiten um Sturmvogelöl beizulegen. Seine Gemahlin indes bestand darauf, mich zu begleiten.«

Dass Macleod Mairi schätzte, wurde deutlich, als er sagte: »Ich habe Euch nicht zu solch früher Stunde erwartet, Mylady, sonst hättet Ihr mich nicht in diesem Aufzug überrascht.«

»Das macht doch nichts, Sir, wirklich nicht«, antwortete Mairi hoheitsvoll. »Vielleicht kann ich mit meiner Dienerin der Braut beim Ankleiden zur Hand gehen.«

»Nein, nein, vielen Dank trotzdem«, wehrte er ihr Angebot ab. »Das Mädchen wird heute ein wenig scheu sein, und da sie Euch nicht kennt, steht zu befürchten, dass sie vor lauter Angst durchdreht und ihren Text und alles andere vergisst.«

»Habt Ihr nicht auch eine ältere Tochter, Sir? Eine, der die gesamten Vorbereitungen obliegen? Ich könnte mich bei ihr nützlich machen.«

»Meiner Treu, Mylady, Ihr seid unser ehrenwerter Gast. Kommt nicht in Frage, dass Ihr hier auf Chalamine die Arbeiten eines Küchenmädchens übernehmt. Lieber wär es mir, mit Euch – und natürlich auch mit meinem zukünftigen Schwiegersohn – einen Becher Brogac zu trinken, bevor ich eine der Dienerinnen bitte, Euch Eure Kammer für heute Nacht zu zeigen. Also los! Ich wäre gekränkt, wenn Ihr mir meine Bitte abschlagen würdet. Tam, schenk jedem großzügig ein, hörst du, Junge?«

Da sie die Aufforderung schlecht ablehnen konnten, nahmen sie den Whisky entgegen, auch wenn Mairi lediglich an dem Becher nippte, den Tam ihr reichte. Wie beiläufig fragte sie dann: »Weitere Gäste sind noch nicht eingetroffen, Sir?«

»Doch, schon, ein paar. Sie dürften sich irgendwo draußen aufhalten. Wir haben nicht viel Aufhebens um diese Hochzeit gemacht, es ging alles so schnell. Wir wollen doch keine boshaften Gerüchte aufkommen lassen, wie, mein Junge?« Er zwinkerte Hector zu, der den starken Drang verspürte, seine Meinung von dem Mann kundzutun. Nur der Gedanke, dass seine Zukünftige etwas dagegen haben könnte, wenn er ihre Familie noch vor der Eheschließung verunglimpfte, hielt ihn davon ab.

Umso dankbarer war er, als Mairi sagte: »Ich kann mir nicht vorstellen, dass irgendjemand etwas Anstößiges an dieser Hochzeit findet, Sir. Die Macleods sind wie die Söhne Gilleans für ihre edle Gesinnung bekannt.«

»Gewiss doch, Mylady, so war das auch nicht gemeint. Die Krux ist nur, dass uns so wenig Zeit zur Verfügung stand. Die Macleods sind über alle Inseln verstreut, und obwohl wir früh genug eingeladen haben, reichte die Zeit nicht aus, alle zusammenzutrommeln, gerade bei diesem Wetter. Im Sommer wäre es etwas anderes gewesen, aber der junge Mann hier hatte es ja so verdammt eilig.«

Mairi nickte. Einen weiteren Brogac lehnte sie ab und bat darum, ihre Kammer aufsuchen zu dürfen, um sich für das Fest umzuziehen.

»Ja, nur zu«, meinte Macleod. »Der Geistliche wird kurz vor der Vesper die Trauung vornehmen. Nach den Gebeten findet dann das Hochzeitsfest statt, danach werden Braut und Bräutigam ins Ehebett geleitet.«

Hector war verblüfft, dass die Zeremonie zu solch später Stunde stattfinden sollte. Wie schade, dass sein Zwillingsbruder nicht hatte mitkommen können! Mit Lachlan hätte er zumindest über diesen absonderlichen Hochzeitstermin sprechen können.

Mit der Respekt gebietenden Mairi war das wohl eher nicht zu machen, vor allem weil sie zweifellos erwartete, dass er, falls die Planung ihm nicht zusagte, etwas dagegen einwenden würde.

Es wurde ihm bewusst, dass er, ein unverbrüchlicher Gefolgsmann und sehr wohl in der Lage, schwierigste und gefährlichste Befehle auszuführen und die ihm unterstellten Männer ohne weiteres anzuführen, wenn er wusste, was sein Zwillingsbruder oder MacDonald von ihm erwarteten, kaum jemals selbst die Initiative ergriffen und wichtige Entscheidungen getroffen hatte. Ebenso wenig war er es gewohnt, sich ohne handfesten Grund und vorherige Rücksprache mit Lachlan gegen Entscheidungen anderer einflussreicher Männer aufzulehnen.

Und da Macleod der Gastgeber war und er beabsichtigte, dessen Tochter zu heiraten, sagte sich Hector, dass es eigentlich egal war, in welcher Form die Hochzeit gefeiert wurde. Macleod würde schon wissen, was er tat, und das Einzige, worauf es Hector ankam, war, dass Mariota und er bald Mann und Frau waren.

Die Erwähnung der Hochzeitsnacht löste gemischte Gefühle bei ihm aus. Einerseits sah er ihr sehnsüchtig entgegen, andererseits hatte er, da weder sein Vater noch Lachlan an den Hochzeitsfeierlichkeiten teilnahmen, gehofft, mit Mariota gleich nach der Trauung nach Lochbuie aufzubrechen. Diese Hoffnung musste er jetzt begraben, allein schon wegen der späten Stunde, zu der die Eheschließung festgesetzt war. Es blieb ihm nichts anderes übrig, als zumindest eine Nacht auf Chalamine zu verbringen.

Nachdem Mairi den Saal verlassen hatte und Macleods Haar zu dessen Zufriedenheit gestutzt war, füllte der Hausherr erneut Hectors Becher und seinen eigenen.

»Wenn ich noch mehr trinke, Sir, werde ich heute Nacht als Ehemann nicht viel taugen«, erhob Hector Einspruch.

»Keine Sorge, Freundchen, Ihr werdet es schon schaffen, Eure Pflicht dem Mädchen gegenüber zu erfüllen. Ihr seid ein junger, kräftiger Bursche und habt also nichts zu befürchten. Herrgott noch mal! Euer Instinkt wird Euch leiten, und wenn Ihr noch so betrunken seid.«

»Mir wäre es lieber, meine Lady würde mich in unserer Hochzeitsnacht nicht sturzbetrunken erleben«, sagte Hector leichthin. »Außerdem trinke ich nie mehr, als gut für mich ist.«

»Meine Güte, Ihr hattet gerade mal drei Becher! Dass Ihr beim Whisky so schnell schlappmacht, hätte ich nicht gedacht.«

»Meine Pflichten erlegen mir auf, nüchtern zu bleiben, Sir. Wenn der rechte Arm und die Streitaxt gefragt sind, kann man nicht erst warten, bis man wieder nüchtern ist.«

»Das ist wohl wahr«, pflichtete Macleod nachsichtig bei, schien aber, wie Hector fand, enttäuscht zu sein.

Hatte er etwa durch seine Weigerung Macleod einen weiteren Grund geliefert, ihm gegenüber eine ablehnende Haltung einzunehmen? Er schob diesen Gedanken beiseite. Macleod würde früh genug merken, dass sein Schwiegersohn seiner Tochter würdig war. Dennoch trank Hector seinen Whisky aus, nicht ohne zu überlegen, ob ihm sein Gastgeber vor der Trauung wohl noch etwas zu essen anbieten würde.

Offenbar nicht, denn gleich darauf meinte Macleod, dass es nun an der Zeit wäre, sich für die Festlichkeiten anzukleiden. Als Hector wieder den großen Saal betrat, waren die anderen Gäste eingetroffen, und die Stimmung war erwartungsvoll.

Die Einzige, die er aus der Familie der Braut erkannte, war Lady Euphemia. Lächelnd kam sie auf ihn zu. »Ich freue mich, Euch wiederzusehen, Sir«, sagte sie. »Noch dazu vor der Trauung. Das gibt mir Gelegenheit, kurz mit Euch zu sprechen, ehe die Feierlichkeiten beginnen.«

»Gewiss doch, Mylady, aber wo sind eigentlich die Schwestern meiner Braut? Ich hatte erwartet, sie hier versammelt zu sehen.«

»Oh, die werdet Ihr früh genug erleben, Sir. Ich finde, je weniger man sie sieht – besser gesagt hört, weil sie für gewöhnlich sehr umtriebig sind –, desto besser. Aber über die Mädchen wollte ich gar nicht mit Euch sprechen.« Sie fuhr mit der Hand in ihren Ärmel und zog eine silberne Münze hervor, die sie Hector aufdrängte. »Hier, für Euch. Ein Glücksbringer, versteht Ihr? Ihr müsst sie Euch in den Schuh legen – am besten gleich, damit Ihr es nicht vergesst.«

Wie abergläubisch diese Macleods alle miteinander doch waren! Hector schmunzelte, verstaute aber gehorsam die Münze in seinem Schuh. Mit einem beifälligen Nicken entfernte sich Lady Euphemia, und gleich darauf gesellte sich Macleod wieder zu ihm, den offenbar unvermeidlichen Krug Whisky in der Hand.

Zu trinken gab es jedenfalls mehr als genug, dafür war von einem noch so kleinen Imbiss weit und breit nichts zu entdecken. Deshalb lehnte Hector die Einladung seines Gastgebers zu einem weiteren Becher ab und sagte, er zöge es vor, sein Ehegelöbnis in aufrechter Haltung zu sprechen anstatt flach auf dem Rücken liegend, wozu es unweigerlich kommen würde, wenn er mit Macleod, dem das berauschende Getränk nichts anzuhaben schien, mithielte.

Der Priester betrat den Saal. Macleod rief ihn zu sich und stellte ihm Hector vor. Er bestand darauf, dass beide mit ihm zusammen noch einen Becher Brogac leerten. Notgedrungen, und schon weil er merkte, dass der Geistliche dies von ihm erwartete, fügte sich Hector.

Er entdeckte Mairi, die in bester Laune mit den Verwandten der Macleods plauderte, seltsamerweise waren aber keine Kinder anwesend, und auch die Schwestern seiner Zukünftigen fehlten. Obwohl er dies registrierte, gab es ihm nicht zu denken. Stattdessen hielt er weiterhin Ausschau nach seiner Braut.

»Ihr bekommt sie zu sehen, wenn es an der Zeit ist«, grinste Macleod, der wohl ahnte, was in Hector vorging. »Es bringt dem Bräutigam jede Menge Unglück, wenn er seine Braut am Hochzeitstag vor der Trauung erblickt.«

»Ja, das ist wahr«, bestätigte der Priester.

Endlich gab Macleod seinem Dudelsackpfeifer ein Zeichen, worauf dieser eine feierliche Weise anstimmte. Auf eine Geste des Priesters hin folgte Hector dem Musikanten zur Tribüne und dem dort aufgebauten Altar.

Als er das Podest hinaufstieg, stolperte er und kam beinahe zu Fall.

»Küsst Euren Daumen, mein Bester, na macht schon!«, wies Macleod ihn an. »Ihr wollt doch nicht, dass Eure Hochzeitsnacht unter einem ungünstigen Stern steht.«

Hector unterdrückte nur mühsam ein Lachen, weil ihm dies bei einem derartigen Anlass unangebracht erschien, fragte sich aber, warum er so wenig Kontrolle über seinen Körper hatte. Sein Kopf fühlte sich an, als hätte sich dicker schottischer Nebel um sein Gehirn gelegt. Zweifellos hatte es Macleods Whisky in sich, wenn bereits zwei, drei Becher genügten, um seine Sinne zu verwirren und ihn schwindlig zu machen.

Die Pfeifen des Dudelsacks gaben schrillende Töne von sich, und dann sah er sie in einer Wolke aus goldenem Satin auf sich zuschreiten. Die Gäste ... sie schienen jetzt zahlreicher zu sein, sicher waren es zweimal so viele – oder sah er jeden von ihnen doppelt? Er schüttelte den Kopf, was ihn nur noch benommener werden ließ. Ganz kurz befürchtete er, sich gleich übergeben zu müssen, unterdrückte diese Anwandlung aber erfolgreich. Ihm wurde nur selten schlecht, und gerade jetzt durfte ihm Derartiges nicht passieren. Lachlan würde sich ausschütten vor Lachen, wenn er mitbekäme, dass drei lächerliche Becher Brogac seinen Bruder außer Gefecht gesetzt hatten.

Seine verschleierte Braut stand jetzt neben ihm. Wie sie dort hingekommen war, konnte Hector sich nicht erklären. Ihre Schwestern schienen ihr aufzuwarten, aber er konnte weder ihre Zahl überblicken, noch gelang es ihm, sie auseinanderzuhalten, so blond und jung, wie sie alle waren. Wo wohl die Widerspenstige steckte?

Na ja, widerspenstig war sie eigentlich nicht, aber obwohl er kurz überlegte, fand er keine treffendere Charakterisierung für sie. Er schaffte es nicht, Ordnung in sein Gehirn zu bringen.

Er sprach die Worte nach, die der Geistliche ihm vorbetete, steckte, als er dazu aufgefordert wurde, der Braut den Ring an den Finger, und dann war es vorbei. Sie schritten zu ihren Plätzen am großen Tisch. Seltsam, dass das noch immer verschleierte Mädchen links von Macleod zu sitzen kam und er zu dessen Rechten. Aber diese Tischordnung dünkte ihm nur einen Moment lang merkwürdig, weil ihm einfiel, dass Damen fast immer links von ihrem Gastgeber saßen und die Herren rechts von ihm. Oder war es andersherum? Sein Hirn weigerte sich schlicht und einfach, diese Frage zu beantworten.

Die Feier wurde ausgelassener, es wurde gesungen, und der Dudelsack quäkte aus all seinen Pfeifen. Einige erhoben sich, um einen Reigen zu tanzen. Hector blieb wie angewurzelt sitzen und schaute ihnen zu, tat nichts weiter, als von dem zu essen, was ihm serviert wurde, und den vielen Trinksprüchen auf sein Wohl und das seiner Gemahlin zu entsprechen. Die Gesellschaft schien durch die Bank zu viel getrunken zu haben – selbst Mairi, wie er festzustellen meinte. Er konnte sich nur zu gut ausmalen, wie sein Zwillingsbruder reagieren würde, wenn ihm zu Ohren kam, dass seine Gattin auf der Hochzeit beschwipst gewesen war. Dies war die letzte Überlegung, die ihn an mögliche Konsequenzen gemahnte, ehe sein Gastgeber verkündete, dass es Zeit wurde, das glückliche Paar zu Bett zu geleiten.

Seine Angetraute erhob sich unverzüglich und zog sich mit ihrer Tante sowie einigen anderen Damen, darunter Mairi, zurück, um Vorkehrungen für die Nacht zu treffen.

Was folgte, war wie ein Traum – irgendwelche Verwandten von Macleod trugen ihn aus dem Saal, entkleideten ihn und legten ihn ins Bett, zu seiner weiterhin züchtig verschleierten Braut. Unter Anfeuerungsrufen und anzüglichen Bemerkungen segnete der Geistliche sowohl das Paar wie das Bett. Ein Schwindelgefühl überkam Hector, Kopfschmerzen und Benommenheit machten ihm zu schaffen, und dann war da nur noch eine wabernde schwarze Wolke, die sich über ihn senkte.

5

Er schreckte aus dem Schlaf hoch. Irgendein Trottel hatte die Vorhänge geöffnet, und grelles, schier unerträglich helles Sonnenlicht fiel in die Kammer. Sein erster Gedanke war, einen Diener zu rufen, damit der die Vorhänge wieder zuzog, aber noch ehe er seinen ausgetrockneten Mund öffnen konnte, meldeten sich die Kopfschmerzen zurück und riefen ihm ins Gedächtnis, in welcher Verfassung er beim Einschlafen gewesen war – wenn man denn die tiefe Bewusstlosigkeit, in die er gefallen war, so nennen konnte. Als er zu ergründen versuchte, warum er so viel getrunken hatte, merkte er, dass in seinem Bett noch jemand lag, und die Erinnerung setzte ein.

Wie konnte er nur seine Hochzeitsnacht vergessen haben? Er war jetzt verheiratet, der Ehemann der wunderschönen Mariota, aber von der Trauung oder dem, was sich daran angeschlossen hatte, war ihm so gut wie nichts im Gedächtnis haften geblieben.

Er wandte sich nach ihr um und sah, dass sie auf der Seite lag, so weit weg von ihm wie möglich, das Gesicht der Wand zugekehrt, an die das Bett grenzte. Mit gerunzelter Stirn grübelte er darüber nach, ob er seine Rechte als Ehemann wahrgenommen hatte. War es möglich, dass er sich derart dem Whisky ergeben hatte, dass er diesen bedeutungsvollen Akt nicht vollzogen hatte?

Ihr lockiges Haar breitete sich wie eine sonnige Wolke auf dem Kopfkissen aus, war von einem helleren Blond, als er es in Erinnerung hatte. Wahrscheinlich bewirkte die grelle Sonne diese Veränderung. Sie atmete ruhig und regelmäßig. Hectors Körper erbebte vor Wollust.

Unbeweglich lag Cristina neben ihrem Ehegatten, wagte kaum zu atmen, geschweige denn zu schlafen. Fast die ganze Nacht hatte sie so dagelegen, starr vor Angst, dass er aufwachen könnte und sich dann ihrer bemächtigen würde. Wie der Vater es gewollt hatte, waren sie jetzt rechtmäßig verheiratet, aber die Wirklichkeit war weit schlimmer, als sie befürchtet hatte.

Wie entsetzt sie gewesen war, als vier oder fünf Angehörige der Macleods ihn in die Kammer geschleppt und wie einen Sack neben ihr aufs Bett hatten fallen lassen! Dann hatte einer von ihnen, ohne Rücksicht auf ihre Schamhaftigkeit zu nehmen, die Bettdecke zurückgezogen und über ihn gebreitet. Ein anderer hatte ihr den Schleier weggerissen, schrecklich war das für sie gewesen, denn jetzt hätte Hector sehen können, dass sie nicht Mariota war. Aber er war viel zu betrunken gewesen, um dies zu bemerken, und die anderen zeigten sich auch nicht überrascht, hatte Macleod es doch für sich behalten, den Gästen gegenüber zu erwähnen, dass Hector es eigentlich auf seine zweite und nicht auf seine älteste Tochter abgesehen hatte. Zwar hatte Cristina, anders als Mariota, Lady Mairi bereits auf Ardtornish kennengelernt, aber jeder wusste, dass die Schwestern Macleod sich sehr ähnlich sahen. Außerdem hatte der Geistliche die vorgeschriebenen Worte der Trauungszeremonie so hastig gemurmelt, dass niemand mitbekommen hatte, dass er die Braut als Cristina ansprach. Und da fast alle dem väterlichen Whisky kräftig zugesprochen hatten, waren die meisten zu betrunken gewesen, um zu merken, dass etwas nicht stimmte.

Die Ausdrucksweise der Männer, die Hector in die Kammer getragen hatten, war ruppig und obszön gewesen, was einige der Damen pikiert hatte. Deshalb hatte Macleod dem Priester befohlen, eiligst das Bett und das frisch vermählte Paar zu segnen, um gleich danach die Gäste hinauszuscheuchen. Und bevor die beiden Frischvermählten ihren Bund besiegeln konnten, hatte er Cristina noch zugeraunt: »Hüte dich, mir jetzt in den Rücken zu fallen, meine Tochter. Wenn du das vorhast, werde ich hierbleiben und dafür sorgen, dass alles so geschieht, wie es sich gehört.«

»Ich werde mich Euch nicht widersetzen, Sir«, hatte sie versprochen. »Schon um einen Skandal zu vermeiden. Wie er allerdings reagiert, wenn er wieder zu sich kommt, ist eine andere Sache.«

»Sieh zu, dass du ihm Vergnügen bereitest. Dann brauchen wir uns nicht darüber den Kopf zu zerbrechen.«

»Ich werde ihm als seine Frau beiliegen, Sir. Mehr als das kann ich nicht tun.«

»Doch, kannst du, ganz bestimmt. Außerdem zweifle ich nicht daran, dass der Bursche dich in deinen ehelichen Pflichten unterweisen wird. Los jetzt, Hector!«, hatte er den Bräutigam angebrüllt und ihn kräftig geschüttelt, »kümmre dich um deine Frau, und komm deinen Pflichten ihr gegenüber nach.«

Ächzend hatte sich Hector herumgewälzt und schwerfällig den Arm um sie gelegt.

Offensichtlich zufrieden war Macleod abgezogen und hatte sie dem ziellosen Herumtatschen ihres Ehemannes überlassen. Kurz darauf hatte Hector zu schnarchen begonnen und ihr war es, wenngleich nicht ohne Schwierigkeiten, gelungen, sich aus seiner Umklammerung zu befreien.

Wie leicht es ihr anschließend gefallen war, sich einzureden, sie erweise sich als gehorsame Tochter, die lediglich ihre Pflicht erfüllte. Es stimmte zwar, dass Macleod ihr kaum eine andere Wahl gelassen hatte, aber irgendwie konnte man sich immer aus der Affäre ziehen, sofern man bereit war, die damit einhergehenden Folgen auf sich zu nehmen. Und dass jede Entscheidung Konsequenzen hatte, war eine unumstößliche Tatsache. Was das für sie bedeutete, konnte sie nur ahnen, würde es aber bald herausfinden, weil Hector nicht länger röchelte, sondern gleichmäßig atmete, was darauf schließen ließ, dass er wach war.

Der Augenblick der Entdeckung stand so dicht bevor, dass Cristina die Luft anhielt. Am liebsten hätte sie sich ganz klein zusammengerollt, oder noch besser irgendwo verkrochen. Sie wünschte, es wäre wieder gestern und sie noch nicht verheiratet und in der Lage, nochmals über Pflichten und Gehorsam nachzudenken.

Sie spürte, dass er sich bewegte, erschrak aber dennoch, als seine große Hand nach ihrer Schulter fasste.

»Schau mich an, Mädchen«, murmelte er. »Ich möchte dich im Morgenlicht sehen, um mich an deiner Schönheit zu berauschen. Ich befürchte, dass ich dir letzte Nacht nicht meine uneingeschränkte Aufmerksamkeit geschenkt habe. Hoffentlich bist du nicht gekränkt.«

Wohl zum hundertsten Mal, seit der Priester sie vereint hatte, dachte Cristina daran, dass man ihn Hector den Grimmigen nannte, und sie fragte sich, ob sie den Sonnenaufgang an diesem heutigen Tag überleben würde. Aber sie war nicht feige. Sie holte tief Luft und wandte sich zu ihm um.

Hector atmete hörbar ein, stützte sich auf einen Ellbogen auf, zuckte angesichts seiner bohrenden Kopfschmerzen zusammen, schenkte dem aber weiter keine Beachtung. »Ihr!?«, rief er entsetzt aus.

»Ja, Sir, ich bin es«, sagte sie mit einer Ruhe, die für ihn an der Grenze zum Perversen angesiedelt war. Wo sie doch eigentlich völlig verängstigt hätte sein müssen. Als er sie anstarrte, fügte sie in dem gleichen Tonfall, der ihn an eine bestimmte Kinderfrau von Lachlan und ihm erinnerte, hinzu: »Es tut mir leid, aber Ihr seid das Opfer eines schmutzigen Tricks geworden. Es würde mich keineswegs überraschen, wenn Ihr mich für die Rolle, die ich dabei gespielt habe, am liebsten umbringen würdet, aber dennoch hoffe ich, dass Ihr das nicht tut. Bedenkt, dass ich nur dem Wunsch meines Vaters entsprochen habe.«

»Wo ist Eure Schwester?«

»In ihrem Bett, nehme ich an. Es ist doch eben erst hell geworden. Macht ihr keine Vorwürfe, ich bitte Euch. Auf das, was geschehen ist, hatte sie genauso wenig Einfluss wie ich.«

»Aber wir können unmöglich verheiratet sein! Nicht einmal Euer Name wurde ausgesprochen!«

»Irrtum. Er wurde sehr wohl ausgesprochen, nur dass die Stimme des Priesters sehr leise ist und sich wohl niemand außer Lady Mairi gewundert hätte, anstelle von Mariotas Namen den meinen zu vernehmen. Wir sind rechtmäßig verheiratet und haben als Mann und Frau einander beigelegen. Folglich besteht für keinen von uns die Möglichkeit, daran etwas zu ändern.«

»Zum Teufel, und ob man das kann!«, brüllte er und setzte sich, seinen Zorn nur mühsam unterdrückend, auf. »Ich werde umgehend die Annullierung dieser Ehe verlangen.«

Sie biss sich auf die Unterlippe. Ob zum Zeichen, dass sie gekränkt war oder aber um ihre Erregung zu ersticken, vermochte er nicht zu deuten. Sie wirkte noch immer viel zu gelassen, und ihm fiel ein, dass er schon bei ihrem ersten Zusammentreffen ihre Selbstbeherrschung als geradezu unnatürlich empfunden hatte. Angesichts der gegenwärtigen Situation jedenfalls hätte jede normale Frau die Fassung verloren.

Er machte Anstalten, aus dem Bett zu springen.

»Ich bitte Euch, Sir, überstürzt nichts«, sagte sie, und ihr plötzlich flehender Tonfall ließ erkennen, dass sie jetzt doch verunsichert war. »Das wäre peinlich für mich und sicherlich auch für Euch. Ihr steht immerhin in dem Ruf, ein Mann zu sein, der bekommt, was er will, einer, der über große Macht verfügt. Wenn Ihr jetzt aus dem Bett springt und diese Kammer verlasst, um die Annullierung unserer Ehe zu fordern, nachdem Ihr die Nacht mit mir verbracht habt, dann bedenkt, welche Schlussfolgerung jeder daraus ziehen wird.«

»Seid nicht töricht. Alle werden wissen, dass dein Vater mich betrogen hat.«

»Das werden sie, wenn Ihr es ihnen erzählt«, pflichtete sie ihm bei.

»Genau. Und wenn ich ihnen sage, dass ich anstatt neben Eurer Schwester neben Euch aufgewacht bin, wird auch der Dümmste begreifen, dass Euer Vater mich dadurch, dass er mir Euch aufgehalst hat, anstatt mir Mariota zu geben, schändlich hintergangen hat.«

Wieder biss sie sich auf die Unterlippe, diesmal eindeutig zornig, wie es ihm vorkam. Dennoch bewahrte ihre Stimme diese teuflische Ruhe, als sie sagte: »Ihr denkt noch immer nicht logisch. Die anderen werden erst davon erfahren, wenn Ihr es ihnen erzählt. Hier in der Gegend wusste niemand, dass Ihr vorhattet, Mariota zu heiraten, weil mein Vater all denen, die er einlud, sagte, Ihr wolltet *mich* zur Frau nehmen. Höchstwahrscheinlich habt Ihr den Leuten gesagt, Ihr würdet Macleods Tochter heiraten. Habt Ihr Mariotas Namen erwähnt oder dass Eure Auserwählte seine Zweitälteste ist?«

»Meinem Bruder, Lady Mairi und Seiner Gnaden habe ich gesagt, dass ich Macleods zweite Tochter heirate«, erwiderte er. »Und außerdem hab ich ihnen erzählt, sie sei so wunderschön, dass den Männern bei ihrem Anblick der Atem stockt«, fügte er schonungslos hinzu.

Weder sein Tonfall noch die verletzenden Worte schienen sie zu beeindrucken.

»Ich bezweifle, dass sich das herumspricht, schon weil weder Seine Gnaden noch Euer Bruder hier sind«, meinte sie. »Möglich, dass sie sich über Euren Geschmack wundern, wenn sie mich und vor allem wenn sie Mariota sehen, aber wenn Ihr weder ihren Namen erwähnt habt noch dass Ihr die Absicht hattet, Macleods zweite Tochter zu ehelichen, werden sie sich nichts weiter dabei denken. Eure Leute werden Eure Gemahlin auf Lochbuie willkommen heißen, und hier wird man Euch gratulieren. Außerdem«, gab sie zu bedenken, »glaube ich, dass eine Annullierung nicht so leicht durchzusetzen ist, nachdem ein Mann und eine Frau sich als Eheleute beigelegen haben.«

Er war wütend auf sie, wenngleich nicht annähernd so wütend, wie er auf ihren Vater war oder auf sich selbst, weil er sich von Macleod hatte übertölpeln lassen und weil er Cristina mit Worten bedacht hatte, die kein Gentleman einer Lady gegenüber äußern sollte. Ihr auch noch zu sagen, dass er sich nicht einmal daran erinnerte, die Ehe vollzogen zu haben, erschien ihm unnötig grausam, wenn nicht gar beschämend.

Noch nie war er so betrunken gewesen, dass er sich an nichts mehr erinnern konnte. Aber genau dazu war es gekommen, und dies war eher ihm denn Macleod anzulasten. Er hätte dem Brautvater klipp und klar sagen sollen, dass er nichts mehr trinken wolle, und später, als ein Trinkspruch dem anderen gefolgt war, hatte er gemeint, man würde es ihm übel nehmen, wenn er nicht mit anstieße. Am allerschlimmsten aber war der Gedanke, Lachlan gegenüberzutreten.

In was für ein Hohngelächter sein Zwillingsbruder ausbrechen würde, weil er sich derart hatte hereinlegen lassen! Denn allmählich dämmerte ihm, dass Macleod alles daran gesetzt hatte, ihn betrunken zu machen. Möglicherweise hatte der ausgekochte alte Gauner ihm noch zusätzlich etwas in seinen Whisky geschüttet, eine Art Zaubertrank, der die Wirkung des Alkohols verstärkte. Aber das tat auch nichts mehr zur Sache. Er hätte schlicht und einfach ablehnen müssen, mehr zu trinken, als er wollte.

»Ihr seid zornig auf mich, ich weiß«, sagte sie ruhig. »Das nehme ich Euch auch nicht übel, ganz und gar nicht. Ich möchte Euch nur bitten, mich vor unseren Gästen nicht zu demütigen, und dass Ihr, wenn Ihr meint, um Annullierung nachsuchen zu müssen, dies auf diskrete Weise betreibt und erst, nachdem wir Chalamine verlassen haben. Ich werde mich nicht dagegen auflehnen, aber Ihr solltet wissen, dass mein Vater in Kirchenkreisen viele Freunde hat. Insbesondere wäre da der Abt von Iona zu erwähnen – ein Mackinnon mit ebenso guten Beziehungen auf Skye wie wir. Ihr müsst Euch schon an den Papst persönlich wenden, und Euer Ersuchen dürfte in etwa zur selben Zeit eintreffen wie das des Abts, der, wie ich annehme, dem Wunsch meines Vaters um Aufrechterhaltung unserer Ehe entsprechen wird.«

»Ihr sprecht wohl von Fingon Mackinnon, dem Grünen Abt.« Hector wusste, dass sich dieser von allen Geistlichen in Schottland am ehesten tatkräftig dafür einsetzen würde, jedes Ersuchen, das ein Maclean beim Papst einreichte, zu hintertreiben.

»Genau, Sir. Ihr kennt ihn?«

»In der Tat. Iona, die Heilige Insel, liegt unweit unserer Ländereien auf der Insel Mull.«

Er hielt es nicht für nötig, ihr mehr über das gespannte Verhältnis zwischen den Macleans und dem Abt zu erzählen. Wenn er sie nach Lochbuie brachte, würde sie früh genug davon erfahren. Allerdings erwartete er, dass sie dann zumindest für die kurze Dauer ihrer Ehe, das heißt bis zu ihrer offiziellen Annullierung, teilweise von ihrer Loyalität zu Macleod abrückte.

Cristina beobachtete, wie er mit all diesen Überlegungen rang. Was in ihm vorging, war nicht allzu schwierig zu erahnen. Immerhin hatte er sie nicht auf der Stelle umgebracht, auch wenn das immer noch geschehen konnte. Dass er wütend war, dafür sprachen allein schon seine angespannte Kiefermuskulatur und das Funkeln seiner blauen Augen. Wenigstens hielt er seine Zunge im Zaum, und dafür war sie dankbar, auch wenn Worte ihr weniger anhaben konnten. Schlimmer wäre es, wenn er seinem Ruf gerecht würde und sie in seinem Zorn aus dem Fenster warf.

Zu Fehden zwischen Clans war es schon aus nichtigerem Anlass als der Handlungsweise von Macleod gekommen. Nur gut, dass Hector nicht mit einer Armee von Freunden und Gefolgsmännern zu den Hochzeitsfeierlichkeiten erschienen war. Wäre dem so gewesen, hätten die Bewohner auf Chalamine auf der Stelle seinen Zorn zu spüren bekommen. Aber er und Lady Mairi waren für einen mächtigen Clan wie dem ihren mit überraschend wenig Begleitung angereist. Offensichtlich hatte Hector Macleod beim Wort genommen, als dieser erwähnt hatte, er wolle davon absehen, eine große Schar Gäste zu beherbergen, und dass er seinerseits Rücksicht darauf genommen hatte, war ganz nach dem Geschmack ihres Vaters gewesen.

Seltsamerweise war Cristinas Angst, Lady Mairi gegenüberzutreten, noch größer als die, die sie vor der Konfrontation mit Hector Reaganach gehabt hatte. Lady Mairi galt zwar als ungemein liebenswürdig, war aber auch dafür bekannt, sich bedingungslos für ihre Familie einzusetzen, zu der ja auch ihr Schwager zählte. Es hieß, dass MacDonald die Meinung seiner Tochter schätzte, sogar wenn es um Politik ging; Ihre Ladyschaft übte demnach ihren Einfluss bis in die höchsten Gremien aus, in denen sich wohl keiner über die Hector zugefügte Täuschung besonders amüsiert zeigen würde. Der Gedanke daran, was ihr womöglich bevorstand, ließ Cristina erschauern.

Sie hing ihren Überlegungen nicht weiter nach, als sie feststellte, dass sich in Hectors Gesicht nicht länger Wut und Frust spiegelten, sondern grimmige Grübelei. Unwillkürlich rückte sie von ihm ab.

Da sie befürchtete, dass er dieses kaum merkliche Abrücken als Feigheit ihrerseits auslegen könnte, riss sie sich zusammen und zwang sich, wie vorher so ruhig wie möglich zu sprechen: »Was ist, Sir? Habt Ihr Euch entschieden, wie wir vorgehen werden?«

»Ihr gestattet mir also zu bestimmen, was als Nächstes zu geschehen hat?«, meinte er leicht sarkastisch. »Wenn dem so ist, dann finde ich, Euer Vater …«

»Sir, bitte wägt die Euch zur Verfügung stehenden Möglichkeiten gut ab. Ihr wollt Euch nicht zum Narren machen, und ich möchte nicht als Diebin angesehen werden.«

»Diebin?« Seine Brauen wölbten sich.

Sie zuckte mit den Schultern. »Was denn sonst? Wenn Ihr überall herumerzählt, dass mein Vater und ich Euch ausgetrickst, Euch daran gehindert haben, Mariota zu heiraten, und Ihr stattdessen gezwungen wurdet, mich zur Frau zu nehmen, wird man dann nicht von mir denken, ich hätte es darauf angelegt, meiner Schwester den Mann auszuspannen, den sie sich zum Ehemann erwählt hatte?«

Er runzelte die Stirn. War es möglich, dass er tatsächlich einen Anflug von Mitgefühl für die unangenehme Situation, in der sie sich befand, aufbrachte? Oder war ihm nur eingefallen, dass sie ihn erneut als Narren bezeichnet hatte? Wie auch immer – diese gefurchte Stirn jedenfalls gefiel ihr nicht.

»Wo ist meine Streitaxt?«, herrschte er sie an.

»Das weiß ich nicht«, erwiderte sie und versuchte, der Eiseskälte, die sie bei dieser Frage überkam, keine Beachtung zu schenken. »Bestimmt sicher verwahrt. Niemand wird es wagen, sich an ihr zu vergreifen.«

»Das wird auch gut sein«, murrte er. »Mit dieser Axt kämpfte vor mehr als hundert Jahren mein Ahn Gillean in der Schlacht von Largs erfolgreich gegen die Nordländer. Ich würde fuchsteufelswild werden, wenn sie abhandenkäme.«

»Braucht Ihr sie zu einem bestimmten Zweck?« Da ihre Stimme hörbar zitterte, wünschte sie, sie hätte geschwiegen.

»Nein, Weib«, sagte er um einiges weicher als zuvor. »Ich habe nur danach gefragt, weil diese Axt für mich und meinen Clan wichtig ist und ich sie deshalb nicht missen möchte. Aber keine Bange, gegen Frauen führe ich keinen Krieg, ganz gleich, was sie mir angetan haben.«

Überwältigt von der Erleichterung, die sie durchströmte, schluckte sie. Eigentlich, sagte sie sich, hatte sie nicht wirklich Angst vor ihm gehabt, auch wenn sie wusste, dass Männer im Zorn schon mal handgreiflich gegen ihre Frauen wurden und seine Verärgerung sie aus dem Gleichgewicht, ja sogar in Bedrängnis gebracht hatte.

»Ihr führt vielleicht nicht Krieg gegen Frauen«, sagte sie,

»aber offensichtlich könnt Ihr Euch ihnen gegenüber recht wütend gebärden.«

»Wenn sie mir Anlass dazu geben, dann ja. Aber richtig wütend habt Ihr mich noch nicht erlebt, Mädchen. Und Ihr tut gut daran, mich nicht noch mehr zu reizen als bereits geschehen.«

Bei dem Gedanken, dass sie ihm sehr wohl Anlass gegeben hatte, aus der Haut zu fahren, erschauerte sie abermals. »Ihr erinnert mich zu Recht daran, dass ich mich schuldig gemacht habe«, gestand sie ehrlich ein.

Er grinste. »Nein, Weib, ich mache mir nur Luft. Ich weiß doch, wer der wirklich Schuldige in diesem Komplott ist. Mein eigener Vater hat mir auf seine Weise zu verstehen gegeben, dass ich Macleods Aberglauben unterschätze. Darüber hinaus sind mir familiäre Zwänge und die Belastungen, die einem dadurch aufgebürdet werden können, keineswegs fremd. Ich verstehe also gut, dass Ihr kaum in der Lage wart, Euch gegen ihn aufzulehnen.«

Sie schluckte heftig. Ihrer Meinung nach hätte sie sich sehr wohl gegen den Vater auflehnen können, es aber aus Feigheit unterlassen und sich eingeredet, es wäre ungehörig. Beschämt fragte sie sich jetzt, inwieweit Macleods Drohungen den Ausschlag für diesen Betrug gegeben hatten und ob nicht auch sie eine gehörige Portion Mitschuld traf, weil sie sich vom ersten Augenblick an zu Hector Reaganach hingezogen gefühlt und ihn begehrt hatte.

»Was hält eigentlich Eure Schwester von diesem hinterhältigen Trick?«, fragte er.

Cristina schoss das Blut in die Wangen. »Sie ist natürlich aufgebracht«, sagte sie. »Mariota hat etwas dagegen, sich herumkommandieren zu lassen. Wie vermutlich jeder andere auch zieht sie es vor, Entscheidungen selbst zu treffen.«

Er presste die Lippen fest zusammen, offensichtlich darum bemüht, seine schlechte Laune nicht länger an ihr auszulassen. Er hatte sich Kissen in den Rücken gestopft und saß jetzt, die muskulösen Arme vor dem athletischen Brustkasten verschränkt, aufrecht im Bett und starrte vor sich hin. Ein wahrhaft schöner Mann, ein eindrucksvolles Profil. Cristina war froh, ihn nur von der Seite zu sehen. Das war einschüchternd genug.

Hector wünschte sich, sein Körper würde aufhören, auf ihre Stimme zu reagieren, die, was ihm anfangs nicht aufgefallen war, ungemein betörend klang und entsprechend dem, was sie sagte, anschwoll oder abebbte wie einschmeichelnde Musik, deren verschiedene Nuancen erregend wirkten – auf einen bestimmten Körperteil ganz besonders.

Noch kurz zuvor hatte er aus dem Bett springen wollen, um Macleod zu suchen und diesen verschlagenen Gauner zu erwürgen. Jetzt saß er erst einmal in der Falle, denn wenn er aufstand, würde Cristina in Augenschein nehmen können, was ihre Stimme und die Vorstellung, sie zu berühren, bei ihm bewirkte.

Das durfte auf keinen Fall geschehen, wusste er doch aus Erfahrung, welches Entzücken es bei Frauen hervorrief, wenn sie sich mit eigenen Augen überzeugen konnten, dass ihre Verführungskünste Früchte trugen. Ein derartiger Anblick verlieh – das wusste er ebenfalls aus eigener Erfahrung – Frauen ein Gefühl von Überlegenheit.

Er bekam kaum mit, was sie als Nächstes sagte; als sie dann aber schwieg, wünschte er sich sofort, sie würde weitersprechen.

Dieser Gedanke wurde abgelöst von der Überlegung, dass es ja eigentlich Mariota war, die er zur Frau begehrt und Macleod und diese vermaledeite Hexe neben ihm im Bett sie ihm durch einen Trick vorenthalten hatten. Seine verschränkten Arme spannten sich an und seine Lippen pressten sich aufeinander, als er sich sagte, dass das Gebräu, das Macleod ihm vorgesetzt hatte, wohl noch immer seine Sinne vernebelte. Normalerweise schnell von Begriff und rasch zum Handeln bereit, konnte er doch im Augenblick an nichts anderes denken als an ihre so weich anmutende Haut und diese betörende Stimme.

Unwillkürlich lachte er leise auf, als sich ihm ein »Zwillingskommentar« aufdrängte – diese Art von Überlegungen nannte er so, weil es ihm meist schien, sie würden mit Lachlans Stimme gesprochen: »Na, Freundchen, du magst ja einigermaßen schlau sein, wenn du auf beiden Beinen stehst«, meinte er jetzt den Bruder zu hören, »aber wenn du auf dem Rücken liegst, setzt dein mickriger Verstand aus.«

»Findet Ihr das, was ich eben über Mariota sagte, etwa komisch, Sir? So war das aber keineswegs gemeint.«

Er sah sie an. Sein Gesichtsausdruck hatte sich verändert, ohne dass er sich dessen bewusst geworden war. Mochte auch sein Gehirn nicht immer wunschgemäß funktionieren, gehorchte ihm doch im Großen und Ganzen sein Körper, sofern er nicht unpässlich war – was seiner Erinnerung nach erst zweimal vorgekommen war – oder schwer betrunken.

»Seid versichert, dass ich die Situation ganz und gar nicht komisch finde«, versicherte er nachdrücklich.

»Dann seid Ihr vielleicht hungrig.«

Da sein Magen nicht zu dem Teil seines Körpers gehörte, der seine Aufmerksamkeit beanspruchte, hatte er keinen Gedanken an etwas zu essen verschwendet, merkte aber jetzt, dass er hungrig war wie ein Wolf. Kein Wunder, hatte er doch, soweit er sich erinnerte, seit seiner Ankunft auf Chalamine gestern Morgen nicht allzu viel zu sich genommen.

»Das bin ich tatsächlich«, gab er zu.

»Ich auch«, sagte sie. »Aber bevor wir uns etwas bringen lassen, müssen wir – das heißt müsst Ihr – entscheiden, was Ihr zu tun gedenkt.«

Ihre aufreizende Ruhe stachelte ihn an, unter Beweis zu stellen, dass auch er sich in einer außergewöhnlichen Situation zu beherrschen wusste. Da er jedoch der Versuchung nicht widerstehen konnte, sie auf die Probe zu stellen, fragte er: »Was würdet Ihr denn vorschlagen?«

Ihre weit aufgerissenen Augen verrieten ihm, dass er sie einmal mehr verblüfft hatte. Dennoch zögerte sie nicht zu antworten. »Wenn Ihr es über Euch bringt, Euch so zu verhalten, als ob nichts Außergewöhnliches geschehen wäre, und wir noch heute von Chalamine aufbrechen könnten, ohne einen Skandal zu verursachen, wäre ich Euch sehr verbunden«, sagte sie. »Ich werde mein Eheversprechen auf jeden Fall so lange einhalten, bis Ihr mich wegschickt, und mich bei allem, was Ihr von mir verlangt, als Eure Gemahlin erweisen. Ich bin es gewohnt, einen großen Haushalt zu führen und mit jedweder Anzahl von Vasallen und Pächtern zu verhandeln, kann Euch also tatkräftig zur Seite stehen, bis wir uns trennen müssen. Alles, was ich als Gegenleistung von Euch erbitte, ist, dass Ihr mich nicht vor meiner oder Eurer Familie schlechtmacht oder demütigt.«

Er überlegte nur kurz, nickte dann. »Klingt recht vernünftig«, meinte er. »Ich bin einverstanden. Was jedoch nicht heißt, dass ich nicht sofort dafür sorgen werde, dass unsere Ehe aufgelöst wird.«

Die Farbe ihrer Augen schien, wie er feststellte, von flüssigem Gold zu Grün und dann wieder zu Gold zu wechseln, was zweifellos von dem sich in Abständen verändernden Lichteinfall von draußen herrührte, wenn beispielsweise eine Wolke an der Sonne vorbeizog. Er wollte gar nicht den Blick abwenden, um sich davon zu überzeugen, was der Grund dafür war, derart fasziniert war er von diesem Wechselspiel ihrer Augenfarbe.

Ihre Wangen röteten sich, und als er merkte, dass er sie anstarrte, räusperte er sich und sagte: »Bleibt gut zugedeckt, Mädchen, ich rufe jetzt meinen Diener, damit er uns etwas zu essen bringt.«

Damit warf er die Bettdecke zurück, verließ das Bett und eilte nackt auf die Tür zu.

Cristina musterte ihn kurz und sagte dann: »Nur noch eins, Sir.«

Zu ihrer Bestürzung wandte er sich zu ihr um. Nackte Männer waren ihr kein ungewohnter Anblick, hatte sie doch schon mitgeholfen, Wasser und Handtücher in den Saal zu bringen, wenn männliche Gäste zu baden wünschten. Aber dies hier war etwas anderes, etwas ganz anderes. Hector sah hinreißend aus, angefangen von den breiten Schultern über den muskulösen Brustkasten bis hin zu der schlanken Taille, den schmalen Hüften und den kräftigen Oberschenkeln.

»Was ist?«, fragte er. »Es ist verdammt kalt, hier herumzustehen.«

Sie zwang ihren Blick hinauf zu seinen Augen und schluckte. »Bevor Ihr Euren Diener ruft, Sir, sollten wir – ich meine, solltet Ihr mich genau über unser weiteres Vorgehen unterrichten.«

Eine Locke seines dunklen Haars war ihm über das linke Auge gefallen. Mürrisch wischte er sie aus dem Gesicht und sagte: »Wir machen es so, wie Ihr es vorgeschlagen habt. Ich bin auf einen Skandal ebenso wenig erpicht wie Ihr, und obwohl Ihr es verdient hättet, dass ich Euch hier bei Eurem Vater lasse, werde ich weder Euch noch mich derart erniedrigen. Ihr habt gut daran getan, mich zu erinnern, dass ich wie ein Narr oder schlimmer dastehen würde, wenn ich Euch schlecht behandelte oder eingestehen würde, dass Euer Vater mich derart leicht übertölpeln konnte.«

Sie atmete tief ein und wieder aus. »Ich danke Euch.«

»Dankt mir noch nicht«, warnte er. »Ich werde Euch zwar nach Lochbuie mitnehmen, aber hütet Euch, dort irgendetwas zu tun, was meine Geduld noch mehr auf die Probe stellen könnte. Die Annullierung werde ich so diskret wie möglich betreiben. Es besteht kein Grund, großes Aufhebens darum zu machen.«

»Ich wäre Euch sehr verbunden, Sir. Werdet Ihr ... das heißt, werden wir ...« Sie brach ab, schluckte wieder. Dann nahm sie all ihren Mut zusammen und sagte rasch: »Da ich immerhin Eure rechtmäßige Gemahlin bin, sowohl vor dem

Gesetz wie auch in den Augen der Heiligen Kirche, steht es Euch frei, ganz nach Wunsch mit mir zu verfahren. Fragt sich nur …«

Sie erwartete, dass er sagen würde, sie sei übergeschnappt und er habe kein wie immer geartetes Interesse an ihr und dass Mariota die einzige Macleod sei, die er begehre. Stattdessen sah er sie durchdringend an. Als sie seinem Blick standhielt, sagte er: »Meines Erachtens tut dies jetzt, da Ihr vor dem Gesetz und der Heiligen Kirche meine Gemahlin seid, nichts mehr zur Sache. Warten wir erst einmal ab, wie sich alles entwickelt. Im Augenblick habe ich nur den Wunsch, Chalamine den Rücken zu kehren.«

Damit wandte er sich wieder zur Tür, riss sie auf und rief nach seinem Diener, um sich dann mit einem verwunderten »Was ist das denn?« zu bücken – was Cristina den köstlichen Anblick seines wohlgeformten, muskulösen Hinterns verschaffte – und nach etwas zu greifen, das vor der Tür stand.

Nachdem er die Tür wieder geschlossen hatte, sah sie, dass der Gegenstand in seiner Hand ein geflochtener Korb war, dessen flacher Deckel mit einem durch Zwischenräume im Flechtwerk gebohrten kurzen Weidenpflock zusammengehalten wurde.

»Wenn wir Glück haben, ist da Brot drin und Bier für unser … Was zum Teufel!«

Cristina hörte es miauen, als er den Deckel aufklappte und zwei flauschige Kätzchen herausholte, ein kohlrabenschwarzes mit einem roten und ein aschgraues mit einem weißen Halsband. Das schwarze ging sofort auf das graue los und beide rollten ineinander verschlungen über einen von Hectors Füßen.

»Isobel.« Cristina war sich ihrer Sache sicher. »Das rote Haarband an dem schwarzen Kätzchen gehört ihr. Sie muss sich das als Hochzeitsgeschenk für uns ausgedacht haben.«

Sie war einmal mehr überrascht, dass er, anstatt sich verärgert oder belästigt zu zeigen, beide Kätzchen aufhob, in jede Hand eins, auf sie zukam und ihr das graue reichte.

»Niedliche Dinger«, sagte er und kraulte das schwarze unter dem Kinn. »Wie Asche und Ruß sehen sie aus. Wie alt mögen sie wohl sein?«

»Das weiß ich genau«, erwiderte sie. »Die Küchenkatze hat vor zwei Monaten sechs Junge bekommen. Seither beschwert sich unser Koch, dass er kaum einen Schritt tun kann, ohne über sie zu stolpern.«

»Dann ist ihm Eure kleine Schwester zu Hilfe gekommen, indem sie zwei beiseitegeschafft hat.«

»Sie hat bestimmt gedacht, ich würde mich über etwas freuen, was mich an zu Hause erinnert«, sagte Cristina. »Wenn Ihr sie jedoch nicht haben wollt, können wir sie zurücklassen.«

»Würdet Ihr sie denn gern mitnehmen?«

Sie überlegte kurz, ob er verärgert sein würde, wenn sie mit Ja antwortete.

»Mir ist es egal«, sagte er, als könnte er Gedanken lesen. »Aber eigentlich wäre es unhöflich, ein solches Geschenk zurückzuweisen.«

»Dann behalten wir sie beide und nennen sie Asche und Ruß«, bestimmte Cristina, als das graue Kätzchen auf ihren Bauch krabbelte, sich dort niederließ und sie unverwandt anstarrte, ehe es zu schnurren begann.

6

Das halbe Haus schien noch zu schlafen, als Cristina mithilfe einer der Dienerinnen daranging, sich anzukleiden und alles, was sie brauchte, einzupacken, derweil Hector seinen Burschen anwies, die Pferde zu satteln, und sich dann auf die Suche nach Macleod machte.

Er traf ihn im großen Saal an, bereits einem handfesten Frühstück zusprechend. »Wir möchten Eure Gastfreundschaft nicht länger in Anspruch nehmen, Sir«, sagte er so ruhig wie möglich. »Sobald meine Gemahlin reisefertig ist, werden sie und ich nach Lochbuie aufbrechen.«

»Wie ich merke, habt Ihr eingesehen, welche meiner Töchter am besten zu Euch passt«, meinte Macleod. Es klang wie eine Feststellung. »Bislang hatte ich Euch nicht für einen besonders vernunftbegabten Mann gehalten, aber jetzt gebe ich gern zu, dass Ihr mich überrascht habt, mein Junge.«

»Mit dieser Sache sind wir noch nicht fertig«, sagte Hector grimmig. »Ihr habt Euch in keinster Weise als vertrauenswürdig erwiesen, sondern als ein Mann, dem ich wohl nie wieder Respekt zollen werde, aber es liegt mir fern, Sir, auch Eure Töchter zu demütigen. Offenbar ließen sich deren Gefühle nicht mit Eurem Plan vereinbaren.«

»Na wenn schon, warum denn auch? Sind doch nur Töchter, und sie tun, was ich sage. Und von wegen nicht vertrauenswürdig! Wir haben niemals auf unsere Daumen gespuckt, um irgendeine Abmachung zwischen uns zu besiegeln. Ihr habt genau das bekommen, was ich Euch von Anfang an zusagte – meine erstgeborene Tochter. Das Glück meines Clans ist wichtiger als alles andere, und auch wenn Ihr das nicht versteht, dann zumindest meine Töchter. Sie werden heiraten, wie es sich für Töchter geziemt, entsprechend dem Willen des Vaters.«

»Per Gesetz haben sie das Recht, sich einer Heirat zu widersetzen«, gab Hector zu bedenken.

Macleod zuckte mit den Schultern. »Ich hab sie zum Gehorsam erzogen und könnt mir vorstellen, dass Ihr mir über kurz oder lang dankbar dafür seid. Ein widerspenstiges Weib macht einem Mann nichts als Verdruss. Das wisst Ihr sicher aus eigener Erfahrung. Ihr solltet es Euch zu Herzen nehmen.«

Da er keine Lust hatte, sich mit dem alten Halunken auf eine Debatte über Frauen einzulassen, nickte Hector knapp und sagte: »Ich bin Euch dankbar für Eure Gastfreundschaft, Sir, und noch dankbarer wäre ich, wenn Ihr eine Dienerin zu Lady Mairi schicken und ihr ausrichten lassen könntet, dass wir in Kürze aufbrechen.«

»Gewiss, wird gemacht. Dann sehe ich Euch wohl auf Finlaggan wieder. Oder wird Euer geschätzter Herr Vater geruhen, zu unserer diesjährigen Ratsversammlung zu erscheinen?«

»Wie bereits in den letzten vier Jahren werden auch diesmal mein Bruder und ich daran teilnehmen, Sir.«

»Dann werdet Ihr mir sicher schon sagen können, wie sich meine Tochter als Ehefrau macht.« Macleod grinste süffisant.

Hector wäre ihm am liebsten an die Gurgel gesprungen, aber er beherrschte sich und wartete, bis sein Schwiegervater tatsächlich eine Dienerin beauftragt hatte, Mairi vom bevorstehenden Aufbruch zu unterrichten.

Er fragte sich, wo Mariota stecken mochte; obwohl er auf ein Zusammentreffen mit ihr nicht erpicht war, konnte er sich doch ausmalen, dass eine Unterhaltung peinlich und unter den gegebenen Umständen eher unschicklich sein würde.

Erstaunt und hocherfreut stellte er bei seiner Rückkehr ins Brautgemach fest, dass Cristina reisefertig war. Im großen

Saal gesellten sich kurz darauf Mairi sowie ihre Dienerin Meg Raith zu ihnen. Als sie alle auf den Hof hinaustraten, warteten dort bereits ihre Pferde.

Macleod, Lady Euphemia und Cristinas sieben Schwestern entboten ihnen ein Lebewohl, und Hector musste unwillkürlich lächeln, als die zwölfjährige Isobel auf ihn zueilte und wissen wollte, ob die Kätzchen sicher verstaut wären.

Er deutete auf den Weidenkorb, der an seinem eigenen Sattel befestigt war. »Asche und Ruß sind bestens untergebracht«, versicherte er ihr.

Sie lächelte. »Treffliche Namen, wie ich finde.«

»Ein wohlüberlegtes Geschenk, Kleines. Die beiden werden deine Schwester immer an ihr Zuhause und an euch alle denken lassen.«

Isobel nickte. »Sie wird uns fehlen, Sir«, sagte sie, wieder ernst geworden. »Gebt gut auf sie acht.«

Cristina umarmte eine Schwester nach der anderen. Als Mariota an der Reihe war, warf sie über Cristinas Schulter hinweg Hector einen Blick zu. In ihren wunderschönen smaragdgrünen Augen glitzerten Tränen.

Er wandte rasch das Gesicht ab und hörte Isobel sagen: »Ihr werdet froh sein, Cristina geheiratet zu haben, Sir. Sie wird Euch eine bessere Ehefrau sein als Mariota.«

Ihre Ernsthaftigkeit verleitete ihn dazu, sie an einem ihrer flachsblonden Zöpfe zu ziehen. »So darfst du nicht über deine Schwestern reden, Kleines. Du weißt doch gar nicht, wovon du sprichst.«

»Das weiß ich sehr wohl«, meinte sie. »Ihr werdet schon sehen.«

Inwieweit das Kind wohl Kenntnis von den Machenschaften des Vaters hatte? Hectors Überlegungen wurden unterbrochen, als Cristina kam und ihre kleine Schwester umarmte, um sich dann von ihm auf ihr Pferd helfen zu lassen. Da Mairi und Meg Raith bereits im Sattel saßen, konnte der Aufbruch erfolgen. Kaum hatten sie den oberhalb von

Chalamine gelegenen Bergrücken erreicht, gab Hector seinen beiden Dienern den Befehl, vorzureiten und die Fährmänner über ihre Ankunft zu unterrichten. Als sie außer Hörweite waren, raunte er Cristina zu: »Frau, wir müssen Mairi die Wahrheit sagen.«

»Ja, Sir, ich weiß«, gab sie zurück.

Mairi musterte sie abwechselnd. »Die Wahrheit, hm? Dacht ich mir doch, dass da etwas nicht stimmt. Ich habe es noch nie erlebt, dass Ihr einen über den Durst trinkt, Sir, und wenn ich mich nicht täusche, wart Ihr schon lange vor dem Hochzeitsmahl gestern Abend alles andere als nüchtern.«

»Ich erinnere mich kaum an die Zeremonie und noch weniger an dieses Festmahl«, gab er zu. »Und an das, was dann folgte …« Er zuckte mit den Schultern.

Mairi schmunzelte. »Ich hoffe, er hat sich nicht allzu ungehörig verhalten, Madam«, sagte sie zu Cristina.

Cristinas Augen wurden kugelrund. »Mich hat noch nie jemand ›Madam‹ genannt.«

»Ab jetzt werden das viele tun, Mylady«, sagte Mairi.

»Bitte, Madam, sagt Cristina zu mir.«

»Gerne, dann bin ich für Euch Mairi. Aber Ihr habt meine Frage nicht beantwortet.«

»Eine verdammt unverschämte Frage, wie ich meine«, befand Hector.

»Sir, es gehört sich nicht, so mit Ihrer Ladyschaft zu sprechen«, wies Cristina ihn zurecht.

Überrascht schaute er sie an, aber da kam es zuckersüß von Mairi: »Nein, das gehört sich wirklich nicht. Bedenkt nur, was mein Gemahl sagen würde, wenn er Kenntnis davon erhielte.«

Er warf der Schwägerin einen vielsagenden Blick zu. »Ich stelle fest«, meinte Cristina daraufhin, »dass Sie beide sowohl vor dem Gesetz wie auch im richtigen Leben Bruder und Schwester geworden sind. Ich habe mir immer einen Bruder gewünscht, fast ebenso sehr wie mein Vater sich einen Sohn ersehnte, aber meine Mutter brachte ausschließlich Töchter zur Welt.«

»Eure Mutter ist im Kindbett gestorben, war es nicht so?«, fragte Mairi.

»So war es.« Es klang so trostlos, dass Hector sie verblüfft anschaute.

Ihr Gesichtsausdruck spiegelte wider, was auch er als Fünfzehnjähriger beim Tod seiner Mutter empfunden hatte. Wie immer ließ ihn die Erinnerung an diesen entsetzlichen Tag wieder den Kummer spüren, der seither nah unter der Oberfläche seiner Emotionen schlummerte.

»Ich war elf, als es passierte«, fügte Cristina hinzu. »Und Mariota war neun.«

»Wo wir gerade von Mariota sprechen ...«, unterbrach Hector und sah seine Ehefrau durchdringend an, damit sie möglichst schnell das unerfreuliche Thema um verstorbene Mütter beendete und Mairi ohne Umschweife aufklärte.

Cristina errötete. »In der Tat, Sir, Ihr tut recht daran, es mir zu überlassen, Eure Schwägerin aufzuklären. Um es kurz zu machen, Mylady: Hector Reaganach ging davon aus, sich mit meiner Schwester Mariota zu vermählen, aber durch ein Täuschungsmanöver meines Vaters hat er mich geheiratet.«

»Ohne Euer Einverständnis?« Mairi zog die Brauen hoch und sah Hector scharf an.

Er verzog das Gesicht, aber noch ehe er etwas erwidern konnte, sagte Cristina reumütig: »Ihr trefft genau den Kern der Sache, Madam. Ich habe mich des Betrugs ebenso schuldig gemacht wie mein Vater.«

»Ihr blieb kaum etwas anderes übrig«, wandte Hector zu seiner eigenen Überraschung ein. »Der ausgekochte Gauner befahl ihr, sich zu fügen. Hättet Ihr Euch in einer solchen Situation gegen Euren eigenen Vater aufgelehnt?«

Ihm fiel ein, wie es gewesen war, als Mairi seinen Zwillingsbruder kennengelernt hatte, wie sie ihm Hals über Kopf verfallen war und er ihr, und er verwünschte sich, diese Frage gestellt zu haben. Aber Mairi war einfühlsam genug, um sich jedweder spöttischer Bemerkung über die Situation zu enthalten, in der Cristina sich befand.

Deshalb sagte sie wie beiläufig: »Wenn Väter befehlen, bleibt Töchtern meist nichts anderes übrig, als zu gehorchen. Auch Euch dürfte es so ergangen sein.«

»Ich hätte mich weigern können«, meinte Cristina und seufzte, »aber er drohte nicht nur mir, sondern auch Mariota Prügel an und sagte, wenn ich mich ihm widersetzte, täte ich das doch nur, weil sie ihn haben wolle, und dass sie deshalb mitverantwortlich wäre, wenn ich nicht gehorchen würde.«

»Euer Vater ist fürwahr ein Mann, der sich durchzusetzen weiß. Wollte Eure Schwester wirklich Hector heiraten?«

»Mairi«, sagte Hector in einem Ton, der sie hätte warnen müssen, dass seine Geduld allmählich erschöpft war.

Sie blinzelte ihn an, aber Cristina sagte: »Mariota begehrte ihn, und er begehrte sie. Was mein Vater getan hat, ist verwerflich. Ich hätte nicht mitspielen dürfen, ungeachtet der Folgen für mich oder eventuell auch für Mariota.«

»Es ist nun einmal geschehen, also machen wir das Beste daraus«, lenkte Mairi ein. »Ich für meinen Teil freue mich, von nun an auf Mull eine weitere Freundin zu haben, mit der ich offen reden kann oder so frei heraus, wie das unter Freunden möglich ist«, fügte sie hinzu und zwinkerte Hector abermals zu.

»Langsam reift in mir der Gedanke, dass ich mich mit meinem Zwillingsbruder ernsthaft über Eure Aufmüpfigkeit unterhalten sollte«, meinte Hector.

Mairi kicherte. Als sein Blick Cristina streifte, sah er, dass sie lächelte. Er war froh, dass Mairi nicht weiter darauf bestand, mehr darüber zu erfahren, wie er sich in der Hochzeitsnacht seiner Braut gegenüber verhalten hatte, auch wenn er daran denken musste, wie allein ihre Stimme ihn körperlich erregt hatte. Jetzt, da sie lächelte, sah er, wie klein, weiß und ebenmäßig ihre Zähne waren.

Cristina spürte, dass er sie anblickte. Klemmte da etwas zwischen ihren Schneidezähnen? Nachdem sie mithilfe der Zunge nichts gefunden hatte, wandte sie ihre Gedanken Lady Mairi zu, die beschlossen zu haben schien, sie als Freundin zu betrachten. Cristina mochte Mairi ebenfalls. Sie freute sich darauf, sich mit ihr austauschen zu können, auch wenn sie nur kurze Zeit – das heißt bis Hector die Annullierung ihrer Ehe erwirkt hatte – auf der Insel Mull bleiben würde.

Von Kyle Rhea aus setzten sie mit der Fähre nach Skye über und ritten von dort aus zum Hafen, wo Hector seine Langboote festgemacht hatte. Die Männer in den beiden Schiffen jubelten den Ankömmlingen zu. Da neben dem Banner des Gillean-Clans auch das goldene mit dem kleinen schwarzen Schiff, dem Symbol des Lords der Inseln, aufgezogen war, wurde Cristina unwillkürlich an die Macht ihres frisch angetrauten Gemahls erinnert.

Sie ließen die Ponys bei dem Diener aus Skye zurück, begaben sich an Bord des Flaggschiffs und beeilten sich, ihre Plätze einzunehmen. Noch war es sonnig, aber die flauschigweißen Wolken, die über sie hinwegjagten, deuteten darauf hin, dass das Wetter noch vor dem Abend umschlagen konnte.

Hector überließ die Frauen, die sich unweit des hohen Bugs auf Bänken gegenübersaßen, sich selbst und begab sich nach achtern, wo er neben seinem Steuermann Platz nahm.

Bald waren die Segel gesetzt, und die Ruderer legten sich nach dem vom Steuermann vorgegebenen Takt ins Zeug. Eine steife Brise blähte die Segel, und die Langboote wie auch ihre großen Brüder, die Insel-Galeeren – wegen ihrer Schnelligkeit und Wendigkeit »Windhunde des Meeres« genannt –, nahmen Fahrt auf.

Wie sie wusste, betrug die Strecke von Skye zum Sund von Mull etwa fünfzig Meilen. Da Duart Castle sich am äußersten Ende des Sunds erhob, an der nordöstlichen Spitze der Insel Mull, und Lochbuie weitere zwanzig Meilen davon entfernt war, am südlichen Ende der Insel, vergrößerte sich mit jedem Ruderschlag der Abstand, der sie von ihrer Familie trennte.

Um auf andere Gedanken zu kommen, bat sie Mairi, ihr mehr über die Insel zu erzählen, die ihr neues Zuhause werden sollte. Mairi ging bereitwillig darauf ein, schon weil sie nicht daran zweifelte, dass Cristina Lochbuie ebenso lieben würde, wie sie Duart Castle liebte. Cristina indes ahnte, dass nicht zuletzt die Nähe von Duart zu Ardtornish – dem bevorzugten Aufenthaltsort des Lords der Inseln, knapp fünf Meilen westlich von Duart gelegen – bei der Begeisterung ihrer neuen Freundin für Duart Castle und die Insel Mull eine Rolle spielte.

Etwa sieben Stunden später erreichten sie Duart, und beim Anblick der Burg, die sich hoch über dem Kap erhob und das Ende des Sunds beherrschte, der dort mit dem Meeresarm von Lorn und Loch Linnhe zusammentraf, verstand Cristina, warum Mairi von ihrem Zuhause begeistert war. Sie hoffte sogar, sie würden dort übernachten, und tatsächlich lud Mairi sie auch dazu ein. Hector jedoch schüttelte den Kopf.

»Es wird erst in ein paar Stunden dunkel«, meinte er. »Ich möchte lieber nach Hause.«

Mairi bedachte ihn mit einem Blick, den Cristina nicht deuten konnte, aber er schmunzelte nur. »Er wird noch nicht aus Colonsay zurück sein, Weib«, sagte er. »Erzählt es ihm oder lasst es bleiben, ganz wie es Euch beliebt, schlagt ihm einen Besuch bei mir vor oder lasst es mich wissen, wenn er mich sehen möchte.«

Cristina schaute die beiden abwechselnd an. Mairi fing ihren verständnislosen Blick auf und zwinkerte ihr zu. »Meine Liebe, Ihr werdet bald merken, dass Lachlan, Hector und ich uns bei unseren Gesprächen auf Andeutungen beschränken. Wenn Ihr eine schnelle Auffassungsgabe habt, woran ich nicht zweifle, werdet Ihr rasch dahinterkommen, worum es gerade geht. Jetzt zum Beispiel wollte ich von ihm wissen, ob er nicht den Wunsch habe, meinem Gemahl umgehend Bericht zu erstatten, und er hat mich daran erinnert, dass Lachlan noch mitten in den Verhandlungen über einen Waffenstillstand zwischen zwei Clans steckt, die sich um Sturmvogelöl streiten.«

»Sturmvogelöl?«

»Genau. Um jenes unglaublich kostbare Öl, das sehr viel geschmeidiger ist als das der Wale und für dessen Gewinnung man bedauerlicherweise junge Sturmvögel töten muss. Andererseits wimmelt es auf den Inseln von diesen Vögeln. Kirchen in ganz Europa und Britannien verwenden das Öl bei den Sakramenten. Mein Großvater Angus Og ließ es zur Verwendung auf der Heiligen Insel und in Schottland sammeln und mein Vater verkauft es auf dem europäischen Festland über die Hanse, einem …«

»Einem Bündnis östlicher Nationen, die gemeinsam Handel treiben«, sagte Cristina. »Meine Tante ist nun mal schrecklich neugierig, und so lässt sie sich auch nicht davon abhalten, die Bettelmönche auszufragen, wenn sie bei uns vorbeikommen. Deshalb weiß sie von derlei Dingen und gibt alles, was sie erfährt, an uns weiter.«

»Verstehe.« Mairi lächelte. »Dann ist sie Euch also ein guter Lehrmeister.«

»Oh ja.« Cristina erwiderte das Lächeln. »Auch wenn man sie für eine überspannte Närrin hält, wird sie mir ebenso fehlen wie meine Schwestern.«

»Es ist anzunehmen, dass sie Euch besuchen kommt, wenn sie es einrichten kann«, sagte Mairi.

Hector bereitete ihrer Unterhaltung ein Ende. »Ich begleite Euch hinauf«, sagte er zu Mairi. »Diese von Westen her aufziehenden dunklen Wolken gefallen mir nicht.«

»Der Winter will wohl nie zu Ende gehen, wie?« Mairi warf einen Blick gen Westen. »Hoffentlich habt Ihr wenigstens gutes Wetter, wenn der Rat der Inseln tagt.«

»Kommt Ihr denn nicht mit?«

»Ich weiß es noch nicht. Obwohl ich bislang gerne an den Zusammenkünften teilgenommen habe, sind mir jetzt meine Kinder wichtiger. Deshalb ... es sei denn, Ihr habt vor, Cristina mitzunehmen ...« Sie ließ den Satz unvollendet und hob fragend die Brauen.

Er schüttelte den Kopf. »Sie dürfte es vorziehen, sich auf Lochbuie einzuleben, und obwohl jeder, der möchte, daran teilnehmen darf, bringt kaum einer seine Ehefrau oder seine Kinder mit nach Finlaggan. Möglich, dass ich sie nach Ardtornish mitnehme, zum Fest am Fastnachtsdienstag, aber bis dahin halte ich es für angebracht, dass sie zu Hause bleibt.«

Mit welcher Selbstverständlichkeit er von »zu Hause« sprach! Wahrscheinlich, überlegte Cristina, meinte er damit sein Zuhause, nicht ihres. Dennoch brannte sie darauf, es kennenzulernen. Die Insel Mull mit ihren üppigen grünen Wäldern und den hoch aufragenden Gipfeln faszinierte sie. Als Mairi sie aufforderte, mit nach Duart Castle hinaufzuwandern, stimmte sie bereitwillig zu, ohne erst abzuwarten, was Hector dazu meinte.

Der indes wollte, wie er unterstrich, keine Zeit verlieren, nach Hause zu kommen. Befürchtete er etwa, sein Bruder könnte vorzeitig zurück sein? Er schien es nicht eilig zu haben, jenem Gentleman Rede und Antwort zu stehen, was Cristina durchaus verstand.

Der große Saal auf Duart Castle war anheimelnd und einladend. Cristina fielen sofort zwei goldene, mit schwarzen Schiffen bestickte Kissen auf. »Die haben wir zur Hochzeit geschenkt bekommen«, sagte Mairi, die Cristinas Blick gefolgt war. »Meine Schwester Elizabeth hat sie gefertigt.«

In diesem Augenblick stürmten drei kleine Kinder in den Saal und nahmen Mairi, voller Freude darüber, dass die Mutter zurück war, in Beschlag.

Hector hob den älteren der beiden Jungen hoch. »Das ist Hector Og«, stellte er ihn Cristina vor und fragte ihn dann:

»Möchtest du meine mir frisch angetraute Gemahlin kennenlernen, Kerlchen?«

»Gewiss«, kam es zurück. »Hübsch sieht sie aus. Darf ich ihr einen Kuss geben?«

Lachend bot Cristina ihm ihre Wange dar, aber der kleine Bengel umfasste ihr Gesicht, drehte es seinem eigenen zu und küsste sie herzhaft auf den Mund.

»Wie Ihr seht«, merkte Mairi trocken an, »macht er seinem Patenonkel und Namensvetter alle Ehre.«

Cristina schenkte dem kleinen Jungen ein strahlendes Lächeln. »Ich freue mich, Eure Bekanntschaft zu machen, Sir.«

»Sie gefällt mir, Onkel«, krähte Hector Og. »Sie soll uns so oft wie möglich besuchen.«

»Wenn du artig bist, lässt sich das vielleicht einrichten«, sagte Hector und stellte den Kleinen auf die Füße. »Aber jetzt müssen wir aufbrechen. Mairi, ich wäre Euch dankbar, wenn Ihr Euch für die Dauer meiner Abwesenheit um Cristina kümmern könntet.«

»Mach ich, ganz bestimmt«, versprach Mairi, und zu Cristina sagte sie: »Kommt mich besuchen, wann immer Ihr wollt.«

»Danke, das werde ich«, sagte Cristina, ehe ihr Gemahl sie aus der Tür drängte und wieder hinunter zum Anlegesteg führte.

Für die letzte Etappe ihrer Reise benötigten sie nicht einmal drei Stunden. Es wurde bereits dunkel, als sie die Bucht von Lochbuie erreichten, an deren Spitze Cristina zum ersten Mal einen Blick auf den hoch aufragenden Hauptturm der Burg erhaschte. Sie wirkte keineswegs so Respekt einflößend wie Duart, denn auch wenn sie auf einer Hügelkuppe thronte, beherrschte sie lediglich die Bucht. Dafür musste sich von ihr aus ein schier grenzenloser Blick auf das Meer bieten.

Die Anlegestelle war geschützt, das Wasser ruhig. Sie gingen von Bord und stiegen über in den Stein gehauene Treppen den Hügel hinauf; dann verlief der Weg durch ein hohes Tor in der Ringmauer und über Holztreppen zum Haupteingang der Burg, in deren Innerem eine steinerne Wendeltreppe hinauf in einen riesigen Saal führte. Cristina, die das Treiben eines ungehobelten Vaters und sieben lebhafter jüngerer Geschwister gewohnt war, kam er öde und abweisend vor.

Ohne ihr Zeit zu lassen, sich einen Überblick zu verschaffen, fragte Hector: »Na, was sagt Ihr dazu?«

»Der Saal ... ist sehr geräumig«, erwiderte sie und hoffte, dass die Größe das war, was sie seiner Meinung nach am meisten beeindrucken sollte.

»Ja, ist er«, pflichtete er ihr bei. »Und überraschend gut aufgeräumt, wenn ich so sagen darf.«

»Gewiss, Sir. Ihr habt ja auch kein Haus voller rabaukenhafter Kinder.«

Er grinste. »Meine Burschen sind rabaukenhaft genug. Ihr hättet diesen Ort sehen sollen, bevor ich ihnen befahl, aufzuräumen. Die Burg braucht die starke Hand einer Hausfrau, das dürft Ihr mir glauben.«

Sie nickte. »Wenn das heißt, dass ich hier nach eigenem Gutdünken schalten und walten kann, nehme ich die Gelegenheit gern wahr. Zumal der Saal schön und geräumig ist.«

»Das finde ich auch«, nickte er. »Seid Ihr hungrig, Mädchen?«

»Ich komme fast um«, gestand sie ein.

»Du da«, raunzte er einen Diener an, der eben hereinkam, »bring Ihrer Ladyschaft und deinem Herrn was zu essen, aber schnell!«

»Sofort, Herr, es gibt am Spieß zubereiteten Braten. Er wird Euch auf der Stelle serviert.«

Der Bursche hielt Wort. Umgehend wurde das Essen aufgetragen, allerdings hatte der Braten für Cristinas anspruchsvollen Gaumen einige Stunden länger als nötig am Spieß gesteckt und war nicht nur trocken, sondern auch völlig geschmacklos. Ob das daran lag, dass der Koch nicht gewusst hatte, wann der Hausherr zurückkehren würde? Die Sonne ging doch noch immer gegen fünf Uhr unter! Trotzdem aß Cristina tapfer, was man ihr vorsetzte, auch wenn sie es eigenartig fand, dass keine Sauce dazu angeboten wurde und das Brot mehrere Tage alt war. Wo Hector doch nur kurz weg gewesen war! Dass sich hier etwas ändern musste, stand für sie fest. Hoffentlich hielt Hector Wort und ließ sie den Haushalt selbstständig führen.

Nach dem Abendessen führte er sie in eine Kammer, die, nur durch einen Treppenabsatz getrennt, seiner eigenen gegenüberlag. Sie hatte vergessen, ihn darum zu bitten, ihr eine Dienerin zuzuweisen, aber eigentlich war das auch nicht nötig, um ihre Kleidung abzulegen, und müde, wie sie war, wollte sie nichts weiter als sich hinlegen. Obwohl die Kammer klein war, war das Bett bequem, und sie schlief gut.

Am nächsten Morgen führte Hector sie in der Burg herum, die im Großen und Ganzen erschreckend vernachlässigt wirkte. Die Bettkammern befanden sich auf der gleichen Ebene wie der Saal, allerdings in einem kleineren Turm, der an den zentralen angrenzte; zusammen bildeten die beiden ein L. Von den Wohntürmen aus erstreckte sich in Form eines Rechtecks eine mit Holzplanken bewehrte schützende Ringmauer. Hier war die Küche untergebracht, das Backhaus und ein Brunnen, der von einer Quelle gespeist wurde. Auf einer umzäunten Weide außerhalb der Mauer grasten Ponys, Schafe und ein paar Milchkühe.

Hector schien sich mit Cristinas Anwesenheit abgefunden zu haben. Nicht ein einziges Mal war er auf Mariota zu sprechen gekommen. Was diese von Lochbuie gehalten hätte, konnte Cristina sich lebhaft vorstellen.

Mariota würde nicht erkennen, welche Möglichkeiten sich für die Ausgestaltung des großen Saals und der Burg insgesamt boten, während für Cristina bereits feststand, dass sie hier mit der Zeit ein ähnlich anheimelndes und einladendes Zuhause wie auf Duart schaffen konnte – eine Aufgabe, vor der Mariota zurückschrecken würde. Sie würde von Hector erwarten, dass er alles Nötige veranlasste, um die Burg in die Wohnstätte eines wohlhabenden Mannes zu verwandeln, ohne von ihr mehr zu fordern, als ihm zu sagen, was ihr gefiel und was nicht. Aber darüber schwieg sich Cristina wohlweislich aus.

Tags darauf, als sie sich gerade zum Mittagessen niedersetzten, erschien Lachlan Lubanach. Cristina hatte den Koch ihres Gemahls gebeten, den Braten erst später auf den Spieß zu stecken und wenn möglich auch frischen Lachs auf den Tisch zu bringen. Worauf der Koch, schon um sich bei ihr einzuschmeicheln, erklärt hatte, dass der Herr des Hauses zu Mittag am liebsten Hammel oder Rind zu sich nehme, dass sich aber bestimmt jemand finden werde, um für Ihre Ladyschaft einen Fisch zu fangen. Zufrieden darüber, mit dem Koch so etwas wie ein Einvernehmen hergestellt zu haben, sah Cristina dem Mahl entgegen.

Als ein Diener die Ankunft von Lachlan meldete, sah sie, wie Hector sich versteifte. Dennoch begrüßte er seinen Zwillingsbruder überschwänglich, ließ sich von ihm einen herzhaften Klaps auf den Rücken verpassen, auf den die Aufforderung folgte, auf der Stelle die Braut vorgestellt zu bekommen.

Cristina wünschte sich nichts sehnlicher, als Lachlan zu begrüßen, wartete jedoch verunsichert ab, weil sie nicht wusste, ob Mairi ihm die Situation erklärt hatte oder nicht.

Sie brauchte nicht lange zu warten.

»Hat sie dir alles berichtet?«, fragte Hector, noch ehe Lachlan Platz genommen hatte.

»Gewiss, natürlich hat sie das.« Und grinsend fügte er hinzu: »Ich habe dich für einen Trottel gehalten, aber jetzt sehe ich, dass du auf eine Goldader gestoßen bist. Du hast dich eindeutig geirrt bei der Bewertung, welche Schwester die Schönheit ist.«

Cristina musterte ihn verblüfft, konnte aber nichts Unaufrichtiges an ihm bemerken. Seine Augen waren so tiefblau wie die von Hector, übertrafen aber selbst die von Lady Mairi an Verschmitztheit. Und sie verrieten so viel Begeisterung, dass an seinem Kompliment nicht zu zweifeln war.

»Ihr seid sehr freundlich, Sir«, sagte sie, »nicht anders als Eure Gemahlin. Aber Ihr könnt unmöglich gutheißen, wie mein Vater und ich Euren Bruder hinters Licht geführt haben.«

»Doch, das kann ich sehr wohl«, grinste er sie an. »Wisst Ihr, wie selten es jemandem gelingt, Hector hereinzulegen? Ich habe es immer wieder versucht, mein ganzes Leben lang, seit er mich bei unserer Geburt um zwanzig Minuten geschlagen hat, aber ich schaffe es höchst selten.«

»Und fast immer muss er für seine Versuche büßen«, ergänzte sein Bruder mürrisch. »Lass es gut sein, ja? Mairi hat es auf den Punkt gebracht, als sie sinngemäß sagte: Was geschehen ist, ist geschehen. Ich habe vor, eine Annullierung zu erwirken, aber ohne viel Aufhebens darum zu machen. Kannst du mir dabei behilflich sein?«

»Ich wüsste nicht, warum ich das sollte«, meinte Lachlan und musterte Cristina ungeniert. »Du magst dich vielleicht ein Rindvieh schimpfen, weil du ein anderes Mädchen geheiratet hast als erwartet. Ich find es gut, wenn du einsiehst, dass auch du gelegentlich eine Dummheit machst. Ein noch größerer Dummkopf allerdings wärst du, wenn du diese Frau hier wegschicken würdest.«

»Ich wäre dir dankbar, Bruderherz, wenn du diese Entscheidung mir überlassen könntest. Und da ich mir jetzt deinen Quatsch lange genug angehört habe, tätest du gut daran, in dieser Sache nicht weiter herumzustochern.«

»Oh, schon gut, kein Wort mehr davon. Wie steht es mit Unterstützung für uns in Finlaggan?«

Da es allem Anschein nach vor der Abreise zum Regierungssitz noch so einiges zu besprechen gab, ließ Cristina die beiden Männer allein und machte sich auf die Suche nach der

Wirtschafterin. Als sich herausstellte, dass es auf der Burg keine gab, stand für sie fest, dass die Bitte, eine solche unverzüglich einzustellen, ein erster Test dafür war, ob ihr Gemahl sie tatsächlich nach eigenem Gutdünken auf der Burg schalten und walten lassen würde.

Kurz bevor Lachlan nach Duart aufbrach, gesellte sie sich wieder zu den beiden Männern. »Ich überlege, ob Ihr mir vielleicht helfen könntet, das eine oder andere Problem zu lösen.«

»Inwiefern denn, Weib?«, fragte Hector.

»Wie Ihr wisst, Sir, habe ich keine Dienerin mitgebracht. Ich nahm an, dass Eure Wirtschafterin jemanden für diese Stellung empfehlen könnte. Und jetzt stelle ich fest, dass ...«

»Dass er gar keine Wirtschafterin hat.« Lachlan lachte auf. »Damit stehe ich in Eurer Schuld, Madam, denn meine Gemahlin hat mich beauftragt, in Erfahrung zu bringen, ob wir irgendwie dazu beitragen können, damit Ihr Euch hier wohlfühlt. Vor allem erwähnte sie, dass es auf Lochbuie an Dienerinnen und Hausmädchen mangle und dass sie Euch gern behilflich sein wolle, von Ardtornish, Duart und allen möglichen Verwandten der Macleans auf der Insel eine Heerschar von dienstbaren Geistern für diesen erlauchten Ort zusammenzutrommeln.«

»Ich wäre ihr sehr verbunden, wenn sie dies tun könnte«, sagte Cristina. »Bislang scheint es hier nur Männer zu geben.«

»Meine Gemahlin sagte genau das Gleiche«, pflichtete Lachlan ihr bei. »Und da Hectors Männer fast durch die Reihe Krieger sind, schwante Mairi, Ihr würdet die Burg heillos heruntergekommen vorfinden.«

»Oh nein, Sir«, erwiderte Cristina hastig. »Die Burg ist prächtig und vor allem sauber und aufgeräumt. Niemand käme auf die Idee, dass hier nur Männer, noch dazu Krieger, leben. Dass bisher keine Frau irgendwelche Spuren hinterlassen hat, kann nur von Vorteil sein. Ich werde selbstredend darauf achten, im Falle eines Falles niemandem auf die Zehen zu treten, aber Ihr könnt Euch nicht vorstellen, wie froh ich bin, dass Euer Bruder mir gestattet hat, ganz nach Belieben hier tätig zu werden. Dennoch nehme ich gerne Lady Mairis Angebot an, mir bei der Suche nach einer geeigneten Wirtschafterin und Dienerinnen zu helfen.«

»Bloß gut, dass Ihr auf dieses Thema zu sprechen kamt«, sagte Lachlan. »Sie hätte mir den Kopf abgerissen, wenn ich vergessen hätte, Euch auszurichten, was sie mir aufgetragen hat.«

»Das wäre vielleicht besser gewesen«, brummte Hector.

Lachlan warf ihm einen Blick zu, erwiderte aber nichts. In aller Form verabschiedete er sich von Cristina und versicherte ihr noch, sie habe für die Zeit, da beide Brüder auf Finlaggan wären, nichts zu befürchten. Lochbuie sei ein sicherer Hort.

Als er fort war, bemerkte sie, dass Hector sie fragend ansah.

»Was ist, Sir? Habe ich einen Fleck auf der Wange oder ist da sonst irgendetwas?«

Daraufhin lächelte er, und sie wünschte sich, er würde dies öfter tun, weil sein Gesichtsausdruck gleich viel freundlicher wurde und seine Augen zwinkerten.

»Nein, da ist kein Fleck«, sagte er. »Ich habe nur nicht bedacht, dass es Euch unangenehm sein könnte, während unserer Abwesenheit allein zu sein.«

»An Vereinsamung werde ich bestimmt nicht leiden«, meinte sie. »Ich habe alle Hände voll zu tun, und wenn mir nach Gesellschaft zumute ist, kann ich ja Lady Mairi besuchen.«

»Was dies betrifft, Frau«, sagte er so ernst, dass sie befürchtete, er würde ihr verbieten, nach Duart zu fahren, »möchte ich Euch raten, auf der Hut zu sein.«

»Heißt das, dass die Insel Mull nicht sicher ist?«

»Im Allgemeinen ist sie das«, beruhigte er wie. »Aber wie

Ihr bald feststellen werdet, reist Mairi niemals allein über die Insel. Und Ihr solltet das ebenfalls nicht. Der Gillean-Clan ist nicht der Einzige, der hier lebt, und einige der anderen warten nur darauf, Ärger zu verursachen.«

»Wie soll ich mich also verhalten?«

»Wenn Ihr ausreitet, dann nur tagsüber und bei gutem Wetter. Und nehmt zumindest zwei bewaffnete Männer mit. Wenn Ihr Mairi besucht, nehmt das Langboot und bleibt über Nacht bei ihr. Sie dürfte es ebenso halten, wenn sie zu Euch kommt. Die Hin- und Rückfahrt ist zwar, wie Ihr gesehen habt, in einem Tag zu bewerkstelligen, aber zu dieser Jahreszeit bliebe dann bis zum Einbruch der Nacht nicht viel Zeit für ein geselliges Zusammensein.«

»Ich werde Euren Rat beherzigen, Sir.«

»Himmel noch mal, Weib, das war kein Rat, sondern ein Befehl!« Er wandte sich um und verließ den Saal.

Versonnen blickte Cristina ihm nach. Unterstellte er ihr etwa, dass es ihr an gesundem Menschenverstand mangelte, oder erteilte er einfach nur gern Befehle? Aus Erfahrung wusste sie, dass Letzteres auf ihren Vater zutraf; es hatte zur Folge, dass kaum eine seiner Töchter sich daran hielt, sobald er ihnen den Rücken kehrte.

Nach dem Vorbild der Mutter hatte sie versucht, den jüngeren Geschwistern die Pflichten einer Tochter einzuschärfen. Da Macleod aber häufig widersprüchliche Befehle gab und keine Diskussion darüber duldete, hatte sie nicht länger darauf bestanden, dass jeder einzelne befolgt wurde. Und im Laufe der Zeit hatten alle Schwestern gelernt, sich in seiner Gegenwart gefügig zu zeigen, ansonsten aber seinen Anweisungen keine Beachtung zu schenken, es sei denn, er gab sich unerbittlich – so, wie er es gewesen war, als er sie zur Heirat mit Hector Reaganach zwang.

Wie aber verhielt es sich mit Hector? Er würde zumindest eine Woche, vielleicht sogar länger, nicht auf Lochbuie sein und dort herumkommandieren. Und widersprüchliche Befehle würde er bestimmt nicht erteilen, genauso wenig wie er Trotzreaktionen dulden würde. Bislang war alles, was er angeordnet hatte, durchaus vernünftig gewesen, auch wenn sie in einem Fall mit den Zähnen geknirscht hatte. Schließlich war sie es gewohnt, in Haushaltsbelangen Entscheidungen zu treffen; sie wäre alles andere als begeistert, wenn er sich ständig einmischen würde.

Auch für Lachlan schien es gang und gäbe zu sein, Befehle zu erteilen und dafür zu sorgen, dass sie auf der Stelle befolgt wurden. Andererseits war da die ungemein selbstbewusste Mairi, die ihr mit ihrem wachen Verstand bestimmt auch bei Wichtigerem als Wirtschafterinnen und Bediensteten mit Rat und Tat zur Seite stehen würde.

Deshalb beauftragte sie anderntags in aller Frühe, nachdem sie ihrem Gatten, ihrem Schwager und den Ruderern in den Langbooten ein Lebewohl zugewinkt hatte, einen Diener, sich nach Duart zu begeben und bei Ihrer Ladyship anzufragen, ob ihr Cristinas Besuch genehm wäre oder ob Mairi lieber nach Lochbuie käme. Die Antwort traf noch am selben Nachmittag ein – in Gestalt von Mairi persönlich.

Mit einem strahlenden Lächeln stürmte sie in den Saal. »Hier bin ich, meine Liebe!«, rief sie begeistert aus. »Eure Leute kümmern sich um meine Bootsmänner. Ich habe vor, über Nacht zu bleiben, damit wir genug Zeit haben, uns besser kennenzulernen!«

7

»Wir haben uns viel zu wenig Gedanken um Hectors häusliche Situation gemacht«, meinte Mairi beim Abendessen, das die beiden Damen im Saal einnahmen, nachdem Cristina ihren Gast durch die Räumlichkeiten der Burg geführt hatte. »Stets kommt er zu uns nach Duart, oder aber Lachlan sucht ihn allein hier auf. Deshalb war ich seit meinen Kindertagen nicht mehr auf Lochbuie. Mein Diener Ian Burk erlaubte mir damals, zum ersten Mal mit meinem Pony den Hügel hinaufzureiten, und von dort aus konnten wir auf Lochbuie hinunterschauen, seinerzeit eine der Ländereien meines Vaters.«

»Gehören Seiner Gnaden nicht alle Inseln?«

»Als Lord der Inseln herrscht er über fast alle, aber ein paar Ländereien sind erblich, darunter das meines Gemahls und Eures«, erklärte Mairi. »Andere, beispielsweise die Mackinnons, verdanken den Grund und Boden, auf dem sie leben, dem Wohlwollen meines Vaters. Seine Macht erstreckt sich überdies auf einen Großteil des westlichen Festlands einschließlich Kintail«, fügte sie hinzu. »Und deshalb dient ihm Euer Vater als Berater.«

»Lachlan Lubanach und Hector gehören ebenfalls zu seinen Beratern, richtig?«

»Richtig.«

»Lebt Ian Dubh Maclean denn nicht mehr?«

»Doch, natürlich lebt er noch. Zufällig hält er sich gegenwärtig bei uns auf Duart auf, wo er mit Feuereifer irgendwelche Dokumente durchgeht, die er kürzlich aufgestöbert hat, offenbar ausführliche Berichte über Ereignisse aus der Zeit, da Robert Bruce daran ging, Schottland zu vereinen.«

»Zweifellos ist Ian Dubh ein begeisterter Historiker. Wie mir meine Tante sagte, gehören die Macleans ja zu den gebildeten Clans.«

»Ja, das stimmt, und wenn Ihr erstaunt seid, über wie viel Macht Lachlan verfügt, sollte ich Euch wohl sagen, dass dies in erster Linie auf seiner Verwandtschaft zu meinem Vater beruht. Darüber hinaus hat Ian Dubh ihn zu seinem Nachfolger als Anführer des Clans Gillean bestimmt, und weil er selbst keine Lust mehr hat, dieses Amt auszuüben, nimmt Lachlan bereits einen Großteil der damit einhergehenden Aufgaben wahr. Er und Hector haben ihrem Vater mehrere Jahre lang als Gesandte bei der jährlichen Ratsversammlung der Inseln auf Finlaggan gedient; inzwischen nimmt Hector diese Pflichten allein wahr, weil Lachlan in seiner Eigenschaft als Großadmiral am Tisch der Ratsversammlung seinen Platz hat.«

Cristina nickte eifrig, sie war ganz Ohr. Möglich, dass diese Informationen ihr irgendwann dienlich sein würden. Es hatte ihr Freude bereitet, ihren Gast durch die Burg zu führen, nicht zuletzt weil sie rasch merkte, dass Mairi in der Führung eines großen Haushalts noch versierter war als sie selbst. Sie hatten über Möbel und Vorhänge und deren Pflege gesprochen, über die Nöte von Pächtern, über Gärten, über die Anzahl von Dienern, die Cristina brauchen würde, sowie über andere wichtige Themen. Abschließend hatte Mairi Cristina geraten, eine Liste von all dem zusammenzustellen, was sie benötigte, um die nüchternen Räume wohnlicher zu gestalten.

»Hector wird von jetzt an häufiger Gäste haben«, hatte sie gesagt. »Mit einer Gemahlin zur Seite, die auf das Wohl der Besucher bedacht ist, dürfte es ihm eine Freude sein, Einladungen auszusprechen.«

»Meint Ihr?« Cristina runzelte die Stirn. »Wie Ihr wisst, erkennt er mich nicht als seine rechtmäßige Ehefrau an. Ihr wart so feinfühlig, kommentarlos darüber hinwegzugehen, dass wir in getrennten Kammern schlafen, obwohl Euch das aufgefallen sein muss.«

»Das ist keineswegs ungewöhnlich«, meinte Mairi fröhlich. »Meine Schwester Marjory hat auch ihre eigene Kammer, und von anderen weiß ich das ebenfalls. Natürlich schlafen die meisten Eheleute gemeinsam in der großen Kammer, und wenn die Räumlichkeiten es erlauben, in einem dahinterliegenden Gemach. Auf Finlaggan war es früher so, dass mein Vater selbst in der großen Kammer noch geschäftliche Termine wahrnahm, weshalb meine Mutter auf einer Kammer für sich allein bestand, damit sie durchschlafen konnte. Inzwischen schlafen sie beide in der inneren Kammer, und bei Bedarf holt ihn sein Diener in die große.«

Cristina war sich der höflichen Bemühungen ihres Gastes sehr wohl bewusst, hatte aber Mairi, so kurze Zeit sie sich auch erst kannten, bereits lieb gewonnen und fand es jetzt angebracht, die Diener, die bereitstanden, etwaigen Wünschen nachzukommen, hinauszuschicken. »Mich beschäftigt ein eher persönliches Problem«, wandte sie sich an Mairi, »über das ich gern mit Euch sprechen würde.«

»Aber gern! Nur raus mit der Sprache!«

»Hector kommandiert mich herum, als ob ich ein hirnloses Wesen wäre. Mein Vater ist zwar auch herrschsüchtig, erwartete aber von mir, dass ich ihn nicht mit Haushaltsfragen belästige, sondern in diesem Bereich eigenständig entscheide. Wenn er etwas anordnete, was dem gesunden Menschenverstand widersprach, ignorierte ich das und handelte, wenn er mir den Rücken kehrte, nach eigenem Gutdünken.«

»Hat denn Hector etwas angeordnet, was mit dem gesunden Verstand nicht vereinbar wäre?«

»Nein. Seine Anweisungen sind durchaus vernünftig; dennoch kann ich mir nicht vorstellen, dass wir immer einer Meinung sein werden. Ich habe ihm gesagt, dass ich zu meinem Schwur stehe und ihm gehorche, wie jede Ehefrau ihrem Gatten gehorchen soll, was ich auch vorhabe, aber ich gestehe, dass sein Verhalten mich hin und wieder dazu verleitet, mit den Zähnen zu knirschen. Ich bin von Natur aus nicht aufbrausend …«

»Das ist nur allzu verständlich«, fiel Mairi ihr auflachend ins Wort. »Ich wette, er behandelt Euch nicht anders als seine bewaffneten Männer, wenngleich zuvorkommender. Lachlan ist in etwa auch so. Eigentlich alle Männer, würde ich sagen. Ich weiß noch gut, dass Lachlan zu Beginn unserer Beziehung häufig sagte, ich sollte alles ihm überlassen und mir nicht unnötig den Kopf zerbrechen. Und das mir, die ich es gewöhnt war, mit meinem Vater und meinen Brüdern über alles zu sprechen, was mir wichtig erschien! Ich fand es absurd, mir vorschreiben zu wollen, ich solle mich da nicht einmischen. Zumal ich felsenfest davon überzeugt bin, dass zwei Köpfe besser sind als einer, wenn Dinge gut überlegt sein wollen.«

»Und was ergab sich daraus?«

Mairi lächelte. »Nach und nach rang er sich dazu durch, mir zu vertrauen. Hector wird das ebenfalls tun, wartet nur ab.« Ihr Schmunzeln ging in ein Grinsen über. »Nicht, dass ich auch nur annähernd so geduldig oder tolerant wäre, wie Ihr zu sein scheint. Einmal habe ich Lachlan in den Sund gestoßen.«

»Das habt Ihr nicht getan!«

»Doch, habe ich.«

Cristina versuchte sich auszumalen, was Hector tun würde, wenn sie jemals etwas Derartiges wagen sollte. »Wie hat er reagiert?«

Mairi lachte. »Bis sie ihn rausgeholt hatten, war ich zum Glück schon über alle Berge, und als wir uns wieder begegneten, hatte er Wichtigeres zu tun. Er hat mich aber gewarnt, derartige Spielchen nicht zu wiederholen; das würde schwerwiegende Folgen haben. Worauf ich nur meinte, wenn er trocken bleiben wolle, sollte er sich entsprechend benehmen.«

Cristina schüttelte den Kopf. »Beneidenswert, wie unverkrampft Ihr miteinander umgeht. Einerseits möchte ich wieder gutmachen, was ich Hector angetan habe; aber am liebsten würde ich ihm ins Gesicht sagen, dass ich es nicht leiden kann, herumkommandiert zu werden.«

Mairi zuckte mit den Schultern. »Das *solltet* Ihr ihm auch sagen. Er wird Euch schon nicht fressen, und ihm die üblen Machenschaften Eures Vaters entgelten zu wollen, ist aussichtslos. Gewiss, Ihr hättet Euch anders verhalten können, aber auch das hätte Macleod nicht von seinem Vorhaben abgebracht. Meint Ihr wirklich, Ihr hättet Euch widersetzen können, ihm, der fest entschlossen war und derart abergläubisch ist?«

Beinahe hätte Cristina erwidert, dass dies sehr wohl möglich gewesen wäre, aber sie schwieg wohlweislich. Macleods Anweisungen zu ignorieren, wenn sie widersprüchlich waren, war eine Sache; ihm zu trotzen, wenn er wild entschlossen und wütend war, etwas ganz anderes. Bestimmt hätte er sie verprügelt und Mariota ebenfalls, und auch wenn sie die Bestrafung hätte über sich ergehen lassen, ohne von ihrer Einstellung abzurücken, hätte er sie letzten Endes gezwungen, sich seinem Willen zu unterwerfen.

»Ich hätte nachgegeben«, sagte sie schließlich und verzog das Gesicht.

Mairi nickte. »Meinem Gemahl zufolge kommt es im Leben vor allem darauf an, zu erkennen, wenn etwas im Argen liegt, und zu wissen, wann Handeln angesagt ist und wann nicht. Ich finde, in dieser Philosophie liegt viel Weisheit.«

»Es heißt ja, dass Lachlan Lubanach sehr klug ist.«

»Er hat eher den Ruf, gerissen zu sein. Ich dagegen halte ihn für ungemein weise.«

Im weiteren Verlauf ihrer Unterhaltung öffnete Cristina sich Mairi mehr, als sie dies je einem anderen gegenüber getan hatte. Ihre verschusselte Tante war für Vertraulichkeiten nicht die Richtige, sie ermunterte auch gar nicht dazu. Was ihre Schwestern anging, war Adela zwar eine einfühlsame

Zuhörerin, hatte aber so wenig mit dem zu tun, was in den Verantwortungsbereich der Älteren fiel, dass Cristina sie gar nicht erst mit ihren Sorgen oder Träumen belasten wollte; und Mariotas Gedanken drehten sich ausschließlich um sie selbst. Da sie mit schöner Regelmäßigkeit Cristina ihr Herz ausschüttete und von ihr eine Lösung erwartete, kam Cristina nur selten auf ihre eigenen Probleme zu sprechen.

Abends, als sie zu Bett ging, dachte sie an zu Hause zurück. Und dass sie trotz ihrer großen Familie eigentlich einsam gewesen war. Bis sie Mairi von den Inseln kennengelernt hatte. Mairi schien dies auch zu spüren, denn kurz bevor sie am Nachmittag des folgenden Tages aufbrach, sagte sie: »Jetzt ist es an Euch, mich zu besuchen, und zwar bald. Und bis dahin habt Ihr vielleicht Lust, eine Eurer Schwestern oder diese entzückende Tante nach Lochbuie einzuladen. Möglich, dass sie Freude daran hätten, Euch hier zur Hand zu gehen. Und wenn Ihr für eine Weile vertraute Gesichter um Euch hättet, würdet Ihr Euch weniger einsam fühlen.«

Cristina überlegte kurz, ehe sie beschloss, Mairis Ratschlag zu beherzigen. Sie rief Hectors Verwalter zu sich, einen zuverlässigen Mann, der sich gut auskannte und sie bereits über die Belange der Pächter aufgeklärt hatte, und fragte ihn, wie eine Einladung in die Tat umzusetzen sei.

»Ihr braucht mir nur zu sagen, wie die Botschaft lauten soll, Mylady, und ich schicke sobald Ihr wollt ein Schiff nach Glenelg.«

Um ein Haar hätte sie gefragt, ob er dazu nicht erst Hectors Erlaubnis einholen müsse, fand es dann aber töricht, dieses Thema anzuschneiden. »Dann soll es so geschehen. Kann das Schiff die Gäste auch herbringen?«

»Gewiss doch, wenn Ihr es so wünscht.«

»Ich wünsche es. Wie lange wird es dauern?«

»Ein Tag hin und ein Tag zurück, dazu die Zeit, die Eure Verwandten für die Vorbereitungen brauchen. Wie viele wollt Ihr denn einladen?«

»Nur zwei. Eine Schwester und meine Tante.« – »Dann genügt ein Schiff. Wenn Ihr mir ihre Namen nennt und was für eine Nachricht überbracht werden soll, schicke ich meine Männer morgen bei Tagesanbruch los. Übermorgen Abend können sie zurück sein, eher aber erst am Tag drauf. Es braucht sicherlich eine Weile, bis alles gepackt ist.«

Wie rasch der Verwalter ihrem Wunsch nachzukommen versprach! Was würde ihre Tante dazu sagen? Und vor allem Macleod? Aber der war ja höchstwahrscheinlich wie Hector und Lachlan bereits nach Finlaggan aufgebrochen. Deshalb konnte sie nicht Adela einladen, die ihre erste Wahl gewesen wäre, weil dann die Verantwortung für Chalamine und die jüngeren Geschwister Mariota zukäme, was riskant war. So zärtlich Cristina die zweitälteste Schwester liebte und sosehr sie ihr fehlte, wusste sie um deren Schwächen und auch um deren Abneigung, praktische Aufgaben zu übernehmen, während Adela nur allzu gern dazu bereit war.

Also beschloss sie, es Mariota zu überlassen, ob sie die Einladung nach Lochbuie annehmen wollte. Möglicherweise war ihr ja ein solcher Besuch peinlich – für Cristina wäre er das –, aber dann sagte sie sich, dass ihre in vielem so pragmatische Schwester Hector bereits abgehakt hatte. Er war jetzt immerhin Cristinas Ehemann und für Mariota bestimmt nicht mehr interessant. Umso mehr würde sie die Reise genießen, die ihr Gelegenheit bot, einem Langboot voller muskelbepackter Ruderer den Kopf zu verdrehen.

Was Hector betraf, so würde er sich sicherlich freuen, Mariota auf Lochbuie zu wissen. Ihre eigenen Gefühle waren gemischt. Es war trotz allem nicht auszuschließen, dass Mariota Hector schöne Augen machen und ihn veranlassen würde, mit mehr Nachdruck auf die Annullierung hinzuarbeiten.

Andererseits wäre sie zweifelsohne gekränkt, wenn Cristina sie bei ihrer Einladung übergehen würde. Deshalb sollte sie selbst entscheiden.

Nachdem sie dies durchdacht hatte, erteilte Cristina dem geduldig ausharrenden Verwalter ihren ersten wirklichen Befehl als Lady Maclean und verfolgte dann, wie am nächsten Morgen bei Tagesanbruch das Langboot aus der Bucht segelte und Kurs auf Kyle Rhea machte, um ihre Tante und die Schwester abzuholen.

Da Lachlan in seiner Eigenschaft als Haushofmeister Seiner Gnaden dafür zu sorgen hatte, dass alles für den Empfang der anderen Berater, deren Entourage und wen immer, der an der Ratsversammlung der Inseln teilnehmen wollte, bereit war, legten er und Hector bereits einige Tage vor dem Eintreffen der übrigen Ratsmitglieder in Port Askaig an.

Die Regierungssitze Seiner Lordschaft verteilten sich auf zwei kleinere Inseln in Loch Finlaggan, einem Meeresarm inmitten von Waldland und mit Heidekraut bedeckten Hügeln der Insel Isla, fünfzig Meilen südlich der Insel Mull. Die Burganlage befand sich auf der größeren, der Insel Mór, die Ratsversammlung dagegen tagte auf der kleineren, auf der sich auch die massive Steintafel zur Erinnerung an den großen Somerled befand, der als Erster die Inseln geeint hatte. Diese Union hatte nur bis kurz nach dem Ableben Somerleds vor zweihundert Jahren bestanden, aber MacDonald von den Inseln war es gelungen, sie wieder erstehen zu lassen und seit vierzig Jahren erfolgreich zu führen.

Trotz der mannigfaltigen Aufgaben kam Lachlan seinen Verpflichtungen in vollem Umfang nach. Und da Hector, der sozusagen als dessen rechte Hand jedweden Plan, den sein Zwillingsbruder ausheckte, in die Tat umsetze, bei allen Clan-Oberhäuptern und anderen vorstellig geworden war, um sicherzustellen, dass alles bereit sein würde, blieb den beiden Brüder eigentlich nur noch, die getroffenen Vorkehrungen einer letzten Prüfung zu unterziehen.

In Port Askaig warteten bereits Männer und Ponys auf sie, sodass sie unverzüglich nach dem etwa fünf Meilen landeinwärts gelegenen Loch Finlaggan aufbrechen konnten.

Die Brüder hatten sich ausführlich über alles ausgetauscht, was in den nächsten Tagen anstand, nur in Bezug auf Hectors Heirat war Lachlan ungewöhnlich schweigsam geblieben. Als sein kleiner Konvoi in der Bucht von Lochbuie gelandet und Hector zu ihm ins Flaggschiff gestiegen war, hatte der Bruder zwar höflich zum Ausdruck gebracht, er hoffe, Cristina sei wohlauf, war dann aber auf anderes zu sprechen gekommen – wie viele Schiffe jedes Inseloberhaupt als Eskorte für Robert Stewart zu schicken gedachte, wie es um die Zwistigkeiten stand, die um die Gewinnung und den Verkauf von Sturmvogelöl ausgebrochen waren, welche Probleme seit der letzten Ratsversammlung der Inseln sonst noch aufgetreten waren.

Weil er unangenehm berührt war davon, dass Lachlan kaum ein Wort über die unter so misslichen Umständen vollzogene Vermählung verlor, obgleich er von Cristina angetan zu sein schien, hatte Hector bislang gezögert, dieses Thema anzuschneiden. »Reit mit mir vor«, sagte er jetzt. »Ich möchte unter vier Augen mit dir reden.«

»Meinetwegen.« Obwohl Lachlan geradeaus starrte, meinte Hector, den Anflug eines Lächelns auf dem Gesicht des Bruders zu entdecken. Machte sich Lachlan etwa über die Situation lustig? Wenn ja, würde er, Hector, kein Wort mehr darüber verlieren.

Schweigend ritten sie dahin, bis Hector sicher sein konnte, dass der Wind ihr Gespräch nicht zu den anderen tragen würde. »Ich beabsichtige, mich so bald wie möglich um die Annullierung meiner Ehe zu kümmern. Soweit mir bekannt ist, muss ich dazu beim Papst einen Antrag stellen«, hob er an.

»Genau das ist zu tun, auch wenn ich dir eher nicht zu diesem Schritt raten würde.«

»Du meinst doch nicht etwa, ich sollte mich mit Macleods hinterhältigem Betrug abfinden!«, entgegnete Hector, bemüht, den in ihm aufsteigenden Zorn zu unterdrücken.

»Sicher, du bist wütend, dass du dich von ihm hast hereinlegen lassen. Aber da seine Taktik aufgegangen ist, wird alles, was du jetzt unternimmst, um dich dagegen aufzulehnen, dich und damit den Clan Gillean in Misskredit bringen. Cristina hatte doch, wie du selbst gesagt hast, keine Möglichkeit, sich den Machenschaften ihres Vaters zu verweigern. Abgesehen davon mag ich sie.«

»Du bist ja nicht mit ihr verheiratet!«

»Wohl wahr, aber ich bin dem Clan Gillean verpflichtet – und du auch.«

»Dann frage ich dich noch einmal: Erwartest du wirklich von mir, dass ich mich mit der Rolle des an der Nase Herumgeführten abfinde?«

»Nicht wenn Macleods Trickserei bekannt würde. Da er sich aber kaum damit brüsten dürfte, erwarte ich von dir, dass du die Angelegenheit diskret behandelst, um zu verhindern, dass sie ein schlechtes Licht auf unseren Clan wirft. Wenn es dir mit der Annullierung dieser Ehe wirklich ernst ist, wird Macleod alles, was du in diesem Zusammenhang unternimmst, mit größtmöglicher Häme bedenken.«

»Du verlangst wirklich verdammt viel von mir!«

»Dabei ist das noch nicht alles.« Lachlans Augen verengten sich, sein Ton war ernster, als Hector es von ihm gewohnt war. »Ich erwarte von dir, dass du nichts überstürzt, sondern so verfährst, wie ich das bei der Durchführung meiner Anordnungen von dir gewohnt bin. Wäge jeden deiner Schritte genau ab, und handle zum Besten für Cristina.«

»Du willst also, dass ich sie behalte?«

»Ich möchte, dass meinen Weisungen Folge geleistet wird«, sagte Lachlan. »Nicht mehr und nicht weniger.«

Hector überkam der Wunsch, beide wären wieder zwölf Jahre alt und er könnte seinen Zwillingsbruder in einem Ringkampf zu Boden werfen und ihn zwingen, seinen Standpunkt anzuerkennen. Dann aber musste er daran denken, dass Lachlan sich selbst damals hin und wieder behauptet hatte, nicht durch Muskelkraft, sondern dank seiner Pfiffigkeit. Und jetzt, da er als Oberhaupt des Gillean-Clans auftrat, war abzusehen, dass auch Ian Dubh sich auf die Seite Lachlans stellen und Hector befehlen würde, sich dem Wunsch des Bruders zu beugen.

Es gab Zeiten, da Hector meinte, lediglich Lachlans andere Hälfte zu sein und über keine eigene Persönlichkeit zu verfügen. Selbst seine ausgedehnten Ländereien und Besitztümer verdankte er dem geschickten Taktieren seines Zwillingsbruders, waren sie doch zum selben Zeitpunkt für ihn abgefallen, da Lachlan zu Macht und eigenen Grund und Boden gekommen war.

In Anbetracht seiner Loyalität gegenüber seinem Zwillingsbruder wie auch dem Clan Gillean gingen derartige Überlegungen stets mit unterschwelligen Minderwertigkeitskomplexen einher. Dennoch war er wütend, dass Lachlan seiner Meinung nach jetzt unnötigerweise das Familienoberhaupt herauskehrte.

Lachlan musterte ihn verstohlen, und Hector schloss daraus, dass der Bruder genau wusste, was in ihm vorging. Die Gedanken des anderen lesen zu können war ihnen beiden zu eigen.

Kurz darauf tauchte Loch Finlaggan vor ihnen auf, an dessen Spitze sich ein Monument aus Stein abzeichnete. »Macleod wird bald hier sein und wahrscheinlich seine Schadenfreude auskosten«, merkte Hector an.

»Das wird er sicher, und MacDonald dürfte an einem guten Einvernehmen mit allen Macleods gelegen sein; denn zusammen mit ihren Verwandten, den Nicholsons, und ihren engen Freunden, den Mackinnons, treiben sie sich auf fast allen nördlichen Inseln herum. Dazu kommt, dass Macleod von Glenelg sowohl Einfluss in Kintail ausübt als auch auf Lewis und zusammen mit seinem Vetter auf Skye, und Seine Gnaden braucht jeden von ihnen, vor allem im Hinblick auf den in Kürze zu erwartenden Besuch Stewarts und auf den

Zwist um das Sturmvogelöl, der auf einigen Inseln schwelt. Er möchte Stewart beweisen, dass er die Inseln mit starker Hand regiert und dementsprechend die Inseln Stewart rückhaltlos unterstützen.«

»Aber nur wenige nördliche Inselbewohner bekennen sich zu Robert Stewart oder begeistern sich für irgendeinen der Stewarts, wie sich seine Verwandten neuerdings nennen.«

»Stimmt«, erwiderte Lachlan. »Das ist auch der Grund, weshalb ich gegenwärtig keinen Skandal oder Streit brauchen kann. Ich werde mich wegen deiner Annullierung unauffällig umhören und als Erstes unseren werten Vater befragen, der sich in solchen Dingen auskennt. Wenn du selbst Erkundigungen einziehst, wird jeder sofort vermuten, dass du vorhast, deine dir frisch angetraute Ehefrau zu verstoßen, und ein solches Vorhaben dürfte nur wenigen gefallen. Außerdem müsstest du deinen Schritt begründen.«

»Sie hat ihrem Vater bei seinem Betrug geholfen«, sagte Hector, nicht ohne sich sofort für diese Anschuldigung zu schämen. Hatte er Cristina nicht versichert, ihre Zwangslage zu verstehen? »Ich habe allerdings versprochen, ihr keinen Vorwurf deshalb zu machen«, gestand er mit verzerrter Miene ein. »Wir sollten ihr das also nicht anlasten.«

»Auf gar keinen Fall. Selbst wenn es rechtlich zulässig ist, wissen wir doch, wie schwierig es ist, sich den Wünschen der Eltern zu widersetzen. Ihr vorzuwerfen, seinem Verbrechen Vorschub geleistet zu haben, wäre der Gipfel der Heuchelei, schlimmer noch, unnötig grausam.«

Auch wenn sich in ihm Widerspruch regte, vermochte Hector nichts darauf zu erwidern. Immerhin hatte er sich dazu durchgerungen, Macleod die gesamte Schuld anzulasten, und er wäre erbost, wenn Lachlan oder Seine Gnaden nicht zulassen würden, dass er den Kerl für seine Hinterhältigkeit zur Rechenschaft zog. Im Verlauf einer Ratsversammlung eine Fehde zu entfachen, war nicht unbedingt angebracht. Dass aber dieses Schlitzohr von Schwiegervater seinen Triumph ausschlachtete, ging nicht an. Also musste Hector sich etwas einfallen lassen. Normalerweise war es Lachlan, der das Denken für sie beide erledigte, aber diesmal war Hector sich sicher, dass er aus eigener Kraft der Herausforderung gewachsen sein würde.

Cristina gefiel es auf Lochbuie. Nie zuvor hatte man ihr so viel Respekt entgegengebracht. Hectors Diener gehorchten ihr aufs Wort, genauso wie die, die Mairi ihr geschickt hatte. Kaum dass das Langboot nach Glenelg ausgelaufen war, hatte sie eingedenk der Einladung Mairis einen vollen Tag sowie die Nacht auf Duart verbracht und beim Mittagessen auch ihren Schwiegervater kennengelernt.

Er war hochgewachsen, grauhaarig und hager. Seine blauen Augen verrieten Intelligenz, und sein Auftreten strahlte eine gewisse Eleganz aus. Da Cristina wusste, dass seine beiden Söhne großen Respekt vor ihm hatten, war sie angenehm überrascht, dass er auf sie keineswegs einschüchternd wirkte und die Unterhaltung mit ihm durchaus erfrischend war.

»Dass wir uns erst jetzt begegnen, ist nicht allein Hectors Schuld«, sagte er und lächelte gewinnend. »Er hatte mich zu Eurer Hochzeit eingeladen, aber ich war in das Studium geschichtlicher Dokumente vertieft und konnte mich nicht losreißen.«

»Wenn Ihr die Zusammenhänge kennen würdet, Sir«, meinte sie verlegen, »wärt Ihr eher erleichtert, nicht an der Feier teilgenommen zu haben.«

Er schüttelte den Kopf. »Mein liebes Kind, Ehen, die durch Zutun anderer zustande kommen, erweisen sich häufig als glückliche Fügung.«

Er war so anders als Macleod, dass sie ihn zunächst nicht recht einzuschätzen wusste. Am Ende der Mahlzeit, während der er für angenehme Unterhaltung sorgte, um sich anschließend wieder zu seinen Schriften zurückzuziehen, stand jedoch für sie fest, dass sie ihn ungemein sympathisch fand.

Mairi meinte, dass sie während ihres Besuchs wohl nicht mehr mit ihm zusammentreffen würde. »Er geht völlig in seinen Studien auf«, sagte sie. »Für gewöhnlich lasse ich ihm durch einen Diener Bescheid sagen, wenn das Essen aufgetragen wird, und jedes Mal verspricht er, gleich zu erscheinen. Weil er das aber von zehn Malen neun Mal vergisst, schicke ich ihm meist später etwas aufs Zimmer.«

Dementsprechend verblüfft war Cristina, als Ian Dubh auch zum Abendessen erschien und sie fragte, ob er ihr irgendwelche Wünsche erfüllen könne.

»Wenn ich mich recht erinnere, ist Lochbuie recht nüchtern ausgestattet«, sagte er. »Da ich in Kürze nach Seil zurückkehre, werde ich also Anweisung geben, dass meine Leute ein paar Möbelstücke bereitstellen, die Ihr Euch ansehen könnt, wann immer Ihr Lust dazu habt. Bestimmt werdet Ihr etwas Brauchbares darunter finden.«

Cristina dankte ihm überschwänglich. Was war ihr Gemahl für ein Glückspilz, einen solchen Vater zu haben!

Nachdem besprochen worden war, was auf Lochbuie am dringlichsten benötigt wurde, sagte Mairi ihr ein mit allem möglichen Mobiliar beladenes Langboot zu, das sich zwei Tage später auf den Weg machte.

Obwohl der Kapitän des Schiffes betonte, die Gegenstände hätten auf Ardtornish und Duart nur unnütz herumgestanden und Platz weggenommen und dass Lady Mary gesagt habe, sie könne sie behalten, so lange sie wolle, war Cristina überwältigt von der raschen Lieferung und der umfangreichen Auswahl, darunter verschiedene farbenfrohe Wandbehänge, die zum Schutz vor der Kälte unverzüglich im großen Saal angebracht wurden.

Im kleineren der beiden Türme hatte sie ein leer stehendes Zimmer entdeckt und beschlossen, es für sich einzurichten.

Hier kam das hin, was sie aus Chalamine mitgebracht hatte, auch die kleine Truhe ihrer Mutter mit dem bestickten Kissenaufsatz, den Lady Anna selbst gefertigt hatte, sowie die gestrickte Stola, die Ihre Ladyship so oft umgelegt hatte. Beides brachte Cristina eigenhändig in diese Kammer und wies ihnen einen angemessenen Platz zu.

Die Truhe, in der sich ihre Nähutensilien befanden, wurde unweit eines Lehnstuhls aufgestellt, über den sie die Stola drapierte, die ihr bei Bedarf Wärme spenden würde. Der Raum besaß zwar nur einen kleinen offenen Kamin und würde im Winter entweder unerträglich verraucht oder eiskalt sein, war aber zum gegenwärtigen Zeitpunkt durchaus gemütlich. Ein schwerer Vorhang am einzigen Fenster würde ihn noch anheimelnder machen.

In Chalamine hatte sie kein Plätzchen für sich allein gehabt. Die Bettkammer hatte sie mit Mariota und Adela geteilt, und jede Ecke und jeder Winkel der Burg war für etwas Bestimmtes gebraucht worden. Selbst wenn sie Zeit für einen Spaziergang oder einen Ausritt gefunden hatte, war sie meist in Begleitung einer oder mehrerer Schwestern gewesen.

Schon immer hatte sie sich einen Platz ganz für sich allein gewünscht, einen Zufluchtsort, an den sie sich zurückziehen konnte, wenn sie nachdenken oder einfach nur ihre Ruhe haben wollte. Umso glücklicher war sie, dass sich jetzt dieser Wunsch erfüllte. Auch Asche und Ruß, den beiden Kätzchen, schien es in dem Turmzimmer zu gefallen; wann immer sie es aufsuchte, hefteten sie sich an ihre Fersen, rollten sich dann zu einem grau-schwarzen Ball zusammen und schnurrten zufrieden, solange Cristina sich hier aufhielt.

Auch eine Wirtschafterin hatte Mairi ihr besorgt, eine adrette und ebenso freundliche wie tüchtige Frau namens Alma Galbraith, die sogar mit Hectors Koch Calum auskam, einem pflichtbewussten Mann, der keine Einmischung duldete, leider aber Mahlzeiten auf den Tisch brachte, die für Krieger und Diener einigermaßen akzeptabel sein mochten, nach Cristinas Meinung für ihren Gemahl und seine Gäste jedoch nicht schmackhaft genug waren.

Aber auch wenn die stille und gütige Alma mit Calum auskam, vermochte sie sich, wie sich bald herausstellte, nicht gegen ihn zu behaupten. Außerdem oblagen Entscheidungen über die Führung des Haushalts nun einmal der Herrin des Hauses. Und da Cristina wusste, dass Mariota sich bitterlich beschweren würde, wenn das Essen nicht dem entsprach, was in Chalamine gang und gäbe war, suchte sie einen Tag vor der Ankunft ihrer Gäste aus Glenelg den Koch in der Küche auf.

»Calum«, sagte sie, »in ein, zwei Tagen erwarte ich meine Tante und meine Schwester zu Besuch. Die bislang von dir zubereiteten Speisen waren zwar reichlich, aber geschmacklich nicht ganz so, wie es meine Gäste gewohnt sind.«

»Ich bitt Euch recht schön, Eure Ladyschaft, es wird mir ein Vergnügen sein, Eure Wünsche zu befriedigen. Ihr braucht mir nur zu sagen, wie Ihr es haben wollt. Dem Herrn war es egal. Solange Rindfleisch oder Hammel auf den Tisch kommt, isst er, was man ihm vorsetzt, warum also sollen sich die Gehilfen also erst groß abrackern, wenn ihm einfache Sachen genauso schmecken.«

»Wenn du einverstanden bist, gebe ich dir ein paar Rezepte aus Chalamine. Wenn du es einrichten kannst, für meine Tante und meine Schwester auch ein paar eigens für sie zubereitete Speisen auf den Tisch zu bringen, werden sie bestimmt sehr angetan sein.«

Nachdem diese Angelegenheit zufriedenstellend gelöst war, begutachtete sie die Schlafkammern. Nein, weitere Möbel wollte sie dort vorläufig nicht aufstellen; für die nächsten Monate genügten die, die Mairi ihr überlassen hatte, und im Laufe der Zeit würde sich zeigen, ob Hector damit zurechtkam oder besondere Wünsche hatte.

Das Langboot kam tags darauf zurück. Als sie erfuhr, dass es in der Bucht einlief, eilte sie hinunter zur Anlegestelle. Der erste Passagier, der ausstieg, war weder Lady Euphemia noch Mariota.

»Wo sind Asche und Ruß?« Mit dieser Frage fiel Isobel

Cristina um den Hals und herzte sie überschwänglich. »Wie groß sind sie mittlerweile?«

»Aber es ist doch kaum zehn Tage her, seit du sie zuletzt gesehen hast, Kleines!«

»Cristina! Ich freu mich ja so, dich zu sehen!« Mariota stürzte auf sie zu und umarmte sie. »Du hast mir unendlich gefehlt! Adela macht alles falsch!«

»Du hast mir auch gefehlt, Liebes. Wie schön, dass du mitgekommen bist.«

»Natürlich bin ich mitgekommen.« Mariota schien überrascht zu sein. »Ich wollte dich sehen und auch die Burg, in der ich wohnen sollte. Ist sie schön? Soll ich vor Neid um dein Anwesen in Verzweiflung ausbrechen?«

»Aber Liebchen!«, rief Lady Euphemia, der ein Diener aus dem Langboot half, entsetzt, »so etwas zu sagen schickt sich nicht. Du magst ja gespannt auf Cristinas neues Heim sein, aber es wäre taktvoller, wenn du dich beherrschen und abwarten würdest, was sie zu berichten hat. Nicht dass ich das nicht auch gern wissen möchte und Isobel sicherlich auch. Wahrscheinlich bist du überrascht, dass sie mitgekommen ist, Cristina, aber falls du, als du uns zu unserer großen Überraschung deine Männer schicktest, angenommen hast, dein Vater wäre bereits nach Finlaggan aufgebrochen, dann hast du dich leider geirrt, denn das war er nicht. In der Tat ...«

»Stimmt«, fiel Isobel der Tante ins Wort. »Er hat gesagt, wenn du Tante Euphemia und Mariota zu dir holst, kannst du gleich auch mich bei dir aufnehmen, weil nur du mit mir fertig wirst. Genau das hat er gesagt, und ich war ehrlich froh drum.«

»Du entwickelst dich zu einem grässlichen Plappermaul, Isobel«, seufzte Mariota. »Halt doch bitte mal fünf Minuten lang den Mund, damit wir auch zu Wort kommen.«

Isobel nestelte an ihren Zöpfen herum, widersprach aber nicht. »Wo sind sie?«, fragte sie nur.

»Wahrscheinlich schlafen sie, oder aber sie spielen vor dem

Kamin im Saal«, gab Cristina schmunzelnd Auskunft. »Dieser Pfad da drüben führt direkt hinauf. Und damit ich es nicht vergesse: Während eures Besuchs stehen euch Ponys zur Verfügung, nur muss ich gleich sagen, dass Hector verboten hat, allein auszureiten. Lass dir also nicht einfallen, die Mauern der Burg ohne Geleitschutz zu verlassen.«

Isobel versprach, dies zu beherzigen, und rannte voraus.

Lady Euphemia krauste die Stirn. »Heißt das, dass wir hier nicht sicher sind?«

»Nein, das wollte ich damit nicht sagen«, beruhigte Cristina sie und erläuterte, während sie die Stufen zur Burg hinaufstiegen, die näheren Umstände.

»Dann reitet wohl auch Lady Mairi nur in Begleitung aus«, folgerte Mariota, nachdem Cristina erwähnt hatte, dass dies unter den Edelfrauen auf den Inseln üblich sei.

»Ganz recht«, erwiderte Cristina.

Mariota nickte, versprach aber im Gegensatz zu Isobel nicht, sich daran zu halten. Da Cristina wusste, dass die Schwester sich herzlich wenig um die Einhaltung von Vorschriften scherte, nahm sie sich vor, ein Auge darauf zu haben, dass Hectors Anordnungen nicht unterlaufen wurden, zumindest so lange nicht, wie sie ihr gerechtfertigt erschienen.

Obwohl er erst eine Woche später zurückkehrte, war ihr, als hätten sich ihre Verwandten kaum eingelebt. Man saß im großen Saal beim Abendessen zusammen, und da Cristina erst in ein, zwei Tagen mit ihm gerechnet hatte, entrang sich ihr ein Aufschrei der Überraschung, als er und Lachlan eintraten.

Mit gerunzelter Stirn ließ er den Blick über den umgestalteten Saal wandern, und noch verblüffter nahm er die Anwesenheit von Mariota, Isobel und Lady Euphemia zur Kenntnis. Cristina stockte der Atem. Aber dann ging er auf die Gäste zu, begrüßte sie höflich und nahm seinen gewohnten Platz am Tisch ein, wies Lachlan ebenfalls einen zu und befahl einem Diener, ihnen Fleischscheiben vorzulegen. »Ich hoffe, es ist genug da, um auch unsere Ruderer zu verköstigen«, wandte er sich an Cristina.

»In der Tat, Sir, dank Eures ausgezeichneten Kochs. Obwohl ich Euch nicht so früh erwartete, hat er seit mehr als zwei Tagen entsprechende Vorsorge für Eure Rückkehr getroffen.«

»Weil Cristina es ihm angeschafft hat«, ergänzte Isobel und lächelte Hector treuherzig an.

»Daran hat sie gut getan.« Er sah seine Frau durchdringend an. »Gehe ich recht in der Annahme, dass Ihr hier einiges verändert habt, Weib?«

»Ja, Sir.« Sie schaute ihn verunsichert an, merkte aber, wie sich Trotz in ihr regte.

»Wir müssen uns nach dem Essen wohl einmal unterhalten«, meinte er. »Ihr scheint davon ausgegangen zu sein, dass ich all dies billige.«

Cristina ging geflissentlich darüber hinweg. Sich zu einem Lächeln zwingend, begrüßte sie Lachlan und stellte ihm ihre Verwandten vor. Seine lockere Art wirkte entspannend, aber als ihr Blick dem ihres Gemahls begegnete, verkrampfte sie sich erneut.

8

In der zurückliegenden Woche war es Cristina und ihren Gästen zur Gewohnheit geworden, sich nach der Abendmahlzeit in ein kleineres Zimmer abseits des großen Saals zurückzuziehen, das sie mit gepolsterten Bänken und Lehnstühlen wohnlich gemacht hatten und in dem sie sich mit Handarbeiten oder Plaudereien die Zeit vertrieben. Deshalb hatte Cristina es nicht für nötig erachtet, ihnen weitere Zerstreuung zu bieten. Zu ihrem großen Kummer fiel ihr auch jetzt nichts ein, womit sie die anderen Damen oder ihren Schwager bewegen konnte, nach dem Essen noch bei Tisch zu verweilen.

Prompt kam dieses Problem auf sie zu, als Lachlan nach Beendigung des Mahls sagte: »Danke für dieses köstliche Essen, Madam. So gut wie heute hat es mir hier noch nie geschmeckt. Ihr habt in kürzester Zeit Wunder vollbracht. Mein Kompliment.«

»Ich danke Euch, Sir«, sagte sie ehrlich erfreut. »Ich darf doch davon ausgehen, dass Ihr über Nacht bleibt?«

»Danke für die Einladung, aber heute nicht«, sagte er. »Ich bin in letzter Zeit mehr unterwegs gewesen, als mir lieb ist, und deshalb werdet Ihr verstehen, dass es mich zu meiner Frau und den Kindern zieht. Da wir uns spätestens in Ardtornish, wenn nicht gar früher wiedersehen, darf ich mich also bis dahin von Euch verabschieden.«

Innerhalb kürzester Zeit waren er und seine Männer aufgebrochen.

»Cristina hat uns erzählt«, wandte sich jetzt Mariota mit verführerischem Augenaufschlag an Hector, »dass Ihr auf Finlaggan wart und an der Ratsversammlung der Inseln teilgenommen habt. Worum es dabei ging, wusste sie allerdings nicht. Umso mehr hoffe ich, dies von Euch zu erfahren.«

Cristina war nicht entgangen, dass Hectors Blick während des Essens immer wieder ihre hübsche Schwester gestreift hatte. Was durchaus verständlich war, denn Mariota sah an diesem Abend einfach bezaubernd aus. Das Smaragdgrün ihres Gewands entsprach der Farbe ihrer Augen, und da sie nicht mit Besuch gerechnet hatten, hatte sie ihr lockiges Haar in Höhe ihrer wohlgestalteten kleinen Ohren zu zwei Zöpfen geflochten und wie eine Krone um den Kopf gewunden.

Schmunzelnd quittierte Hector ihre Bemerkung, schüttelte aber den Kopf. »Das waren stundenlange Gespräche unter Männern, die Euch nur langweilen würden.«

»Aber, Sir, es nehmen doch auch Frauen an den Ratsversammlungen teil«, wandte Cristina ein. »Von Lady Mairi weiß ich, dass sie, bevor ihre Kinder geboren wurden, häufig dabei war. Bereits als kleines Mädchen durfte sie mitkommen.«

»Na ja, Lady Mairi ist immerhin die Tochter Seiner Gnaden, und er ist es gewohnt, sich ihren Marotten zu fügen«, entgegnete Hector, ohne Mariota aus den Augen zu lassen.

»Das mag wohl so sein«, meinte Cristina. »Trotzdem dachte ich …« Sie vollendete den Satz nicht, weil sie merkte, dass er gar nicht zuhörte.

Er war noch immer in den Anblick von Mariota versunken, deren Lächeln köstliche Gefühle in ihm auslösten. Wie verführerisch sie doch war! Und wie grausam das Schicksal, ihn in ein so schreckliches Schlamassel hineinzuziehen!

Die peinliche Stille bemerkend, zwang er sich, den Blick von Mariota abzuwenden, und stellte fest, dass Cristina ihn mit gerunzelter Stirn musterte. Zurechtweisend. Wie einstmals seine Mutter.

Dieser Vergleich drängte sich ihm unwillkürlich auf. Er meinte förmlich die Worte zu hören, die er kurz zuvor an seine Frau gerichtet hatte, und sah ein, dass sie möglicherweise als Kritik an MacDonald oder Mairi aufgefasst werden konnten, schon weil auch die für gewöhnlich geschwätzige Lady Euphemia schwieg. »Was ist denn?«, begehrte er auf.

Cristina zögerte mit einer Antwort, aber da platzte Isobel heraus: »Sie hat mit Euch gesprochen, aber Ihr habt nicht zugehört und stattdessen Mariota angeglotzt.«

»Hat er nicht«, empörte sich Mariota. »Du bist das frechste Geschöpf auf den Inseln, Isobel, und wenn du dich nicht anständig benehmen kannst, tätest du besser daran, den Tisch zu verlassen.«

»Ich hab nur gesagt …«

»Sei still, Isobel«, beschwichtigte Cristina die Kleine. »Du brauchst nicht aufzustehen, aber es ist ungehörig, sich ungefragt einzumischen. Ich wollte lediglich sagen, Sir, dass ich finde, Ihr solltet Mariotas Fragen beantworten. Auch ein weibliches Wesen, das nicht die Tochter Seiner Gnaden ist, hat Anspruch darauf zu erfahren, was sich in der Ratsversammlung abspielt.«

»Gewiss doch.« Er war angenehm überrascht, wie diplomatisch sie sich ihren Schwestern gegenüber verhielt, und froh, etwas zu sagen, das nicht falsch ausgelegt werden konnte. Dennoch ließ er es sich nicht nehmen hinzuzufügen: »Meine Bemerkung vorhin sollte keine Kritik sein. Nur interessieren sich Frauen für gewöhnlich nicht für das, was auf Finlaggan besprochen wird.«

»Mariota schon. Und Tante Euphemia bestimmt auch.«

Die Stimmung war jetzt leicht gereizt. Hätte Lady Euphemia die beiden nicht wie ein Habicht beäugt, hätte er seine Frau angeraunzt, ihn nicht wie einen Dreikäsehoch zurechtzuweisen.

»Ihr scheint sehr wichtig zu sein, Sir, wenn Ihr an den Zusammenkünften des Lords der Inseln teilnehmt«, sagte Isobel. »Wie ist er eigentlich? Nett?«

Gern ging er darauf ein. »Er verfügt über große Macht, ist

dabei aber ungemein fürsorglich. Ich glaube, die meisten würden ihn als freundlich bezeichnen – nur dann nicht, wenn sie gegen die auf den Inseln herrschenden Gesetze verstoßen.« Und er fügte hinzu: »Gefällt es dir auf Lochbuie?«

»Sehr sogar«, kam es zurück. »Cristina hat dafür gesorgt, dass ich jeden Tag ausreiten kann.«

Er blickte zu Cristina. »Ihr lasst sie doch nicht etwa allein ausreiten, wie?«

Isobel schnitt eine Grimasse. »Warum sollte sie denn etwas dagegen haben, Sir? Zu Hause reite ich auch häufig allein aus.«

»Reitet sie wirklich allein aus?«, fragte er nochmals und sah Cristina eindringlich an.

»Nein, Sir«, erwiderte sie gelassen. »Wir haben uns alle an Eure Anweisungen gehalten.«

»Das will ich auch hoffen.« Und zu den anderen gewandt, sagte er: »Bitte habt Verständnis, wenn wir Euch für den Rest des Abends allein lassen. Wie Ihr euch denken könnt, gibt es so einiges, was ich mit Cristina zu besprechen habe.«

Mariota schmollte. »Wenn Euch mein Wohlergehen wirklich am Herzen liegt, Sir, solltet Ihr mir mehr bieten als die Gesellschaft meiner Tante und meiner kleinen Schwester. Ein wahrer Gentleman lässt seine weiblichen Gäste nicht allein, ohne mit einer angenehmen Zerstreuung für sie aufzuwarten.«

Isobel kicherte. »Wenn du Spaß haben willst, Mariota, brauchst du nur den Kätzchen beim Herumtollen zuzuschauen. Sie dürften in der Küche sein. Soll ich sie holen, oder willst du lieber etwas mit mir spielen?«

»Zwing mich nicht, dir nochmals zu sagen, dass du den Mund halten sollst, Isobel. Wenn ja, wird dir das sehr leidtun«, fuhr Mariota die Schwester an, um dann erneut ein niedliches Schmollmündchen zu machen und zu Hector zu sagen: »Seht Ihr, was ich meine, Sir? Nicht auszuhalten ist das!«

Er schmunzelte, fühlte sich geschmeichelt von ihren Versuchen, ihn zu umgarnen. Als aber dann Cristina aufstand und den Dienern bedeutete, den Tisch abzuräumen, besann er sich darauf, dass es einiges zwischen ihnen zu klären gab. Zu Mariota sagte er: »Ich werde das wieder gutmachen, Mädchen. Versprochen. Ein guter Gastgeber sollte darum bemüht sein, dass sein Besuch sich nicht langweilt. Wie ich mitbekommen habe, reitet auch Ihr gern aus.«

»So ist es. Ich hab auch eigens ein hübsches Reitgewand mitgebracht.«

»Dann könnten wir ja morgen nach dem Frühstück einen Ausritt unternehmen.«

»Darf ich auch mitkommen?«, mischte sich Isobel ein.

Er hätte gern Nein gesagt, ahnte aber, dass man ihm dann vorwerfen würde, ihm sei wohl daran gelegen, einen kleinen alltäglichen Ausritt zu einer ganz privaten Angelegenheit umzumünzen. Und da er Isobel nicht enttäuschen wollte, schon weil er die Kleine ins Herz geschlossen hatte, sagte er lächelnd: »Ja, Mädchen, du auch. Und wenn Ihr alle uns jetzt entschuldigen würdet, möchten wir Euch gute Nacht wünschen. Kommt, Mylady.«

Den Arm an ihrem Rücken, drängte er sie sanft zur Tür; als sie beim Gehen die Röcke leicht anhob, bemerkte er, wie ihre rechte Hand zitterte. Wenn dies ein Zeichen dafür war, dass sie ein wenig Angst vor ihm hatte, sollte ihm das recht sein. Soweit er bislang feststellen konnte, hatte sich das Weib zu viele Freiheiten in seinem Zuhause herausgenommen und musste daran erinnert werden, dass er es war, der hier das Sagen hatte.

Cristina zwang sich, ihre Empörung darüber, dass Hector sich so empfänglich für Mariotas kokettes Schmollen zeigte, zu zügeln, aber es wollte einfach nicht gelingen, ihre Gefühle in den Griff zu bekommen. Warum fiel ihr das so schwer? Sie liebte ihre Schwester sehr, und obwohl sie häufig genug mitbekommen hatte, welche Wirkung Mariota auf Männer ausübte, hatte sie das bislang nicht gestört, weil sie glaubte, Mariota hielte sich für etwas Besonderes und würde schon deshalb davon absehen, die Grenzen der Schicklichkeit zu übertreten.

Jetzt allerdings war die Situation eine andere. Zu Cristinas Schuldgefühlen, ihrer Schwester den Ehemann ausgespannt zu haben, den diese offenbar begehrte, kam die Verärgerung über Hectors Verhalten seit seiner Rückkehr. Ihr Inneres war derart in Aufruhr, dass sie befürchtete, ihren Gefühlen in höchst unziemlicher Weise Ausdruck zu verleihen. Undeutlich erinnerte sie sich daran, dass sie als Kind hin und wieder ihrem Unmut freien Lauf gelassen hatte und jedes Mal ausgescholten, wenn nicht gar bestraft worden war. Die Strafe für einen Erwachsenen fiel bestimmt sehr viel härter aus, in Form von Verachtung, wenn nicht noch schlimmer.

Eine Dame durfte sich nicht erlauben, sich von ihren Gefühlen überwältigen zu lassen. Mariota indes hielt nichts von derlei Beschränkungen; stets hatte sie darauf bestanden, dass für sie andere Regeln galten. Anstatt logisch, denke sie emotional, pflegte sie zu sagen, so sei sie eben. Mit der Zeit hatte ihre Familie begriffen, dass man von ihr nicht erwarten konnte, sich so zu verhalten wie andere. Entsprechend mehr Freiheiten nahm sie sich heraus, jedenfalls mehr, als man Cristina je zugestanden hatte. Mariota war ein fröhliches Kind gewesen, impulsiv und stets auf irgendeinen Unfug aus, ähnlich wie Isobel, wenngleich keineswegs so unbekümmert wie diese.

Macleod war vernarrt in seine Zweitälteste – er hatte sie verhätschelt, wie Lady Euphemia es nannte. Wenn Mariota ungezogen war, wurde Cristina gescholten, weil sie als die Ältere besser auf ihre kleine Schwester hätte achtgeben müssen. Und Cristina hatte diese Pflicht auf sich genommen. Als dann weitere Schwestern hinzukamen, hatte sie auch für sie die Verantwortung übernommen, vor allem nachdem die Mutter gestorben war.

Lady Annas Tod hatte sie alle erschüttert, aber am untröstlichsten schien Mariota zu sein. Erst hatte sie wochenlang kaum gesprochen, dann von einem Tag auf den anderen ihren Kummer überwunden und sich in Aufgaben gestürzt, für die sie früher nichts übrig gehabt hatte.

Sie untersagte den Dienerinnen, die Bettkammer, die sie mit Cristina und Adela teilte, aufzuräumen, und bestand darauf, dies selbst zu tun.

Diese Phase war zwar nur von kurzer Dauer, und über die folgenden Monate hinweg hatte Mariota unglaublich zerbrechlich gewirkt, war leicht gereizt gewesen, beim geringsten Anlass verletzt, verärgert, ja sogar fuchsteufelswild geworden.

Derartige Gefühle gestand Cristina sich nicht zu. Und die Tatsache, dass sie jetzt am liebsten losgebrüllt oder mit Gegenständen um sich geschmissen hätte, vorzugsweise in Richtung ihres Gemahls, erschreckte sie. Als sie schweigend neben ihm auf die Treppe zuschritt, die sich durch die dicke Nordmauer des zentralen Turms nach oben wand, wagte sie ihn nicht einmal zu fragen, wohin sie gingen, weil sie befürchtete, alles andere, was ihr im Kopf herumging, würde sich dann ebenfalls Luft machen.

Wovor sie am meisten Angst hatte, war, dass die Überlegungen, die sie für sich anstellte, sich ähnlich wie bei Mariotas Anfällen in Form von wutentbranntem Geschrei entladen könnten. Sollte es jemals so weit kommen, stand zu befürchten, dass sich die Erde unter ihr auftun und sie verschlingen würde – oder dass ihr irgendeine Katastrophe ähnlichen Ausmaßes drohte.

Sie erreichten den steinernen Treppenabsatz vor Hectors Bettkammer. Der Hausherr stieß die Tür auf und bedeutete ihr voranzugehen. Als er ihr folgen wollte, blieb er bass erstaunt an der Schwelle stehen.

»Himmel noch mal! Selbst mein Zimmer habt Ihr auf den Kopf gestellt!«

Sie wischte sich die feuchten Handteller an ihrem Rock ab und sah ihn an. »Ich bitte um Verzeihung, Sir«, zwang sie sich, so ruhig wie möglich zu sagen, »falls ich Euch vor Eurem Aufbruch nach Finlaggan missverstanden haben sollte. Ich bin davon ausgegangen, Ihr hättet mir gestattet, nach eigenem Gutdünken zu verfahren. Ich wollte diesen Raum wohnlicher machen, aber wenn Euch die Veränderungen nicht zusagen, werde ich veranlassen, dass der alte Zustand wiederhergestellt wird.«

Er antwortete nicht gleich, sondern trat an das schmale bogenförmige Fenster und besah sich die Klappläden. »Die sind poliert oder geölt worden. Vorher waren sie rau und matt, und jetzt glänzen sie.«

»Ja, Sir, sie wurden geschliffen und geölt, weil das Holz völlig ausgetrocknet war. Wenn man das nicht regelmäßig tut, muss man sie früher als nötig ersetzen.«

»Wohl wahr. An derartige Kleinigkeiten verschwende ich kaum einen Gedanken.«

»Ihr seid eben mit Wichtigerem beschäftigt, Sir.«

»Stimmt, Weib. Gut, dass Ihr hier tätig geworden seid. Aber was ist mit diesen Bettvorhängen? So viel Zeit, sie anzufertigen und noch dazu all diese Vögel und Blumen daraufzusticken, hattet Ihr doch gar nicht.«

»Gefallen sie Euch nicht?«

»Doch. Obwohl ein gestandener Mann meiner Meinung nach nicht in einem Feld Gänseblümchen schlafen sollte. Ich frage mich nur, wie Ihr in so kurzer Zeit so viel bewerkstelligt habt und wie viel mich das alles kosten wird. Ehrlich gesagt hättet Ihr diese Veränderungen erst einmal mit mir durchsprechen und abwarten sollen, ob ich damit einverstanden bin.«

»Bislang hat das alles nichts gekostet, nur Zeit und Energie«, sagte sie. »Das meiste stammt von Lady Mairi. Sie hat uns alles Mögliche aus Ardtornish und Duart zur Verfügung gestellt, so lange, bis wir uns einig sind, was wir ..., entschuldigt, was Ihr verändern wollt. Was wir brauchen können, dürfen wir behalten, was nicht, geht zurück. Ich finde das sehr großzügig, aber wenn Ihr Euch Eurem Bruder und seiner Gemahlin nicht verpflichtet fühlen wollt …«

»Darum geht es gar nicht.«

Cristina harrte schweigend aus, aber er schien nicht weitersprechen zu wollen. Wohlweislich sah sie davon ab zu erwähnen, dass auch Ian Dubh ihnen Möbel aus Seil angeboten hatte.

Hector drückte die Zunge hinten an seine Schneidezähne. Da er ihr tatsächlich erlaubt hatte, auf Lochbuie nach eigenem Gutdünken zu schalten und zu walten, konnte er jetzt nicht damit herausrücken, dass nach der Annullierung seiner Ehe die hinreißende Mariota möglicherweise von diesen Veränderungen nicht begeistert sein würde. Er durfte Cristina nicht einmal fragen, ob die vorgenommenen Veränderungen Mariotas Beifall fanden.

Da sie noch immer geduldig auf Antwort wartete, zuckte er verlegen mit den Schultern. »Ihr habt dafür gesorgt, dass man sich hier wohlfühlen kann. Das ist gut, denn in Finlaggan habe ich mehrere Leute eingeladen, für ein, zwei Nächte bei uns zu bleiben, ehe sie weiter nach Ardtornish segeln, um am Fastnachtdienstagsfest teilzunehmen.«

»Wie viele?«

»Das weiß ich nicht mehr. Ist das wichtig?«

»Nein, eigentlich nicht. Es wäre vielleicht gut zu wissen, ob es sich um eine oder zwei Familien handelt oder um hundert Leute.«

Unwillkürlich musste er grinsen. »Ich werde versuchen, eine Liste anzufertigen, Weib, aber hundert dürften es keinesfalls sein.«

»Dann brauche ich Eure Liste nicht, Sir. Ich weiß, was zu tun ist, und wenn ich Hilfe benötige, wird Mairi mir bestimmt beistehen.«

»Gutes Mädchen. Dann gehe ich jetzt für eine Weile in den

Stall und sehe nach, ob in meiner Abwesenheit irgendetwas vorgefallen ist.«

Um ein Haar hätte sie ihm gesagt, dass sein Verwalter alles unter Kontrolle hatte, aber sie schwieg, schon weil es ihr lieber war, wenn er hinausging, anstatt in den Saal zurückzukehren und mit Mariota zu schäkern. »Vergesst nicht, ihn daran zu erinnern, dass morgen nach dem Frühstück Pferde für uns alle bereitzustehen haben«, sagte sie noch, da ihr eingefallen war, was er ihren Schwestern versprochen hatte.

Er schaute so verdutzt, als hätte er die Einladung bereits vergessen, und sagte dann reumütig: »Ich kann morgen nicht, Frau. Ich habe den Männern zugesagt, dass wir in der Früh als Erstes die Schiffe kielholen, damit sie für den Besuch Stewarts auf Hochglanz gebracht werden können. Ihr werdet mich entschuldigen müssen, aber richtet Mariota unbedingt aus, dass wir unseren Ausritt nachholen werden.«

Wieder fragte sich Cristina, ob es klug gewesen war, ihre Schwester, die sich darauf verstand, jedem Mann den Kopf zu verdrehen, nach Lochbuie einzuladen. Erst als sie sicher sein konnte, ihrem Mann nicht mehr zu begegnen, begab sie sich in die kleine Stube, in der sich ihre Tante und die Schwestern aufhielten.

»Hat Hector dich ausgescholten?«, fragte Mariota, als Cristina eintrat.

»Grundgütiger Himmel, man steckt seine Nase doch nicht in die privaten Angelegenheiten von Eheleuten, Kindchen«, wies Lady Euphemia sie zurecht. »Selbst wenn man darauf brennt zu erfahren, was sich abgespielt hat, stellt man keine Fragen; das gehört sich nicht und schon gar nicht, wenn die Befragte die Gastgeberin und obendrein deine ältere Schwester ist.«

»Er schien jedenfalls wütend zu sein«, beharrte Mariota.

Isobel kicherte. »Wahrscheinlich musste er sich noch von dem Schreck erholen, dass sich bei ihm zu Hause ein Rudel weiblicher Macleods herumtreibt. Ich wette, du hast ihm gar nicht gesagt, dass du uns einladen wolltest, Cristina. Stimmt's?«

»Ja. Weil mir der Gedanke nämlich erst kam, nachdem Lady Mairi hier übernachtet hatte. Sie meinte, dass ich mich während Hectors Abwesenheit einsam fühlen könnte, und damit hatte sie auch recht. Als ich dann erfuhr, wie leicht es sein würde, euch in Chalamine abzuholen, konnte ich nicht länger warten. Aber gegen euren Besuch hat er nichts einzuwenden, Isobel. Er war nur erstaunt über die vielen Veränderungen, die ich in seiner Abwesenheit vorgenommen habe.«

»Er scheint weitaus herrischer zu sein als angenommen«, meinte Mariota. »Ich mag Männer, die Stärke beweisen – wer übrigens nicht –, aber er täuscht sich gewaltig, wenn er glaubt, er könnte mir etwas vorschreiben, oder wenn er im Ernst meint, ich benötigte für einen Ausritt über die Insel Mull einen bewaffneten Begleiter. Bislang, Cristina, habe ich mich dir zuliebe gefügt, aber inzwischen weiß ich, dass man hier durchaus sicher ist. Außerdem darf ich dich daran erinnern, dass ich gewöhnt bin, auf mich selbst achtzugeben. Und wenn Hector annimmt, in Kintail gäbe es keine Zwistigkeiten, dann irrt er sich gewaltig. Man muss eben wissen, wo man sich gefahrlos bewegen kann und wo nicht, und genau das werde ich ihm sagen, wenn er morgen mit uns ausreitet.«

Cristina unterdrückte einen Seufzer. Sie musste an viele unschöne Unterredungen mit dem Vater denken, der Mariotas Angewohnheit, allein auszureiten, missbilligte und stets Cristina Vorhaltungen machte, wenn sie es nicht verhinderte. Dabei wusste er genau, dass Mariota für gewöhnlich nach Lust und Laune handelte und sich von niemandem dreinreden ließ. Wenn er als Vater schon nichts auszurichten vermochte, wie konnte er dann erwarten, dass Cristina mehr Erfolg hatte? Jetzt war es Hector, der etwas angeordnet hatte und bestimmt darauf pochen würde, dass dem entsprochen wurde. Da sie ihre Schwester nur allzu gut kannte, versuchte sie, sich dem Thema behutsam anzunähern.

»Es tut mir leid, aber ihm ist eingefallen, dass er morgen anderweitig beschäftigt ist und deshalb nicht mitkommen kann«, sagte sie. »Aber ich soll dir ausrichten, dass er das so bald wie möglich nachholen wird. Vielleicht habt ihr Lust, stattdessen mit mir einen Ausflug zu unternehmen. Wir sind noch nicht die Nordküste entlang Richtung Duart geritten. Wenn ihr also wollt, könnten wir das nun tun.«

»Und Lady Mairi einen Besuch abstatten?«, fragte Isobel. »Ich würde sie gern wiedersehen.«

»Das ist zu weit, wir müssten dann dort übernachten«, erwiderte Cristina. »Aber möglicherweise lässt es sich während eures Aufenthalts einrichten, mit einem Langboot die Küste entlang zu ihr zu fahren. Von Duart aus hat man einen atemberaubenden Blick auf den Meeresarm von Lorn und den Sund von Mull.«

Noch ehe Isobel antworten konnte, sagte Mariota: »Es wäre sicherlich lohnenswert, jene Küste entlangzureiten und einen weiteren Teil dieser Insel kennenzulernen, aber lieber wäre es mir, wenn es nach Westen ginge und dann die südliche Küste entlang. Da waren wir auch noch nicht.«

»Dann machen wir eben das.« Cristina war mehr als einverstanden. »Ich werde dafür sorgen, dass die Pferde gleich nach dem Frühstück bereitstehen.«

Am nächsten Morgen erwachte sie um die gewohnte Zeit und eilte zunächst hinunter in die Küche, um sich zu überzeugen, dass der Koch alles im Griff hatte; dann begab sie sich in den Saal, wo ihre Tante und die Schwestern schon auf sie warteten.

»Was für ein himmlischer Morgen«, meinte Lady Euphemia.

»Ja, wirklich«, pflichtete Cristina ihr bei. »Möchtet Ihr uns begleiten, Tante?«

»Grundgütiger, nein, auf gar keinen Fall!«, rief Lady Euphemia aus. »Ich habe rein gar nichts dafür übrig, auf einem Pferderücken hin und her geschaukelt zu werden. Das tue ich nur, wenn es unbedingt sein muss – schon weil ich im Gegensatz zu euch nie gelernt habe, ohne Sattel zu reiten. Und in einer Art Korb zu sitzen, der bei jeder Bewegung des Pferdes kippelt und schwankt, dass man jeden Augenblick meint, auf dem Erdboden oder in einem Fluss zu landen, ist für mich alles andere als vergnüglich.«

Cristina wusste um die Abneigung der Tante für diese Art der Fortbewegung, hatte sich aber bemüßigt gefühlt, sie mit einzuladen. »Wie werdet Ihr Euch dann für die Dauer unserer Abwesenheit die Zeit vertreiben?«

»Ich werde mich ganz entspannt an meinen Stickrahmen setzen und beobachten, wie die Staubfädchen in den Sonnenstrahlen tanzen, die durch die Fenster dort drüben dringen.« Lady Euphemia seufzte behaglich. »Du ahnst gar nicht, wie sehr ich es genieße, Liebes, einmal ausschließlich das zu tun, wonach mir der Sinn steht. So gut habe ich es noch nie gehabt. Deine Dienstboten kümmern sich hervorragend selbst um alles, und du trägst mir auch keinerlei Aufgaben an. Herrlich ist das, glaub mir.«

»Wenn Ihr Euch nützlich machen wollt, Tante Euphemia, braucht Ihr es nur zu sagen«, entgegnete Cristina. »Mir wird bestimmt das eine oder andere einfallen. Was Ihr da in Arbeit habt«, fügte sie hinzu, »ist hinreißend. Sollte dieser Kissenbezug für Lochbuie bestimmt sein, würde ich mich sehr freuen.«

»Das ist er«, sagte Lady Euphemia. »Eigentlich war er als Überraschung gedacht.«

Cristina umarmte die Tante. »Dann werde ich mich, wenn er fertig ist, so freudig überrascht zeigen wie irgend möglich.«

»Gut, dann sollst du ihn auch bekommen.«

»Lady Cristina, verzeiht die Störung, aber ich dachte, Ihr würdet unverzüglich Bescheid wissen wollen.« Mit besorgter Miene hastete die dralle Wirtschafterin aus der Vorratskammer auf das Podest zu, auf dem der Esstisch stand.

»Was gibt es, Alma?«, fragte Cristina.

»Eines der Hausmädchen hat sich übergeben. Auf dem oberen Treppenabsatz des Ostturms.«

»Großer Gott, hoffentlich ist es nichts Ernstes«, sagte Cristina.

»Kann eigentlich nur was sein, was sie nicht hätte essen sollen. Kann aber auch was Schlimmeres sein. Es sei denn, sie hat extra was gegessen, wovon ihr übel wird, damit sie sich einen Tag freinehmen kann, aber wie ich unsere Tess kenne, passt das eigentlich nicht zu ihr.«

»Ich sehe gleich mal nach ihr«, sagte Cristina.

Lady Euphemia protestierte. »Wenn sie wirklich krank ist, könntest du dich anstecken!«

»Und anschließend uns«, ergänzte Mariota.

»Sei nicht albern«, gab Cristina zurück. »Tess gehört zum Hauspersonal, also muss ich mich um sie kümmern. Vermutlich ist es nichts Schlimmeres als das, was Alma vermutet, aber wir können auch nicht zulassen, dass Tess, sollte sie ernstlich krank sein, ganz Lochbuie ansteckt.«

Damit eilte sie der Wirtschafterin hinterher. Das von Übelkeit geplagte Hausmädchen hatte sich mittlerweile in eine der unteren Kammer in der Nähe der Küche zurückgezogen. Bleich und elend sah sie aus, atmete aber gleichmäßig und schien peinlich berührt von Cristinas Auftauchen zu sein.

»Oh, Mylady, tut mir ja mächtig leid, Euch Unannehmlichkeiten zu bereiten. Bestimmt ist es nichts, weshalb Ihr Euch Sorgen machen müsstet. Muss was sein, was ich gegessen hab und was mir nicht bekommen ist. In meinem Magen gurgelt es wie verrückt, aber ansonsten scheint mir nix zu fehlen.«

»Du magst recht haben, Tess, trotzdem meine ich, du solltest vorläufig hier liegen bleiben, bis wir sicher sein können, dass dir weiter nichts fehlt. Alma, sie soll erst wieder arbeiten, wenn sie Essen und Wasser bei sich behält.«

»In Ordnung, Mylady, ich werd auf sie achtgeben. Und wo Ihr schon mal hier seid, könntet Ihr vielleicht einen Blick in diese Vorratskammer werfen. Ich hab mir nämlich überlegt …«

In den folgenden zwanzig Minuten hörte Cristina sich an, was Alma sich überlegt hatte, und stimmte mehreren Vorschlägen zu, schon weil sie dadurch das Jahr hindurch einen besseren Überblick über den Bestand der Vorräte haben würden. Erst als sie sich zum Gehen wandte, fiel ihr ein, dass ihre Schwestern noch immer und vermutlich inzwischen mit fieberhafter Ungeduld im Saal auf sie warteten.

Nur gut, dass sie sich bereits vor dem Frühstück für den Ausritt angekleidet hatte! Sie eilte in den großen Saal, den ihr Gemahl soeben durch die Tür zur Treppe betrat. Ihre Tante rollte ihre Handarbeit zusammen und wies eine junge Dienerin an, ihren Stickrahmen wegzuschaffen, zwei weitere Dienerinnen kehrten Brösel auf. Von ihren beiden Schwestern fehlte jede Spur.

»Wo sind Mariota und Isobel?«, fragte sie.

Hector zuckte mit den Schultern, Lady Euphemia krauste die Stirn.

»Sie wollten dich suchen, Liebes, damit ihr aufbrechen könnt«, sagte sie. »Haben sie dich nicht gefunden?«

Da Cristina die Schwestern im Verdacht hatte, gar nicht erst versucht zu haben, sie ausfindig zu machen, in Hectors Gegenwart aber nichts darüber verlauten lassen wollte, sagte sie nur: »Nein, haben sie nicht. Jetzt ist es wohl an mir, sie zu suchen.«

»Wo habt Ihr gesteckt?«, fragte Hector.

»Eines der Hausmädchen ist krank. Ich habe mich um sie gekümmert. Wahrscheinlich waren es Mariota und Isobel leid, noch länger auf mich zu warten, und sind schon in den Stall gegangen.«

»Dann sollten wir das Gleiche tun.« – Wie liebenswürdig er sich gab! Cristina biss sich auf die Unterlippe, gab sie aber, über diese Unart beschämt, gleich wieder frei. »Hattet Ihr nicht vor, die Schiffe kielzuholen?«, fragte sie.

»Meine Burschen sind noch dabei, die Baumstämme auszulegen, um die Boote auf den Strand zu ziehen«, entgegnete er. »Mir bleibt also noch genug Zeit, Euren Schwestern Guten Morgen zu sagen. Im Stall, sagt Ihr?«

Nicht einen Augenblick lang glaubte Cristina, Mariota würde nur in den Stall gehen, um das Pferd in Augenschein zu nehmen, das für sie vorgesehen war. Sollten sich ihre ungeduldigen Schwestern allerdings dazu verstiegen haben, etwas zu tun, was ihnen untersagt worden war, würden sie die Folgen zu spüren bekommen. Denn Konsequenzen waren unausweichlich: Hector hatte klare Weisungen erteilt, die unter allen Umständen befolgt werden mussten.

Schweigend gingen sie hinunter und hinaus auf den Hof, von wo aus man bereits den Stall erblickte – vor dem kein einziges Pferd stand.

Cristina sah Hector von der Seite an.

Seine Lippen waren zu einer schmalen geraden Linie zusammengepresst, und als spürte er ihren Blick, sagte er: »Meint Ihr, sie sind drinnen?«

»Hoffentlich.« Obwohl sich ihr Verdacht längst erhärtet hatte, dass Mariota sich das Unwohlsein der Dienerin zunutze gemacht und allen Anordnungen zum Trotz ihren Kopf durchgesetzt hatte.

»Könnte es sein, dass sie ohne Euch ausgeritten sind?« Hector sah sie durchdringend an.

»Ich habe den Dienern nicht gesagt, dass sie das nicht zulassen sollen«, gestand sie kleinlaut ein. »Ihr etwa?«

»Nein, Weib. Ich habe mich darauf verlassen, dass Ihr meinen Anordnungen Folge leistet.«

Sie empfand diese Bemerkung als derart ungerecht, dass sie beinahe aus der Haut gefahren wäre. Genauso hatte Macleod häufig genug ihr gegenüber argumentiert. Sie holte tief Luft. »Ich habe Euch gehorcht, Sir. Ich habe den beiden eingeschärft, dass auch sie gehorchen müssten, und das haben sie bislang auch getan. Ich wüsste nicht, wie ich sie heute hätte zurückhalten können, weil ich gar nicht zugegen, sondern mit Alma bei Tess war.« Bei diesen Worten beschlich sie ein weiterer Verdacht, dann Beschämung. Ausgeschlossen, dass Mariota etwas mit dem Unwohlsein von Tess zu tun hatte.

Hector runzelte die Stirn, um Cristina dann unversehens verschämt anzugrinsen. »Es war gemein von mir, Euch für das Verhalten Eurer Schwestern zu schelten, Weib. Wahrscheinlich sind sie es nicht gewohnt, einen bewaffneten Begleitschutz mitzunehmen. Sie scheinen einfach nicht zu begreifen, wie wichtig das ist.«

»So wird es sein, Sir. Ich verstehe es ja selbst nicht so recht«, gestand sie ein und hielt jetzt ohne mit der Wimper zu zucken seinem Blick stand. »Jeder, der bislang in dieser Gegend unseren Weg kreuzte, war freundlich, ja direkt herzlich zu mir und zu ihnen.«

Er nickte. »Das stimmt, solange Ihr Euch in der Nähe von Lochbuie aufhaltet. Aber der Clan Gillean hat auf der Insel auch Feinde, nicht zuletzt den, der ein Freund Eures Vaters ist, den Grünen Abt.«

»Fingon Mackinnon?«

»Genau der. Er hat keine sehr hohe Meinung von uns.«

»Wieso das denn? Zu mir war er bislang ausgesucht höflich.«

»Ihr wart bislang eine Macleod, Weib. Jetzt seid Ihr eine von uns … wenn auch nur für kurze Zeit.« Obwohl die eilig nachgeschobene Bemerkung Zweifel an seiner Entschlossenheit zuließ, mit der er bislang von der Annullierung ihrer Ehe gesprochen hatte, galt ihre Aufmerksamkeit mehr dem Grünen Abt.

»Ich bin noch dieselbe wie vorher und weiterhin die Tochter meines Vaters, Sir«, sagte sie. »Fingon würde mir auf keinen Fall etwas zuleide tun.«

»Er und seine Verwandtschaft würden nichts unversucht lassen, um mir zu schaden, und wenn er Euch als die Frau meines Herzens ansieht, wie dies Euren Worten zufolge andere tun, dann seid auch Ihr nicht länger sicher vor ihm. Wenn er außerdem glaubt, mir dadurch eins auswischen zu können, dass er Euch oder eine Eurer Schwestern entführt, dann wird er nicht davor zurückschrecken.«

»Warum das denn? Damit würde er doch auch meinen Vater gegen sich aufbringen.«

»Mag sein. Fragt sich nur, ob Fingon Mackinnon dies bedenkt.«

»Dann müssen die Söhne Gilleans etwas Schreckliches getan haben, um ihn zu einem derartigen Hass anzustacheln. Möchtet Ihr mir nicht verraten, was der Grund dafür ist?«

Er tauschte einen langen Blick mit ihr und schien nach einer Antwort zu suchen. Dann nickte er überraschenderweise. »Er gibt Lachlan und mir die Schuld am Tod seines Bruders Niall. Dass die Mackinnons uns zuerst angegriffen haben, zählt für ihn nicht. Nur dass Lachlan Niall umgebracht hat.«

»Dass sein Bruder gewaltsam ums Leben kam, davon habe ich gehört.« Ihr Vater musste das einmal erwähnt haben. Da sie aber Niall Mackinnon nicht kannte, hatte sie sich für die näheren Umstände, sollte Macleod überhaupt davon gesprochen haben, nicht interessiert. »Niall Mackinnon war das Oberhaupt der Mackinnons und darüber hinaus der Haushofmeister Seiner Gnaden, bevor Euer Bruder dieses Amt übernahm, ist das richtig?«

»Das war er in der Tat, und ein ausgemachter Schurke dazu«, sagte Hector. »Im ersten Jahr, in dem Lachlan und ich in Vertretung unseres Vaters an der Ratsversammlung der Inseln teilnahmen, missfiel ihm die Fülle der Machtbefugnisse, die wir innehatten, ohne seiner Meinung nach das entsprechende Alter und die notwendige Erfahrung dafür zu besitzen. Da gäbe es noch so einiges zu berichten, aber dafür ist jetzt keine Zeit. Wo zum Teufel stecken Eure Schwestern?«

Sie hatten den Stall betreten, wo sie lediglich zwei Knechte antrafen, die mit den Ponys beschäftigt waren.

»Hat einer von euch Lady Mariota oder Lady Isobel gesehen?«, fragte Cristina.

»Gewiss, Mistress, das haben wir«, gab der Ältere der beiden Auskunft und schaute seinen Herrn an. »Lady Mariota sagte, Ihr würdet jetzt doch nicht mitkommen, und wenn Ihr sie sucht, sollten wir Euch sagen, sie wären in ein bis zwei Stunden zurück.«

»Das hat Lady Mariota gesagt?« Die Stimme von Hector war unheilschwanger.

Der Bursche schluckte heftig. »Ja, Herr.«

»Ab sofort werdet ihr keiner von Lady Cristinas Schwestern erlauben, die Burg ohne bewaffneten Begleitschutz zu verlassen. Habt ihr verstanden?«

»Sehr wohl, Sir. Wir haben ihr ja gesagt, es wäre besser, wenn wir mitkämen, aber sie hat es abgelehnt.«

»Lady Mariota?« – »Ja.«

»Dann«, bestimmte Hector, »werdet ihr sie in Zukunft gar nicht erst fragen, sondern einfach mitreiten. Wenn sie versucht, euch daran zu hindern, nehmt ihr ihrem Pferd den Sattel ab.«

»Verzeihung, Herr, aber einen Sattel wollte sie auch nicht. Genauso wenig wie die Herrin einen benutzt, wenn ich mir die Bemerkung erlauben darf.«

Cristina biss sich auf die Lippe, aber ihr Gemahl sagte lediglich: »Die Gepflogenheiten Eurer Herrin stehen hier nicht zur Debatte. Es geht darum, dass ihr Lady Mariota und Lady Isobel nie wieder allein ausreiten lasst. Andernfalls werdet ihr Ärger mit mir bekommen. Ist das klar?«

»Ganz wie Ihr befehlt, Sir.«

»Und jetzt möchten wir sofort unsere Pferde haben.«

»Ja, Sir, Eures steht gesattelt dort drüben, weil Euer Diener sagte, Ihr würdet es brauchen. Wenn Lady Cristina einen Sattel haben möchte, dauert es ein Weilchen.«

»Ich brauche keinen«, sagte sie nachdrücklich.

Hector sah sie an, aber sie hielt seinem Blick stand.

»Ein Damensattel ist sehr lästig, Sir, ohne ihn bin ich viel schneller«, erklärte sie. »Wenn wir sie einholen wollen, muss ich wie sie reiten. Keine Sorge«, fügte sie nicht ohne eine gewisse Schärfe hinzu, »ich falle schon nicht runter.«

»Diese Furcht bedrückt mich keineswegs, Weib«, erwiderte er. »Zumal Ihr, wie mir scheint, so ungefähr alles meistert, was Ihr anpackt.«

Auch wenn sich das düster, wenn nicht gar sarkastisch anhörte, durchrieselte es sie warm.

9

Sie ritten oberhalb der zerklüfteten Klippen im Süden der Insel in westlicher Richtung. Cristina überließ es Hector, den Weg zu bestimmen. Obwohl der Stallbursche nach Westen gedeutet hatte, konnte sie sich nicht genau vorstellen, wohin es ihre Schwestern verschlagen haben mochte; Hector dagegen schien so eine Ahnung zu haben. Bis auf die Reise von Chalamine nach Kyle Rhea war sie noch nie mit ihm unterwegs gewesen. Jetzt musste sie anerkennend feststellen, dass er ein hervorragender Reiter war – eine ungewöhnliche Begabung für einen Inselbewohner, noch dazu für einen von seiner Statur.

Sie wusste, dass Menschen von den Inseln nur selten zu Pferd unterwegs waren. Für ihre Reisen bedienten sie sich Schiffen, weshalb die meisten von ihnen ungemein geschickte Bootsmänner waren, die alles, mit dem man sich zu Wasser fortbewegen konnte, beherrschten, vom kleinsten Fischkutter bis zum größten Kriegs- oder Handelsschiff. Hector Reaganach dagegen schien im Sattel ebenso zu Hause zu sein wie in seinem Langboot.

Seine Lippen hatten sich erneut zu dieser schrecklichen geraden Linie verzogen, seine Kinnlade war angespannt. Er schien dem Zusammentreffen mit Mariota keineswegs freudig entgegenzusehen. Cristina wollte ihn daran gemahnen, dass Isobel erst zwölf und ihrer älteren Schwester eher blindlings gefolgt war, ließ es dann aber bleiben. Höchstwahrscheinlich brauchte er nicht erst daran erinnert zu werden, und wenn, dann konnte sie immer noch beschwichtigend eingreifen. Hauptsache, er hatte sich nicht allein auf die Suche gemacht und sie in der Burg zurückgelassen.

»Ihr seid eine gute Reiterin, Weib«, bemerkte er kurz darauf anerkennend.

»Danke. Von Kindesbeinen an bin ich fast täglich auf dem Pferd gesessen.«

»Stimmt es, dass Macleod Euch und Euren Schwestern gestattet, allein auszureiten?«

Sie zögerte mit der Antwort, sagte dann aber ehrlich: »Er sah es nicht gern, Sir, aber das Gebiet um Chalamine ist meilenweit Macleod-Land und für uns völlig sicher. Unsere Nachbarn gehören alle zu unserem Clan oder sind Verbündete, keiner von ihnen würde uns belästigen. Und wenn wir Schwierigkeiten mit einem Pferd hätten oder wenn ein Zügel reißen würde, wäre Hilfe nicht weit.«

Er nickte. »Wie auf Seil und für MacDonald auf Morvern auch. Trotzdem wurde Mairi auf der Hangseite hinter Ardtornish entführt.«

»Großer Gott, da hat sich aber jemand was getraut!«

»Und die gerechte Strafe für seine Unverfrorenheit erhalten. Aber entscheidend ist die Erkenntnis, dass man nirgendwo so sicher ist, wie man glaubt.«

»Mag sein. Obwohl in Glenelg Derartiges noch nie vorgekommen ist. Mein Vater schneidet dieses Thema nur in Gegenwart von Gästen an; wahrscheinlich will er Eindruck schinden, indem er zum Ausdruck bringt, dass ihm genügend Männer zur Verfügung stehen, um sogar seinen Töchtern einen Begleitschutz mitzugeben.«

»Dennoch ist es Eure Pflicht, ihm zu gehorchen. Ob seine Ansichten gerechtfertigt sind, hat Euch nicht zu interessieren«, sagte er streng. »Ich hoffe, Ihr habt nicht vor, Euch irgendeinem meiner Befehle zu widersetzen.«

»Das habe ich noch nie getan.«

Er sah sie an, und ganz kurz war ihr, als hätte sie ein Zwinkern in seinen Augen entdeckt, das aber gleich wieder verschwand, als er hinzufügte. »Es wäre ratsam, dies auch in Zukunft nicht zu tun.«

»Lady Mairi hat mir erzählt«, sagte sie leichthin, »dass die Frauen auf den Inseln stark sein und vieles von dem bewerkstelligen müssen, was eigentlich Männersache wäre, weil ihre Gatten häufig unterwegs sind. Mein Vater war auch oft weg.«

»Ich würde Euch nicht raten, Mairi nachzueifern«, sagte er so sanft, dass ihr ein wohliger Schauer über den Rücken lief. »Sie ist so ganz anders. Na ja, als Tochter Seiner Gnaden …«

»Ich habe sie als ungemein klug und hilfsbereit kennengelernt. Was erwartet Ihr denn dann von mir, wenn Ihr abwesend seid?«

»Dass Ihr Euch Rat bei meinem Verwalter und Alma Galbraith holt.«

»Ah.« Sie hielt es nicht für angebracht, ihm zu sagen, dass sowohl sein Verwalter wie auch seine Wirtschafterin es sich bereits zur Gewohnheit gemacht hatten, sich Rat suchend an sie zu wenden. Immerhin schrieb er ihr nicht vor, welcher Diener genau was zu tun hatte. Da sie ein Ablenkungsmanöver für angebracht hielt, sagte sie: »Ihr starrt ständig zu Boden, Sir. Sind da Spuren, denen wir folgen?«

Er schmunzelte. Wenn er das doch nur häufiger täte! »Es sind jedenfalls Hufabdrücke«, sagte er. »Es sieht aus, als hätten zwei Ponys die Richtung eingeschlagen, in die der Stallbursche wies. Wir könnten also Glück haben, obwohl mir diese Route ganz und gar nicht gefällt. Weitere Spuren wiesen zwar nach Norden, aber wenn Eure Schwestern auf Duart zuhielten, hätten sie nichts zu befürchten. Das meiste Land zwischen hier und dort untersteht mir oder unseren Verwandten.«

»Geht es hier lang nicht in das Gebiet von Mackinnon?«

»Genau«, bestätigte er, »und dafür verdienen die beiden, von mir übers Knie gelegt zu werden.«

»Das werdet Ihr hoffentlich bleiben lassen«, empörte sich Cristina. »Sie sind immerhin unsere Gäste.«

»Sie sind jetzt ebenso meine Schwestern wie Eure und haben es verdient, von mir so behandelt zu werden, wie ich eine Schwester behandeln würde. Wenn sie nur mit Strafen dazu zu bewegen sind, meine Anweisungen zu befolgen, um sich nicht in Gefahr zu bringen, bleibt mir nichts anderes übrig.«

Sie schwieg. Da sie Mariota gut genug kannte und erlebt hatte, wie er sich ihr gegenüber verhielt, glaubte sie nicht, dass er seine Drohung wahr machen würde. Obwohl sein Standpunkt durchaus gerechtfertigt war. Wenn sie sich jetzt aber auf eine Diskussion mit ihm einließ, stand zu befürchten, dass er das, was er sich vorgenommen hatte, umso entschiedener verfolgte.

»Hier entlang«, sagte er und trieb sein Pferd von dem schmalen Pfad, dem sie gefolgt waren, den steilen steinigen Hügel hinauf, wo struppige, vom Wind zerzauste Bäume mit Geröllbrocken um den Platz konkurrierten. Da Cristinas Pony äußerst wendig war, bereitete es ihr keine Schwierigkeit, der Fährte zu folgen, die Hector sich an Felsen und Gestrüpp vorbei bahnte.

Die Seeluft, die aus südwestlicher Richtung kam, war würzig. Die Sonne schien, und zum ersten Mal seit Monaten war es wärmer.

Er runzelte die Stirn, als er den Blick auf einen Punkt vor ihnen richtete, und seine Miene spiegelte eher zunehmende Besorgnis als Verwirrung wider.

»Hätten wir sie inzwischen nicht einholen müssen?«, fragte sie.

»Damit hatte auch ich gerechnet«, erwiderte er. »Aber vielleicht sind sie zügiger als erwartet vorangekommen oder haben einen anderen Weg eingeschlagen.«

»Vielleicht ahnten sie, dass wir ihnen folgen würden. Mariota erwähnte, dass sie gern die Südküste entlangreiten würde, und obwohl wir noch nie dort waren, könnte sie für den Fall, dass ich nachkomme, ihr Vorhaben in die Tat umgesetzt haben. Möglicherweise hat sie überlegt, dass ihr Ausflug umso länger dauern würde, je größer ihr Vorsprung zu uns ist.«

»Das hättet Ihr mir früher mitteilen sollen«, meinte er grimmig.

Sie zuckte mit den Schultern. »Was hätte das gebracht, Sir? Der Stallbursche sagte, sie seien nach Westen geritten, was aber noch lange nicht heißt, dass sie nicht eine andere Richtung eingeschlagen haben können.«

»Macht sie so etwas häufiger?«

»Sie lässt sich nicht gern unter Druck setzen«, gestand Cristina seufzend ein, »und lehnt sich, so gut sie kann, dagegen auf. Mein Vater war sehr nachsichtig mit ihr.«

»Wenn sie jedes Mal ungestraft davongekommen ist, hat er sie schlicht vollkommen verzogen«, stellte er nüchtern fest.

Zu der gleichen Meinung war gelegentlich auch Cristina gelangt, aber Mariota war immerhin ihre Schwester. »Sie dürfte da anderer Meinung sein, Sir. Sie hat so viel Charme und ist so entzückend, dass es einem meist schwerfällt, ihr lange böse zu sein.«

Er brummelte in sich hinein, als aus der Ferne ein Schrei zu vernehmen war, den Cristina einem Vogel zuordnete, Hector dagegen veranlasste, seinem Pferd die Sporen zu geben und vorwärtszupreschen. Sie hatten fast die von dichtem Wald gesäumte Kuppe des Hügels erreicht. Noch immer ging es steil bergauf, und obwohl sie ihm so rasch wie möglich zu folgen versuchte, war sie besonnen genug, nicht um jeden Preis zu ihm aufzuschließen.

Dementsprechend war er ihr, als sie oben auf der Kuppe anlangte, um Längen voraus. Warum hatte er es nur so eilig? Wegen der dumpfen Hufschläge und dem Knirschen der Steine unter ihr konnte sie das vermeintliche Vogelgeschrei nicht mehr hören. Als sie in den Wald eintauchte, wurde es schattig und sehr viel kühler. Die Sonne durchbrach hier und da die Baumkronen, sandte mit Staubfäden durchsetzte

Strahlen auf den dick mit Laub und anderen Pflanzenresten bedeckten Boden, der das Donnern der Hufschläge dämpfte.

Der Schrei, der jetzt zu hören war, war eindeutig der eines weiblichen Wesens, noch dazu eines vertrauten.

»Das ist Mariota!«, rief Cristina Hector hinterher.

Er winkte, drehte sich aber weder um, noch antwortete er. Seine Geste schien sogar zu bedeuten, sie solle anhalten und zurückbleiben, aber das brachte sie nicht über sich. Ihre Schwestern waren in Gefahr und er möglicherweise auch.

Sie schlängelten sich an den Bäumen vorbei, ritten beide, ihre Sicherheit außer Acht lassend, so schnell sie konnten, und Cristina schickte ein Dankgebet zum Himmel, dass Hector nicht auf einem Damensattel für sie bestanden hatte, als Mariota erneut aufschrie.

Cristina beugte sich über die Mähne ihres Ponys und trieb es zu noch größerer Eile an. Sie hatte Hector aus den Augen verloren, aber Mariotas Schreie trieben sie voran, bis sie eine Lichtung erreichte, ihre Schwestern erblickte und ihr Pferd zum Stehen brachte.

Beide Mädchen standen auf dem Waldboden. Jemand hatte Mariota das Kleid an der Schulter zerfetzt und sie entblößt, und Isobel wirkte verschreckt und wütend zugleich.

Drei Männer standen mit gezückten Schwertern Hector gegenüber. Ein vierter lag reglos auf der Erde. In seiner Brust steckte, bis zum Schaft eingedrungen, Hectors Streitaxt.

Er hatte den Schauplatz erreicht und war Zeuge geworden, wie zwei Grobiane Mariota zusetzten, während ein Dritter Isobel festhielt und ein Vierter vom Pferd aus hämisch grinsend die Szene beobachtete.

Als Hector auf die Lichtung preschte, war ihm das Lachen vergangen. Er hatte törichterweise sein Schwert gezogen und war auf ihn zugeritten. Mit einer einzigen Bewegung hatte Hector nach seiner mit einer Schlinge am Rücken befestigten Streitaxt gegriffen und sie dem Reiter entgegengeschleudert, worauf dieser zu Boden ging. Dann war er aus dem Sattel gesprungen und hatte sich mit gezücktem Schwert und griffbereitem Dolch den drei anderen zugewandt.

Mariota schrie noch immer wie am Spieß, was ihm zupasskam, weil dadurch die anderen abgelenkt wurden. Was er unbedingt verhindern wollte, war, dass einer von ihnen mit Isobel das Weite suchte.

Jetzt sah er Cristina auf die Lichtung galoppieren. Die Augen ihres Ponys waren weit aufgerissen, sein Maul schaumbedeckt. Hector erschrak. Hatte sie etwa die Kontrolle über das Tier verloren?

Als sie es dann aber herumriss und auf die anderen Pferde zujagte, wurde ihm klar, dass sie beabsichtigte, die Gruppe auseinanderzutreiben.

Einem der Männer entging nicht, dass Hector kurzfristig abgelenkt war, und er nutzte dies, um ihn anzugreifen. Hector erledigte ihn mit einem einzigen Schlag und stellte sich dann den beiden anderen, die sich hinter ihrem Kumpan aufgebaut hatten.

Nachdem er die Attacke des einen pariert hatte, wandte er sich, sein riesiges Schwert mit beiden Händen erhoben, dem anderen zu und zwang ihn, zurückzuweichen. Dann wandte er sich wieder dem ersten zu. »Lass es fallen ... Was zum Teufel ...!«

Zwei weitere Männer tauchten aus dem Wald auf, ihre kleinen Schwerter kampfbereit in den Händen und den Schlachtruf des Gillean-Clans ausstoßend. Hector erkannte sie und wandte sich wieder den Angreifern zu, worauf diese ihre Schwerter fallen ließen und die Neuankömmlinge ihnen eilends auch die Dolche abnahmen.

»Wir nehmen sie mit, Männer«, sagte Hector. »Fesselt ihnen die Hände auf den Rücken, setzt sie aufs Pferd und bindet ihnen die Füße unter den Bäuchen der Ponys zusammen. Ich weiß nicht genau, was hier vorgefallen ist, aber das wird sich ja in Lochbuie herausstellen. Jedenfalls ist klar, dass dies hier kein freundliches Zusammentreffen war.«

»Sie wollten uns entführen!«, rief Mariota aus. »Sir, Ihr habt uns das Leben gerettet! Wie mutig Ihr wart!« Damit warf sie sich ihm in die Arme.

»Ganz ruhig.« Er klopfte ihr beschwichtigend auf die Schulter und versuchte gleichzeitig, sich aus der Umklammerung zu lösen. »Ihr seid jetzt in Sicherheit. Isobel, haben sie dir etwas zuleide getan?«

»Dieser Grobian da hat mich von meinem Pony gezerrt.« Sie deutete auf einen der beiden, die vor ihm standen. »Und der da hat Mariotas Kleid zerrissen, als er versuchte, ihr einen Kuss zu rauben.«

Hector schaute den Übeltäter durchdringend an.

»Ihr habt keine Machtbefugnis über uns«, begehrte dieser auf. »Wir gehören nicht zu Euch.«

»Ich verfüge über alle Macht, die ich hier brauche«, gab er zurück und schob sein Schwert in die Scheide. »Ihr habt diese jungen Damen überfallen, und dafür werdet ihr auf Lochbuie zur Rechenschaft gezogen. Es sei denn, ihr wollt lieber, dass ich euch vor das Gericht Seiner Gnaden in Ardtornish bringe.«

Der Ältere der beiden verzog das Gesicht. »Wir haben mit den Mädchen doch nur Spaß gemacht, Sir. Dass sie edlen Geblüts sind, konnten wir ja nich wissen. Wie denn auch, wenn sie allein unterwegs waren?«

»Soll das heißen, dass ihr Frauen von niederem Stand so behandelt?«

»So war das nich gemeint!«, protestierte der Mann. »Ich hab mir nichts dabei gedacht, ehrlich.«

Jetzt war Cristina bei der Gruppe angelangt. Sie sprang vom Pferd und lief auf Isobel zu, schloss sie in die Arme. »Wie viel Angst du ausgestanden haben musst, Liebes!«, rief sie. »Was für eine grauenhafte Sache!«

»Das war es wirklich«, pflichtete Mariota bei und wischte sich eine Haarsträhne, die sich unter ihrer Haube gelöst hatte, aus dem Gesicht. Dann umarmte auch sie Cristina.

»Zum Glück tauchte Hector noch rechtzeitig auf, sonst hätten sie uns wahrscheinlich umgebracht.«

Anerkennend strahlte sie ihn an; selbst im Schatten der kleinen Lichtung wirkte ihr Lächeln betörend, leuchteten ihre Augen wie das Grün des umstehenden Gebüschs. Unendlich erleichtert, dass ihr nichts geschehen war, sagte er sanfter als beabsichtigt: »Ihr hättet nicht allein ausreiten sollen, junge Dame.«

»Bin ich ja nicht«, gab sie schelmisch zurück. »Isobel war doch dabei.«

Hatte er lediglich gesagt, sie sollten nicht allein die Gegend erkunden, oder hatte Cristina seine Anordnungen derart missverständlich weitergegeben? Durchaus möglich. Wenn sich Mariota also danach gerichtet hatte, konnte er ihr eigentlich keinen Vorwurf machen. Dafür würde das, was sich hier ereignet hatte, sie lehren, sich in Zukunft nur noch in der Begleitung Bewaffneter außerhalb der Burg aufzuhalten.

Er warf Cristina einen fragenden Blick zu.

»Uns wäre nichts geschehen, wenn uns diese anderen Männer auf Mariotas Schreie hin zu Hilfe gekommen wären«, sagte Isobel.

»Was für andere Männer?«

»Na ja, die da.« Sie deutete auf die beiden, die zum Schluss aus dem Wald aufgetaucht waren.

»Sie dürften auf Mariotas Schreie hin herbeigeeilt sein, genau wie ich«, sagte er.

»Gewiss, aber wir sind ihnen schon vorher begegnet und hatten sie gefragt, von wo aus man hier die beste Aussicht hat. Daraufhin erboten sie sich, uns zu begleiten, und obwohl Mariota ablehnte, folgten sie uns. Als wir dann auf diese anderen da stießen, nahm ich an, die beiden, die uns gefolgt waren, würden uns beistehen, aber das haben sie nicht getan.«

Hector musterte die beiden Männer. »Was habt ihr zu der Schilderung des Mädchens zu sagen?«

»Da gibt es nichts hinzuzufügen, Laird, außer dass die anderen zu viert waren und wir nur zu zweit«, sagte der Größere der beiden.

»Ihr habt mit diesen Ladys gesprochen?«

»Ja, haben wir.« Der Mann senkte den Kopf.

»Ihr wusstet, dass sie von hohem Stand sind?«

»Gewiss, aber als die Ältere ...«

»Ich will wissen, wie ihr euch verhalten habt«, fuhr Hector dazwischen. »Ihr seid Männer von Lochbuie, ist es nicht so?«

»Ja, Sir.«

»Und wollt das auch weiterhin bleiben?«

»Natürlich.«

Der andere nickte. Beide zeigten sich betroffen.

Cristina war erstaunt, wie rasch die beiden Männer, die Hector zu Hilfe geeilt waren, in den Mittelpunkt rückten. Er schien wütender auf sie zu sein als auf die, die Mariota und Isobel überfallen hatten. Umso erleichterter war sie, als er sagte: »Mit euch rechne ich ab, sobald wir zu Hause sind. Schafft erst einmal diese beiden auf ihren Ponys zur Burg. Dann kommt ihr zurück und begrabt die beiden Toten.«

»Der Abt wird vorher ein Gebet für sie sprechen wollen«, gab einer der Gefangenen zu bedenken. »Sind schließlich seine Leute.«

»Wenn ich euch nicht hänge, könnt ihr ihm ja sagen, wo sie begraben sind«, gab Hector zurück. »Und jetzt schweigt gefälligst. Euer Geschwätz geht mir auf die Nerven!«

Sein herrischer Ton ließ Cristina zusammenzucken. Kein Wunder, dass kein Widerspruch kam.

Hector half zunächst ihr aufs Pferd, dann Mariota und Isobel. Zu den beiden Männern aus Lochbuie sagte er: »Ich erwarte von euch, dass ihr diese beiden Schurken ohne Zwischenfall nach Hause bringt. Sicherheitshalber werde ich euch Verstärkung schicken, wir sind ja früher als ihr zurück. Eigentlich sollte alles glattgehen, wenn ihr die Südküste entlangreitet.«

»In Ordnung, Sir. Wird schon nichts passieren.«

Cristina dirigierte ihr Pferd neben Isobel. »Alles in Ordnung mit dir, Liebes?«

»Oh ja, obwohl ich mich furchtbar erschrocken habe. Ich hatte bereits ein ungutes Gefühl, als die ersten beiden uns ihre Begleitung aufdrängen wollten, aber du weißt ja, wie Mariota es versteht, Männern den Kopf zu verdrehen.«

Cristina nickte. Sie wusste es nur zu gut.

Hector und Mariota schlossen zu ihnen auf, und schweigend ritten sie den Weg zurück, den sie gekommen waren, bis Hector die Stille durchbrach. »Ich glaubte«, sagte er, »mich klar und deutlich ausgedrückt zu haben. Da ihr beiden meine Anweisungen offenbar nicht verstanden habt, möchte ich sie nochmals wiederholen: Die Burg darf ohne bewaffnete Begleitung nicht verlassen werden. Hättet Ihr Euch daran gehalten, wäre es nicht zu einem solchen Zwischenfall gekommen.«

»Cristina hat uns das ja auch eingeschärft, aber Mariota meinte, sie habe das nur gesagt, weil sie selbst Angst hätte, allein auszureiten. Weil sie sich doch in der Gegend noch nicht auskennt. Außerdem sagte Mariota …«

»Mich interessiert nicht, wer was gesagt hat«, schnitt Hector ihr das Wort ab. »Entweder meine Weisungen werden befolgt, oder es finden keine Ausritte mehr statt. Zuwiderhandlungen werde ich nicht dulden, also stellt meine Geduld nicht weiter auf die Probe.«

»Nein, Sir«, sagte Isobel. »Ich werde es beherzigen.«

Da Mariota schwieg, warf Cristina ihr einen beschwörenden Blick zu, auf den sie jedoch, falls sie ihn überhaupt bemerkte, nicht reagierte.

Im Stillen aufseufzend. wandte sich die älteste Schwester daraufhin Isobel zu.

Ob sich Hector wohl Mariota nochmals vorknöpfen oder es dabei belassen würde?

Hector ließ Cristina und Isobel ein Stück vorreiten, ehe er sich an Mariota wandte. »Ich hoffe, Ihr habt nicht vor, Euch meinen Anordnungen zu widersetzen, junge Dame. Das wäre nicht ratsam.«

»Wo denkt Ihr hin, Sir! So etwas würde ich doch nie tun. Und übrigens, so, wie Isobel das darstellt, war es gar nicht. Es ist doch nicht meine Schuld, wenn Cristina sich so ausgedrückt hat, dass man annehmen konnte, ein Begleitschutz würde sich zwar empfehlen, sei aber nicht unbedingt nötig. Und ich kann auch nichts dafür, dass sie so lange herumtrödelte, dass wir schließlich glaubten, sie hätte es sich anders überlegt und wolle gar nicht mitkommen. Eure Burschen erwähnten nichts von einem bewaffneten Begleitschutz, und sie sperrten sich auch nicht dagegen, uns Pferde zu geben. Ihr könnt es mir also nicht ankreiden, wenn ich davon ausgegangen bin, nichts Unrechtes zu tun.«

»Möglich. Aber nur so lange, bis die ersten beiden Männer sich Freiheiten bei Euch herausnahmen.«

Sie zuckte mit den Schultern. »Junge Burschen sind immer zum Schäkern aufgelegt, und selbst wenn ihr Verhalten mir gegenüber zu wünschen übrig lässt, möchte ich nicht unfreundlich erscheinen.«

»Haben sie noch etwas anderes gewollt?«

Sie seufzte. »Das hätte ich jetzt wohl nicht sagen sollen. Ich meinte damit keinen von denen, mit denen ich es heute zu tun bekam, und ich hoffe, Ihr geht nicht zu streng mit Euren Männern ins Gericht.«

»Sie verdienen ausgepeitscht zu werden. Bei mir gilt, dass Männer – und Frauen ebenso – das bekommen, was sie verdient haben. Wenn sie sich mehr herausgenommen hätten, würde ich sie hängen.«

»Großer Gott, Ihr scheint wirklich aufgebracht zu sein. Hoffentlich habt Ihr nicht vor, auch mich so zu bestrafen, wie ich es Eurer Meinung nach verdiene. Ich habe schon genug durchgemacht.« Sie seufzte wieder auf, tiefer diesmal.

»Ist denn Euer Leben derart unerträglich?«, fragte er mit einem verschmitzten Lächeln.

»Das wisst Ihr ja selbst, Sir. Mein eigener Vater und meine eigene Schwester verleiteten den Mann, der mich heiraten wollte, dazu, sich von mir abzuwenden.«

»Daran wart Ihr doch nicht ganz unbeteiligt.«

»Von wegen! Sie sperrten mich in meine Kammer, bis alles vorbei war. Niemals habe ich mich derart hintergangen gefühlt, wirklich, das war das Schlimmste, was man mir je angetan hat. Dabei wäre ich liebend gern Lady Maclean und Herrin auf Lochbuie geworden, zumal die Burg durchaus komfortabel ist, wenn auch nicht so komfortabel wie Chalamine.«

»Würdet Ihr denn gern einen großen Haushalt führen?«

»Aber ja doch. Sofern ich genug Bedienstete hätte«, sagte sie treuherzig. »Auf Chalamine lag alles in Cristinas Händen. Seit sie fort ist, erledigt Adela das meiste, weil sie Freude daran hat und ich sie dieses Vergnügens nicht berauben möchte. Es ist ja wohl auch nichts Besonderes. Man weist den Dienern an, was zu tun ist, und das machen sie dann.«

Vermutlich hat sie recht, überlegte Hector. Genauso hielt er es eigentlich auch, nur war es ihm bislang nie in den Sinn gekommen, seine Leute zu Verrichtungen anzuhalten, die sie jetzt, da Cristina die Zügel in die Hand genommen hatte, zusätzlich bewerkstelligten.

Er genoss die Unterhaltung und wünschte sich, der Ritt nach Hause würde sich länger hinziehen. Mariota war charmant und ungemein kokett, wenngleich ein wenig zu sehr von sich eingenommen.

Bestimmt hatte das Ränkespiel ihres Vaters sie schwer mitgenommen, und ihre Familie schien sie auch nicht in dem ihr gebührenden Maße zu würdigen.

Erst als ihm wieder bewusst wurde, dass er mit vier Schurken abzurechnen und dafür Sorge zu tragen hatte, dass zwei weitere unter die Erde kamen, fiel ihm ein, dass er Mariota ja nachdrücklich für ihren Ungehorsam hatte ausschelten wollen. Aber da war sie bereits mit Cristina und Isobel im

Stall verschwunden, und er sah davon ab, ihnen zu folgen, nur um das Mädchen zu tadeln.

Cristina glitt von ihrem Pferd und wies den Stallburschen an, es gut abzureiben. An ihre Schwestern gewandt, sagte sie: »Geht schon mal vor und wartet auf mich, ich habe euch einiges zu sagen.«

Isobel schaute schuldbewusst drein, während Mariota lediglich nickte, um sich dann bei dem Stallburschen zu bedanken, der ihr Pferd übernahm. »Ein schönes Pferd«, fügte sie hinzu. »Ich freue mich jetzt schon drauf, ihn abermals zu reiten. Vielleicht morgen.«

»Mariota, geh mit Isobel in den Saal«, wiederhole Cristina. »Ich habe noch etwas mit Hector zu besprechen, komme aber gleich nach.«

Anstatt zu antworten, drängte Mariota Isobel zur Eile.

Nachdem beide Schwestern verschwunden waren, machte sich Cristina auf die Suche nach Hector. Sie traf ihn schließlich auf dem Hof an, wo er, in Gedanken versunken, sein Pferd trocken rieb.

»Was habt Ihr mit diesen Männern vor?«, fragte sie.

»Zwei werden wohl hängen und zwei ausgepeitscht werden müssen.«

»Wenn es Mackinnons Leute sind, die gehängt werden sollen, würde das nicht die Probleme verschärfen, die Ihr bereits mit dem Grünen Abt habt?«

»Möglich«, gab er zurück. »Aber ich kann nicht durchgehen lassen, dass sie Mitglieder meiner Familie überfallen und dann ungestraft davonkommen. Immerhin erhalten sie Gelegenheit, bei der nächsten Gerichtsverhandlung Rede und Antwort zu stehen. Bis dahin dürfen sie die Gastlichkeit meines Kerkers genießen.«

»Und die anderen beiden sind Eure eigenen Männer?«

»Sind sie. Ich habe vor, sie eigenhändig auszupeitschen.«

»Eine harte Strafe«, meinte sie stirnrunzelnd.

»Damit rechnen sie, und das verdienen sie auch, und ich

habe nicht vor, sie zu enttäuschen oder meine Entscheidung Euch gegenüber zu rechtfertigen, Madam.«

»Natürlich nicht, Sir«, erwiderte sie mit noch immer gekrauster Stirn. »Aber offenbar hat Mariota sich so verhalten, dass Eure Männer sie für ein leichtfertiges Geschöpf hielten. Wenn sie nichts weiter taten, als mit ihr herumzuschäkern, wäre eine solche Strafe kaum gerechtfertigt.«

»Herrgott noch mal, sie haben zugegeben, dass sie in dem Augenblick, da Mariota das Wort an sie richtete, kapierten, dass sie und Isobel adligen Geblüts sind. Und mich davon zu überzeugen, dass sie auch mit Isobel nur schäkern wollten, wird Euch nicht gelingen. Sie haben ihr einen furchtbaren Schreck eingejagt.«

»Beide Schwestern haben sich ungehörig benommen, Sir. Dass Ihr sie nicht ausgescholten habt, verstehe ich durchaus, zumal Mariota die Kunst beherrscht, Maßregelungen von sich fernzuhalten. Bestimmt hat sie auch mit Euch geschäkert, so verhält sie sich nämlich allen Männern gegenüber. Jedenfalls scheint mir die Strafe für unsere Leute unverhältnismäßig hart zu sein, zumal ein Teil der Schuld sowohl Mariota als auch Isobel für ihr ungebührliches Betragen anzulasten ist. Aber da Ihr ja selbst am besten wisst, wie Ihr zu entscheiden habt, werde ich kein Wort mehr darüber verlieren.«

»Geht jetzt hinein, Weib, und wenn Ihr meint, dass Eure Schwestern nicht ganz unschuldig an dem Vorfall sind, macht ihnen das klar. Und richtet ihnen von mir aus, dass ich im Wiederholungsfall keinesfalls mehr so nachsichtig sein werde.«

Cristina nickte und ging. Die Männer, die ausgepeitscht werden sollten, taten ihr zwar leid, hatten aber wohl ihre Strafe verdient.

Hector sah ihr nach. Welche Würde sie ausstrahlte und wie sanft sie die Hüften schwang! Irgendwie fühlte er sich verunsichert. Eigentlich hatte sie ja recht – es ging nicht an, nur die

Burschen zu bestrafen, wenn Cristinas Schwestern ebenfalls gefehlt hatten.

Mariota gegenüber hatte er nichts davon erwähnt. Stattdessen hatte er es genossen, sich von ihr umgarnen zu lassen. Aber nachsichtig zu seinen Männern zu sein würde ihm nichts einbringen.

Die beiden erwarteten die Peitsche, und er musste seine Autorität wahren.

Er schickte den Gefangenen und ihren Begleitern ein paar Männer entgegen und machte sich bis zu ihrer Rückkehr im Hof und im Stall zu schaffen. Dann gab er Anweisung, die beiden Mackinnons bis zu einer von ihm einzuberufenden Gerichtsverhandlung ins Burgverlies im Keller des Hauptturms zu bringen, und zitierte die beiden Übeltäter von Lochbuie in den Stall.

»Was habt ihr beide zu eurer Entlastung vorzubringen?«, herrschte er sie an.

»Wir ahnten zu Anfang nicht, dass das Edelfräulein waren, Laird, aber als sie dann mit uns sprachen, hätten wir uns schon entsprechend benehmen sollen. Wir haben verdient, was immer Ihr für uns bestimmt, so wahr ich hier stehe«, sagte der Ältere ergeben.

»Bist du auch dieser Meinung?«, fragte Hector den Jüngeren, einen kaum zwanzigjährigen Burschen.

Der Knabe warf seinem Begleiter einen verängstigten Blick zu und nickte dann. »Gewiss, Laird. Ich würde ja auch fuchsteufelswild werden, wenn zwei Schwachköpfe, die es hätten besser wissen müssen, meine Schwester in die Arme dieser dreckigen Mackinnon-Bande getrieben hätten.«

Hector nickte. »Ihr wisst, dass ihr dafür eigentlich ein Dutzend Hiebe verdient. Aber da ihr euch einsichtig zeigt, soll jeder von euch nur drei erhalten. Darüber hinaus muss jeder von euch fünf Merk Strafe zahlen, und ich erwarte, dass ihr euch in Zukunft vorbildlich verhaltet. Dann könnt ihr es auf Lochbuie noch weit bringen. Solltet ihr dagegen nochmals meinen Zorn herausfordern, werdet ihr das mehr bedauern, als ihr euch vorstellen könnt.«

»Gewiss, Laird, besten Dank auch. Wir werden Euch keinerlei Schwierigkeiten mehr machen.« Mit diesen Worten packte der Ältere den Jüngeren am Arm und rüttelte ihn. »Jem, bedank du dich auch bei unserem Laird, wie es sich gehört.«

Zögernd, so als bereitete es ihm Mühe zu akzeptieren, was er laut seinem Herrn verdiente, gehorchte der Junge.

»Dann zieht eure Hemden aus und macht euch bereit«, sagte Hector.

Als es vorbei war, nahmen die beiden ihre Arbeit im Stall wieder auf, der Ältere mit undurchdringlicher Miene, der Jüngere, der während der Züchtigung keinen Mucks von sich gegeben hatte, jetzt schluchzend, und während Hector zurück zur Burg schlenderte, fragte er sich, ob er richtig gehandelt hatte oder ein Narr war.

Seine Gemahlin, die er sich nicht erwählt hatte, schien einen Einfluss auf ihn auszuüben, und er sagte sich, dass es geradezu eine Ironie des Schicksals und obendrein verdammt ärgerlich wäre, wenn er im Verlauf seiner Ehe zu Hector dem Gütigen würde oder noch Schlimmerem.

10

Cristina war darauf gefasst, aus dem Stall die Schreie von Männern zu vernehmen. Ihr Vater hatte einmal zwei Männer auspeitschen lassen, und an deren Klagen erinnerte sie sich noch so deutlich, als sei dies erst kürzlich und nicht bereits vor fünf oder sechs Jahren gewesen. Aber sie erreichte den Saal, ohne etwas anderes zu vernehmen als das normale Lärmen innerhalb einer geschäftigen Burganlage.

Eine Kuh muhte, Hühner gackerten und Pferde wieherten oder stampften auf. Im Hof ertüchtigten sich zwei Männer im Schwerterkampf; das klirrende Aneinanderprallen von Stahl gegen Stahl hob sich vom steten Blöken einer Herde Schafe ab, die, begleitet vom Schnalzen, von Pfiffen und hin und wieder einem Zuruf ihres Hirten, zu einer Wiese auf dem Berghang oberhalb der Burg zog. Ein Schmied an seinem Amboss trug mit mächtigen Hammerschlägen, mit denen er das rot glühende Eisen bearbeitete, zu der Geräuschkulisse bei, die von keinem Misston durchbrochen wurde.

In der Halle traf sie ihre Schwestern im munteren Gespräch mit Lady Euphemia an, so als hätte sich nichts Außergewöhnliches ereignet.

»Ich bin sehr erzürnt über euch beide.« Ohne Einleitung legte sie sofort los. »Ich habe euch klar und deutlich gesagt, was Hector verfügt hat, und ihr habt euch nicht daran gehalten.«

»Es tut uns ja auch leid, Cristina«, kam es zerknirscht von Isobel.

»Das mag für dich gelten, Kleines«, sagte Mariota. »Ich für meinen Teil verstehe nicht, warum du uns zur Rede stellst«, wandte sie sich an Cristina. »Mir gegenüber hat Hector keinerlei Vorwürfe erhoben. Für ihn war es nicht unsere Sache, für Begleitschutz zu sorgen, sondern die der Gastgeberin, also deine. Wir gingen doch davon aus, du würdest mitkommen und dich wenn nötig um derlei Nebensächlichkeiten kümmern. Aber dann hast du es vorgezogen, hierzubleiben. Uns jetzt deine mangelnde Umsicht anzukreiden, ist gemein, und ich werde sicher nicht dafür einstehen, also versuch gar nicht erst, mich zu tadeln, Cristina. Was sollten wir denn tun, als du nicht kamst und es nicht einmal für nötig hieltst, uns Bescheid zu sagen? Es dürfte dich kaum überrascht haben, dass wir losgeritten sind.«

»Du hast die Stallburschen angewiesen, mein Pferd in seine Box zurückzuführen.«

»Das habe ich nicht. Es ist nicht meine Aufgabe, mich um dein Pferd zu kümmern.«

»Du hast aber den Stallburschen gesagt, Cristina hätte es sich anders überlegt«, merkte Isobel an.

Mariota zuckte mit den Schultern. »Wir hatten das angenommen. Wenn sie daraus geschlossen haben, sie sollten Cristinas Pferd wegführen, dann ist das nicht meine Schuld und auch ihnen nicht zu verübeln.«

»Aber …«

»Schluss jetzt, Isobel.« Aus Erfahrung wusste Cristina, dass derartige Diskussionen mit Mariota, die nur sah, was sie sehen wollte, und alles andere beiseitewischte, zu nichts führten. Etwas mit ihr zu erörtern war wie der Versuch, Wasser in einem Sieb zu sammeln. Sie zu überzeugen, dass sie im Unrecht war, war vergebliche Liebesmühe.

Isobel jedoch ließ nicht locker. »Ich habe gesagt, wir sollten auf dich warten, aber kaum warst du fort, meinte Mariota, du kämst sowieso nicht mit. Das hat sie auch den Stallburschen erklärt.«

»Schluss jetzt, habe ich gesagt.« Cristinas Ton wurde schneidender. »Ich möchte, dass du jetzt in deine Kammer gehst und dich für das Mittagsmahl umziehst. Du willst doch nicht etwa in diesem verknitterten und verschmutzten Kleid bei Tisch erscheinen.«

Isobel zuckte fast in der gleichen Art wie Mariota mit den Schultern. »Dafür kann ich nichts«, meinte sie. »Als ich versuchte, den Mann davon abzuhalten, Mariota das Kleid runterzuzerren, hat er mich zu Boden gestoßen.«

Wieder stieg heller Zorn in Cristina auf. Weil sie aber davon ausging, dass der Mann, der ihrer kleinen Schwester zugesetzt hatte, inzwischen tot war, wollte sie ihre Bitte an Isobel wiederholen, als sie hinter sich hörte: »Tu, was deine Schwester dir geraten hat, Kind. Du hast meine Geduld bereits mehr als genug auf die Probe gestellt und ihre bestimmt auch. Und Ihr, Lady Mariota, solltet Euch ebenfalls etwas anderes anziehen. Ich kann mir nicht vorstellen, dass Ihr zum Essen den Eindruck erwecken wollt, man hätte Euch rücklings durch ein Gestrüpp gezerrt.«

»Erbarmung, Sir, sehe ich wirklich so aus?«

»Liebes«, mischte sich Lady Euphemia ein, »du solltest nie einen Gentleman fragen, ob dein Äußeres seiner Meinung nach zu wünschen übrig lässt, vor allem, wenn du genau weißt, dass dem so ist. Dank ihm vielmehr artig für das Kompliment, das er dir in der Annahme gemacht hat, du würdest dich bestimmt gern umziehen, denn so, wie du aussiehst, dürftest du dir nichts sehnlicher wünschen als das. Und wenn ich mich nicht irre, bleibt dafür kaum genug Zeit, wenn ihr weiter hier herumsteht und plappert, anstatt Cristinas Rat zu beherzigen. Also kommt mit, ihr beiden, ich muss mich ja ebenfalls zurechtmachen, und es sieht mir ganz danach aus, als ob Lord Hector mit Cristina unter vier Augen sprechen möchte. Na, macht schon, vorwärts, rasch.«

Sie erinnerte Cristina an einen der Schäferhunde, die ständig hin und her rennen und die Tiere in ihrer Obhut immer wieder sanft anstießen. Ein Lächeln drängte sich ihr auf, bis sie Hectors strengen Blick auf sich ruhen sah.

»Ihr wünscht mit mir zu sprechen, Sir?«

»In der Tat, nur sollten wir uns dazu einen geeigneteren Ort suchen.« Damit griff er nach ihrer rechten Hand und schob sie in seine Armbeuge.

Bemüht, den Aufruhr in ihrem Magen nicht zur Kenntnis zu nehmen, als sie überlegte, was in den letzten zehn Minuten geschehen sein mochte, dass er derart schroff reagiert hatte, ließ sie sich von ihm nach oben in sein Zimmer führen.

»Was ist denn?«, fragte sie. »Habe ich Euch erneut Anlass gegeben, verärgert zu sein?«

»Nicht doch«, winkte er ab. »Aber weil ich weiß, dass Ihr um diese beiden Männer besorgt wart, möchte ich Euch beruhigen.«

»Ach ja? Inwiefern denn?«

»Ihr hattet recht. Sie allein für den Zwischenfall mit Euren Schwestern zu bestrafen, wäre nicht gerecht gewesen. Bei den Mackinnons verhält es sich natürlich anders. Weil ich aber über das, was die sich geleistet haben, erbost war, habe ich meinen Männern gegenüber zunächst mehr Härte gezeigt, als nötig war.«

»Ihr habt sie demnach nicht ausgepeitscht?« Ihre Augen leuchteten erwartungsvoll auf.

Er verzog das Gesicht. »Sie rechneten damit, ausgepeitscht zu werden, Weib, und ich denke nicht daran, meinen Männern den Floh ins Ohr zu setzen, ich würde sie für ihre Missetaten nicht länger streng bestrafen. Immerhin haben sie sich meinen Gästen – meinen Verwandten – gegenüber ungebührlich benommen und wussten, was ihnen dafür blühte. Wäre der Ungehorsam Eurer Schwestern nicht Auslöser für diesen Zwischenfall gewesen, hätte ich das Verhalten meiner Männer mit einem Dutzend Hiebe geahndet.«

Schweigend wartete Cristina ab. Zu fragen, was seiner Meinung nach Mariota und Isobel verdienten, hätte nichts eingebracht.

»Ich habe jedem von ihnen drei Schläge verpasst und nur

leicht zugeschlagen«, sagte er. »Auch zu einer Geldstrafe habe ich sie verurteilt und sie Gottesfurcht gelehrt. Sie wissen meine Nachsicht zu schätzen, Cristina. Ich hoffe, Ihr stimmt mir zu, dass ich nicht zu harsch war.«

Der Gedanke an einen Peitschenhieb auf nackter Haut ließ sie erschauern, aber da sie wusste, dass diese Bestrafung gang und gäbe war, musste sie einräumen, dass er in der Tat Milde hatte walten lassen. »Ihr habt richtig gehandelt, Sir. Harte Strafen sollten schweren Vergehen vorbehalten sein, und zugunsten der beiden Männer spricht, dass sie Euch zu Hilfe geeilt sind. Ich persönlich hätte Mariota ja am liebsten geohrfeigt. Sie ...«

»Meine Güte, Ihr seid wirklich sehr streng zu ihr«, fiel er ihr ins Wort. »Sie scheint tatsächlich angenommen zu haben, Ihr hättet davon abgesehen, mit ihnen auszureiten, und wir können nicht von ihr erwarten, dass sie sich selbst um Begleitschutz bemüht.«

Cristinas Erleichterung schlug um in Verärgerung. Wie nur, überlegte sie, konnte sie ihm klarmachen, wie es sich mit Mariota verhielt? Da er aber alles, was ihre ach so betörende Schwester sagte, für bare Münze nahm, meinte sie lediglich: »Ich kenne sie besser als Ihr, Sir.«

»Möglich. Aber mittlerweile kenne ich Euch beide gut genug, um behaupten zu können, dass Ihr sie um ihre Schönheit beneidet und um die Bewunderung, die ihr von jedem Mann zuteil wird, sobald er sie erblickt.«

Ein entrüstetes Grunzen vor der Tür ging gleich darauf in ersticktes Husten über.

Cristina fuhr sich mit der Hand an den Mund. Hector dagegen eilte auf die angelehnte Tür zu, riss sie weit auf. Auf der Schwelle stand Isobel, mit hochrotem Gesicht.

»Was zum Kuckuck tust du denn hier?«, fragte er wütend.

»Ich befürchtete, Ihr würdet Cristina ausschelten«, kam es kleinlaut zurück. »Dabei ist sie weder neidisch, noch trifft sie irgendeine Schuld, ganz gleich, was Mariota Euch erzählt hat. Cristina hat uns eingeschärft, niemals allein auszureiten, aber Mariota ...«

»Genug!«, brüllte er. »Wenn du meine Hand nicht auf deinem Hinterteil spüren willst, dann verschwindest du jetzt augenblicklich in dein Zimmer und ziehst dich um, wie deine Schwester dir das geraten hat. Ich habe dir schon einmal gesagt, dass ich aufmüpfige Weibsbilder nicht dulde, also halte dich daran.«

»Aber ...«

Er packte sie bei den Schultern, drehte sie herum und versetzte ihr einen deftigen Klaps auf ihren Allerwertesten. »Wenn du nicht noch mehr von der Sorte haben möchtest«, fuhr er sie an, »dann halt den Mund. Nach dem Essen wirst du dir was anziehen, was schmutzig werden kann, und dich in die Küche begeben, zu Alma Galbraith, die dir sagt, wer von meinen Burschen Hilfe brauchen kann, um das Holz, das gerade gehackt wird, aufzuschichten. Hast du verstanden, Isobel?«

»Ich soll Holz aufschichten?«

»Heißt das, du weißt nicht, wie man das macht?«

»Natürlich weiß ich das, ich hab ja Cristina oft genug dabei geholfen, aber ...«

»Dann gibt es nichts mehr dazu zu sagen«, fiel er ihr ins Wort. »Und wenn ich dich jemals wieder dabei erwische, wie du an einer Tür lauschst, lege ich dich übers Knie und verpass dir die wohlverdiente Strafe dafür. Ist das klar?«

»Ja, Sir«, beeilte sie sich zu sagen. »Es tut mir leid.«

»Ich will nicht dein Bedauern, ich will, dass du gehorchst. Und jetzt geh!«

Mit hochrotem Gesicht stob Isobel davon.

»Ihr solltet Euren Frust nicht an ihr auslassen, Sir. Sie ist doch noch ein Kind.«

»Haltet mir keine Moralpredigt, Weib, sonst wird Isobel nicht die Einzige sein, die ich übers Knie lege. Ich habe heute schon genug Ärger gehabt und nicht die Absicht, noch mehr davon hinzunehmen. Wenn Ihr also nicht zusammen mit Eurer kleinen Schwester zum Holzaufschichten geschickt werden wollt, dann schweigt gefälligst.«

Was Cristina auch tat, allerdings nicht ohne vorher um Erlaubnis zu bitten, sich zurückziehen zu dürfen.

Das Essen verlief in relativ entspannter Atmosphäre. Mariota plapperte unentwegt, wollte von Hector alles Mögliche über Lochbuie und Mull erfahren. Kräftig unterstützt wurde sie dabei von Lady Euphemia, wenngleich deren Beitrag eher darin bestand, in ihren Kindheitserinnerungen zu kramen und die Unterschiede zwischen dem Besitz ihrer Familie und Hectors Beschreibungen von Lochbuie herauszustellen.

So als hörte sie zu, ließ Cristina ihre Blicke von einem zum andern wandern, fühlte sich aber von der Unterhaltung ausgeschlossen. Auch Hector nahm an dem Gespräch nicht teil, hing stattdessen wie gebannt an Mariotas Lippen. Immerhin brachte er es fertig, zwischendurch Fragen zu beantworten oder höfliche Bemerkungen einzustreuen, aber seine Aufmerksamkeit galt weniger dem, was sie sagte, sondern konzentrierte sich in erster Linie auf ihr Gesicht. Was auf das Gleiche hinauslief, weil Mariota gar nicht zu merken schien, wenn sie sich selbst widersprach und fast allem, was Hector sagte, beipflichtete. Ein Phänomen, das ganz normale Diskussionen und erst recht eine ernsthafte Auseinandersetzung mit ihr unmöglich machten. Wenn man Mariota vorhielt, jetzt das Gegenteil von dem zu behaupten, was sie kurz zuvor vertreten hatte, pflegte sie nachdrücklich darauf zu bestehen, dass dem keinesfalls so war.

Cristinas nachdenklicher Blick ruhte jetzt auf Hector. Ein Sonnenstrahl unweit von ihm ließ seine Augen noch blauer leuchten. Seine Lippen waren jetzt, da er Mariota beobachtete, leicht geöffnet. Alle anderen am Tisch schien er vergessen zu haben.

Mariota war sich ihrer Wirkung auf ihn durchaus bewusst und kostete dies weidlich aus. Sie beugte sich vor, sodass ihr voller Busen fast aus dem tief ausgeschnittenen Mieder quoll, sah Hector herausfordernd an, fuhr sich gleichzeitig mit ihrer kleinen rosa Zunge über die Unterlippe, so als wollte sie ihn dazu verleiten, einen Kuss darauf zu drücken.

Cristinas Magen krampfte sich zusammen, ihre Hände waren zu Fäusten geballt. Obwohl sie drauf und dran war, ihre Schwester beiseitezunehmen und sie auszuschimpfen, so wie Hector Isobel ausgeschimpft hatte, fühlte sie sich verpflichtet, ruhig sitzen zu bleiben und ihre Verbitterung zu verbergen. Hector hatte sie ja nie zur Frau begehrt, also konnte sie ihm nicht vorwerfen, herzlos zu sein. Taktlos schon eher. Seine abfälligen Bemerkungen, die ihr noch im Ohr klangen, veranlassten sie zu überlegen, ob sie es für ihre Rolle bei der Eheschließung, die ihr Vater ihm aufgezwungen hatte, einfach nicht anders verdiente.

Derart missachtet zu werden, stimmte sie traurig genug. Aber noch unerträglicher war der Gedanke, irgendwann Lochbuie verlassen zu müssen.

»Wieso ist deine Lieblingsfarbe plötzlich Scharlachrot, wenn du eben, als er von Heidekraut sprach, sagtest, sie sei Purpur?«, wollte Isobel wissen und brach mit ihrer Kritik den Zauber von Mariotas neckischem Plaudern.

»Man fällt anderen nichts ins Wort«, wies Mariota sie zurecht. »Kleine Mädchen haben ihre Zunge im Zaum zu halten, wenn sie mit Erwachsenen am Tisch sitzen dürfen. Außerdem hab ich das nie behauptet. Oder, Sir?« Sie strahlte Hector an.

»Doch, hast du.« Isobel ließ sich nicht beirren. »Stimmt doch, Tante?«

Sichtlich unangenehm berührt, unvermittelt in die Diskussion mit einbezogen zu werden, blickte Lady Euphemia verunsichert von einem zum andern. »Ach, Liebes, Mariota mag das im Zusammenhang mit Wiesenblumen erwähnt haben, und schon möglich, dass sie purpurne Blumen am liebsten hat, aber inzwischen geht es ja wohl um etwas ganz anderes, und sie meinte gar nicht das, was du da hineininterpretiert hast. Ich gebe ja zu, dass ich ihren Gedanken nicht immer ganz folgen kann.«

»Das passiert schon mal, gewiss doch«, sagte Mariota. »Ist aber nicht weiter tragisch, Isobel. Dich hat sowieso keiner gefragt, also halt die Klappe und mach nicht schon wieder Ärger. Wir haben unserem liebsten Hector heute Morgen schon Scherereien genug bereitet. Daran war zwar Cristina schuld, keine Frage, aber lass uns jetzt damit aufhören, denn bestimmt wollte sie uns nicht in Schwierigkeiten bringen und hat nur seine Befehle nicht klipp und klar weitergegeben. Aber ich bin ja nicht nachtragend. So etwas vergesse ich und verliere *kein Wort* mehr darüber.«

»Genau wie jetzt«, merkte Isobel trocken an. »Nein, schimpf nicht mehr mit mir. Ich bin ja schon still«, fügte sie hinzu und widmete sich ihrem Essen.

Hector sah sie nachdenklich an, sagte aber nichts.

Cristinas Magen krampfte sich noch mehr zusammen. Wenn sie Mariota noch länger zuhörte, würde sich ihr Zorn Luft machen, und sie würde damit herausplatzen, was sie von Mariota hielt. Aber für eine Dame schickte es sich nicht, frei heraus zu reden oder einfach aufzustehen und ihre Gäste sich selbst zu überlassen – die Strafe würde auf dem Fuße folgen. Sie war die Gastgeberin, auch wenn sie im Augenblick nicht einmal meinte, nach Lochbuie zu gehören, geschweige denn, den ihr bei Tisch zustehenden Platz der Hausherrin einnehmen zu dürfen.

Lady Euphemia saß zu ihrer Linken und gleich daneben Isobel, Mariota dagegen zu Hectors Rechten, dem Ehrenplatz. Wären weitere Herren anwesend gewesen, hätte dort sein wichtigster männlicher Gast gesessen; da im Familienkreis jedoch keine feste Tischordnung vorgesehen war, hatte sich Mariota am Tag nach Hectors Rückkehr von Finlaggan einfach dorthin gesetzt, ohne dass irgendjemand Einspruch erhoben hätte, und nahm, als wäre sie ein Gast von Rang und

Namen und nicht die Schwester der Herrin auf Lochbuie, seine ganze Aufmerksamkeit in Anspruch.

Gewiss, auf Lochbuie lief es nicht so, wie Cristina sich ihr Eheleben vorgestellt hatte. Obwohl sie geglaubt hatte, glücklich werden zu können, falls Hector sie letztendlich als seine Gemahlin anerkannte und nicht ständig überlegte, wie er es am besten anstellte, eine Annullierung zu erwirken, war sie sich dessen nicht mehr sicher.

Er begehrte sie nicht, und wie es aussah, stand zu befürchten, dass das Leben mit ihm kaum über diesen Versuch hinauskommen würde.

Endlich war das Mahl zu Ende. Mit einer schwammigen Entschuldigung, der bestimmt niemand Gehör schenkte, floh Cristina in die Küche. Eigentlich wollte sie von dort aus hinaus in den Garten, aber als sie mitbekam, dass Alma offensichtlich eine Meinungsverschiedenheit mit dem Koch hatte, brachte sie es nicht über sich, einfach an den beiden vorbeizugehen.

»Was geht denn hier vor?«, fragte sie, um ihre gewohnt ruhige Art bemüht.

»Calum hat vergessen, jemand zum Fischen zu schicken, und jetzt ist kein Lachs mehr da.« Alma blitzte den Koch vorwurfsvoll an. »Ich hab ihm gesagt, dass Ihr zum Abendessen einen Fischgang wünscht, und er behauptet, der Laird macht sich nichts draus.«

»Tut er auch nicht«, sagte der Koch gereizt.

Cristina hob die Hand und gebot ihm zu schweigen. »Das hast du schon einmal gesagt, Calum, aber dein Herr wünscht, dass seinen Gästen gut aufgetischt wird. Richtig?«

»Gewiss, kann schon sein.«

Cristina wartete darauf, dass er das übliche »Mylady« hinzufügte. Als es ausblieb, holte sie tief Luft. »Seine Gäste erwarten Fisch«, sagte sie. »Alma hat also recht, und du wirst jemanden schicken müssen, damit er einen Lachs oder ein paar Forellen fängt. Er hat Zeit genug dafür und wird den

Ausflug bestimmt genießen. Wenn du allerdings hier niemanden entbehren kannst, werde ich den Verwalter bitten, sich darum zu kümmern.«

»Ich mach das schon, wenn Ihr drauf besteht«, grummelte er vor sich hin.

»Alma, du kannst jetzt gehen«, sagte Cristina ruhig, als sie Isobel bemerkte, die schüchtern an der Tür stand. »Ich glaube, Lady Isobel möchte mit dir sprechen.«

»Natürlich, Mylady, bin schon weg.«

Froh darüber, dass die Haushälterin sich ihren Sieg über den Koch nicht anmerken ließ, wandte sich Cristina wieder an ihn. »Ich hatte eigentlich den Eindruck, es gefällt dir hier«, merkte sie beiläufig an.

»Das tut es auch«, gab er zurück. »Ich bin hier Koch, seit der Herr Lochbuie übernommen hat.«

»So lange schon? Dann solltest du inzwischen gelernt haben, wie man mit einer Lady spricht.«

»Gewiss, aber es heißt doch, dass Ihr nicht lang hierbleibt, und da kommt es, wie ich finde, nicht so sehr darauf an, wie ich mich benehme.«

»Noch bin ich aber hier.«

»Sicher, aber ich unterstehe dem Laird.«

»Dann solltest du dir vielleicht einmal überlegen, wie er reagieren wird, wenn ich mich bei ihm über deine schlechten Manieren beklage. Hast du etwa Grund zu der Annahme, er würde mir nicht ebenso ausdrücklich beipflichten, wenn ich deine Entlassung verlangte, wie er dies bei den anderen Veränderungen getan hat, die ich hier vorgenommen habe?«

»Was das angeht …«

»Vielleicht solltest du ebenfalls bedenken, dass auch sein Verwalter eine solche Entlassung befürworten würde«, sagte sie. »Soweit ich beobachtet habe, kommt ihr beide nicht gut miteinander aus, und der Laird hält große Stücke auf seinen Verwalter.« Als der Koch blass wurde, fügte sie einlenkend hinzu: »Andererseits bestand zwischen dir und mir bislang gutes Einvernehmen. Weshalb mir dein Benehmen heute unerklärlich ist.«

»Ich werd mich ab sofort bessern, Mylady. Ich hab doch gar nichts gegen Euch. Ihr habt viele Vorschläge gemacht, für die ich Euch dankbar bin, schon weil der Laird gestern zu mir in die Küche gekommen ist und gesagt hat, es gefällt ihm, was ich neuerdings auf den Tisch bringe.«

Erfreut, wenn auch weiterhin verblüfft, fragte sie: »Warum dann dieses ungebührliche Benehmen mir gegenüber?«

Der Koch verzog das Gesicht. »Weiß ich auch nicht, ehrlich. Was ich jetzt sage, sollte ich mir eigentlich verkneifen, aber Ihr habt hier Feinde, die nur drauf warten, dass Ihr verschwindet, Mistress. Deshalb rat ich Euch, auf der Hut zu sein.«

»Wer sollte mir denn etwas antun wollen?«

Er schüttelte den Kopf. »Nein, ich sag nichts mehr, damit riskier ich nur Kopf und Kragen.«

Sie hieß ihn mit seiner Arbeit fortzufahren und den Fisch nicht zu vergessen und machte sich nochmals auf die Suche nach Alma. Sie traf sie im Hof an, wo sie Isobel mit zwei höchstens zwei Jahre älteren jungen Burschen bekannt machte, die einen Großteil des Vormittags über Holz gehackt hatten. Ein riesiger Berg kamingerecht zerkleinerter Scheite zeugte davon.

Isobel beäugte skeptisch dieses Ergebnis ihrer Arbeit. Sie hatte sich lediglich eine lange Schürze über ihr Kleid gebunden, was Cristina stillschweigend hinnahm, und meinte: »Das ist ja wirklich eine Menge Holz.«

»Das Mädchen hier sagt, sie will uns beim Aufschichten helfen«, sagte der Kleinere der beiden Holzhacker zu Cristina. »Stimmt das, Mylady?«

»Es stimmt.« Cristina erntete einen tiefen Seufzer von ihrer kleinen Schwester. »Lady Isobel hat den Wunsch geäußert, sich, statt sich mit Handarbeiten zu beschäftigen, zur Abwechslung einmal körperlich zu betätigen. Deshalb haben wir gedacht, sie könnte euch beim Holzaufschichten zur Hand gehen.«

»Gute Idee«, grinste er zustimmend. »Zu dritt schaffen wir es in der halben Zeit. Na ja«, fügte er mit Blick auf Isobel hinzu, »vielleicht nicht in der halben Zeit, aber auf jeden Fall schneller. Nicht auszuschließen, dass wir dann noch fischen gehen dürfen.«

»Das wird sich bestimmt einrichten lassen.« Cristina schaute Alma an. »Zumal Calum noch Fisch zum Abendessen braucht.«

»Richtig«, meinte Alma. »Ich werd mit ihm reden. »Ist sowieso besser, nicht einen allein zu schicken, sicherheitshalber.«

»Ich werde euch ein wenig Gesellschaft leisten«, meinte Cristina, »schon um mich zu überzeugen, dass Isobel lernt, wie auf Lochbuie Holz aufgeschichtet wird.«

Mit einem schiefen Lächeln, das ihre Missbilligung darüber zum Ausdruck brachte, dass junge Damen neuerdings beim Aufschichten von Holz halfen, zog Alma wieder in die Küche ab.

»Komm, Isobel, fangen wir schon mal da drüben an«, munterte Cristina Isobel auf. »Ich helfe dir ein bisschen.«

Isobel machte ein ungläubiges Gesicht, folgte dann aber Cristina zum anderen Ende des Holzstoßes und nahm die ersten Scheite zur Hand. »Du brauchst mir gar nichts zu zeigen«, sagte sie. »Ich hab das zu Hause oft genug gemacht und weiß, wie du es haben willst.«

»Das weiß ich doch, Liebes. Ich brauche aber einen Vorwand, um mich eine Weile nicht bei den anderen aufhalten zu müssen. Ich kann ihre Gesellschaft nicht länger ertragen, vor allem nicht das Geplapper von Tante Euphemia oder Mariota. Ein wenig Abstand wird mir guttun.«

»Deshalb also bist du in die Küche gegangen und Zeuge der Streitigkeiten zwischen Alma und Calum geworden.«

»Streitigkeiten?«

»Klar. Wo doch Alma eine Bethune ist und Calum ein Mackinney.«

»Gehören die Mackinneys nicht zu den Mackinnons?«

»So ist es.« Isobel schichtete sorgfältig die Scheite auf. »Und die Bethunes sind Mitglieder des Gillean-Clans.«

»Verstehe. Und Hectors Verwalter gehört dem Clan Gillean an, sein Koch aber merkwürdigerweise nicht.«

»Calum hat ihm früher schon gedient, aber als was, wollte er mir nicht sagen. Das geht ein kleines Mädchen nichts an, hat er gesagt.«

»Du scheinst eine Menge in Erfahrung gebracht zu haben«, sagte Cristina.

»Ich stelle eben Fragen«, erwiderte Isobel. »Darf ich dir auch eine stellen?«

»Selbstverständlich.«

»Bist du auch auf mich böse?«

»Auch? Oh, du meinst, weil Hector böse auf dich war.«

»Und Mariota ebenfalls. Weil sie es nicht leiden kann, wenn ich ihr vorhalte, dass sie sich widerspricht. Also wirklich, Cristina, hin und wieder verbreitet sie sich über irgendwelche Hirngespinste, die nur für sie einen Sinn ergeben, den sie dann aber auch wiederum nach Lust und Laune abändert.«

Cristina grinste in sich hinein. Besser konnte man Mariotas oft merkwürdige Ansichten nicht beschreiben. Dennoch durchschaute sie Isobels Taktik und kam auf das eigentliche Thema zurück. »Hector hatte allen Grund, böse auf dich zu sein«, meinte sie. »Heimlich zu lauschen ist höchst ungehörig.«

»Ich wollte nur sichergehen, dass er nicht auf dich losgeht«, verteidigte sich Isobel.

»Ich kann auf mich selbst aufpassen, aber trotzdem danke.«

»Magst du ihn?«

»Natürlich mag ich ihn. Er ist mein Ehemann, und darüber hinaus ist er … zumindest gelegentlich … ein durchaus charmanter Gentleman.«

»Das weiß ich selbst«, sagte Isobel. »Ich mag ihn, aber er scheint nur Augen für Mariota zu haben. Ganz sicher bin ich mir da allerdings nicht, schon weil er das, was in ihm vorgeht, für sich behält. Ist es nicht so?«

»Ja, so ist es.«

»Bist du deshalb so wütend?«

»Ich bin keineswegs wütend. Weder auf ihn noch auf sonst jemanden«, fügte sie nachdrücklich hinzu.

»Bist du aber doch«, widersprach Isobel. »Du bist immer wütend. Sogar wenn du lachst. Genauso wie Mariota ständig lügt, auch wenn sie die Wahrheit sagt.«

»Wie kannst du nur so über deine Schwester sprechen!«

»Aber es stimmt doch, Cristina. Nie sagt sie die volle Wahrheit. Jedes Mal übertreibt sie derart, dass sie sogar lügt, wenn sie die Wahrheit spricht.«

Cristina war drauf und dran, »Unsinn« zu sagen, verkniff sich das aber. Isobel hatte ja recht. Mariota neigte dazu, in allem zu übertreiben.

Die klaren blauen Augen auf Cristina gerichtet, die rosigen Lippen leicht geöffnet, wartete die kleine Schwester auf eine Reaktion der großen.

»Hast du wirklich den Eindruck, dass ich *immer* wütend bin?«

Isobel nickte. »Das mag zwar jetzt auch übertrieben sein«, meinte sie mit einem zaghaft einlenkenden Lächeln, »aber du scheinst so oft wütend zu sein, dass ich mich frage, was der Grund dafür sein könnte. Was also macht dich so wütend, Cristina?«

»Das kann ich nicht sagen«, erwiderte Cristina ehrlich. »Ich wusste gar nicht, dass ich diesen Eindruck erwecke, aber wenn es dir so vorkommt, wird es wohl so sein. Du bist sehr klug für dein Alter, Isobel. Du siehst vieles so klar. Wie kommt das?«

»Ich beobachte. Ich sammle Erfahrungen, indem ich andere beobachte.«

»Oder belauschst«, sagte Cristina und zwinkerte ihr zu.

Isobel schnitt eine Grimasse. »Genau.«

»Es wäre schön, wenn wir alle aufmerksamer zuhörten«, meinte Cristina.

Lächelnd machte sich Isobel wieder an die Arbeit, um gleich darauf zu sagen: »Wenn du allein sein willst, warum ziehst du dich dann nicht für eine Weile in deinen Turm zurück?«

Ein ausgezeichneter Vorschlag, auf den Cristina sofort einging, schon weil sie einiges überdenken wollte. Aber statt über die Ereignisse der letzten Tage nachzugrübeln, gingen ihr die Worte ihrer kleinen Schwester nicht aus dem Sinn.

Wütend? Merkwürdig, dass sie sich selbst, anders als Isobel, nicht als wütend empfand. Gewiss, gelegentlich war sie verärgert – enttäuscht, überrumpelt vielleicht –, aber Wut erschien ihr als ein zu starkes Wort für ihre Gefühle, sah man einmal von gelegentlichen Ausbrüchen ab, wenn sie die Beherrschung verlor und schreckliche Dinge sagte, die sie anschließend bedauerte.

Ein sonniger Morgen im Garten von Chalamine fiel ihr ein. Damals hatte ihre Mutter sie für einen unschicklichen Temperamentsausbruch zur Rede gestellt.

»Eine Dame behält ihre Gefühle für sich«, hatte Lady Macleod sie zurechtgewiesen. »Eine Dame hat allen anderen mit gutem Beispiel voranzugehen. Höflichkeit und gutes Benehmen sind eine Pflicht, Cristina, die wir Macleods beherzigen.«

Lady Macleod stand unvermittelt so deutlich vor Cristinas Augen, als befände sie sich leibhaftig in diesem Turmzimmer und spräche zu ihrer Tochter.

Lady Macleod hatte immer gewusst, wie man sich in jedweder Situation verhielt. Nichts hatte sie umwerfen können, erst der Tod hatte sie besiegt, viel zu früh und noch ehe sie all ihr Wissen an die Tochter weitergeben konnte, die in einer grausamen Welt zurückgelassen wurde, nur notdürftig gewappnet, sich deren Herausforderungen und Beschwernissen zu stellen.

Dass ihr mittlerweile Tränen über die Wangen rannen, merkte Cristina erst, als sie sich mit der Hand übers Gesicht fuhr. Sie erschrak zuerst, und dann schienen alle Dämme in ihr zu brechen.

Noch ehe sie recht begriff, was in ihr vorging, wurde sie von einem Weinkrampf übermannt. Keuchend und zu schwach, sich auf den Beinen zu halten oder sich einen Stuhl oder Schemel zu suchen, brach sie auf dem Boden zusammen und schlang die Arme um sich. Ihr Körper bäumte sich, von Schluchzern gepeinigt, auf, stoßweise entrangen sich ihr unkontrollierte Schreie, die keiner hörte, weil keiner da war – nie war jemand für Cristina da, während sie, und der Himmel war ihr Zeuge, stets darum bemüht war, die Tränen so vieler anderer zu trocknen, deren Nöte zu lindern, deren Probleme zu lösen. Offenbar brachte keiner genug Mitgefühl auf, der bedauernswerten Cristina beizustehen.

Die Tränenflut versiegte so rasch, wie sie ausgebrochen war, als Cristina sich bewusst wurde, dass ihr Kummer in Selbstmitleid umgeschlagen war, eine Gefühlsregung, die sie bei anderen verachtete. Besaß sie denn keinen Stolz, keine Würde, keine Beherrschung?

Mit ungeduldigen, fahrigen Bewegungen wischte sie sich mit dem Ärmel ihres Kleides übers Gesicht, stopfte feuchte Haarsträhnen wieder unter die Haube, als sich unversehens die Tür öffnete.

Auf der Schwelle stand Hector. Verständnislos starrte er sie an.

11

Als er sah, dass Cristina geweint hatte, regte sich sein schlechtes Gewissen. Ja, er hatte sich unmöglich verhalten. Isobels Bemerkungen und Mariotas eher einfältiges Plappern verrieten, dass sie sich über seine Anweisungen hinweggesetzt hatten. Was weder Isobel noch Cristina anzulasten war. Dass er seine Frau der Eifersucht bezichtigt hatte, als sie, anders als er, Mariota die Verantwortung anlastete, war schäbig von ihm gewesen.

Denn eigentlich hatte er nichts von Eifersucht bemerkt. Zu dieser hämischen Bemerkung hatte er sich nur verstiegen, weil Mariota entsprechende Andeutungen gemacht hatte und er wütend gewesen war, dass Cristina seine Einschätzung der Sachlage angefochten hatte.

Wie ein reuiger Sünder stürzte er auf sie zu, packte sie an den Armen und half ihr vorsichtig auf die Füße.

»Was ist denn los, Mädchen? Was bekümmert dich? Etwa das, was ich gesagt habe?«

Zunächst schaute sie nicht zu ihm auf, starrte stattdessen auf seine Brust. Dabei hätte er ihr so gern in die Augen gesehen, nicht nur, um das Ausmaß ihrer Verzweiflung zu erforschen, sondern auch, um sich zu vergewissern, ob sie so golden waren wie damals, als sie außer sich gewesen war und er zum ersten Mal diese besondere Färbung wahrgenommen hatte.

Er wollte sie an sich ziehen, festhalten, ihr das Gefühl von Wärme und Geborgenheit vermitteln. Ein Wunsch, der ihn selbst überraschte.

Er redete sich ein, dass er sich jedem gegenüber, der so augenscheinlich litt, nicht anders verhalten würde, war aber gleichzeitig verunsichert, schon weil er befürchtete, sie würde ihn wegstoßen, wenn er versuchte, sie, diese sonst so starke und ausgeglichene Frau zu umarmen. Wie eine Mutter war sie ihm vorgekommen, als sie ihm zu verstehen gegeben hatte, dass sie mit seinem Verhalten nicht einverstanden sei. Blödsinn. Gewiss, sie war beschützerisch, liebenswürdig und freundlich, aber verlockende goldene Augen und seidenweiche Haut hatte er noch nie als Merkmal von Mütterlichkeit erachtet.

Jetzt, da er ihre Schultern umfasste und merkte, wie sie zitterte, dachte er an ihre seidene Haut und daran, wie weich und einladend ihre Lippen sein mussten.

»Sie mich an, Cristina.« Seine Stimme klang herrischer als beabsichtigt.

Dennoch zeigte sie Wirkung, denn sie blickte zu ihm auf. Ihre Augen, vor Schreck weit aufgerissen, waren so golden wie in seiner Erinnerung, dazu entdeckte er jetzt zusätzlich grüne Sprenkel darin, vermutlich weil sie ein grünes Kleid trug.

Sie sagte nichts, dafür zitterte ihre Unterlippe wie kurz vor einem erneuten Tränenausbruch. Und den galt es zu verhindern.

Um einiges sanfter sagte er: »Was ist denn, Mädchen? Ist es etwa, weil ich dich vorhin der Eifersucht bezichtigt habe? Das war nicht schön von mir. Ich weiß doch, dass du deiner Schwester gegenüber keinerlei Groll hegst.«

Sie schüttelte den Kopf, starrte wieder auf seinen Brustkasten. »Das ist es nicht.«

»Was dann? Du kannst es mir ruhig sagen. Es bedrückt mich, dass du derart bekümmert bist.«

Wie um ihr Gleichgewicht wieder zu gewinnen, holte sie tief Luft. Geduldiger als sonst wartete er ab. Endlich fing sie sich, schaute zu ihm auf und sagte leise: »Verzeiht mir, Sir, dass ich mich habe gehen lassen. Ich …«

»Sei nicht töricht«, wehrte er in dem ihm eigenen Tonfall

ab. »Irgendetwas setzt dir zu, und ich möchte wissen, was es ist. Also raus damit. Lass dich nicht lange bitten.« Er hatte seiner Meinung nach Geduld genug bewiesen.

Zu seiner Überraschung lächelte sie ihn unter Tränen an. »Ihr werdet mich für noch törichter halten, wenn ich es Euch erzähle«, sagte sie mit bereits festerer Stimme. »Ich habe mich hierher zurückgezogen, weil ich in aller Ruhe nachdenken wollte. Aber aus einem mir unverständlichen Grund kam mir meine Mutter in den Sinn und wie sie es verstand, gute Ratschläge zu erteilen. Und dann war mir, als befände sie sich hier, was natürlich nicht sein konnte. Jedenfalls überkam mich heftige Sehnsucht nach ihr, und deshalb habt Ihr mich in einem Meer von Tränen vorgefunden.«

Er wischte ihr eine feuchte Locke aus dem Gesicht. So klein und verletzlich kam sie ihm vor, dass er erneut wünschte, sie in die Arme zu schließen, wenngleich er noch immer befürchtete, zurückgewiesen zu werden. Obwohl er ihr Ehemann war, hatte er seit ihrer Hochzeitsnacht herzlich wenig unternommen, um seine diesbezüglichen Rechte wahrzunehmen, weshalb jedweder Versuch in diese Richtung zweifelsohne der augenblicklichen Stimmung abträglich sein würde. Deshalb fragte er: »Wann ist sie gestorben?«

»Das liegt viele Jahre zurück. Ich war damals elf. Umso alberner, dass mich gerade jetzt der Schmerz über diesen Verlust derart übermannt hat.«

»Nicht doch, Mädchen. Ich war fünfzehn, als ich meine Mutter verlor, und seither denke ich fast jeden Tag an sie. Bereits die Form einer Wolke erinnert mich daran, wie sie darin die Umrisse von Tieren ausmachte, über die sie uns dann Geschichten erzählte. Auch wenn jemand auf eine gewisse Art schaut oder eine bestimmte Formulierung benutzt, meine ich ihr Gesicht zu sehen oder ihre Stimme zu hören. Meiner Meinung nach ist das gar nicht so ungewöhnlich, und schon gar nicht, wenn du deiner Mutter nahestandest.«

»Standet Ihr Eurer Mutter nicht nahe?«

»Doch, durchaus, so wie jeder Junge eben, schon weil weder Lachlan noch ich anderswo aufwuchsen. Unser Vater behielt uns unter seiner Aufsicht, weil er hoffte, wir würden uns wie er auf das Studium der Wissenschaften verlegen. Lachlan eiferte ihm tatsächlich nach – ich weniger –, und nach Mutters Tod schickte Ian Dubh uns beide nach Frankreich, damit wir bei einem seiner Freunde unsere Studien vertieften und mehr von der Welt kennenlernten. Als besagter Mann sehr bald feststellte, dass ich mich für Geschichte und all das nicht interessierte, übergab er mich einem Meister des Schwertkampfs, der mich im Umgang mit Waffen schulte. Lachlan hat diese Kunst ebenfalls erlernt, aber obwohl er sie so gut beherrscht wie ich, überwiegt doch sein politisches Geschick und sein strategisches Denken. Was uns dennoch zu guten Partnern macht.«

»Mairi sagte, ohne Euch würde ihm sein rechter Arm fehlen. Lachlan besäße das Talent, Pläne auszuarbeiten und immer zu wissen, woher der Wind weht, weil er ein Netzwerk von Informanten in ganz Schottland unterhält und somit der bestinformierte Mann in den Highlands und auf den Inseln ist. Dass er aber ohne Euch, der Ihr seine Träume und Pläne umsetzt, sich niemals die Macht und die Stellung erworben hätte, über die er heutzutage verfügt.«

»So etwas sollte Mairi nicht sagen«, wehrte er ab, konnte aber nicht verhindern, dass bei dem schmeichelhaften Kompliment ein Ruck durch ihn ging.

Durch die Blume hatte Lachlan ihm das auch schon zu verstehen gegeben, selbst wenn er ihn häufig genug eher einen Schwachkopf nannte, als ihm Lob zu zollen. Mit gegenseitigen Komplimenten hielten sich die Brüder nun mal eher zurück.

Es schien natürlicher, miteinander zu wetteifern, sich aufzuziehen oder sonst wie zu piesacken. »Hoffentlich hast du ihr so etwas nicht über mich erzählt«, setzte er hinzu.

»Etwa, dass Ihr ohne Lachlan nichts zuwege bringen würdet?«, meinte sie neckend, um dann, wieder ernst, hinzuzufügen: »Ich glaube, Ihr wärt ohne ihn ebenso erfolgreich wie mit ihm, Sir. Ihr dürftet durchaus in der Lage sein, das zu tun, was getan werden muss. Eure Partnerschaft scheint ausgezeichnet zu funktionieren, auch wenn vermutlich Seine Gnaden derjenige ist, der den größten Vorteil daraus zieht.«

Ihm fiel wieder ein, dass das Mittagessen in einer gespannten Atmosphäre verlaufen war. Hing dies mit den Ereignissen am Vormittag zusammen?

Und ihre Niedergeschlagenheit jetzt? War etwa die Unterredung, die sich daran angeschlossen hatte, mit ein Auslöser dafür gewesen? »War der Grund für deinen Kummer lediglich die so plötzliche und unerwartete Erinnerung an deine Mutter, Cristina?«

Sie sah ihm erneut in die Augen, als suchte sie darin so etwas wie Verständnis. Er war sich nicht sicher, ob sie in seinem Blick sah, was sie suchte, als sie sagte: »Es wäre gelogen, wenn ich behauptete, durch nichts anderes aus der Fassung gebracht worden zu sein, Sir, aber das ist weiter nicht wichtig. Meine ich jedenfalls.«

»Möchtest du es mir nicht verraten?« Mit einem Mal war es ihm wichtig, dass sie sich ihm anvertraute. »Ich würde es gern wissen, Mädchen. War es etwas, das ich getan oder gesagt habe?«

Sie nagte auf ihrer Unterlippe herum. Er konnte den Blick nicht davon abwenden. So weich, so voll, so verlockend und bereit, geküsst zu werden. Auch als sie weitersprach, verfolgte er die Bewegungen ihrer Lippen, malte sich aus, wie sie sich auf seinen anfühlen würden.

»Hört Ihr mir eigentlich zu, Sir?«

Er hatte tatsächlich keines ihrer Worte vernommen. »Törichtes Mädchen, natürlich höre ich dir zu.« Vor Verlegenheit schoss ihm das Blut in die Wangen. »Nein, das stimmt nicht«, gab er zu. »Ich bin wohl in Gedanken ganz woanders gewesen.«

Sie krauste die Stirn. »Offenbar beschäftigt Euch Wichtigeres, Sir«, antwortete sie um einiges schroffer. »Fragt sich, wieso Ihr überhaupt hergekommen seid.«

Sie zwang sich zur Ruhe. Aus Enttäuschung darüber, dass er zwar gefragt, aber der Antwort keine Beachtung geschenkt hatte, hätte sie ihn am liebsten geohrfeigt. Aber dann würde er ihr das heimzahlen, und der Schlag eines Mannes von Hectors Format würde sie zu Boden strecken. Obwohl ihr bei dem Gedanken daran klar wurde, dass sie keine Angst vor ihm hatte. Aber ungeachtet ihres Zorns war das Bedürfnis nach gutem Einvernehmen so tief in ihr verwurzelt, dass sie sich am liebsten auf der Stelle für ihren scharfen Ton entschuldigt hätte.

Nicht weniger scharf erwiderte er: »Ich wollte wissen, warum meine Gemahlin so wortlos verschwunden ist.«

»Ich wusste nicht, dass ich Euch über jeden meiner Schritte Rechenschaft abzulegen habe«, gab sie zurück. »Wenn Ihr dies jedoch wünscht, werde ich mich in Zukunft daran halten.«

»Werd bloß nicht unverschämt«, schnappte er.

»Ach so, auf einmal ist es also unverschämt, wenn eine Ehefrau den Wünschen ihres Gatten entspricht?«

Er rang sichtlich um Beherrschung. Wie gerne hätte sie ihm die Falte auf der Stirn geglättet und gesagt, es sei beileibe nicht ihre Absicht gewesen, unverschämt zu werden, war es ja auch nicht.

Einerseits wollte sie ihm Vorhaltungen machen, dass er sich wie ein gedankenloser Junge benommen hatte, hemmungslos auf Mariotas Avancen eingegangen war und seiner ihm rechtmäßig angetrauten Gemahlin das Gefühl gegeben hatte, an seinem Tisch überflüssig zu sein. Andererseits drängte es sie, sich dafür zu entschuldigen, dass sie ihm Sorgen bereitet hatte, ihm in die Arme zu sinken und sich hemmungslos auszuweinen.

Sie hatte doch nur versucht, ihm zu verstehen zu geben,

dass sie sich vorgekommen sei, als wäre sie gar nicht vorhanden, weil bei Tisch niemand von ihr Notiz genommen hätte. Und während sie um die entsprechenden Worte gerungen hatte, wobei sie bemüht gewesen war, ihn nicht zu tadeln, weil er auf Mariotas Schmeicheleien eingegangen war, hatte er nicht zugehört. Wütend und frustriert, wie sie gewesen war, hätte sie liebend gern etwas zertrümmert oder zu Boden geworfen.

Seine Lippen verzerrten sich zu einer schmalen Linie. War Cristina dadurch, dass sie sich gegen ihn aufgelehnt hatte, zu weit gegangen? Wenn ja, würde nichts seinen Zorn besänftigen – sofern er tatsächlich zornig war. Auf seinem schönen Gesicht zeichnete sich zwar eine Stirnfalte ab, aber Cristina vermutete, dass er seine Wut eher nicht durch beharrliches Schweigen zum Ausdruck brachte. Vielleicht dachte er darüber nach, wie er sie für ihren Ton am nachdrücklichsten bestrafen sollte. Sie hatte ihn zwar daran erinnert, dass sie seine Frau war, aber als solche schien er sie nicht zu betrachten. Konnte man ihm dies zum Vorwurf machen?

Bei diesem Gedanken spürte sie wieder, wie sich ihre Augen mit Tränen füllten und ihr, peinlich genug, die erste bereits über die Wange rann.

Spontan umfasste er abermals ihre Schultern und zog sie fest an sich. »Wein doch nicht, Mädchen. Ich bin wirklich ein Schuft, wenn ich dir zusätzlich Kummer bereite. Ich hätte das nicht sagen dürfen, nichts dergleichen. Ich hab dich gesucht, weil ich die Sporen, die ich vorhin anhatte, nicht finden konnte und dachte, du hättest sie irgendwo verräumt. Von Lady Euphemia weiß ich, dass du dir dieses Zimmer für dich allein eingerichtet hast, deshalb kam ich her und traf dich ja auch hier an. Das ist alles. Es ist übrigens ein sehr hübsches Zimmer«, fügte er noch mit Blick auf die gepolsterten Bänke und den Handarbeitskorb neben dem Lehnstuhl hinzu.

»Ich habe Eure Sporen nicht verräumt.« Sie überging sein

Kompliment, zu dem er sich wohl nur aufgerafft hatte, um sie aufzumuntern. »Seid Ihr nach unserer Rückkehr noch irgendwo anders gewesen – vielleicht um die Kielholung Eurer Boote zu beaufsichtigen?«

»Gewiss, aber sonst war ich nirgends, und ich habe auch nicht – halt, ich war noch im Zimmer des Verwalters«, entgegnete er. »Himmel noch mal, jetzt weiß ich's. Als er mir ein paar Rechnungen vorlegte, hab ich sie abgeschnallt. Warum, weiß ich nicht, aber ich gehe gleich mal rüber und hol sie mir. Kann ich dich so lange allein lassen?«

»Sicher«, sagte sie.

Er hielt sie noch immer umfangen. »Ich werde dabei sein, wenn meine Burschen diese beiden Flegel, die deine Schwestern belästigt haben, unter die Erde bringen. Aber genug davon. Reden wir von etwas anderem: Ich möchte, dass du heute Nacht meine Kammer mit mir teilst. Wirst du das tun?«

»Gewiss, Sir, natürlich.« Ungeahnte Gefühle übermannten sie. Vermutlich wollte er seine ehelichen Rechte nur wahrnehmen und das Bett mit seiner Frau teilen, wenn er Lust dazu hatte. Dass ihn endlich diese Lust überkam, war nach Cristinas Meinung noch längst kein Grund zum Jubeln.

Da sie aus Erfahrung wusste, dass Wonnegefühle normalerweise von Unheil abgelöst wurden, fand sie es ratsamer, mit seiner Bitte keine größeren Hoffnungen zu verbinden.

Der Nachmittag verging wie im Flug. Eingestaubt, aber strahlend gesellte sich Isobel zu der großen Schwester. »Zur Strafe Holz aufschichten zu müssen ist eigentlich gar nicht so übel«, verkündete sie.

Überrascht, dass das Kleid des Kindes bis in Kniehöhe durchweicht war, fragte Cristina: »Wie ist denn das passiert?«

»Ich bin durchs Wasser gewatet, um Fin zu helfen, seinen Lachs rauszuziehen.«

»Du warst mit ihm fischen?«

»Ja, mit ihm und Hugo. Sie sagten, ich dürfte mitkommen, also bin ich mitgegangen.«

»Isobel, begreifst du denn nicht, dass Hector was dagegen hat, wenn wir die Burg ohne den Schutz bewaffneter Männer verlassen? Ich dachte, er hätte sich klar und deutlich ausgedrückt.«

»Fin hatte doch seinen Dolch dabei. Das ist eine Waffe, also *war* er gerüstet.«

Cristina schüttelte den Kopf. »Ich weiß nicht, was ich mit dir machen soll. Du kannst dir doch denken, dass Hector zwei Knaben, die nur unwesentlich älter sind als du, nicht zutraut, dich zu beschützen.«

Isobel reckte den Kopf. »Glaubst du im Ernst, jemand würde mir etwas tun? Fin sagt, es sei blanker Unsinn, so etwas anzunehmen, weil niemand auf die Idee käme, dass ich eine Lady bin.«

»Damit hat er recht«, pflichtete Cristina ungerührt bei. »Im Augenblick würde dich jeder für eine unvernünftige Göre halten, die nicht auf sich achtet und völlig verdreckt ist.«

»Wenn du das so siehst, dann musst du doch zugeben, dass ich nicht in Gefahr war.«

»Weißt du noch, was Hector über widerspenstige Frauen gesagt hat?«

Isobel blickte zu Boden. »Ja.«

»Wie würde er deiner Meinung nach auf deine letzte Bemerkung reagieren?«

Isobel verzog das Gesicht. »Muss du ihm das denn erzählen?«

»Das weiß ich noch nicht«, sagte Cristina. »Eigentlich möchte ich nicht, dass er dich abermals bestraft, denn diesmal dürftest du nicht so glimpflich davonkommen. Du hast ja gehört, was er dir angedroht hat.«

»Das bezog sich darauf, wenn er mich wieder dabei erwischt, dass ich an der Tür lausche.«

Cristina seufzte. »Geh jetzt und zieh dich um. Wir essen gleich zu Abend.«

Völlig unbeeindruckt machte sich Isobel davon, und auch Cristina suchte ihre Kammer auf, um sich zum Nachtmahl zurechtzumachen. Die etwa dreißigjährige schlanke Zofe, die Mairi ihr vermittelt hatte, erwartete sie bereits. Als sie ihrer Herrin das Haar glatt strich, ehe sie es wieder mit der Haube bedeckte, sagte Cristina: »Nach dem Abendessen möchte ich ein Bad nehmen, Brona. Lass doch bitte einen Zuber und heißes Wasser heraufbringen.«

»Wie Sie wünschen, Mylady, ich kümmere mich darum. Obwohl ich für meinen Teil abends nicht bade«, erklärte die vom Ansinnen ihrer Herrin sichtlich überraschte Brona. »Weil es nämlich nicht gesund ist.«

»Ich habe meiner kleinen Schwester beim Holzaufschichten geholfen«, redete Cristina sich heraus. »Überall an mir dürften Spuren von Sägespänen zu finden sein. Und jetzt zu baden, dazu reicht die Zeit nicht.«

Brona schnalzte mit der Zunge. »Nehmt es mir nicht übel, Mylady«, sagte sie, »aber für so eine Arbeit sind doch genug andere da. Ihr tut zu viel des Guten.«

Möglicherweise war genau das der springende Punkt, überlegte Cristina: Sie bürdete sich zu viel auf, anstatt sich wie eine richtige Lady zu geben, eine von der Art, die sich in den Liedern der Barden ständig Erdbeeren mit Sahne munden ließen und nichts von tatkräftigem Zupacken hielten. Das Leben jener Damen mutete eher langweilig an, aber dafür waren sie vielleicht glücklich und zufrieden.

Das Abendessen kam Hector wie eine Wiederholung des Mittagsmahls vor, nur dass er Mariotas Verhalten, die nicht aufhörte, ihn zu umgarnen, diesmal als kindisch und lästig empfand und alles andere als betörend.

Isobel gab sich verschüchtert, was für ihn ein Zeichen war, dass sie erneut etwas angestellt hatte. Als er überlegte, was das sein mochte, musste er ein Grinsen unterdrücken. Er fand das Kind weitaus amüsanter als Mariota; auch wenn sie es an Schönheit niemals mit der älteren Schwester würde aufnehmen können, war die Unterhaltung mit ihr geradezu erfrischend.

Mariota verfügte zwar über eine schöne, weibliche Stimme, der er ebenso gern lauschte, wie er sich von ihrer Besitzerin umgarnen ließ, aber Isobel sprach Dinge an, die ihn zum Nachdenken anregten.

Darüber hinaus erinnerte sie ihn an übermütige Freunde aus Kindertagen. Er selbst war ja auch stets zu Streichen aufgelegt gewesen; da aber der Vater solchen Schabernack oft genug für verwerflich oder ungehörig befunden hatte, war die entsprechende Strafe fast jedes Mal auf dem Fuße gefolgt.

Jetzt sah Isobel Cristina fragend an, und Hector nahm wahr, dass seine Frau fast unmerklich den Kopf schüttelte. Sofort entspannte sich das Kind und widmete sich dem Abendessen. Demnach wusste Cristina, was die Kleine angestellt hatte, fand es aber angebracht, ihm nichts davon zu erzählen. Der Abend könnte noch interessant werden, überlegte er, auch wenn seine eigenen Absichten Isobel auferlegen würden, ihr Geheimnis bis zum nächsten Morgen für sich zu behalten.

Nachdem er in Erfahrung gebracht hatte, dass Cristinas Kammerzofe Vorkehrungen für ein Bad getroffen hatte, hatte er die Anweisungen dahingehend geändert, dass Zuber und Wasser in sein Schlafgemach statt in das Zimmer seiner Frau zu bringen seien. Er wollte seiner Gemahlin bei ihrem Bad zur Hand gehen.

Jetzt füllte er Cristinas Becher mit dem schweren Rotwein, der zum Essen serviert wurde. Nachdem sie ein paar Schluck getrunken hatte, bedeutete er einem Diener, ihr nachzuschenken.

»Habt Ihr vor, mir die Sinne zu vernebeln, Sir?«

»Warum nicht? Angesichts unserer gemeinsamen Geschichte scheint mir diese Taktik durchaus gerechtfertigt.«

Sie rümpfte die Nase. »Im Gegenteil, Sir, alles andere als das. Ich brauche nicht volltrunken zu sein, um Euren Wünschen zu willfahren.«

»Das wird sich zeigen.« Er grinste sie an. Wie würde sie wohl reagieren, wenn sie erfuhr, dass ihr Badezuber in seiner Kammer stand? Er spürte in sich eine Unruhe wie seit seinen ersten Erfahrungen mit dem schönen Geschlecht nicht mehr, eine Vorfreude auf zu erwartende Wonnen oder reines Vergnügen. Dass er derlei Gefühle gegenüber einer Ehefrau hegte, die er, wie er sich weiterhin einredete, gar nicht wollte, kam ihm absonderlich vor, aber wiederum nicht so absonderlich, dass er seinem natürlichen Bedürfnis widerstanden hätte.

Er musste seine Ungeduld zügeln, da gegen Ende der Mahlzeit ein Bote erschien, der bei Lachlan in Diensten stand. Da Nachrichten aus Duart meist nicht für Dritte bestimmt waren, nahm Hector ihn beiseite.

Diesmal jedoch war der Absender nicht sein Zwillingsbruder, sondern sein Vater.

Als er Ian Dubhs kurzen, knappen Befehl überflog, umgehend vorstellig zu werden, um etwas zu erörtern, was der Vater in Erfahrung gebracht hatte, fühlte sich Hector sofort wieder in seine Kindheit zurückversetzt, als derartige Befehle fast jedes Mal Vorboten höchst unangenehmer und oft schmerzlicher Ereignisse gewesen waren.

Er seufzte. Vier Tage vor dem geplanten Aufbruch nach Ardtornish eigens noch nach Duart und zurück zu segeln, war eigentlich unsinnig, zumal er sowieso vorgehabt hatte, auf dem Weg nach Ardtornish auf Duart Station zu machen und dort zwei oder drei Tage zu bleiben, um mit Lachlan alle Einzelheiten für die Ankunft von Robert Stewart durchzusprechen.

Die Sicherheit Stewarts war selbstredend vorrangig. Seine Reise nach Ardtornish und sein Aufenthalt dort hatten seit dem Tag, da er seine Absicht kundgetan hatte, die Gemüter erregt, und Äußerungen, die während der Ratsversammlung der Inseln gefallen waren, hatten Lachlans Verdacht geweckt, dass bestimmte Clans, die gegen Robert als Thronerben waren, während dessen Besuchs Unruhe stiften könnten. Als Großadmiral hatte Lachlan dafür zu sorgen, dass das Fest am Fastnachtsdienstag ohne Zwischenfälle verlief, weshalb er und Hector übereingekommen waren, sich vorher zu treffen, um zu erörtern, wie etwaige Feindseligkeiten zu vereiteln seien. Falls diese weiterhin relevant wären, hätten sie auch die Zwistigkeiten um das Sturmvogelöl zu klären, in die inzwischen mehrere Inseln verwickelt waren.

Jetzt sah es so aus, als müsste Hector noch früher nach Duart aufbrechen.

Er würde seinem Verwalter Bescheid geben müssen, für morgen früh ein Langboot und Ruderer bereitzuhalten, und dafür sorgen, dass seine Burschen die Arbeit an den anderen Schiffen zu Ende brachten und ihm in absehbarer Zeit mit Cristina nach Ardtornish folgten. Im Moment aber beherrschte ihn der Gedanke um den vor ihm liegenden Abend mit seiner Frau.

»Habt Ihr einen Augenblick Zeit für mich?« Mit einem charmanten Lächeln trat Mariota auf ihn zu und legte ihm anmutig eine Hand auf den Arm.

»Natürlich, Mädchen. Was kann ich für Euch tun?«

»Mich unterhalten«, sagte sie. »Was meine Schwester auf Lochbuie schmählich versäumt hat, ist, für die abendliche Zerstreuung ihrer Gäste zu sorgen. Nicht einen einzigen Schauspieler haben wir erlebt und auch keinen Minnesänger. Bestimmt behandelt Ihr nicht alle Eure Gäste derart schäbig.«

»Habt Ihr keine Handarbeit oder etwas in der Art, womit Ihr Euch beschäftigen könnt?«

Sie rümpfte die Nase. »Doch, gewiss, aber immer nur sticken ist langweilig, Sir. Viel lieber würde ich mit Euch plaudern. Immerhin wollten wir beide doch einmal heiraten, und ehrlich gesagt bin ich schrecklich verliebt in Euch.« Durch ihre flatternden Wimpern warf sie ihm einen schmachtenden Blick zu und schmiegte sich an ihn. Eine Wolke ihres Moschusparfüms hüllte ihn ein.

»So dürft Ihr nicht sprechen«, raunte er. »Ich bin sowohl nach kirchlichem Recht wie auch nach den Gesetzen von Schottland mit Eurer Schwester verheiratet und somit Euer Bruder. Dementsprechend solltet Ihr Euch mir gegenüber auch verhalten wie zu einem Bruder.«

»Ich habe aber keinen Bruder, und dafür kann ich genauso wenig wie dafür, dass Ihr mit Cristina verheiratet seid. Mein Vater hat mir einmal gesagt, dass meine Mutter noch am Leben sein könnte, wenn ich statt als Mädchen als Junge zur Welt gekommen wäre. Um einen Sohn zu bekommen, mühten sie sich nämlich so lange ab, bis sie schließlich daran starb.«

»Wie konnte er Euch nur mit so etwas belasten!«, entfuhr es ihm, ebenso geschockt von ihrem lakonischen Ton wie vom Inhalt ihrer Worte.

»Weil er davon überzeugt ist.« Sie zuckte gleichgültig mit den Schultern. »Aber sprechen wir nicht mehr davon. Immerhin haben er und Cristina uns etwas weitaus Schlimmeres angetan. Sind wir beide nicht die Opfer ihres verruchten Plans?«

»Das ist jetzt nicht mehr zu ändern.« Er bemühte sich, seine Ungeduld zu bezähmen. Schließlich war sie von Macleods üblen Machenschaften ebenso in Mitleidenschaft gezogen worden wie er selbst.

»Doch. Das ließe sich sehr wohl ändern«, widersprach sie lebhaft. »Keiner von uns beiden ist wem auch immer verpflichtet. Irland ist, soviel ich weiß, nicht weit von der Insel Mull entfernt. Warum also können wir nicht einfach mit einem Eurer Schiffe dorthin fahren? Mehr oder weniger jeder hier weiß doch, dass Ihr sowieso vorhabt, diese blödsinnige Ehe mit Cristina annullieren zu lassen. Isobel hat erzählt, dass Euer Koch ganz ungeniert zu Cristina gesagt hat, er würde ihr nicht viel mehr als nur noch etwa eine Woche auf Lochbuie geben.«

»Mein Koch wird sich schleunigst angemessenere Umgangsformen anzueignen haben«, versicherte Hector grimmig. Vermutlich gehörte dieser Zwischenfall zu dem, was Cristina als nicht wichtig genug bezeichnet hatte, um ihm davon zu berichten. »Mein Leben findet hier statt, Mariota; ich habe nicht vor, Lochbuie oder die Insel Mull zu verlassen.«

»Ich finde es auch angenehmer, hierzubleiben, anstatt in Irland ein neues Leben zu beginnen. Die Iren sollen ja ganz anders sein als wir, obwohl die wenigen, die ich kennengelernt habe, mir eigentlich recht normal vorkamen«, fügte sie versonnen hinzu. »Aber auch wenn mir meine eigenen Landsleute lieber sind, bin ich überzeugt, dass mich die Iren, wenn sie mich erst einmal kennengelernt haben, ebenfalls mögen würden.«

»Das würden sie bestimmt.« Er tat alles, um sich nicht anmerken zu lassen, wie sehr ihm diese Unterhaltung auf die Nerven ging. »Trotzdem …«

»Gewiss, es wird alles so geschehen, wie Ihr sagt«, meinte sie leichthin. »Wenn wir also auf Lochbuie bleiben, müssen wir eben abwarten, bis Eure Annullierung rechtskräftig ist. Bestimmt wird Abt Mackinnon Euch dabei behilflich sein. Wenn Ihr Euch heute Morgen nicht unserem Ausritt in den Weg gestellt hättet, hätte ich ihn bitten können, sich für Euch zu verwenden.«

Nur ihre offensichtliche Naivität hielt ihn davon ab, aus der Haut zu fahren.

»Mariota«, sagte er mühsam beherrscht, »ist Euch nicht klar, dass die Männer, die Euch und Isobel überfallen haben, in den Diensten des Grünen Abts stehen? Bitte versucht nicht, ihn als Freund zu gewinnen, solange Ihr hier seid. Ich verbiete Euch sogar ausdrücklich jeglichen Kontakt zu ihm. Habt Ihr mich verstanden?«

»Sehr gut sogar«, sagte sie. »Obwohl Ihr Euch gewaltig täuscht. Fingon Mackinnon ist meinem Vater und mir seit Jahren ein guter Freund. Er würde mir niemals etwas antun.«

»Ihr werdet dennoch gehorchen. Andernfalls schicke ich Euch nach Hause.«

»Wisst Ihr, dass sich, wenn Ihr wütend seid, zwei Querfältchen zwischen Euren Brauen bilden? Sie verleihen Euch ein ungemein grimmiges Aussehen. Über kurz oder lang werden sie sich dauerhaft einkerben, und das gefällt mir nicht unbedingt.«

»Mariota!«

Sie drückte seinen Arm und strahlte ihn an. »Oh, nicht böse sein, Sir. Ich werde nichts tun, was Euch missfällt. Habe ich Euch nicht gesagt, dass ich wahnsinnig verliebt in Euch bin?«

»Ja, das habt Ihr gesagt.« Es war ihm unmöglich, ihrem Lächeln zu widerstehen. Dennoch atmete er erleichtert durch, als er sich zu seinem Verwalter aufmachte, um ihm Anweisungen für den morgigen Tag zu erteilen. Und Cristina, mit der er anschließend verabredet war, würde ihm zumindest keine Szene machen.

Noch benommen von dem Wein, den es zum Abendessen gegeben hatte, sah Cristina ihre Kammerzofe an. »Wo bleibt denn der Badezuber?«

Brona wand sich vor Verlegenheit. »Es tut mir sehr leid, Mylady, aber die Diener haben gesagt, der Herr hätte befohlen, den Zuber und das heiße Wasser in seine Schlafkammer zu schaffen. Er hätte außerdem gesagt«, fügte sie errötend hinzu, »es wäre ihm ein Vergnügen, Euch bei Eurem Bad zur Hand zu gehen.«

»Das hat er gesagt?«

»Ja«, sagte Brona kleinlaut. »Ich konnte sie nicht überreden, alles hierherzubringen.«

»Nein, das wäre sicher unangebracht gewesen«, pflichtete Cristina ihr bei. Sie selbst konnte sich ja auch schlecht

Hectors Befehl widersetzen. »Hilf mir jetzt, meine Haube abzunehmen.«

»Gewiss, Mistress, sofort.«

In Mieder und Unterhemd saß Cristina auf dem Hocker vor dem Spiegel und versuchte sich zu entspannen, derweil die Kammerfrau sich daranmachte, ihr das Haar zu lösen, indem sie eine Nadel nach der anderen herauszog.

»Soll ich es bürsten, Mylady?«

»Nein danke. Schling es einfach zu einem Knoten und steck ihn oben auf dem Kopf fest. Und dann kannst du mir meinen blauen Morgenmantel bringen.«

»Soll ich Euch helfen, Mieder und Hemd abzulegen?«

»Das Hemd behalte ich noch an.« Cristina wäre es peinlich gewesen, mit nichts weiter als einem dünnen Morgenrock bekleidet über den Flur in das Zimmer dieses verdammten Mannes zu gehen. Im Hemd fühlte sie sich sicherer, zumindest ein bisschen.

Nachdem Brona den Morgenrock gebracht und ihr hineingeholfen hatte, holte Cristina tief Luft, griff nach ihrer Bürste und trat hinaus auf den Treppenabsatz, der ihre Kammer von der Hectors trennte.

Seine Tür stand einen Spaltbreit offen.

Sie drückte sie vorsichtig auf, in der Hoffnung, ein leeres Zimmer vorzufinden. Als sich etwas bewegte, fuhr sie zusammen; sie beruhigte sich jedoch gleich wieder, als sie ein Rauschen hörte und sah, wie einer der Diener einen Eimer heißes Wasser in den bereits fast vollen Zuber schüttete, aus dem Dampfschwaden aufstiegen.

Der Diener grinste sie an. »Ist genug drin, Mylady?«

»Ja, danke.«

»In dem Eimer daneben ist kaltes Wasser, falls Ihr es braucht«, sagte der Bursche. »Soll ich zur Sicherheit auch noch heißes Wasser bereitstellen?«

»Nein. Ich werde nicht lange brauchen«, sagte sie. »Du kannst jetzt gehen. Ich sperr die Tür hinter dir zu.«

»Von wegen, Weib, du wirst die Tür nicht versperren«, ließ sich von draußen die Stimme vernehmen, die sie am wenigsten hören wollte. »Keiner wird so rüpelhaft sein, meine Kammer zu betreten, ohne vorher anzuklopfen und zu warten, bis ihm Einlass gewährt wird. Genau deswegen dachte ich, du würdest lieber hier drin baden.« Lächelnd kam er näher.

Sie schnitt eine Grimasse. »Wieso ist mir bisher entgangen, wie diabolisch Euer Lächeln ist?«

Kehlig kichernd schlüpfte der Diener an seinem Herrn vorbei aus dem Raum, und Hector drückte hinter ihm die Tür fest ins Schloss.

»Zweifelsohne wird sich jetzt die gesamte Burg an seiner Version dessen, was er eben mitbekommen hat, ergötzen.«

»Keineswegs, Weib.« Er kam näher und musterte sie von oben bis unten.

Mehr denn je wurde ihr der Größenunterschied zwischen ihnen beiden bewusst.

Dann streckte er die Hand aus und steckte eine Strähne, die sich verselbstständigt hatte, zurück in den Haarknoten auf ihrem Kopf. »Anders als mein begriffsstutziger Koch haben meine Burschen Besseres zu tun, als herumzutratschen, was sie von meinem Privatleben mitbekommen.«

Cristina spürte, wie ihre Wangen heiß wurden. »Euer Koch?«, fragte sie verlegen.

»Du hättest es mir sagen sollen.« Mit einem Finger hob er ihr Kinn an, sodass sie ihm in die Augen schauen musste. »Es geht nicht an, dass ich erst von Mariota, die es wiederum von Isobel hat, erfahre, wie unverschämt sich mein Koch benommen hat. Weiß der Kuckuck, inwieweit Mariotas Version den Tatsachen entspricht. Deshalb möchte ich, ehe ich ihn zur Rede stelle, aus deinem Mund erfahren, was vorgefallen ist. Und zwar jetzt.«

»Es war nichts.« Warum hörte sich ihre Stimme nicht lauter an, fester? Warum nahm er seinen Finger nicht weg? Als er ihr Haar berührt hatte, hatten sie Wonneschauer durchflossen, köstliche Wonneschauer. Und jetzt, mit nichts mehr als einem Finger unter ihrem Kinn, löste er Hitzewallungen aus, die ihren Körper durchströmten und Empfindungen weckten, wie sie sie noch nie gefühlt hatte.

Sie konnte nicht mehr denken. »Ich bitte Euch, Sir«, sagte sie, »bestraft ihn nicht für seinen Ungehorsam. Ich habe ihn zurechtgewiesen, und er hat sich entschuldigt. Damit, so habe ich ihm erklärt, sei die Sache erledigt. Wenn Ihr ihn jetzt bestraft, wird er meinen, ich hätte Euch darum gebeten, weil ich Unterstützung brauchte und ohne Euch diesen Haushalt nicht im Griff hätte. Damit würdet Ihr nur meine Autorität untergraben.«

Er antwortete nicht gleich, aber sein Finger gab ihr Kinn frei. Sie konnte kaum atmen. Würde er sie abermals berühren? Und wenn ja, wo?

Eine Hand auf ihrer Schulter, griff er mit der anderen zunächst nach ihrer Bürste, die er auf sein Bett warf, legte dann diese Hand auf ihre andere Schulter und sah ihr tief in die Augen. Cristina hielt seinem Blick stand.

»Also gut«, meinte er, »ich werde von einer Bestrafung absehen, obwohl ich genau dies vorhatte. Stimmt es denn, dass er sagte, er brauche dir nicht zu gehorchen, weil unsere Ehe in Kürze für ungültig erklärt werden würde?«

»Mehr oder weniger. Was mir unangenehm war, war der Gedanke, Isobel könnte uns belauscht haben. Ihr habt es, wie Ihr sagtet, von Mariota erfahren?«

»Isobel hat es ihr erzählt.«

»Dann dürfte inzwischen jeder auf Mull Bescheid wissen.«

Anstatt sie zu beschwichtigen, machte er ein nachdenkliches Gesicht.

Verunsichert sah sie ihn an. Als sich ihre Blicke trafen, lächelte er betreten. »Da magst du recht haben, Weib. Aber allmählich glaube ich, dass die Annullierung unserer Ehe nicht so leicht zu erlangen ist, wie ich anfangs dachte.«

Sie sah zu Boden, aber da war erneut dieser Finger unter

ihrem Kinn. Sie schaute ihm in die Augen und sagte: »Es tut mir leid, Sir, ich weiß nicht, was ich noch sagen soll.«

»Du hast bereits mehr als genug gesagt«, erwiderte er. »Warten wir also ab, was auf uns zukommt. Was geschehen ist, kann jedenfalls nicht rückgängig gemacht werden. Dafür kannst du dir jetzt von mir dabei helfen lassen, diesen Morgenrock abzulegen; und dies solltest du schleunigst tun, sonst wird dein Badewasser eiskalt.«

Als er den Gürtel ihres Morgenmantels aufzog, streifte sein Handrücken ihren Bauch. Wieder überrieselten sie Schauer, Schauer, die sie nicht zum Frösteln brachten, sondern ein wohliges Prickeln auslösten, das sie keineswegs erschreckte, sondern umso neugieriger machte, was als Nächstes geschehen würde.

12

Ihr Morgenmantel fühlte sich unglaublich weich an, als Hector ihn behutsam öffnete und unter dem zarten Batist ihres tief ausgeschnittenen Hemds ihre vollen Brüste bewundern konnte. Warum erinnerte er sich von der Hochzeitsnacht her nicht mehr an diese beiden Schönheiten? Warum in Dreiteufelsnamen hatte er sich so viel Zeit gelassen, sich wieder an diesem großzügigen Geschenk der Natur zu erfreuen?

Draußen war es bereits dunkel. Die beiden Fackeln, die der Diener entzündet hatte, warfen tanzende Schatten an die Wände. Bald würden sie mehr Licht benötigen, aber noch war es nicht so weit.

Er wollte ihr das Haar lösen, um zu sehen, wie lang es war. Auch daran konnte er sich nicht erinnern. Eigentlich unverzeihlich, überlegte er, wenn ein erfahrener Mann wie er nicht mehr wusste, wie seine Hochzeitsnacht verlaufen war. Erschwerend kam hinzu, dass er angenommen hatte, statt einer Schönheit die weit weniger attraktive Schwester geheiratet zu haben. Zumindest überrascht hätte er in jener Nacht sein sollen, denn jeder, der Augen im Kopf hatte, konnte sehen, dass Cristina alles andere als hässlich war. Höchstens im Vergleich mit der atemberaubend schönen Mariota konnte einem, wiewohl nur kurz, ein solcher Gedanke kommen.

Weil sie baden wollte, wagte er nicht, sie zu berühren und seine weiteren Absichten erkennen zu geben, sosehr es ihn auch reizte. Überzeugt, sich in der Gewalt zu haben, ließ er sich Zeit, sie aus ihrem Morgenmantel zu schälen, bis sie nur noch in dem zarten knielangen Hemd und den dünnen Seidenschuhen, die sie beim Abendessen angehabt hatte, vor ihm stand. Er warf den blauen Morgenrock beiseite, zog an der blauen Seidenschleife am oberen, mit Spitze verzierten Saum ihres Hemds und vergrößerte mit beiden Händen die Öffnung. Erst dann ließ er seine Finger die seidenweiche Haut ihrer Brüste liebkosen.

Er nahm wahr, wie ihr Atem stockte, und spürte ein heftiges Ziehen in seinem Körper.

»Bist du sicher, dass du baden möchtest, Weib?«

»Bin ich«, antwortete sie, und in ihrer Stimme schwang ein leises Glucksen mit. »Wenn Ihr mich in meiner Kammer hättet baden lassen, Sir, wäre ich längst damit fertig.«

»Ich wollte dich ansehen.« Er versuchte, ihr das Hemd von den Schultern zu streifen. »Himmel noch mal, und ob ich das will! Jetzt sofort!«

»Es ist einfacher, wenn Ihr es mir über den Kopf zieht«, merkte sie sachlich an.

Eine weitere Aufforderung war nicht nötig. Er zog ihr das Hemd über den Kopf und starrte sie stumm an. Regungslos stand sie vor ihm.

Im Schein der Flammen schimmerte ihre Haut golden, und es glitzerte in den auf ihrem Kopf hoch aufgetürmten Locken. Er wollte eine ihrer Brüste berühren, zog dann aber doch die Hand zurück. Er lächelte und beobachtete, wie sie seiner Hand nachsah. Er wusste, dass ihr klar war, dass er sie neckte, und er wusste, dass ihr Leib sich danach verzehrte, von ihm berührt zu werden. Sein eigener Körper gab ihm deutlich zu verstehen, dass Cristina nicht die Einzige war, die nach Sinnenfreuden lechzte.

Aufstöhnend packte er sie mit beiden Händen, zog sie an sich, schlang die Arme um sie und hielt sie so fest, wie er das vorhin im Turmzimmer hatte tun wollen. »Ich hoffe, du hast nicht länger das Gefühl, weinen zu müssen«, murmelte er in ihre Locken.

»Nein, Sir, aber das Wasser wird langsam kalt.«

»Du möchtest also lieber baden, als zu lernen, deinem Ehemann Vergnügen zu bereiten, wie?«, fragte er.

»Ich dachte, mein Bad in Eurer Kammer sollte dazu dienen, Euch Vergnügen zu bereiten.«

»Genau so ist es auch.« Ohne ihren Aufschrei zu beachten, hob er sie hoch und wollte auf den Badezuber zugehen.

»Erbarmung, Sir, prüft erst die Wassertemperatur. Die Dampfschwaden sind noch immer gewaltig.«

»Du wirst es prüfen.« Damit hielt er ihren nackten Hintern nah genug über das Wasser, um ihn dessen Temperatur spüren zu lassen. »Streif deine Pantoffeln ab, Weib, es sei denn, sie sollen auch gewaschen werden.«

Mit einer Bewegung ihrer Zehen kam sie augenblicklich seiner Aufforderung nach. Dann tauchte sie die Hand ins Wasser. »Es ist noch warm, aber nicht zu warm. Ach du liebe Zeit!«, rief sie gleich darauf aus. »Ich habe meine Seife vergessen.«

»Ich habe welche«, sagte er. »Extravagante französische Seife. Sie duftet nach Lavendel.«

»Wirklich? Kommt es denn häufiger vor, dass Damen in Eurer Kammer baden?«

»Nein. Aber ein Mann muss auf alles vorbereitet sein.« Damit ließ er sie in den Zuber plumpsen, nicht ohne selbst ein paar Spritzer abzubekommen. »Da siehst du, was du angerichtet hast«, meinte er.

»Gewiss. Euer Hemd und Euer Wams sind nass geworden. Ihr solltet beides ausziehen. Und vergesst nicht die Seife«, erinnerte sie ihn, als er bereits anfing, sich seines Wamses zu entledigen.

»Ich werde daran denken«, versprach er. »Wenn du frech wirst, kann es allerdings gut sein, dass ich dir damit den Mund stopfe, anstatt dich damit zu waschen.«

Kichernd ließ sie sich tiefer ins Wasser gleiten und lehnte sich an den hohen Rücken des Zubers. Im Licht der Fackeln glänzten ihre Brüste verführerisch.

Ohne Rücksicht auf Verluste riss er sich Jacke und Hemd herunter, schnappte sich die Seife von seinem Waschtisch und kniete sich neben den Zuber. »Also dann«, sagte er, »wo soll ich anfangen?«

Da Hector, wie es den Anschein hatte, sich ausnahmsweise einmal nicht daran störte, die falsche Macleod-Schwester geheiratet zu haben, wollte Cristina ihr Bad und seine Gesellschaft genießen. Schon weil sich ein solcher Abend möglicherweise nie wieder ergeben würde.

Die Hand, in der sich die Seife befand, schwebte bereits in Höhe ihrer Brüste, die andere ruhte unten am Zuber, als sie sagte: »Ich kann mich selbst abseifen, Sir. Dann geht es umso schneller.«

»Ich will aber gar nicht, dass es schneller geht. Nach einem langen und anstrengenden Tag verdienst du zweifelsohne eine besondere Behandlung. Und nicht zuletzt eine kleine Strafe dafür, dass du Geheimnisse vor deinem Herrn und Meister hast.« Damit tippte er mit der Seife an ihre rechte Brust. »Setz dich ein wenig aufrechter hin«, forderte er sie auf. »Wenn dein Busen unter Wasser ist, kann ich ihn nicht richtig waschen.«

Ihr gesamter Körper prickelte wohlig, summte förmlich in Erwartung dessen, was Hector als Nächstes tun würde; ihre Brüste schienen anzuschwellen und die Brustwarzen richteten sich Aufmerksamkeit heischend auf, als sie seiner Aufforderung nachkam.

»Knabbere nicht auf deiner Lippe herum«, warnte er. »Da ich sie nachher selbst kosten möchte, habe ich etwas dagegen, wenn du sie zuvor zerbeißt.«

Überrascht, weil sie gar nicht gemerkt hatte, dass sie abermals in diese Unart verfallen war, hielt sie inne, und als er daraufhin leise lachte, schaute sie zu ihm auf.

Er drückte einen flüchtigen Kuss auf ihre Lippen. »Nur eine kleine Kostprobe«, sagte er und beließ es dabei.

Sie wollte widersprechen, aber da fuhr er ihr bereits mit

der Seife über die rechte Brustwarze. Dann schäumte er sich beide Hände ein, reichte ihr anschließend die Seife und sagte: »Halt sie fest und lass sie nicht ins Wasser fallen. Sie war verdammt teuer.« Und gleich darauf: »Nimm sie in beide Hände, Weib. Wenn sie dir entgleitet, könnte ich sehr ungehalten werden.«

Sie kam seinem Befehl nach und war dementsprechend wehrlos, als seine mit Seife bedeckten Hände ungeniert über ihre Brüste und Arme strichen und dann tiefer glitten, um, jetzt von Schaum befreit, sich an anderen Teilen ihres Körpers zu schaffen zu machen. Als sich eine Hand zwischen ihre Beine schob, zunächst die feine Krause umspielte und dann ein Finger in ihre Scham eindrang, bäumte sie sich ihm entgegen, aber er schob sie mit der anderen Hand von sich und sagte leise: »Noch nicht, Mädchen, noch nicht.«

Ihr war, als wäre das Feuer aus dem Kamin in den Zuber übergesprungen und hätte sie durchfahren. Ihre Brüste prickelten so sehr, dass sie schmerzten, und Cristina wünschte sich, er würde sie festhalten und sie könnte sich an ihn drängen. Derartige Gedanken waren ihr bislang fremd gewesen; jetzt empfand sie das Bedürfnis als ganz natürlich.

Die Seife schien er vergessen zu haben. Seine Hände erkundeten ihren Körper. Die eine ruhte wie selbstverständlich zwischen ihren Beinen, derweil die andere ihre Brüste umfing und sie liebkoste, bis Cristina meinte, wahnsinnig zu werden.

»Sir, ich bitte Euch ...«, entrang es sich ihr, als er genüsslich Wasser über eine ihrer Brüste rieseln ließ, aber gleich darauf stöhnte sie auf, als er sich über sie beugte, den Nippel in den Mund nahm und erst fest daran saugte, dann sanft mit den Zähnen daran herumknabberte. Wellen der Wollust, die sie durchströmten, ließen sie noch lauter aufstöhnen.

Jetzt nahm er sich die andere Brust vor und liebkoste auch sie lange und heftig. Vergessen war das Seifenstück, das Cristina noch immer in der Hand hielt, alles in ihr konzentrierte sich auf seine Lippen, seine Zunge, seine Zähne und auf die wundersamen Gefühle, die von ihnen ausgelöst wurden.

»Steh auf, Mädchen«, sagte er schließlich mit belegter Stimme.

Da sie annahm, er würde sie jetzt endlich aus dem Zuber steigen lassen, reichte sie ihm auf seine Bitte hin die Seife und machte Anstalten, die Wanne zu verlassen.

»Nichts da, wir sind noch längst nicht fertig«, sagte er. »Steh still, damit ich auch noch alles andre abseifen kann.«

»Dann werde ich aber frieren.«

»Das wirst du nicht, ganz gewiss nicht«, erwiderte er und trat sogleich den Beweis für seine Behauptung an, indem er ihr mit der Seife über Brüste und Bauch bis zu ihren Beinen fuhr, dann zwischen sie, schließlich ihre Schenkel und Knie hinunter und erst das eine Bein hinten hinauf, dann das andere, bis zu ihrem Hintern und der Spalte zwischen den beiden Pobacken. Auch dort streichelten seine Finger sie sanft, bis sich aus ihrer Kehle ein Aufschrei löste, der leidenschaftlich und bestürzt zugleich klang.

»Schweig, oder die Strafe folgt auf dem Fuße«, warnte er sie.

Entgeistert über sich selbst, fragte sie sich, ob diese Strafe ebenso köstlich sein würde wie alles andere eben.

Hector fand großes Vergnügen daran, Cristina beim Baden zur Hand zu gehen, auch wenn sich abzeichnete, dass er die Kontrolle über sich verlieren würde, wenn er sich nicht beeilte. Allein schon mit der Seife über ihren Körper zu fahren, ihre Haut zu liebkosen und sie stöhnen zu hören, erregte ihn mehr, als jede andere Frau dies je vermocht hatte. Cristina zu necken war schieres Entzücken.

Er hatte erwartet, dass sie, die Unerfahrene, sich zieren würde. Stattdessen schien sie nach seiner Berührung zu gieren und von den Gefühlen, die er in ihr weckte, überwältigt zu werden. Ihre Reaktion spornte ihn zu immer gewagteren, neuen Dingen an, nur um zu sehen, wie sie darauf ansprach.

Allerdings konnte er sein eigenes Begehren nur mehr schwer im Zaum halten, und da er diesem Drängen nicht eher nachgeben wollte, als bis er Cristina ins Bett gebracht hatte, legte er die Seife auf einen Schemel und griff nach dem danebenstehenden Eimer.

»Nicht den!«, rief sie aus. »Das ist der mit dem kalten Wasser!«

Er hielt einen Finger in den Eimer. »Stimmt«, sagte er. »Mal überlegen. Wie abschreckend sollte die Strafe deiner Meinung nach ausfallen?«

»Untersteht Euch«, drohte sie.

»Steh still, Mädchen. Vergiss nicht, ich bin noch immer dein Herr und Meister«, sagte er und grinste sie an. Dann erhob er sich und holte den Wasserkrug vom Waschbecken. »Du hättest dir zum Abspülen der Seife einen Eimer heißes Wasser bereitstellen lassen sollen; jetzt musst es eben so gehen.« Und schon tauchte er den Krug ins Badewasser und leerte ihn über ihren Schultern aus. Dann griff er nach einem Handtuch und hüllte sie darin ein.

»Ich habe dir noch nicht erlaubt zu gehen«, sagte er, als sie aus dem Zuber stieg. »Erst musst du gut abgetrocknet werden, also stell dich hier ans Feuer.«

Mit der gleichen Sorgfalt, mit der er sie abgeseift hatte, trocknete er sie ab und genoss dies fast ebenso sehr, wenngleich sein Körper sich nicht länger mit derlei simplen Vergnügungen abfinden wollte und stürmisch forderte, das Vorhaben für den heutigen Abend endlich in die Tat umzusetzen. So warf er schon bald das Handtuch beiseite und trug Cristina zum Bett. Er legte sie darauf und ging dann daran, sich seiner restlichen Kleidung zu entledigen.

Nachdem er Beinkleider und Schuhe abgestreift hatte, derweil Cristina unter die Bettdecke geschlüpft war, entzündete er rasch ein paar zusätzliche Kerzen und gesellte sich dann zu ihr.

Wie groß er war, schoss es ihr durch den Kopf, jetzt, da er

neben ihr lag, weit größer als sie ihn in Erinnerung hatte. Wie konnte eine zierliche Frau wie sie einen solchen Mann befriedigen? Auch Mariota war nur wenige Zentimeter größer, wenngleich um einige Pfund schwerer. Aber an Mariota wollte sie heute Nacht nicht denken. Das hatte sie sich fest vorgenommen.

Er zog sie näher zu sich. Seine Hände auf ihrer Haut fühlten sich rau an, auch seine Wangen waren rau und stoppelig. Aber all dies vergaß sie, als er sich auf einen Ellbogen stützte, sich über sie beugte und sie auf den Mund küsste. Sein Arm schob sich unter sie und der Druck seiner Lippen ließ nach, je zärtlicher und neckender seine Küsse wurden. Schließlich drängte sich seine Zunge in ihren Mund. Er fand es gewagt, sie so zu küssen, sie dagegen schien nicht das Geringste dagegen zu haben, umspielte mit ihrer Zunge genießerisch die seine, die ihren Mund fast auszufüllen schien.

Seine freie Hand umfasste ihre linke Brust, sein Daumen streichelte über den Nippel und brachte ihn dazu, abermals schmerzhaft um Aufmerksamkeit zu heischen. Sie wollte, dass er ihn abermals küsste und daran saugte wie ein Baby. Bei diesem Gedanken musste sie lächeln.

»Was ist?«, murmelte er, ohne von ihren Lippen abzulassen.

»Ich dachte gerade, dass Ihr viel zu groß seid, um noch als kleines Kind durchzugehen«, erwiderte sie. Weil sich das einigermaßen einfältig anhörte, lächelte sie verlegen, aber da umschlossen seine Zähne bereits behutsam ihre Brustwarze, umspielte sie mit der Zunge wie vorher sein Daumen, jetzt allerdings wärmer, weicher und noch stimulierender. Dass er ihre kryptische Bemerkung offenbar verstanden hatte, stimmte sie übermütig; sie zupfte ihn am Ohr, bis er den Kopf hob. Als er aufblickte, küsste sie ihn und drängte ihre Zunge zwischen seine Lippen, wie er das vorhin bei ihr getan hatte.

Aufstöhnend zog er sie eng an sich und bemächtigte sich gierig ihres Mundes. Seine Hände glitten immer wieder über ihren Körper, bis sie ächzte und am liebsten aufgeschrien hätte. Dann schob sich eine Hand zwischen ihre Beine und drängte sie auseinander, und gleich darauf war es nicht länger seine Hand, sondern ein anderer Teil von ihm, der stürmisch Einlass begehrte.

»Um Himmels willen, Ihr seid zu groß!«, hauchte sie an seinen Lippen. »Seid vorsichtig!«

»Stell dich doch nicht so an«, sagte er leise, und irgendwie hörte es sich belustigt an. »Das ist doch nichts, was wir nicht schon gemacht hätten.«

»Aber …« Der Protest ging über in ein Keuchen, als es seine Lippen erneut nach den ihren verlangte und er in sie eindrang und sie so ausfüllte, wie sie sich dies nicht hatte vorstellen können. Der Schmerz war fast unerträglich, sie war den Tränen nahe. Sie spürte bereits, wie sie ihr über die Wangen rannen.

»Bitte, Sir«, flehte sie mit letzter Kraft, als sein Mund den ihren zu guter Letzt freigab.

Ihr Stöhnen und Flehen versetzte Hector in Hochstimmung, nahm er doch an, ihre Leidenschaft entspreche seiner eigenen. Wie sie sich vorhin unter seinen seifigen Händen gewunden hatte, war nichts im Vergleich zu ihrem jetzigen Aufbäumen. Es war, als wollte sein eigener Körper vor all der Wollust, die sie in ihm weckte, vergehen. Vor loderndem Verlangen, das sich über alles hinwegsetzte und von dem beherrscht er immer tiefer und heftiger in sie eindrang, bis er sich schließlich ergoss und keuchend vor Erschöpfung und Erleichterung auf Cristina zusammenbrach.

»Verzeih mir«, murmelte er und wälzte sich ein wenig zur Seite. »Herrlich war das! Du hast mich vollkommen ausgelaugt, hoffentlich habe ich dir nicht die Luft abgedrückt.«

Da sie nicht antwortete, richtete er sich nach einer Weile auf und musterte sie eindringlich. Zu seiner Verblüffung entdeckte er auf ihrem Gesicht Spuren von Tränen. »Cristina? Mein Gott, habe ich dir wehgetan, Mädchen?«

»Ich glaube, ja.« Es klang noch immer ein wenig atemlos. »Ich wusste nicht …, ich konnte mir nicht vorstellen, was Ihr vorhattet. Das heißt, ich weiß einiges darüber, aber anscheinend nicht so viel, wie ich wissen sollte.«

Er runzelte die Stirn, glitt von ihr herunter, rollte sich zur Seite und schob die Bettdecke zurück.

»Allmächtiger!« rief er gleich darauf aus und starrte fassungslos auf die dunkelroten Flecken auf ihrem und seinem Unterleib. »Du warst noch Jungfrau!?«

»Natürlich«, sagte sie.

»Aber du hast doch gesagt, wir hätten einander als Mann und Frau beigelegen!«

Sichtlich verwirrt, riss sie die Augen weit auf. »Das haben wir auch.«

»Nicht wenn du bis jetzt noch Jungfrau warst. Dann nicht«, gab er zurück. »Du hast mich belogen!«

»Ich lüge nicht«, sagte sie. »Wir waren verheiratet, Sir. Wie sollten wir einander beigelegen haben, *wenn nicht* als Ehemann und Ehefrau?«

Der Schmerz zwischen ihren Beinen ließ nach; weitaus größere Qualen verursachte ihr Hectors Unmut.

Der Abend hatte sich so schön angelassen, schöner als jeder andere, seit sie Chalamine gegen Lochbuie eingetauscht hatte – bis zu dem Augenblick, da er unversehens in sie eingedrungen war.

Eigentlich, sagte sie sich, hätte sie mit etwas in der Art rechnen müssen. Sie hatte doch miterlebt, wie Tiere sich paarten, und daraus geschlossen, dass Menschen sich ähnlich verhielten. Aber leider gehörte das zu den vielen Dingen, über die ihre Mutter sie nicht mehr hatte aufklären können, und Lady Euphemia, ihrerseits Jungfrau, hatte es, sofern sie denn darüber Bescheid wusste, nicht für nötig gehalten, ihr Wissen weiterzugeben.

Dass die Aussage »einander als Mann und Frau beiliegen« mehr beinhaltete, als dass ein Ehepaar das Bett teilte, auf diese Idee war sie gar nicht gekommen. Dass darunter mehr zu verstehen war, hatte sich jetzt gezeigt.

»Ich wusste es nicht«, gestand sie, als er sich aufsetzte und die Beine aus dem Bett schwang. »Ist denn das so wichtig?«

»Na ja, ziemlich wichtig sogar.« Es klang fast wie ein Knurren und jagte ihr erneut einen Schauer über den Rücken. »Hätte ich das geahnt, als ich an jenem verhängnisvollen Morgen aufwachte, hätte ich dich einfach deinem Vater zurückgeben und auf der Stelle die Annullierung verlangen können. Die mir, da wir unsere Ehe noch nicht vollzogen hatten, ohne weiteres zugestanden worden wäre. Das hätte dich auch davor bewahrt, nach Lochbuie mitzukommen.«

Je länger er sprach, desto mehr schien sein Ingrimm allerdings abzuflauen. Cristina nahm es mit Erleichterung zur Kenntnis. Eigentlich war sie froh, dass sie bislang keine Ahnung davon gehabt hatte, was der Vollzug der Ehe im Einzelnen bedeutete, schon weil sie, hätte sie Bescheid gewusst, nicht nach Lochbuie hätte mitkommen dürfen. »Es tut mir leid, wenn ich Euren Zorn erregt habe«, sagte sie. »Ich hatte einfach keine Ahnung. Keiner hat mir jemals davon erzählt.«

»Ich würde dir ja gern glauben«, meinte er und fügte mit einem Seufzer hinzu: »Das heißt, ich nehme dir das sogar ab, denn abgesehen von deiner Rolle bei unserer Hochzeit, bei der du dich dem Willen deines Vaters gebeugt hast, hast du mir niemals Grund gegeben zu vermuten, du hättest mich angelogen. Trotzdem muss ich darüber nachdenken. Jedenfalls kann ich dich morgen nicht mitnehmen, aber ich hatte vor …«

»Morgen?«

»Ja. Die Nachricht, die ich heute nach dem Abendessen erhielt, kam aus Duart, von meinem Vater – eine Aufforderung, umgehend bei ihm vorstellig zu werden. Dass er nicht einmal die vier Tage warten kann, bis ich nach Duart komme, um mich mit Lachlan zusammenzusetzen, bevor wir nach Ardtornish aufbrechen, legt die Vermutung nahe, dass ihm Gerüchte aus Lochbuie zu Ohren gekommen sind, die sein Missfallen erregen.«

»Über die Annullierung, die Ihr anstrebt?«

»Das weiß ich nicht. Es könnte sich auch um den Überfall auf deine Schwestern handeln, denn wenn mein Vater meint, ich hätte meine Gäste nicht ausreichend beschützt, ist er bestimmt außer sich. Worum es geht, werde ich erst erfahren, wenn ich mit ihm spreche, aber wenn ihn was auch immer erregt hat, dürfte dies keine angenehme Unterhaltung werden. Ich hatte vor, dich mitzunehmen, weil ich hoffte, deine Gegenwart würde ihn besänftigen. Jetzt jedoch ...«

»Ehrlich gesagt, Sir, könnte ich Euch unmöglich morgen begleiten«, sagte sie. »Ich habe noch so einiges für Ardtornish vorzubereiten – und was ist mit meinen Schwestern? Meiner Tante? Was ist mit den Gästen, die Ihr hierher eingeladen habt?«

»Nichts davon ist jetzt wichtig«, wehrte er ab. »Kein Gast wird dich während meiner Abwesenheit behelligen. Jedenfalls fahre ich allein nach Duart. Und was Ardtornish betrifft, halte ich es für angebracht, dorthin ebenfalls ohne dich zu reisen. Wenn Gerüchte herumschwirren – was ja der Fall zu sein scheint –, sollten wir vermeiden, sie weiterhin zu schüren. Außerdem möchte ich dich dort nicht allein lassen, wenn Lachlan mich mit weiteren Aufgaben betraut. Jemand muss die Flotte befehligen, die Stewart abholt. Das dürfte Lachlan sich vorbehalten, aber ebenso gut kann er mich schicken.«

»Heißt das, Ihr lasst mich hier zurück und ich nehme an gar nichts teil?«

»Genau, zumindest bis ich mir eine Strategie zurechtgelegt habe, was uns beide anbelangt.«

Enttäuschung und Bangen, was für eine Strategie das wohl sein könnte, führten dazu, dass ihr Tränen in die Augen schossen, aber sie zwinkerte sie hinweg und versuchte nachzudenken. Offenbar war er bereit gewesen, ihr ihre Rolle in dem abscheulichen Hochzeits-Spektakel zu verzeihen und sogar die Tatsache, dass sie mit ihm das Bett geteilt hatte. Jetzt aber hatte er festgestellt, dass sie bis heute jungfräulich gewesen war, und war erneut wütend geworden. Abermals hatte er sich an der Nase herumgeführt gefühlt. Und wieder gab er ihr, ob zu Recht oder nicht, an allem die Schuld.

Warum machte sie das so wütend? Und warum dünkte ihr sein Entschluss, sie auf Lochbuie zurückzulassen, so ungerecht? Warum hätte sie ihn am liebsten angebrüllt und beschimpft, eine Szene hingelegt, die an Lautstärke und Hitzigkeit denen von Mariota in nichts nachstand?

Sie ballte die Fäuste, als er aufstand. »Wohin geht Ihr?«, fragte sie.

»Das weiß ich noch nicht. Ich muss nachdenken.«

»Dann tut das hier, Mylord. Schließlich ist dies Euer Bett und nicht meins.« Bemüht, ihre Würde zu wahren, schlüpfte sie an ihm vorbei aus dem Bett, griff nach ihrem Morgenmantel, den er über einen Schemel geworfen hatte, streifte ihn über und verließ die Kammer.

Auf dem steinernen Treppenabsatz blieb sie stehen, weil sie hoffte, er würde sie zurückrufen. Als er dies nicht tat, stieß sie die Tür zu ihrer Kammer auf. Ehe sie sie hinter sich zugeknallt hatte, rannen ihr schon ungehemmt Tränen über die Wangen.

Sie besann sich darauf, dass ihre Schenkel blutverschmiert waren. Nicht auszudenken, was wäre, wenn Brona sie so sah! Bis sie sich gewaschen und zu Bett begeben hatte, hatte sie einigermaßen ihr Gleichgewicht wiedergefunden, auch wenn ihre Gedanken noch immer durcheinanderwirbelten. Sie versuchte sich einzureden, dass sie nur enttäuscht war, weil Hector sie nicht nach Ardtornish mitnahm und sie deshalb weder Robert Stewart kennenlernen noch an den Festlichkeiten anlässlich des Fastnachtsdienstags teilnehmen würde, wusste aber ganz genau, dass ihr eigentlicher Kummer ganz andere Ursachen hatte.

Sie hatte sich der Illusion hingegeben, dass Hector sie nicht zu ihrem Vater zurückschicken würde.

Von den höchsten Gipfeln der Lust und Verzückung, zu denen er sie geführt hatte, hatte er sie hinabgestoßen, um sie auf den Felsen ihrer geheimen Wünsche zu zerschmettern. Kaum dass sie begonnen hatte zu glauben, er würde sie als seine Gemahlin anerkennen, hatte das Schicksal abermals zugeschlagen und ihre Träume wie Seifenblasen zerplatzen lassen.

»Werde ich denn nie dazulernen?«, murmelte sie. »Es wäre wahrlich gescheiter, sich an niemanden zu binden, weil die, die ich am meisten liebe, sich mir stets zu entziehen scheinen, sobald mir bewusst wird, wie viel sie mir bedeuten.«

Was Hector betraf, kam diese Einsicht zu spät. Obwohl sie noch nicht lange verheiratet waren, sah sie in ihm mehr als einen netten und charmanten Mann. Inzwischen wusste sie, dass er so grausam sein konnte, wie dies sein Spitzname andeutete – rücksichtslos, aufbrausend und ungeduldig –, aber all dies fiel nicht ins Gewicht, weil ihr langsam, aber sicher der Verdacht kam, dass sie sich in diesen Schurken verliebt hatte.

Mit einem Kloß im Hals hatte Hector zugesehen, wie Cristina seine Kammer verließ. Er wollte ihr nacheilen, sich zwischen ihr und der Tür aufbauen und ihr den Weg versperren. Da er den Wunsch jedoch als kindischen Trotz und Frustration abtat, hatte er es unterlassen.

Sie hatte ihn bereits zweimal betrogen, redete er sich ein. Kaum hatte er ihr den ersten Betrug verziehen, hatte sie ihn abermals hereingelegt. Nein, schlimmer sogar: Er hatte ihr den ersten Hinterhalt vergeben, ohne etwas von dem zweiten zu ahnen.

Konnte man ihm seinen Zorn verdenken? Das Kirchengesetz war in diesem Punkt eindeutig. Wenn Mann und Frau die Ehe nicht vollzogen haben, war eine Annullierung lediglich eine Formalität. War sie vollzogen worden, wurde es schwieriger, man benötigte einflussreiche Verbindungen und beträchtliche Geldmittel. Wäre er Manns genug gewesen, sich auf die entscheidenden Gründe zu berufen, hätte er das sofort getan. Möglicherweise hätte er zu diesem Zweck die Inseln verlassen müssen, auf denen der Grüne Abt als einziger Kleriker eine einfache Annullierung hätte gewähren können. In Stirling und Edinburgh dagegen, und wenn nötig, auch in Paris, verfügte der Gillean-Clan über einflussreiche Freunde.

War jedoch eine Ehe vollzogen worden, konnte nur der Papst sie für ungültig erklären. Und daran, dass die Ehe zwischen Hector und Cristina vollzogen worden war, gab es jetzt nichts mehr zu rütteln.

Die Stimme des Zwillingsbruders in seinem Hinterkopf meldete sich mit der Bemerkung, dass er eigentlich nicht übler dran sei als vorher und dass sich an seiner Situation nichts geändert habe, aber das wollte Hector nicht hören. Er konnte dem nicht zustimmen.

Wieder raunte die Stimme des Zwillingsbruders, gab zu bedenken, dass, wäre es so gekommen, wie es Hectors Vorstellung nach hätte kommen sollen, er jetzt mit Mariota verheiratet wäre.

Seltsamerweise beschwichtigte ihn dieser Gedanke wie kein zweiter.

Instinkt und gesunder Menschenverstand sagten ihm, dass eine Ehe mit Mariota nicht die Erfüllung seiner Träume wäre. Dafür, dass er jemals geglaubt hatte, es wäre für ihn das Höchste, sich für den Rest seines Lebens an ihrer Schönheit zu erfreuen, schalt er sich jetzt als lächerlich und dumm. Das Mädchen dachte ausschließlich an sich selbst, war kindisch, ungehorsam und plapperte einfältiges Zeug. Doch zu wissen, dass er einer Ehe mit ihr entkommen war, versöhnte ihn nicht mit der, die Macleod ihm aufgezwungen hatte.

Er legte sich wieder ins Bett. Für das Gespräch mit Ian Dubh musste er ausgeschlafen sein, denn sein fester Vorsatz war, diesmal selbst zu bestimmen, was er zu tun und wie er dies zu bewerkstelligen gedachte. Auf keinen Fall würde er so handeln, wie Lachlan es tun würde. Auch dem Willen seines Vaters würde er sich nicht widerspruchslos beugen, falls Ian Dubh, wie anzunehmen war, vorhatte, sich in sein Privatleben einzumischen. Seine Ehe war durch ein Täuschungsmanöver zustande gekommen, aber es war *seine* Ehe, und er allein würde entscheiden, wie es damit weiterging.

Mit diesen Vorsätzen verließ er am nächsten Morgen, nach einer fast schlaflosen Nacht in einem Bett, in dem er sich merkwürdigerweise höchst unwohl gefühlt hatte, Lochbuie vor Sonnenaufgang. Er verabschiedete sich lediglich von seinem Verwalter, ging an Bord seines Langboots, das über Nacht gereinigt worden war und jetzt mit dreißig Ruderern bemannt war, und stach Richtung Duart in See. Dadurch, dass er jegliches Aufsehen um seine Abreise vermied, meinte er, Cristina entgegenzukommen: Jetzt konnte sie ihre Schwestern und ihre Tante über die Gegebenheiten in Kenntnis setzen, die sie für berichtenswert hielt.

Als die Sonne an einem wolkenlosen, tiefblauen Himmel aufging, war er vollkommen überzeugt davon, alles so gut wie möglich geregelt zu haben. Die Flut setzte ein und beschleunigte das Vorankommen, sodass die Mannschaft noch vor der Mittagsstunde mit aufgestellten Rudern auf den Kiesstrand unterhalb von Duart Castle glitt.

Dass das von seinem Zwillingsbruder bevorzugte Langboot nicht an dem ihm vorbehaltenen Liegeplatz in dem kleinen Hafen ankerte, löste bei Hector ein mulmiges Gefühl aus. Er hatte fest mit Lachlans Unterstützung bei der bevorstehenden Auseinandersetzung mit Ian Dubh gerechnet.

Er wies seinen Kapitän an, mit dem Verwalter der Burg die Unterbringung der Mannschaft zu regeln, hieß seinen Leibdiener, sein persönliches Gepäck in die Kammer zu schaffen, die er stets bei seinen Besuchen bewohnte, und stieg dann vor allen anderen den Hügel zum Eingang der Burg auf der Nordseite des Schutzwalls hinauf.

Beim Näherkommen öffnete sich das massive Holztor. Der Türhüter seines Bruders begrüßte ihn und fügte hinzu: »Seine Lordschaft erwartet Euch schon, Sir.«

»Im Saal?«

»Nein, Sir, in den Räumlichkeiten meines Herrn.«

Duart verfügte über einen kleinen Raum, den sein Zwillingsbruder zur Erledigung geschäftlicher Belange nutzte, wo er seine Informanten empfing und sich mit Freunden und Verbündeten von MacDonald von den Inseln besprach. Da MacDonald sich zweifellos bereits von Finlaggan nach Ardtornish begeben hatte, lag die Vermutung nahe, dass Lachlan ebenfalls dorthin aufgebrochen war, obwohl Hector ihn von seinem Kommen unterrichtet hatte. Merkwürdigerweise war auch von Mairi nichts zu sehen. Wäre sie da gewesen, wäre sie ihm entgegengeeilt, kaum dass der erste Wachmann auf dem Festungswall sein Banner erspäht und mit lauter Stimme Meldung erstattet hätte. Er ging durch den großen Saal zu dem Raum in der inneren Burganlage zu, traf sie aber auch unterwegs nirgends an. Ohne anzuklopfen trat er ein. Vor sich einen Stapel Dokumente und sonstigen Papierkram, saß Ian Dubh an Lachlans großem Tisch und beschrieb einen Bogen Papier, hielt aber inne, als er seinen Sohn erblickte.

»Du kommst schneller, als ich es erwartet hätte«, begrüßte er ihn.

»Der Eindringlichkeit Eurer Nachricht zufolge wäre es unklug gewesen, Euch warten zu lassen.«

»Gewiss, obwohl du dich zurzeit nicht unbedingt von Klugheit leiten lässt. Deshalb ist es nicht verwunderlich, dass ich nicht mit deinem umgehenden Erscheinen rechnete.«

»Wo ist Lachlan?«

»In Ardtornish oder sonst wo. In Loch Aline sind täglich Schiffe für seine Flotte eingetroffen, dazu schlägt diese Geschichte mit dem Sturmvogelöl wieder hohe Wellen. Seine Gnaden hat ihn gebeten, sich darum zu kümmern, weil es so aussieht, als hätten ein paar Unruhestifter weitere Inseln da mit hineingezogen.«

»Unruhestifter?«

»Genau. Aber Lachlan wird sie sich vorknöpfen und sich auch um die Schiffe kümmern. Damit brauchen wir uns also nicht zu befassen. Stattdessen sollten wir uns unter vier Augen über das unterhalten, was du so treibst.«

»Wo ist Mairi?«

»Ich habe sie gebeten, mich allein mit dir reden zu lassen. Sie ist in ihrer Stube und wird sich bestimmt freuen, dich zu sehen, wenn du sie nachher aufsuchst.«

Die Atmosphäre im Raum kühlte merklich ab, als sich der gestrenge Blick des Vaters auf Hector richtete. Ian Dubh dehnte das Schweigen aus, ehe er mit Nachdruck sagte: »Du wirst auf der Stelle von dieser Annullierung abrücken. Ich will keinen Skandal, und da du dich nun mal auf diese Ehe eingelassen hast, wirst du das Beste daraus machen, wenn du nicht bei mir in Ungnade fallen willst.«

13

Ohne mit der Wimper zu zucken oder erkennen zu geben, was in ihm vorging, hielt Hector dem Blick des sichtlich erregten Vaters stand.

So nah war er noch nie daran gewesen, sich gegen Ian Dubh aufzulehnen, und gleichzeitig hatte er das Gefühl, wieder zwölf Jahre alt zu sein und einer Bestrafung für einen Streich entgegenzusehen.

Wenn er jetzt an diese Missetaten zurückdachte, musste er feststellen, dass sie für gewöhnlich Lachlan ausgeheckt hatte, und normalerweise waren beide Brüder dafür zur Rechenschaft gezogen worden. Diesmal jedoch hatte er etwas ganz allein auszubaden, genau so, wie er sich das vorgenommen hatte.

Er überlegte, ob er Ian Dubh darauf hinweisen sollte, dass das Problem auf Macleods Täuschungsmanöver zurückzuführen war, verwarf dieses Argument aber gleich wieder. Hätte er, Hector, die Angelegenheit nicht derart forciert, wäre die Ehe mit Cristina gar nicht zustande gekommen; die Schuld dafür lag demnach allein bei ihm.

»Hast du nichts zu deiner Rechtfertigung vorzubringen?«, herrschte Ian Dubh ihn an.

»Nein, Sir.«

»Dann wirst du von deinem Vorsatz abrücken, eine Annullierung anzustreben.«

Seltsamerweise fand er die Vorstellung, über Jahre hinweg mit Cristina verheiratet zu sein, gar nicht mehr so schrecklich, nur der Gedanke, sich der Weisung des Vaters zu unterwerfen, forderte seinen Unmut heraus. Möglicherweise weil bereits Lachlans Kommentar ihn ebenso wie Ian Dubhs Weisung daran erinnert hatte, dass die Entscheidung nicht allein bei ihm lag und er beiden Gehorsam schuldete.

Die Rückbesinnung half nichts. Diesmal widerstrebte es ihm, sich zu fügen. Zumindest in dieser Angelegenheit wollte er selbst entscheiden.

»Ich bin mir noch nicht ganz darüber im Klaren, was ich zu tun gedenke, Sir«, sagte er, und ein Lächeln huschte über sein Gesicht, »aber ich werde selbstredend Eure und Lachlans Meinungen bedenken.«

»Wenn eine Annullierung gerechtfertigt gewesen wäre, hättest du sofort darauf bestehen müssen, mein Junge. Nicht erst nachdem du die Ehe vollzogen hast. Sie für ungültig erklären zu lassen, würde, nachdem du dir das Mädchen zu Willen gemacht hast, nichts anderes bedeuten, als dass du Cristina vergewaltigt hast.«

Verblüfft über die Richtung, die die Überlegungen des Vaters eingeschlagen hatten, wollte Hector damit herausplatzen, dass sie zum ersten Mal in der Nacht zuvor einander beigelegen hätten, hielt sich dann aber zurück. Er war überzeugt, dass Cristina, wie sie ja selbst gesagt hatte, einem Missverständnis aufgesessen war, und wollte nicht, dass man ihr bei der Verschwörung eine noch tatkräftigere Mitwirkung anlastete.

Ihre Unwissenheit sollte ein Geheimnis zwischen ihm und ihr bleiben.

Wenn aber sein Vater allein schon den Gedanken an eine Annullierung verwarf und Lachlan ebenso, dann würde ein Ersuchen in Rom kaum Aussicht auf Erfolg haben.

Er könnte dem Papst erklären, was tatsächlich vorgefallen war, dass seine Ehefrau ihm irrtümlicherweise zu verstehen gegeben habe, sie hätten die Ehe in der Hochzeitsnacht vollzogen. Dann aber würde er als ausgemachter Narr dastehen, und Cristina würde sich in Grund und Boden schämen. Diesen Gedanken fand er ebenso grässlich wie die Vorstellung, sie würde dann als bemitleidenswert angesehen werden, als eine Frau, die erst ihrer Unschuld beraubt und anschließend von ihrem Ehemann verstoßen worden war.

»Ehrlich gesagt«, ergriff Ian Dubh wieder das Wort, »war ich nicht besonders begeistert davon, dass du eine jüngere Tochter Macleods heiraten wolltest. Die Ehe mit der Älteren dagegen ist durchaus lohnend. Ohne Zweifel wird sie mit einer hübsche Mitgift aufwarten können, und Macleod dürfte nichts zu lachen haben, wenn er sie ihr verweigert. Ich habe Lachlan aufgetragen, sich mit Macleod darüber zu verständigen.«

Über eine Mitgift für Cristina hatte Hector sich noch gar keine Gedanken gemacht. Dabei war es Brauch, dass ein Vater für jede Tochter, die heiratete, eine solche bereitstellte. Und bei Macleods Wohlstand und Ansehen fiel sie gewiss nicht unerheblich aus. Hector jedoch scherte sich nicht darum. Er wollte nichts von Macleod.

Obwohl ... Die Übergabe einer Mitgift würde Ian Dubh auf andere Gedanken bringen.

»Gibt es noch etwas, was Ihr mit mir zu besprechen wünscht, Sir?«, fragte er.

»Du bist mächtig zugeknöpft, mein Junge.«

»Ich habe es weder an Respekt fehlen lassen, Vater, noch war ich ungehorsam. Aber ich möchte mein Leben selbst in die Hand nehmen, und mit Verlaub, Sir, allein entscheiden, was das Beste für mich und meine Frau ist.«

»Wo ist sie eigentlich?«

»Auf Lochbuie.«

»Ich verstehe nicht, warum du sie nicht mitgebracht hast«, sagte Ian Dubh. »Du hast sie mir noch immer nicht in aller Form und wie es sich gehört vorgestellt.«

»Abermals mit Verlaub, Sir, ich hatte Euch zu meiner Hochzeit eingeladen. Das wäre die Gelegenheit schlechthin gewesen, sie kennenzulernen. Aber Ihr zogt es vor, nicht zu kommen.«

»Wohl wahr. Ich habe mich mit diesen Dokumenten hier

befasst. Sagte ich dir nicht, dass sie sich auf Ereignisse beziehen, die stattfanden, als Bruce daranging, Schottland zu vereinen?«

»Doch, das habt Ihr.«

»In einem Schriftstück scheint es um finanzielle oder militärische Unterstützung zu gehen, die ihm von jemandem zugesagt wurde, der vor König Philipp IV. von Frankreich floh.«

»Bestimmt ungemein faszinierend, Sir. Sagtet Ihr, Mairi hielte sich irgendwo hier auf? Ich möchte ihr meine Aufwartung machen.«

»Das solltest du auch. Sie wird sich darüber freuen und dich sicherlich schelten, deine Cristina nicht mitgebracht zu haben. Ein Wiedersehen mit ihr hätte sie in Hochstimmung versetzt.«

»Wird Lachlan rechtzeitig zurück sein, um mit uns nach Ardtornish zu segeln?«

»Nein. Er wird sich von Loch Aline aus direkt zu einem Treffen mit Seiner Gnaden begeben und lässt dich bitten, dass du dich so bald wie möglich dazugesellst. Mairi wird an den Festlichkeiten in Ardtornish teilnehmen, möchte aber bis dahin hier bei den Kindern bleiben.«

»Und Ihr, Sir, werdet Ihr nach Ardtornish fahren und Stewart Eure Aufwartung machen?«

»Vielleicht.« Ian Dubh wandte sich bereits wieder den Dokumenten auf dem Tisch vor sich zu. »Als Nachfolger für David halte ich ihn für durchaus geeignet, wenn auch nur deshalb, weil dadurch auf beiden Seiten kein Grund für Feindseligkeiten gegeben ist. Ein paar friedvolle Jahre werden dem ganzen Land guttun – das heißt, falls er wirklich den Thron besteigt. Die Dinge entwickeln sich nun mal nicht immer so wie erwartet, und den Bettelmönchen zufolge kränkelt David ja seit einiger Zeit. Und da sind auch noch die, die weiterhin darauf hoffen, dass dem Willen von Bruce nicht stattgegeben wird.«

»Ihr bezieht Euch damit wohl auf Clans, die Stewart nicht unterstützen?«

»Auf wen denn sonst? Einige von ihnen, vor allem die Mackinnons und sogar dein Macleod und seine Leute, sollen wegen ihrer Unzufriedenheit höchst kämpferisch eingestellt sein.«

»Die Mackinnons scheinen liebend gern Unheil zu stiften«, merkte Hector an. »Macleod dagegen sagte mir, dass er eigentlich nichts gegen Robert einzuwenden habe, auch wenn ihm jemand aus einem älteren Geschlecht lieber wäre. Außerdem hat sich Robert als Verwalter des Königreichs Verdienste erworben. Was für einen Grund gibt es also, zu befürchten, er würde kein guter König sein?«

»Von Furcht kann keine Rede sein, mein Junge. Sie betrachten sich ihm gegenüber als etwas Besseres. Schon weil die Wurzeln der Mackinnons und vieler anderer sehr viel weiter zurückreichen als die des Emporkömmlings Stewart. Selbst der Clan Gillean, den viele als blutjunges Geschlecht ansehen, kann seine Geschichte weiter zurückverfolgen als Stewart, der sich vornehmlich auf seinen Großvater und dessen Position beim damals regierenden MacDonald beruft und auf seine Verwandtschaft mütterlicherseits mit der Schwester von Bruce. Geschichtlich betrachtet ist der Mann ein Grünschnabel. Kein Wunder also, dass Clans mit einer tausendjährigen Geschichte ihm nicht wohlgesonnen sind.«

Dem konnte Hector nicht widersprechen. Er kannte Robert Stewart kaum, aber was er über ihn wusste, war nicht geeignet, ihm zuzutrauen, den Schotten ein guter König zu werden. Robert war als junger Mann ein fähiger Verwalter gewesen; wodurch er sich jedoch vor allem hervorgetan hatte, war, dass er unzählige legitime wie außereheliche Söhne und Töchter gezeugt und sie in die meisten der großen Clans verheiratet hatte.

Wegen dieser Beziehungen war so gut wie ausgeschlossen, dass er mit allzu großer Ablehnung zu rechnen hatte, wenn es an der Zeit war, den Thron zu besteigen. Nur wenige würden den Versuch unternehmen, ihn, einen Verwandten, abzusetzen. Mochten die Macleods sich auch darüber ereifern, dass das Parlament ihrer alteingesessenen Vormachtstellung nicht Rechnung trug, so bezweifelte Hector dennoch, dass sie offen gegen Robert Stellung beziehen würden. Die Mackinnons dagegen konnten gefährlich werden. Sollte der Streit um das Sturmvogelöl eskalieren, dann wäre er nicht überrascht, wenn sich herausstellte, dass sie auch dort ihre Finger im Spiel hatten.

Von dieser Vermutung musste er Lachlan unterrichten, obwohl er eigentlich Fingon Mackinnon nicht zutraute, Unruhe zu stiften, nur um die Aufmerksamkeit des Admirals der Inseln von Angelegenheiten im heimischen Gebiet abzulenken.

Jedenfalls war nach Hectors Meinung die Unterredung mit Ian Dubh, den er jetzt wieder seinen Dokumenten überließ, recht gut verlaufen. Zumindest besser als erwartet. Er war schließlich ein erwachsener Mann und kein kleiner Junge mehr, der bei der Vorstellung, er könne den Unmut des Vaters zu spüren bekommen, zu zittern anfing. Auch wenn früher dessen für gewöhnlich mit gedämpfter Stimme zum Ausdruck gebrachtes Missfallen genügt hatte, sich schier in die Hosen zu machen, hatte er häufig nicht nur in eigener Sache, sondern auch für Lachlan Rede und Antwort gestanden, weil es seinem gerissenen Bruder allzu oft gelungen war, derartigen Konfrontationen aus dem Weg zu gehen.

Er machte sich auf die Suche nach Mairi und den kleinen Frechdachsen, die seine Neffen waren, traf aber seine Schwägerin allein in ihrer Stube an.

»Setzt Euch, Sir, wenn Ihr dazu noch in der Lage seid«, sagte sie und lächelte mitfühlend.

Er schnitt eine Grimasse. »Um den Hintern versohlt zu bekommen, bin ich inzwischen ein bisschen zu alt, Schwägerin. Dass er über mich erbost ist, rührt nicht zuletzt daher, dass ich ihm meine Frau noch nicht vorgestellt habe.«

»So ein ausgemachter Unsinn. Er hat doch Cristina hier auf Duart erlebt!« – »Was Ihr nicht sagt!«

»Bestimmt hat er nicht gesagt, er hätte sie noch nicht kennengelernt.«

Hector dachte nach. »Hat er tatsächlich nicht. Er sagte nur, ich hätte sie ihm noch nicht in aller Form und wie es sich gehört vorgestellt. Als ich ihn daraufhin erinnerte, dass ich ihn zur Hochzeit eingeladen habe, wechselte er das Thema und kam auf seine kostbaren Dokumente zu sprechen.«

Mairi grinste. »Ich glaube, er mag sie.«

»Ich hätte mir denken können, dass er ihr bereits begegnet ist. Allein schon weil er mit ihr einverstanden zu sein scheint.«

»Ja. Und ich weiß, dass er gegen die Annullierung Eurer Ehe ist. Lachlan ist das übrigens auch.«

Hector stöhnte auf und war unendlich erleichtert, als genau in diesem Moment seine Neffen hereinstürmten und ihn überschwänglich begrüßten.

»Cristina! Ruß ist weg! Ich kann das Kätzchen nirgendwo entdecken!« Isobel stürzte auf Cristina zu, die, nachdem sie ein Verzeichnis von allem angelegt hatte, was in den Kellern und Vorratskisten lagerte, jetzt den Bestand an Bettwäsche überprüfte.

»Junge Katzen sind oft unauffindbar. Wenn sie Hunger hat, wird sie schon wieder auftauchen«, meinte Cristina. »Hilf mir doch, dieses Laken zusammenzufalten. Und dann sei so lieb und bring es in mein Turmzimmer. Ich möchte den ausgefransten Saum ausbessern.«

»Seit Hector fort ist, hast du dir kaum einmal Ruhe gegönnt.« Isobel griff nach einem Ende des Leintuchs und schüttelte es aus, während sie sich von Cristina wegbewegte. »Sogar Mariota ist aufgefallen, dass du dich nie lange genug irgendwo aufhältst, dass Zeit für ein Schwätzchen bleibt.«

»Von wegen nie. Hector ist doch erst seit zwei Tagen fort«,

lächelte Cristina. »Man muss eben tatkräftig Hand anlegen, wenn ein Haushalt wie geschmiert laufen soll. Und du willst mir doch wohl nicht weismachen, dass Mariota eine große Hilfe ist.«

»Das nicht. Ihrer Meinung nach geht sie das nichts an. Ich dagegen würde gern mithelfen. Ich bring schon mal das Leintuch nach oben. Wenn du willst, kann ich es ja ausbessern.« Da Cristina zögerte, fügte Isobel entrüstet hinzu: »Sag jetzt nicht, dass du mir das nicht zutraust. Du weißt genau, dass meine Stiche ebenso fein sind wie deine.«

»Das weiß ich doch, Liebes. Du fertigst wunderschöne Säume an, auch deine Stickarbeit ist tadellos. Es liegt wohl daran, dass ich immer alles selbst machen möchte.«

»Wohl eher daran, dass du von niemandem abhängig sein willst«, sagte Isobel rundheraus. »Das wolltest du noch nie.«

»›Nie‹ gewiss nicht!«

»Ich kenne dich doch und weiß, dass du es kaum über dich bringst, jemanden um Hilfe zu bitten. Immerhin ein Fortschritt, dass du mich dies hier in dein Turmzimmer bringen lässt«, meinte Isobel in der ihr eigenen naseweisen Art. »Das hätte ich gar nicht zu hoffen gewagt. Wo das Turmzimmer doch dein ganz persönlicher Bereich ist.«

Cristina schüttelte den Kopf. »Du beschämst mich, Liebes. Ich möchte dir weder das Gefühl geben, du dürftest keines meiner Zimmer, welches auch immer, betreten, noch möchte ich, dass du meinst, ich würde dir nicht vertrauen. Im Gegenteil. Wenn du willst, kannst du gern dieses Leintuch ausbessern. Da sich inzwischen ein ganzer Stapel Näharbeit angesammelt haben dürfte, wäre ich sogar froh, wenn du mir zur Hand gehen würdest.«

»Wunderbar.« Isobel grinste. »Ein Punkt für mich. Vielleicht kann ich auch Mariota dazu bringen, dir ihre Hilfe anzubieten. Tante Euphemia wird sich sicherlich anschließen.«

»Das wird sie«, sagte Cristina, »und deshalb sollten wir eine Dienerin bitten, uns den Nähkorb nach unten in die

Stube zu schaffen. Dort haben wir vier sehr viel mehr Platz als in meinem winzigen Turmzimmer.«

Isobel erhob keinen Einspruch, wofür Cristina ihr dankbar war. Sie wollte nicht, dass ihr Refugium belagert wurde. Sich mit den Kätzchen, die sich dort häufig aufhielten, in Gesellschaft von Isobel dort zum Handarbeiten zurückzuziehen, war vollkommen in Ordnung. Aber allein schon die Vorstellung, sich dort dem endlosen Redeschwall von Tante Euphemia oder Mariotas Gejammer auszusetzen, ließ sie zusammenzucken.

Nachdem sie die Bettwäsche durchgesehen hatte, stieg sie die Treppe hinauf. Am Absatz zwischen ihrer und Hectors Schlafkammer hielt sie inne.

Wie still es ohne ihn in der Burg war und wie sehr sie seine Abwesenheit spürte!

Erinnerungen an die Nacht vor seiner Abreise überfielen sie, sobald sie sich einmal nicht mit Haushaltsangelegenheiten beschäftigte. Weil sie aber nicht an jene Nacht zurückdenken wollte und nicht daran, wie dumm sie gewesen war oder daran, dass sie ihn unabsichtlich abermals getäuscht hatte, lastete sie sich so viel Arbeit wie möglich auf.

Er hatte gesagt, dass er ihr glaube, und vielleicht tat er das auch. Weshalb konnte er dann nicht begreifen, dass sie ihn nur aus Unwissenheit erneut getäuscht hatte? Wie hatte sie nur so einfältig sein können? Sie hatte nicht einmal Macleod gefragt, was er mit seiner Androhung meinte, er würde dafür sorgen, dass »alles so geschieht, wie es sich gehört«, sondern angenommen, er meinte damit, sie habe bei dem Mann zu schlafen.

Seit der Hochzeit war sie darauf bedacht gewesen, sich Hectors Wohlwollen zu erwerben und ihn damit zu versöhnen, dass er sie und nicht Mariota geheiratet hatte, auch wenn ihr klar war, dass es nicht einfach werden würde, seine Anerkennung zu finden. Auch jetzt gelang es ihr nicht. Sie konnte ihm lediglich mit dem dienen, womit die Natur sie ausgestattet hatte, während er offenbar eine Frau wollte, deren Schönheit jeden, der sie erblickte, verzauberte.

Eine solche Frau würde sie nie sein, und nun, da es allenthalben bekannt war, dass er die Auflösung der Ehe anstrebte, gab es für ihn sicher keinen Grund mehr, sich im Geheimen darum zu bemühen. Vielleicht sollte sie ihm ihre Hilfe anbieten. Sie könnte sich an den Grünen Abt wenden. Wenn sie ihm erklärte, was sich zugetragen und welche Rolle sie dabei übernommen hatte, würde es ihr möglicherweise gelingen, ihn zu überreden, Hectors Antrag zu unterstützen.

Nein, das würde sie nicht über sich bringen, befand sie und seufzte auf. Nicht nur weil Hector ihr jeglichen Kontakt mit dem Abt untersagt hatte, sondern weil sie die Annullierung gar nicht beschleunigen wollte.

Es war wohl das Beste, versuchte sie sich einzureden, als sie ihre Bettkammer betrat, wenn sie einfach nur das tat, was getan werden musste, anstatt sich über Probleme den Kopf zu zerbrechen, die sie nicht ändern konnte.

In diesem Augenblick hörte sie von einem Treppenabsatz höher Isobel rufen.

»Cristina, Ruß wäre um ein Haar ertrunken! Komm schnell! Ich weiß nicht, ob sie noch zu retten ist!«

Cristina warf die frischen Laken, die sie nach oben gebracht hatte, auf ihr Bett und hastete die Treppe hinauf zu Isobel, die zärtlich um das schwarze Kätzchen besorgt war, das erbärmlich zitternd und bis auf die Haut durchnässt in ihren Armen lag.

»Schau dir nur das arme kleine Dingelchen an! Wer mag ihm das angetan haben?«

»Was angetan? Wie konnte denn so etwas passieren?« Schon nahm Cristina das Kätzchen an sich, wickelte es in ihren Rock und trug es nach unten.

»Sie befand sich in einem Eimer Wasser in deinem Turmzimmer«, sagte Isobel. »Herausklettern konnte sie nicht, dafür war der Rand des Eimers zu hoch und Ruß schon viel zu erschöpft. Wäre ich nicht dazugekommen, wäre sie ertrunken. Wohin gehst du mit ihr?«

»In die Küche. Nirgendwo in der Burg ist es so warm wie dort.«

Auf dem Weg dorthin begegneten sie Mariota. »Was ist los?«, wollte sie wissen.

»Hectors Kätzchen wäre fast ertrunken, in einem Eimer Wasser«, sagte Cristina. »Es zittert und ist sehr schwach. Hoffentlich wird es nicht krank und stirbt.«

»Na ja, und wenn schon. Das wäre auch nicht unbedingt eine Tragödie«, meinte Mariota lakonisch. »Immer wieder werden junge Katzen gleich nach der Geburt ertränkt. Dieser hier und auch der grauen wäre es wohl nicht anders ergangen, wenn Isobel sich die beiden nicht als Hochzeitsgeschenk für euch ausgesucht hätte. Dabei habe ich ihr gesagt, dass es auf Lochbuie bestimmt schon mehr Katzen gibt, als ihr brauchen könnt, aber sie wollte nicht auf mich hören.«

»Hector hat Ruß gern. Er wäre gewiss betrübt, wenn ihr etwas zustieße.«

»So ein Schwachsinn«, beschied Mariota. »Wenn er ein Kätzchen will, besorgt er sich einfach ein anderes. Übrigens, Cristina, wann gedenkst du nach Ardtornish aufzubrechen?«

»Ich weiß noch gar nicht, ob ich überhaupt hinfahre.« Cristina trat an der Schwester vorbei. »Hector hat sich nach Duart begeben und wird, wie es aussieht, von dort aus nach Ardtornish weiterreisen. Davon, dass ich ihn dort treffe, war noch nicht die Rede, aber wenn er wünscht, dass ich nachkomme, wird er mich das bestimmt wissen lassen.«

»Ich für meinen Teil würde mir eine solche Behandlung nicht gefallen lassen«, sagte Mariota, die sich Cristina und Isobel auf dem Weg zur Küche angeschlossen hatte. »Zumal es sich um ein wichtiges gesellschaftliches Ereignis handelt, an dem du als seine Gemahlin teilnehmen solltest. Wenn ich seine Frau wäre, würde ich das.«

»Davon bin ich überzeugt«, meinte Cristina spitz. »Isobel,

hol doch den Korb von da drüben und stell ihn ans Feuer. Calum, das Kätzchen hier braucht Wärme. Es wäre um ein Haar ertrunken.«

»Kein Problem, Mylady. Möglich, dass es noch zu einem hervorragenden Mäusejäger heranwächst.«

»Was für ein Wirbel um eine junge Katze«, mokierte sich Mariota. »Vermutlich wird sie jetzt die ganze Küche auf den Kopf stellen. Du solltest eben keinen Wassereimer in deinem Zimmer herumstehen lassen, in den so ein Winzling fallen kann, Cristina.«

»Das habe ich auch nicht.« Cristina kräuselte die Stirn. »Ich habe keine Ahnung, wie er dort hingekommen ist.«

»Eine Dienerin oder ein Bursche hat wohl gedacht, du hättest nicht nur in deiner Bettkammer, sondern auch in deinem Turmzimmer gern frisches Wasser«, merkte Mariota schnippisch an.

Cristina nickte. Ja, so dürfte es gewesen sein. Erst kurz vor dem Einschlafen fiel ihr ein, dass Mariota gar nicht hatte wissen können, dass der Unfall mit dem Kätzchen im Turmzimmer passiert war. Sie hatte, als sie Mariota von dem Drama erzählte, nichts darüber gesagt, wo es sich zugetragen hatte. Wahrscheinlich gab es eine plausible Erklärung, weshalb die Schwester im Bilde war. Sie nahm sich vor, sie gleich morgen danach zu fragen.

Dieses Vorhaben vergaß Cristina allerdings anderntags, als, kurz nachdem sie ihr Frühstück beendet hatte, überraschend Macleod von Glenelg ankam. »Sir!«, rief sie aus. »Was führt Euch nach Lochbuie?«

»Nun, ich bin gekommen, um Mariota nach Ardtornish mitzunehmen und sie dem zukünftigen König der Schotten vorzustellen«, sagte Macleod. »Es wird Zeit, nach einem Ehemann für das Mädchen Ausschau zu halten. Ich dachte eigentlich, du wärst inzwischen auch auf dem Weg dorthin, Tochter.«

»Nein, Sir. Ich hatte Euch zwar nicht erwartet, wäre aber

nicht gefahren und hätte meine Tante und meine Schwester allein hier zurückgelassen. Was meinen Gemahl anbelangt – er ist nach Duart aufgebrochen, um sich dort mit seinem Bruder zu besprechen und anschließend nach Ardtornish weiterzureisen«, fügte sie eilfertig hinzu. »Natürlich wusste ich, dass auch Ihr Euch dorthin begeben würdet, aber ich habe nicht damit gerechnet, dass Ihr hier vorbeikommen und Mariota abholen würdet. Beabsichtigt Ihr auch, Isobel und Tante Euphemia mitzunehmen?«

»Wo denkst du hin? Wieso soll ich mich mit einem Wildfang und einer Quasselstrippe belasten? Die behältst du schön hier, und falls du doch nach Ardtornish fährst, kannst du dir immer noch überlegen, was aus ihnen wird. Er wollte dich also nicht mitnehmen, wie?«, merkte er unversehens an. »Was hast du dir denn diesmal geleistet, um den Mann zu verprellen?«

Obwohl er mit seiner Frage den tatsächlichen Gründen schon recht nahe kam, hatte sie nicht die Absicht, ihm mehr zu erzählen. Stattdessen richtete sie sich kerzengerade auf und blickte ihm in die Augen. »Wie darf ich das verstehen?«, sagte sie nur, bemüht, gröbere Worte, die sie ihm am liebsten an den Kopf geworfen hätte, zu unterdrücken.

Immerhin erwies er ihr die Genugtuung zu erröten, beschränkte sich jedoch darauf zu sagen: »Du solltest bei deinem Mann sein. Dir deinen rechtmäßigen Platz an seiner Seite zu verweigern, ist eine Beleidigung für alle Macleods. Außerdem wird sich Stewart fragen, wo du abgeblieben bist.«

»Dann muss er sich das eben fragen. Möchtet Ihr vor Eurem Aufbruch noch etwas essen?«

»Aber ja, warum nicht? Ich habe nicht vor, von hier wegzugehen, ohne eine Stärkung zu mir genommen zu haben. Meinst du vielleicht, ich dachte, deine Schwester würde mit ihren Vorbereitungen rasch fertig sein?«

Cristina ließ in der Küche Bescheid sagen, dass der Vater

am Mittagessen teilnehmen werde, und begab sich dann auf die Suche nach Mariota, um ihr zu sagen, sie solle sich ans Packen machen.

»Ardtornish?« Mariota hob zuerst die Brauen und strahlte dann übers ganze Gesicht. »Ich soll Vater an den Hof Seiner Gnaden begleiten?«

»Gewiss, und zwar gleich nach dem Mittagessen. Soll ich dir beim Packen helfen oder schaffst du das allein?«

»Was ist mit Isobel?«

»Sie bleibt hier bei mir.«

»Gut«, sagte Mariota. »Ein kleines Mädchen wie sie stört nur bei einem Ereignis, wie Seine Gnaden es abzuhalten gedenkt.«

»Der Empfang für Stewart findet erst in ein paar Tagen statt«, merkte Cristina an.

»Dann bleibt mir genug Zeit, alle möglichen Leute kennenzulernen.« Mariota riss bereits eine ihrer Truhen auf und zog Kleider heraus. »Wenn du mir für etwa eine Stunde Tess oder deine Brona zur Verfügung stellst, dürfte ich es leicht schaffen. Ich hoffe nur, dass ich neben all den anderen erlauchten Damen, die dort anwesend sein werden, nicht wie eine Vogelscheuche wirke.«

»Das wirst du nicht, selbst wenn du es darauf anlegen würdest«, beruhigte Cristina die Schwester. Am liebsten hätte sie ihr eingeschärft, sich von Hector fernzuhalten.

Als könnte sie Gedanken lesen, lächelte Mariota sie schelmisch an. »Würdest du nicht auch gern dabei sein, schon um deinen gut aussehenden Ehemann im Auge zu behalten? Es wird mir ein Vergnügen sein, ihm den Kopf zu verdrehen, darauf kannst du dich verlassen. Wenn er erst einmal die Annullierung eurer Ehe durchgebracht hat, steht uns sowieso nichts mehr im Wege.«

»Ich schicke dir Tess, damit sie dir hilft«, begnügte sich Cristina zu sagen. Die Hände zu Fäusten geballt, machte sie auf dem Absatz kehrt und ließ Tess rufen.

Dann eilte sie hinauf in ihr Turmzimmer und schloss die Tür. Warum hatte sie sie nicht mit einem Riegel oder einem Bolzen versehen lassen, um sich vollends abschotten zu können? Sobald Mariota fort war, würde sie sich darum kümmern. Das Kätzchen fiel ihr wieder ein, das hier, in diesem Zimmer, fast ertrunken wäre. Sie sah sich nach dem Eimer um, in den Ruß gefallen war. Jemand hatte inzwischen aufgeräumt, den Fußboden gefegt und den Vorhang vor dem schmalen Fenster zugezogen, aber der Eimer, auch wenn er jetzt leer war, stand noch da, in der Ecke hinter der Tür.

Hatte etwa Mariota etwas mit dem Unfall zu tun? Nein, zu einer solchen Grausamkeit war ihre Schwester, so umtriebig sie auch für gewöhnlich war, nicht fähig. Wenn Mariota wütend war, konnte sie zwar, wie Cristina nur zu gut wusste, auf die unmöglichsten Ideen verfallen, um es dem heimzuzahlen, der ihren Unmut erregt hatte, aber hier auf Lochbuie war es noch nicht so weit gekommen. Mariota schien sich im Gegenteil sehr wohlzufühlen.

Selbst die Missachtung von Hectors Anweisungen war für sie ohne Folgen geblieben, nachdem sie ihn auf ihre charmante Art davon überzeugt hatte, dass ihr Verhalten aus ihrer Sicht durchaus verständlich gewesen war. Nicht anders hatte sie über die Jahre hinweg Macleod und jeden, dem sie Anlass gegeben hatte, böse auf sie zu sein, um den Finger gewickelt. Ruß jedenfalls konnte unmöglich ihren Unmut erregt haben. Was dem Kätzchen widerfahren war, musste darauf zurückzuführen sein, dass ein unachtsames Hausmädchen einen Eimer voll Wasser hatte stehen lassen und Ruß hineingeklettert oder hineingefallen war. Einzelheiten konnte Mariota nur auf die für die Insel typische Weise erfahren haben – durch die bestens funktionierende Gerüchteküche.

Da Hector nicht erpicht darauf war, die Gesellschaft seines Vaters ohne den mildernden Einfluss von Lachlans Gegenwart noch länger zu ertragen, hatte er sich tags darauf nach Ardtornish begeben, wo er seinen Zwillingsbruder im Gespräch mit dem Lord der Inseln antraf.

»Hector! So bald habe ich gar nicht mit dir gerechnet!«, rief Lachlan aus.

»Du sagtest, es sei dir daran gelegen, die Flotte zusammenzustellen«, erwiderte Hector. »Ich hoffte, dich auf Duart anzutreffen, aber Mairi sagte, du wärst bereits hier. Wann holst du Robert Stewart ab?«

»Das übernimmt Ranald«, sagte Lachlan. Ranald war einer der älteren Söhne von MacDonald. »Der Vorschlag kam von ihm selbst, und ich finde ihn ausgezeichnet.«

»Robert wird am Samstag Oban erreichen«, erklärte MacDonald. »Bis dorthin ist es nicht weit. Ranald wird seinen Großvater mit meinem königlichen Schlachtschiff abholen, und die Flotte wird sie eskortieren. Wir haben mehr als fünfzig Schiffe, und täglich treffen weitere ein«, fügte er befriedigt hinzu.

»Wir haben so viele, dass ich vorhabe, die Hälfte auszuschicken, um im Westen unsere Stärke zu demonstrieren«, fuhr Lachlan fort. »Es ist dort zu weiteren Zwischenfällen gekommen, denen ich Einhalt gebieten möchte. Eine kleine Flotte Langboote dürfte abschreckend wirken.«

»Die Querelen um die Sturmvögel geben mir zu denken«, meinte Hector. »Es ist verdammt gefährlich, von schroffen Felsklippen diese winzigen Vögel einzusammeln, aber diese Arbeit verrichten die Inselbewohner seit Jahren, ohne dass es groß Ärger gegeben hätte. Das Öl geht ins Ausland, und das Geld dafür fließt zurück an Seine Gnaden, der es samt des Gewinns an die Inselbewohner weitergibt. Außer dem einen Streit, den du vor einigen Wochen beigelegt hast, erreichen uns bisher nur Gerüchte von diesen Gewalttätigkeiten und Unstimmigkeiten. Auf Mull macht sich nichts dergleichen bemerkbar.«

»Was könnte wohl der Grund dafür sein, solche Gerüchte in Umlauf zu bringen?«

»Vielleicht die Absicht, die Hälfte unserer Flotte von Oban wegzulocken.«

»Großer Gott! Selbst wenn du dich irrst, dürfen wir kein Risiko eingehen. So etwas will gut bedacht sein.«

Hector nickte. Er war froh darüber, dass er Cristina nicht mitgenommen hatte, und genauso darüber, dass seine übrigen Schiffe noch heute oder morgen aus Lochbuie eintreffen würden.

In den ersten Tagen nach ihrer Abreise fehlte Mariota Cristina fast ebenso sehr, wie sie Sehnsucht nach Hector verspürte. Von einigen kleinen Einschränkungen abgesehen, hatte die Gesellschaft der Schwester und deren unbefangene Art sie aufgeheitert.

Lady Euphemia war zwar lieb und nett, aber eben nicht so fröhlich wie Mariota. Allerdings schien sich die Tante auf Lochbuie wohlzufühlen. Das von Zaudern geprägte Verhalten, das sie auf Chalamine an den Tag gelegt hatte, war einem deutlichen, wenn auch nicht fest umrissenen Interesse für alles gewichen, was auf der Burg vor sich ging. Eines Nachmittags hatte Cristina sie umringt von den Kindern der Bediensteten angetroffen, die sie mit Geschichten von keltischen Barden ergötzte.

Als Cristina Lady Euphemias Frage, ob sie gebraucht werde, verneint hatte, war die Tante erleichtert zu ihren Erzählungen zurückgekehrt.

Auch Isobel schien auf Lochbuie glücklich zu sein. Cristina schätzte die Gesellschaft der kleinen Schwester mehr und mehr. Trotz ihres etwas zu impulsiven Gebarens war das Kind aufgeweckt und hilfsbereit; sie hatte sich weder über Mariotas Abreise enttäuscht gezeigt noch über Macleods Weigerung, sie nach Ardtornish mitzunehmen.

»Zum Heiraten bin ich sowieso noch nicht alt genug«, hatte sie erklärt. »Ich glaube sogar, dass ich gar keinen Mann haben möchte. Frauen sollten für sich allein bleiben dürfen, wenn sie diesen Wunsch haben, und für mich wäre es das

Schönste, wenn ich in einem Turm auf einer der kleinen Inseln leben und alles tun könnte, was mir Spaß macht.«

»Einige der Inseln sind ziemlich winzig«, hatte Cristina lächelnd zu bedenken gegeben. »Du möchtest sicher genug Platz haben, um auszureiten.«

»Du machst dich über mich lustig. Aber findest du nicht, dass es sehr viel friedfertiger zugehen würde, wenn die Männer sich nicht ständig bekämpfen würden? Und für die Frauen wäre das Leben bestimmt angenehmer, wenn die Männer sie nicht ständig drangsalieren würden, von ihnen etwas zu essen und saubere Kleidung verlangen würden und all das. Sollen sie sich doch selbst etwas kochen und ihre Sachen waschen, kann ich da nur sagen.«

Cristina hatte laut aufgelacht. »Dann würden sie alle in kürzester Zeit vor Dreck starren und verhungert sein.«

»Von wegen. Sie kommen ja auch ganz gut ohne Frauen zurecht, wenn sie in den Krieg ziehen oder in See stechen, um an irgendeinem fernen Ufer ihre Pflicht zu erfüllen.«

»Wie wahr«, hatte Cristina beigepflichtet und hinzugefügt: »Gelegentlich können sie einem aber doch recht nützlich sein.« Sie hatte dabei an die Lustgefühle gedacht, die Hector in ihr geweckt hatte, bevor seine Leidenschaft von einem Moment zum anderen in Unmut umgeschlagen war. Sie hoffte dennoch, dass sie, was immer die Zukunft für sie bereithalten mochte, zumindest Freunde werden könnten. Nicht dass der Gedanke ihr Gemüt sonderlich aufhellte. Denn in Wahrheit wünschte sie sich sehr viel mehr.

»Was ist denn?«, fragte Isobel, die sie beobachtet hatte. »Dein Gesicht hat sich plötzlich verändert. Erst wurde es weich, dann traurig. Woran hast du gedacht?«

»An etwas, das nur mich angeht, Liebes, und nicht für Kinderohren bestimmt ist.«

»Jetzt hörst du dich wie Calum an. Wahrscheinlich hast du an einen Mann gedacht, den ich nicht kenne, weil alle, die ich kenne, dir vorschreiben wollen, was du tun sollst und wie du es tun sollst. Was nicht heißen soll, dass Hector ein Unhold oder so etwas in der Art ist. Nein, ich hab ihn wirklich gern, und ich bin froh, dass du ihn geheiratet hast und nicht Mariota.«

»Man hätte es in der Tat absonderlich gefunden, wenn ich Mariota geheiratet hätte.«

Isobel hatte gekichert. »Du weißt schon, wie ich das meine. Tu nicht so, als hättest du es nicht verstanden.«

»Ja, ich weiß es.«

»Und ich glaube, du bist auch froh, dass du es getan hast.«

Das war nicht zu leugnen, obwohl Cristina jedes Mal einen Stich verspürte, wenn sie überlegte, wie oft er sie wohl noch zur Rede stellen würde. Hinzu kam, dass sie frustriert war und voller Groll, weil Mariota auf Ardtornish war und zweifellos auf Teufel komm raus mit Hector flirtete, wie sie das vom ersten Tag an, da sie sich begegnet waren, getan hatte.

Und er, dieser Schuft, ging zweifellos darauf ein.

Die Zeit schleppte sich dahin. Zwei Tage später bot sich eine willkommene Zerstreuung, als ein Diener den Damen, die gerade ihr Mittagessen beendeten, Besuch ankündigte.

»Ian Dubh, Oberhaupt des Clan Gillean, und Ihre Ladyschaft, Mairi von den Inseln«, hob der Diener in einem Tonfall an, der nahe an den des Lord Kämmerers herankam, den Cristina von Stirling her kannte, als Macleod sie bei Hofe eingeführt hatte, in der Hoffnung, einen Ehemann für sie ausfindig zu machen.

Sie sprang auf, begrüßte Ian Dubh mit einem tiefen Knicks und hieß ihn auf Lochbuie willkommen.

»Ich freue mich, Euch wiederzusehen, Sir«, sagte sie, als er ihr aufhalf und sie dann auf die Wange küsste.

Statt einer Antwort zeichnete sich, als er sich umsah, ein beifälliges Lächeln auf seinem Gesicht ab. »Entdecke ich etwa Eure Handschrift in diesem Saal, Madam? Mein Sohn hat noch nie einen Raum so behaglich eingerichtet wie diesen hier.«

»Cristina hat wahre Wunder vollbracht, Sir«, mischte Mairi sich ein und warf der Schwägerin einen schelmischen Blick zu. »Aber wir sollten keine Zeit verlieren, ihr zu sagen, weshalb wir gekommen sind. Findet Ihr nicht auch? Sie muss schließlich die nötigen Vorbereitungen treffen.«

»In der Tat«, sagte er. »Gut, dass Ihr mich daran erinnert, meine Liebe. Es geht nämlich darum, Madam, dass ich beschlossen habe, an diesem Fest teilzunehmen, das Seine Gnaden auszurichten beabsichtigt, um Stewart zu zeigen, dass ihm auf den Inseln große Unterstützung entgegengebracht wird. Ich würde es als einen großen Gunstbeweis ansehen, wenn Ihr mir die Ehre erweisen würdet, mich zu begleiten.«

Verblüfft blickte Cristina zwischen ihren Besuchern hin und her. »Ich soll mitkommen?«

»Freilich«, bekräftigte Ian Dubh. »Ich kann mir nicht vorstellen, was sich mein Sohn dabei gedacht hat, Euch allein nachkommen zu lassen. Das scheint mir äußerst rücksichtslos von ihm zu sein.«

»Ehrlich gesagt, Sir, hatte er gar nicht vor, mich nachkommen zu lassen. Er hieß mich auf Lochbuie zurückbleiben, weil er damit rechnete, eine Reihe von Pflichten erledigen zu müssen und deshalb keine Zeit zu haben, sich um mich zu kümmern.«

»Das ist wieder typisch für ihn. Da hat er eine schöne junge Ehefrau, die er überall herumzeigen kann, und was tut er? Vergeudet seine Zeit damit, an geschäftliche Dinge zu denken und sich für jedweden Auftrag bereitzuhalten, mit dem sein Bruder ihn betrauen könnte. Dabei wäre es als frischgebackener Ehemann eine seiner vornehmlichsten Pflichten, MacDonald die Frau seines Herzens vorzustellen. Da ihm dies offenbar entfallen ist, müssen wir alles in unserer Macht Stehende tun, um sicherzustellen, dass sein Lapsus weder Seine Gnaden noch die Macleods kränkt. Deshalb würde ich mich freuen, wenn Ihr morgen nach dem Frühstück mit uns aufbrechen könntet. Ich darf doch annehmen, dass es Euch möglich ist, uns beide für eine Nacht zu beherbergen?«

»Seid Ihr wirklich sicher? Das heißt, ja, Sir, natürlich ist das möglich«, stammelte Cristina, die für ihre Frage einen eisigen Blick erntete, der sie unweigerlich an Hector erinnerte. Wieso hatte sie sich eingebildet, sein Vater sei weniger einschüchternd?

»Ich komme mit hinauf«, sagte Mairi und fügte mit einem neckischen Schmunzeln hinzu: »Bestimmt ist Euch bei der Auswahl Eurer Garderobe an meinem klugen Rat gelegen.«

»Oh ja, kommt mit«, willigte Cristina ein und überlegte bereits, was sie einpacken wollte. Ihr Herz jubilierte, als sie zusammen mit Mairi die Treppe hinaufeilte.

14

»Seid Ihr mir böse?«, fragte Mairi, als die beiden jungen Frauen Cristinas Kammer betraten, »dass ich mich in Eure Angelegenheiten eingemischt habe?«

»Dann habe ich die Einladung wohl Euch zu verdanken?«

»Größtenteils, auch wenn nicht alles mein Verdienst ist – oder meine Schuld, falls Ihr es so empfindet.«

»Ganz und gar nicht. Wenn Ihr wüsstet, wie sehr ich mir gewünscht habe, nach Ardtornish zu fahren.«

»Es war wirklich gemein von Hector, nicht dafür zu sorgen, dass Ihr nachkommt, zumal ihm genug Schiffe zur Verfügung standen, die Euch hätten hinbringen können. Dass er nicht wollte, dass Ihr ihn nach Duart begleitet, verstehe ich ja. Nach Erhalt einer derart knapp gehaltenen Aufforderung, dort vorstellig zu werden, scheint er mit einer Strafpredigt seines Vaters gerechnet zu haben. Es war ja auch so, dass Ian Dubh, nachdem ihm zu Ohren kam, dass Hector nach der Annullierung seiner Ehe strebt, so wütend war, dass er seinen Sohn am liebsten verprügelt hätte. Er scheint ihm allerdings dann doch nicht den Kopf abgerissen zu haben, da Hector seine Einstellung klar und deutlich zum Ausdruck gebracht hat.« – »Wirklich?«

»Ja. Denn nachdem Hector nach Ardtornish aufgebrochen war, geriet sein alter Herr ins Grübeln, legte dann seine geliebten Dokumente beiseite und meinte, er habe ein paar Dinge zu regeln. Das bot mir die Gelegenheit, ihm zu sagen, dass Hector mir gegenüber erwähnt hätte, Ihr würdet nicht nach Ardtornish fahren, und dass ich dies bedauern würde, weil ich wüsste, dass mein Vater gern meine neue Verwandte kennenlernen würde. Und jetzt sind wir hier.«

»Wie schön. Ich hatte schon völlig verdrängt, wie traurig ich eigentlich darüber bin, nicht an den Festlichkeiten teilnehmen zu dürfen. Als er nach Finlaggan fuhr und ich hierblieb, hat mir das ja auch nichts ausgemacht. Ach du Schreck! Was soll ich denn jetzt mit Isobel und Tante Euphemia machen?«

»Ihr nehmt sie selbstredend mit. Auf zwei Personen mehr kommt es unseren Ruderern nicht an, und auf Ardtornish ist Platz genug. Wenn Hector Euch verbietet, seine Kammer mit ihm zu teilen, könnt Ihr bei mir schlafen – zumindest bis Lachlan von woher auch immer zurück ist. Mit Sicherheit wird er vor dem Empfang Seiner Gnaden für meinen Großvater eintreffen. Ich bezweifle allerdings, dass Euer Ehemann Euch dazu anhalten wird, die Nacht woanders zu verbringen.«

»Er wird nicht begeistert sein, mich zu sehen«, meinte Cristina und verzog das Gesicht.

»Fressen kann er Euch ja zum Glück nicht«, lachte Mairi. »Und er wird Euch auch nicht schelten, wenn er sieht, dass Ihr mit seinem Vater gekommen seid. Er mag Euch vielleicht zunächst etwas kühl behandeln, vor allem wenn er Euch die Reise ausdrücklich untersagt hat.«

»Ausdrücklich untersagt hat er sie mir nicht. Er hielt es nur für angebracht, ohne mich zu fahren.«

»Dann ist ja alles in Ordnung«, sagte Mairi zufrieden. »Wo steckt eigentlich Mariota? Ihr habt sie noch gar nicht erwähnt.«

»Mein Vater war hier und hat sie nach Ardtornish mitgenommen.«

»Ohne vorzuschlagen, auch Euch oder Isobel oder auch Lady Euphemia mitzunehmen?«

»Von mir war gar nicht die Rede. Er meinte nur, dass er auf die Begleitung eines Wildfangs und einer Quasselstrippe verzichten könne«, sagte Cristina. Mairi musste unwillkürlich grinsen.

Ihr Schmunzeln verebbte alsbald. »In gewisser Hinsicht«,

sagte sie, »kann ich es ja verstehen, dass er Eure anderen Schwestern in der Obhut von Adela lässt. Sie scheint mir recht vertrauenswürdig zu sein. Aber wenn er schon nicht auf Isobel erpicht war, hätte er unbedingt Lady Euphemia mitnehmen müssen. Es schickt sich nicht, dass Mariota ohne eine Art Anstandsdame am Hof meines Vaters erscheint.«

»Ihr habt meine Tante ja schon mehrmals erlebt«, erwiderte Cristina. »Glaubt Ihr, sie könnte Mariota davon abhalten, irgendwelche Dummheiten zu begehen?«

»Meiner Meinung nach kann wohl niemand diese junge Dame dementsprechend beeinflussen, aber es würde einen besseren Eindruck machen, wenn die Tante dabei wäre.«

Cristina musste ihr beipflichten. Ohne noch eigens darauf hinzuweisen, dass der Vater seine Entscheidung über ihren Kopf hinweg getroffen hatte, wechselte sie das Thema und kam auf ihre Garderobe zu sprechen.

Kurz darauf erschien Brona, und nachdem sie den Auftrag erhalten hatte, Isobel und Lady Euphemia die freudige Nachricht von der bevorstehenden Reise zu überbringen, machten sich die beiden jungen Frauen an die Zusammenstellung von Cristinas Gepäck.

Grau und kühl brach der neue Tag an. Die Luft auf Cristinas Gesicht fühlte sich weich und ein wenig feucht an. Dass die Sonne nicht schien, tat ihrer guten Laune keinen Abbruch, als sie an Bord von Ian Dubhs Langboot die Reise die Ostküste der Insel entlang zum Sund von Mull antrat. Kurz bevor sie auf Duart Station machten, um ein spätes Mittagsmahl einzunehmen, ließ sich sporadisch die Sonne blicken; ohne sich lange aufzuhalten, machten sie sich schließlich zu den verbleibenden fünf Meilen bis zur Bucht von Ardtornish auf.

Ardtornish Castle, der Hauptwohnsitz des Lords der Inseln, thronte zwanzig Meter über ihnen auf einem Felskap, das sich am westlichen Ende der Bucht erhob. Als eine von acht Burgen, die über den Sund wachten, zeichnete sie sich mit ihren bräunlich schwarzen Mauern aus Basaltquadern düster und imposant vor dem diesigen Nachmittagshimmel ab. Nicht weniger beeindruckend waren die hoch aufragenden Basaltklippen, die die Bucht einrahmten.

»Die Morvern-Hexen lassen heute ihre Röcke wirbeln«, sagte Mairi und deutete bei der Einfahrt in die Bucht von Ardtornish auf die dunstigen Wasserschwaden, die von den Klippen aufstiegen. »Von hier aus kann man auch *Creag na Corps* sehen.«

»Den Felsen kenne ich«, sagte Cristina mit Blick zu der höchsten Erhebung. »Das ist doch der, von dem man die Verbrecher herunterstürzt, auf dass sie an dem darunterliegenden Gestein zerschellen, oder?«

»Ja«, sagte Mairi lediglich. »Aber dergleichen werden wir bei unserem Besuch nicht erleben. Dieses ist ein festlicher Anlass, zu dem alle zusammenkommen, vielleicht sogar meine Schwester Marjory.«

»Wenn so viele Leute hier sind«, mischte sich Isobel ein, während die Ruderer das Langboot geschickt wendeten, um dann hochherrschaftlich am Ankerplatz anzulegen, »wo sind dann die Schiffe, die sie versprochen haben?«

»Höchstwahrscheinlich in Loch Aline, drüben im Westen, es sei denn, sie sind bereits meinem Großvater entgegengesegelt«, erklärte Mairi. »Der Hafen dort bietet mehr Schutz, die Langboote und Galeeren sind weniger dem Wetter ausgesetzt – und auch besser gegen Überfälle gefeit.«

»Nicht doch!«, rief Isobel aus. »Wer sollte denn einen Überfall auf einen so mächtigen Mann wie den Herrn der Inseln wagen?«

»Du würdest dich wundern«, sagte Mairi. »Manchmal entpuppen sich die, von denen man es am wenigsten vermutet, als ganz ausgekochte Schurken, und Männer, die über Macht verfügen, sind eine bevorzugte Zielscheibe.«

»Wirklich?«

»Mit dem Vertrauen ist das so eine Sache«, meinte Mairi trocken. »Selbst unter den besten Freunden kann es zu Streitigkeiten kommen, und ein Mann in der Position meines Vaters ist häufig von ebenso vielen Feinden wie Verbündeten umgeben. In den nächsten Tagen dürfte es jedoch nur fröhliche Gesichter geben. Trau trotzdem nicht jedem Lächeln, Isobel«, ermahnte sie das Kind. »Eine kluge Frau beobachtet, wie sich andere verhalten und was sie tun; ihre Art zu lächeln, ihre Geziertheit und einschmeichelnde Worte sind ihr nicht genug.«

Es amüsierte Cristina, wie ernst das kleine Mädchen Mairis Ratschlägen lauschte. Ratschläge, die sie selbst ebenfalls beherzigen sollte.

Für eine Stunde zogen sie sich in Mairis Gemächer zurück, um sich frisch zu machen und ihre Kleidung in Ordnung zu bringen. Anschließend führte Mairi sie in den großen Saal des Hauptturms, wo ihr Vater seine Gäste begrüßte und Cristina sofort feststellte, dass am Hof des Gebieters über die Inseln möglicherweise mehr Fallstricke lauerten, als sie befürchtet hatte.

Rechts neben MacDonald erkannte sie den Grünen Abt von Iona, eine große und hagere Gestalt in knielanger schwarzer Robe und der für einen Höfling typischen Bundhose aus edlem Tuch. Neben ihm stand, charmant plaudernd, Mariota. Obwohl Cristina den Abt von Kindesbeinen an kannte, war ihr nie aufgefallen, wie sehr er mit seinen schmalen Augen, der langen Nase und dem markanten Kinn an einen Fuchs erinnerte.

Mariota hatte sie noch nicht entdeckt. Während Cristina auf diesen Moment wartete, veranlasste sie ein leichtes Prickeln im Nacken, sich umzudrehen. Genau in diesem Augenblick betrat ihr Gemahl den Raum, an der Seite seines Zwillingsbruders.

Die beiden erregten Aufsehen. Nicht nur weil sie das prächtige französische Gewand trugen, das viele Adlige der

Inseln als Kleidung bei Hofe bevorzugten – und zu dem sie als Beherrscher der Meere Zugriff hatten –, auch ihr hoher Wuchs und ihre breiten Schultern zogen viele Augenpaare auf sich.

Lachlan sagte gerade etwas zu Hector, aber Cristina wusste, dass ihr Ehemann gar nicht zuhörte. Sein Blick war fest auf sie gerichtet. Seine Augen blitzten, sein Kinn war gereckt.

Ein Schauer jagte ihr die Wirbelsäule entlang, aber sie zwang sich, Hector so ruhig wie irgend möglich den Rücken zu kehren und vor dem Herrn der Inseln ihren Knicks zu machen.

Hector meinte seinen Augen nicht zu trauen, aber da war sie, die Ehefrau, die er in Lochbuie wähnte, und begrüßte eben MacDonald mit einem vollendeten Hofknicks. Als sie daraufhin mit einem Lächeln zu Seiner Gnaden aufblickte, half dieser ihr hoch und wechselte ein paar Worte mit ihr. Dann wurde Hector die Sicht versperrt, weil sich ein Mann und zwei Frauen dazwischenschoben, unter denen er in seiner Versessenheit, Cristina nochmals zu erspähen, erst nach einer Weile seinen Vater und Mairi von den Inseln erkannte. Die andere Frau war Mairis gute Freundin Fiona MacDougall.

Dass Ian Dubh unter den Gästen war, brachte ihn auf den Boden der Tatsachen zurück. Er stieß einen halblauten Fluch aus.

»Hast du etwas gesagt?«, fragte Lachlan. »Ich wette, du hast mir überhaupt nicht zugehört.«

»Ich sagte: Was zum Teufel fällt ihm ein?«

»Überrascht es dich etwa, dass unser erlauchter Vater beschlossen hat, an den Festlichkeiten teilzunehmen? Er möchte wohl nicht als ein Gegner Stewarts angesehen werden.«

»Weshalb er hier ist, ist mir egal. Aber er hätte mir, als ich ihn vor ein paar Tagen aufsuchte, seine Absicht kundtun können«, sagte Hector grimmig. »Ich habe was dagegen, dass er sich über die Anweisungen, die ich *meiner* Frau gegeben habe, hinwegsetzt.«

»Ich dachte, du hättest vor, sie nicht länger als deine Frau zu betrachten?«, meinte Lachlan leise.

»Leg dich nicht mit mir an, Freundchen.«

»Dann reiß dich zusammen, damit du nicht unnötiges Aufsehen erregst«, raunte der Zwillingsbruder. »Wenn du dich traust, dann verprügle das Mädchen für ihren Ungehorsam oder sag unserem Vater, er soll sich nicht in eure Ehe einmischen. Um deinem Zorn auf der Stelle Luft zu machen, schauen uns allerdings zu viele Leute zu, darunter dieser vermaledeite Abt.«

»Keine Angst«, gab der finster dreinblickende Hector zurück. »Angesichts des großen Publikums wird man höchstens annehmen, wir beide hätten uns gestritten. Und wenn du mir weiterhin Ratschläge erteilst, die ich nicht hören will, kann es durchaus noch so weit kommen.«

»Tatsächlich?« Lachlan grinste herausfordernd.

»Zumindest unsere Zuschauer werden das glauben.« Damit verpasste Hector dem Bruder einen jovialen Klaps auf die Schulter, der immerhin nachdrücklich genug war, um Lachlan zum Taumeln zu bringen.

Lachlan lachte laut auf und versetzte seinerseits Hector einen kräftigen Schlag auf den Rücken. »Unser Vater beobachtet uns. Und Seine Gnaden auch«, sagte er. »Sollen wir mit dieser Komödie weitermachen?«

»Nein. Ich habe ein paar Dinge mit meiner Frau zu klären.«

»Dann tu das. Ich grüße Euch, Euer Ehren.« Damit trat er vor und verbeugte sich, den Abt geflissentlich ignorierend, vor MacDonald. »Wie ich sehe, habt Ihr meine liebreizende Schwägerin bereits kennengelernt.«

»Das habe ich in der Tat.« Lächelnd blickte MacDonald von einem Zwillingsbruder zum anderen, um sich dann an Hector zu wenden. »Ihr seid ein Glückspilz, mein Junge.«

»Danke, Euer Gnaden.« Hector blickte zu Cristina.

Aus ihren weit aufgerissenen Augen schloss er, dass sie Angst vor seiner Reaktion auf ihre Anwesenheit hatte, und dieser Gedanke beschäftigte ihn mehr als alle Ermahnungen seines Bruders oder seines Vaters. In diesem Augenblick stand für ihn fest, dass er sie weder einschüchtern noch mit ihr streiten wollte. Sondern etwas ganz anderes.

Einerseits kam er sich vor, als sei er in einer unerwünschten Ehe an sie gefesselt, andererseits sehnte er sich danach, sie als seine Frau zu behüten und zu beschützen. Von einer Minute zur anderen schien er nicht mehr zu wissen, wo unten oder oben war.

Lachlan und Mairi beobachteten, wie er schüchtern lächelte und wie sich Cristinas Stirn leicht kräuselte. Ohne die beiden zu beachten, reichte Hector Cristina die Hand. »Würdet Ihr mich begleiten, Madam, sofern Seine Gnaden und mein Vater es gestatten? Ich habe Euch lange nicht gesehen und würde gern mit Euch sprechen.«

»Seine Gnaden entschuldigt Euch natürlich«, sagte MacDonald und lächelte. Ian Dubh nickte mit ernster Miene.

»Dann soll es so sein, wie Ihr wünscht, Mylord«, sagte Cristina mit der Ruhe, die sie fast nie zu verlassen schien, und legte eine Hand auf Hectors Unterarm.

Ihr Ehemann führte sie weg von den um MacDonald Versammelten, blieb nur kurz stehen, um sich zu überzeugen, ob die Gemahlin Seiner Gnaden, Lady Margaret, hinzugekommen war. Zum Glück war sie das nicht, denn wenn ja, hätte er gezögert, mit Cristina den Saal zu verlassen. Jetzt konnte er das aber ohne weitere Umstände tun.

Er fand, dass die moosgrüne Seidenrobe, die sie trug, ihr hervorragend zu Gesicht stand. Das weit ausgeschnittene Mieder brachte ihre weichen, vollen Brüste vorteilhaft zur Geltung, und die hellgelbe Spitzenbordüre entsprach der Farbe ihres Haars, das sie lediglich nach hinten gestrichen und mit einem goldenen Netz bedeckt hatte. »Wart Ihr schon auf den Festungsmauern?«, fragte er. – »Nein, Sir.«

»Dann lasst uns hinaufgehen. Die Aussicht von dort oben ist überwältigend«, sagte er.

Schweigend stieg sie vor ihm anmutig die schmale, gewundene Treppe zum Festungswall der Burg hinauf. Ein atemberaubender Blick bot sich ihnen dar; trotz des grauen Himmels konnte man meilenweit sehen.

»Da drüben, im Südwesten, liegt Duart«, erklärte er. »Und die Burg im Westen, auf dem Kap in der Ferne, ist Aros. Mingary befindet sich noch ein Stück weiter westlich, am Ende des Sunds.«

»Ihr nehmt es mir übel, dass ich hier bin«, sagte sie.

»Nein, Weib, ich weiß doch, wer Euch mitgebracht hat.«

»Aber Ihr wart verärgert, als Ihr mich erblickt habt.«

»Ja, das war ich«, räumte er ein. »Ich habe etwas dagegen, wenn man sich über meine Anordnungen hinwegsetzt.«

»Ich weiß. Aber ich wünschte mir so sehr, herzukommen, dass ich jetzt nicht so tun kann, als hätte ich Euren Vater ausdrücklich darauf hingewiesen, dass seine Entscheidung nicht unbedingt in Eurem Sinne ist.«

»Darum hätte er sich auch nicht geschert«, gab Hector zurück. »Da er wusste, dass ich mich über seine Einmischung ärgern würde, hat er Euch wohl persönlich von Lochbuie abgeholt.«

»Genau so war es.«

»Dann stand sein Entschluss bereits fest. Ihr hättet ihn gar nicht davon abbringen können, sondern Euch höchstens Vorwürfe anhören müssen, wenn Ihr es versucht hättet. War Mairi bei ihm?«

Sie zögerte.

»Auch ihr werde ich nicht den Kopf abreißen«, sagte er. »Ehrlich gesagt freue ich mich, dass Ihr hier seid. Es tut mir leid, dass ich keine Vorkehrungen getroffen habe, damit Ihr mir nachkommen könnt.«

»Wirklich?«

»Wirklich.«

Sie schien zu erwarten, dass er noch mehr sagte, und tatsächlich fügte er nach einer Weile entschuldigend hinzu: »Ich hatte viel um die Ohren und auch gar nicht damit gerechnet, dass man mich immer wieder nach Euch fragen würde. Zumal vor der Ratsversammlung auf Finlaggan eigentlich nur wenige von unserer Hochzeit wussten. Aber dank Eures Vaters, der überraschenderweise ohne alle Häme von unserer Heirat sprach, verbreitete sich die Nachricht wie ein Lauffeuer, und auch die jeweiligen Ehefrauen und Töchter erfuhren davon.«

»Kein Wunder«, sagte sie. »Jeder denkt ans Heiraten, und viele von denen, die auf Finlaggan waren, scheinen Euch als würdigen Anwärter für eine ihrer Töchter in Betracht gezogen zu haben.«

»Möglich. Und wenn Ihr glaubt, dass besagte Töchter mich, den frischgebackenen Ehemann, jetzt in Ruhe lassen, dann irrt Ihr. Sie werfen ebenso ungeniert ihre Netze nach mir aus wie vorher. Eure Schwester ist davon übrigens nicht ausgeschlossen.«

»Das könnt Ihr Mariota wohl kaum ankreiden, Sir. Ihr habt ihr und anderen gegenüber kein Geheimnis daraus gemacht, dass Ihr lieber sie als Braut heimgeführt hättet. Sie rechnet fest damit, dass Ihr sie, sobald unsere Ehe offiziell für ungültig erklärt worden ist, *tatsächlich* heiraten werdet.«

Er verzog das Gesicht. »Diese Ungültigkeitserklärung, Weib ...«

»Ihr braucht nicht weiterzusprechen, Sir. Ihr habt Euren Standpunkt bereits deutlich zum Ausdruck gebracht.«

»Nein, meine Liebe, das habe ich nicht. Nicht wenn Ihr noch immer meint, ich wäre lieber mit Eurer Schwester verheiratet. Das stimmt nämlich nicht.«

Sie blickte ihn fragend an. »Nicht?«

»Nein. Obwohl ich nicht abstreite, dass dies damals auf Chalamine und auch noch eine Weile danach mein Wunsch war. Bis ich sie dann bei meiner Rückkehr auf Lochbuie erlebte. Ich muss sagen, dass mir noch kein junges Mädchen untergekommen ist, das so ausschließlich um sich selbst kreist. Ich bezweifle, dass sie sich jemals für etwas interessiert, das nichts mit ihr zu tun hat.«

Wenn er geglaubt hatte, Cristina würde sich freuen oder erleichtert sein, wenn sie vernahm, dass er von seinem Vorhaben, ihre Schwester zu heiraten, abgerückt war, zeigte sie sich zu seiner Überraschung betroffen, ja sogar besorgt.

»Ich bitte Euch inständig, Sir, erzählt ihr nichts von dem, was Ihr zu tun gedenkt.«

»Hört mir zu, Mädchen, ich werde doch nicht diesem Frauenzimmer gegenübertreten und ihr sagen, dass ich mich eines Besseren besonnen habe. Das wäre nicht nur ungehörig, sondern auch verletzend.«

»Ihr versteht nicht, Sir. Mariota glaubt, dass Ihr sie liebt und sie heiraten möchtet. Wenn Ihr ihr sagt, dass dem nicht so ist, wird sie keinen Gedanken daran verschwenden, dass dies ungehörig oder verletzend sein könnte. Sie wird Euch schlicht und einfach nicht glauben. Im günstigsten Fall wird sie annehmen, dass Ihr es nicht so meint, und darüber hinweggehen. Eher anzunehmen ist, dass sie mir oder jemand anderem anlastet, Euch überredet zu haben, von ihr abzurücken, und wenn es dazu kommt ... Sie ... sie kann entsetzlich wütend werden, wenn etwas nicht so geschieht, wie es ihren Vorstellungen entspricht, und dann handelt sie völlig unüberlegt und ist zu allem fähig.«

»Dann kann ich ihr nur davon abraten, mir oder Euch gegenüber einen derartigen Aufstand zu versuchen«, meinte Hector unerbittlich. »Andernfalls wird sie bald merken, dass mein Temperament ihrem zumindest ebenbürtig ist.«

»Versteht Ihr denn nicht, Sir? Genau das ist es doch, was ich vor allem befürchte.«

Cristina wusste nicht, was sie noch vorbringen sollte. Mariotas Charakter war denen, die sie nicht gut kannten und bisher nur mit ihrer Liebenswürdigkeit und charmanten Art konfrontiert gewesen waren, schwer begreiflich zu machen. Ihren Charme hatte er zu spüren bekommen, nicht aber die Folgen, wenn Mariota vor Wut außer sich war. Wie schlimm das sein konnte, davon machte er sich mit Sicherheit keine Vorstellung.

»Meine Geduld hat sie heute bereits auf die Probe gestellt«, sagte er.

»Hat sie das?«

»Gewiss, Weib, und hört auf, Euch so ahnungslos zu geben. Warum habt Ihr zugelassen, dass sie so angeregt mit dem Grünen Abt plaudert?«

»Damit habe ich nichts zu tun. Euer Vater, Mairi und ich sind eben erst angekommen. Mariota, die schon seit Tagen hier ist, hielt sich beim Abt und Seiner Gnaden auf. Fiona MacDougall hat uns begrüßt, dann tratet Ihr und Euer Bruder ein, und kurz darauf entfernten sich Mariota und der Abt.

»Das habe ich mitbekommen«, sagte er. »Kann Eure Tante nicht besser auf das Mädchen aufpassen?«

»Tante Euphemia und Isobel kamen zusammen mit mir an. Aber auch wenn meine Tante jetzt hier ist, ist sie nicht rigoros genug, um Mariota im Zaum halten zu können«, sagte Cristina. »Ihr dürftet doch gemerkt haben, dass meine Schwester tut, wozu sie Lust hat. Und wenn Ihr sie ob ihrer liebenswürdigen Art dem Abt gegenüber scheltet, wird sie höchstens noch liebenswürdiger zu ihm sein.«

»Euer Vater hätte diesem Mädchen Gehorsam einprügeln sollen!«

Cristina presste die Lippen zusammen.

»Ich werde mit Eurem Vater reden«, sagte Hector. »Schon weil ich noch immer nicht weiß, ob er Stewart tatsächlich unterstützt. MacDonald jedenfalls ist er zugetan, und vielleicht ist ihm gar nicht klar, dass es dem Abt und seiner Mackinnon-Brut an Loyalität mangelt. Es dürfte ihm bestimmt nicht gefallen, wenn sich seine Tochter plötzlich gegen den Herrn der Inseln stellte.«

Cristina war sich dessen nicht so sicher, wollte aber einer Auseinandersetzung aus dem Weg gehen. »Ich werde mich auf die Suche nach ihr machen, Sir. Obwohl wir den Abt von Kindesbeinen an kennen, kann ich sie vielleicht dazu bringen, ihm aus dem Weg zu gehen. Wenn er aber, wie Ihr sagt, wirklich ein Feind Seiner Gnaden ist, warum heißt MacDonald ihn dann hier willkommen?«

»Weil MacDonald ein praktisch denkender Mann ist. Er behandelt seine Freunde wie potenzielle Feinde und seine Feinde wie potenzielle Freunde. Und der Abt verfügt in dieser Gegend über ungeheure Macht, die er zum Guten oder zum Schlechten hin in die Waagschale werfen kann.«

»Wie ist das möglich, wenn er in Rom derart in Verruf geraten ist?«

»Mein Gott, Weib, die Menschen hier scheren sich nicht um seine Streitereien mit dem Papst. Ihnen ist einzig und allein daran gelegen, heiraten und ihre Kinder taufen lassen zu können, und Fingon ist für sie nun einmal der oberste Kleriker. Wenn er jemanden exkommuniziert, verweigern die anderen Geistlichen in der Gegend dieser Person fortan die Sakramente, ob das dem Papst nun gefällt oder nicht.«

»Und der Papst ist tatsächlich so schlecht auf ihn zu sprechen?«

»Ob hier auch persönliche Gründe im Spiel sind, weiß ich nicht«, erwiderte Hector. »Aber Ihr wisst ja, dass die Römische Kirche von ihren Priestern Ehelosigkeit und die Einhaltung weiterer Regeln und Praktiken verlangt, die nicht mit unseren alten keltischen Bräuchen zu vereinbaren sind. Aber selbst die keltische Kirche hadert mit Fingons langjähriger Praxis, mit der Dame seiner Wahl Kinder zu zeugen. Ein Verhalten, das auch von Rom abgelehnt wird.«

Cristina nickte. Sie wusste, dass die meisten römischen Priester unverheiratet blieben; dass aber der Papst solche seit alters her verwurzelten Bräuche mit scheelen Blicken beäugte, war ihr neu und zeugte ihrer Meinung nach von einer gewissen Intoleranz Seiner Heiligkeit. Zumal die keltischen Riten sehr viel älter waren als die der römischen Kirche. Hätte Gott sie mit dem gleichen Missfallen betrachtet, hätte Er längst dafür gesorgt, dass sie in Vergessenheit geraten wären.

»Bis zum Abendessen bleibt nicht mehr viel Zeit«, sagte er. »Wir sollten uns umkleiden gehen.«

»Wann erwartet Ihr Stewart?«

»Bald. Aber kommt jetzt. Wo hat man Euer Gepäck hingeschafft?«

»Ich weiß es nicht genau«, sagte sie kleinlaut. »Keiner hat mich gefragt, und ich hätte auch nicht gewusst, was ich sagen soll.«

»Ich wette, Mairi hat alles in meine Kammer bringen lassen«, sagte er. »Dort bringe ich Euch jetzt hin, und dann mache ich mich auf die Suche nach Eurem Vater.«

Es war, wie er vermutet hatte. Brona wartete in seinem Zimmer auf ihre Herrin. Hector ließ die Frauen allein und begab sich auf die Suche nach Macleod, kehrte aber bald wieder zurück.

»Ihr hattet recht«, sagte er kopfschüttelnd, nachdem Cristina Brona weggeschickt hatte. »Eurem Vater zufolge schenkt sie den Männern, die um sie herumschwänzeln, keinerlei Beachtung mehr, weil sie damit rechnet, dass ich sie heirate, sobald unsere Ehe für ungültig erklärt worden ist. Das aber werde er nicht zulassen, hat er ihr gesagt; Ihr und ich seien rechtmäßig verheiratet und würden das auch bleiben, aber davon will sie nichts hören. Sie hat ihm erklärt, der Grüne Abt habe zugesagt, meinen Antrag auf Annullierung zu befürworten; wir müssen uns also darauf gefasst machen, dass noch mehr einschlägige Gerüchte in Umlauf gesetzt werden.«

Cristina seufzte. Bevor er sich auf die Suche nach ihrem Vater gemacht hatte, hatte sie sich ganz kurz der Hoffnung hingegeben, Hector habe seinen Wunsch nach der Auflösung ihrer Ehe verworfen. Wenn aber der Abt sein Begehren unterstützte, würde es möglicherweise doch noch rechtskräftig werden.

Sein Kammerdiener trat ein, um ihm beim Umkleiden behilflich zu sein, und Cristina sah zu, wie Hector rasch sein Wams mit einem prächtigeren aus dunkelgrauem Samt vertauschte, der mit Fell besetzt und mit silbernen Knöpfen verziert war, die das Blau seiner Augen noch verstärkten.

Damit sein Diener ihm das Haar bürsten konnte, ließ er sich auf einem Schemel nieder. »Habt Ihr mir nicht erzählt, Ihr wärt früher bereits einmal am Hof Seiner Gnaden gewesen?«, fragte er Cristina.

Einmal mehr die Verärgerung unterdrückend, die in ihr hochzukommen drohte, wenn er behauptete, ihr auf Chalamine zum ersten Mal begegnet zu sein, sagte sie: »Ja, Sir, das war ich.«

»Dann wisst Ihr ja, dass Ihr Gespräche über die geschäftlichen Angelegenheiten Seiner Gnaden oder andere politische Themen vermeiden solltet«, sagte er. »Wenn man selbst nicht viel darüber weiß, ist es ein Leichtes, jemanden, der persönlich damit befasst ist, zu verletzen.«

»Aber für gewöhnlich unterhalte ich mich doch nur mit Frauen!«, warf sie ein.

»Das tut nichts zur Sache. Frauen schwätzen nach, was ihre Männer sagen, und reagieren noch empörter, wenn jemand anderer Meinung zu sein scheint. Beim Thema Sturmvogelöl zum Beispiel. Ihr hattet nicht viel damit zu tun, weil sich die Ausbeute auf Glenelg und Skye in Grenzen hält, obwohl den dortigen Bewohnern genau wie uns allen der Export und Verkauf zugutekommt. Auf den entlegenen Inseln dagegen spielt das Öl eine große Rolle, es wird mit Argusaugen darüber gewacht. Ich halte es für das Beste, dieses Thema gar nicht erst anzuschneiden, genauso wenig wie das der Thronnachfolge.«

»Wie Ihr wünscht, Sir«, meinte sie kühl. »Ich nehme an, Ihr habt mir eine Liste der Angelegenheiten zusammengestellt, über die ich mich gefahrlos unterhalten kann.«

Er sah sie an, dann seinen Diener, der gerade ein Schmuckstück für Hectors Wams aussuchte. Als er wieder zu Cristina schaute, hielt diese seinem Blick stand. »Ich glaube, Ihr besitzt genügend Fingerspitzengefühl, um so etwas selbst zu beurteilen«, sagte er. »Falls jemand auf etwas zu sprechen kommt, was Euch unangenehm ist, könnt Ihr immer sagen, dass Euch Euer Gemahl zu sich winkt, und Euch entfernen. Gut. Wenn Ihr jetzt so weit seid, können wir hinuntergehen«, fügte er hinzu, als wäre sie diejenige, die sich so viel Zeit gelassen hatte.

Da ihre Kammer im neuen Gästeflügel lag, der neben dem Turm, in dem sich die Latrinen befanden, an das Hauptgebäude grenzte, begaben sie sich wieder in den zentralen Bau, stiegen dort die Treppe im nördlichen Wall zum Haupteingang hinunter und traten hinaus auf den Hof.

Heftige Böen fegten von Westen her durch den Sund. Die Burg bildete einen soliden Schutzschild, und obwohl der Wind heulte, bewegte sich die Luft im Hof kaum. Sie folgten anderen Gästen durch den Garten in den großen Saal, der sich nicht weit von der Hauptburg befand und sich wie ein dritter Wall um den Hof herum zog.

Ein breiter Pfad verlief zwischen der südwestlichen Ecke des Saals und dem Gästeflügel der Burg; da sich auf seiner Morvern zugekehrten Seite keine Ringmauer erhob, gab er den Blick frei auf das sich jenseits erstreckende Hügelland. Aus dieser Richtung befürchtete der Lord der Inseln keinen Angriff – Morvern hatte seit jeher seine Loyalität unter Beweis gestellt. Diese Treue war in der Tat der beste Schutz der Burg, dazu kam ihre leicht zu verteidigende Position auf dem steilen, nur von Loch Aline aus erreichbaren Kap mit den in den Stein gemeißelten steilen Stufen, die von der Anlegestelle in Ardtornish Bay hinaufführten.

In dem großen Saal, der etwa zwanzig mal zehn Meter maß, drängten sich jetzt die Gäste Seiner Gnaden, von denen viele sich täglich von nahe gelegenen Burgen nach Ardtornish begaben, um ihre Aufwartung zu machen, ehe sie abends wieder heimkehrten.

Unter den Gästen auf Ardtornish herrschte gute Laune, die musikalischen Einlagen waren unterhaltsam, die Speisen, die aufgetragen wurden, reichlich und delikat zubereitet. Eine willkommene Abwechslung für diejenigen, deren Wintervorräte mittlerweile zur Neige gingen und die vor der in einigen Tagen beginnenden Fastenzeit noch einmal nach Herzenslust schmausen wollten.

Hector führte Cristina zur hohen Tafel auf dem Podium und hielt kurz inne, um seine Frau Lady Margaret vorzustellen, ehe er sie zu dem ihr zugedachten Sitz geleitete, mehrere Plätze links von Ihrer Ladyschaft. Kaum hatte sich Cristina mit den Damen rechts und links von ihr bekannt gemacht, begab sich Hector an das den Herren vorbehaltene Ende des Tisches rechts von MacDonald und stellte sich neben Lachlan.

MacDonald gab seinem Kaplan das Zeichen, das Tischgebet zu sprechen, und danach setzte man sich nieder. Fanfaren erklangen, als zum Auftakt des Mahls sechs Diener, angeführt vom Dudelsackpfeifer Seiner Majestät, auf einer silbernen Platte einen im Ganzen gebratenen Keiler, umgeben von einer Unzahl weiterer Delikatessen, hereintrugen. Sie schritten mit ihrer Last durch den ganzen Saal, hielten schließlich vor dem Herrn der Inseln, der beifällig nickte, an und setzten erst dann die Platte auf einem Nebentisch ab, um daranzugehen, das Tier zu zerlegen. Weitere Gänge, angefangen mit sechs Rehkeulen und zwei großen Lachsen, wurden mit dem gleichen Zeremoniell aufgetragen.

Cristina hatte zunächst gehofft, neben Mairi zu sitzen, aber die Schwägerin nahm drei Plätze von ihr entfernt den Ehrenplatz neben ihrer Mutter ein. Immerhin waren ihre

Tischnachbarinnen so unterhaltsam, dass sie das Essen dennoch genoss.

Musikanten auf der Galerie spielten während des Mahls auf, das der Hausdiener Seiner Gnaden und seine Lakaien weiterhin mit großem Pomp und Zeremoniell servierten. Anschließend traten Schauspieler auf, die die Gäste mit Pantomimen, Jonglierkünsten und anderen Possen ergötzten. Danach stimmten die Musikanten mit ihren Instrumenten Weisen an, die zum Tanzen einluden.

Rasch wurde im unteren Saal alles weggeräumt, um Platz zu schaffen, und eine Gruppe junger Leute formierte sich zu einem Ringtanz. Cristina blieb, wo sie war, in der Annahme, Hector würde kommen und sie zum Mitmachen auffordern.

Dies tat er nicht sofort. Da aber weitere Damen am Tisch verweilten, darunter auch Lady Margaret und Mairi, dachte sie sich nichts dabei. Da sie alle auf derselben Seite des Tisches saßen, hatte sie ihn, nachdem man Platz genommen hatte, nicht sehen können, und auch jetzt ging das nur, wenn sie sich vorneigte und die Reihe der zwischen ihnen Sitzenden entlangschaute. Da dies jedoch als ungehörig angesehen werden könnte, übte sie sich weiterhin in Geduld und wippte nur mit dem Fuß im Takt der Musik.

Ihre unmittelbaren Nachbarinnen hatten sich vom Tisch erhoben, und jetzt sah sie, dass auch Mairi aufstand und einer Aufforderung zum Tanz nachkam. Der gut aussehende junge Mann, der sich ihr genähert hatte, hatte am Ende des Tisches, der den Herren vorbehalten war, gesessen, und musste, wie Cristina annahm, ein Halbbruder von Mairi aus der ersten Ehe ihres Vaters mit Amy Macruari sein.

Noch immer war nichts von Hector oder seinem Zwillingsbruder zu sehen. Als MacDonald ihr zulächelte, lächelte sie zurück. Hoffentlich hatte er ihr nicht vom Gesicht abgelesen, wie ungeduldig und verärgert sie einen Augenblick zuvor gewesen war, weil ihr Mann sich nicht blicken ließ!

»Cristina, sitz hier nicht rum wie angewurzelt.« Mariotas beschwingte Stimme hinter ihr ließ sie zusammenfahren. »Komm mit und reih dich in den Kreis der Tanzenden ein.«

»Ich warte auf Hector«, wehrte Cristina ab.

»Vergiss Hector«, lachte die Schwester. »Er hat vorhin mit Lachlan Lubanach und ein paar anderen den Saal verlassen. Wahrscheinlich haben sie etwas Wichtiges zu besprechen. Was dich aber nicht daran hindern sollte, dich zu amüsieren. Komm mit, los doch. Unser Vater ist auch nicht mehr da, demnach dürfte der Rat tagen. Da, schau! Seine Gnaden hat eben eine Nachricht erhalten und lässt uns wohl ebenfalls allein.«

MacDonald war bereits aufgestanden, beugte sich jetzt hinunter und sagte etwas zu Lady Margaret, worauf diese sich ebenfalls erhob und sich von ihm vom Podest hinunterführen ließ.

»Wo ist Tante Euphemia?«, fragte Cristina.

»Sie hat sich zurückgezogen, was sonst. Gott sei Dank hat sie Isobel mitgenommen. Dieses Kind hat eigentlich in einer solchen Gesellschaft nichts verloren.«

»Ich weiß, aber wir können schließlich kaum verlangen, dass man ihr das Essen in ihre Kammer bringt«, wandte Cristina ein. »Es ist doch auch nicht weiter schlimm, wenn sie zusammen mit den Erwachsenen speist, solange Tante Euphemia bei ihr ist. Du dürftest wohl nicht erpicht darauf sein, an ihrer Stelle von unserer Tante unter die Fittiche genommen zu werden, oder?«, fügte sie verschmitzt hinzu.

»Gott bewahre!«, wehrte Mariota mit gespieltem Entsetzen ab. »Aber komm jetzt, wir können uns doch zu den Tänzern gesellen, findest du nicht auch?«

Cristina pflichtete ihr bei. Und da Macleod und Lady Euphemia durch Abwesenheit glänzten, war es außerdem ratsam, ihre impulsive Schwester im Auge zu behalten.

Statt sich am Ende der Reihe der Tänzer aufzustellen, stürmte Mariota ungeniert auf die Mitte zu und drängte sich mit einem kecken »Ihr habt doch nichts dagegen?« zwischen zwei gut aussehende junge Gentlemen.

Mit vor Scham hochroten Wangen folgte Cristina ihr wohl oder übel und war erleichtert, dass die beiden Herren von ihrer ungestümen Schwester durchaus begeistert waren. Bis der Galan, der sie bei der Hand nahm, überraschenderweise ganz zwanglos und ohne Mariota weiter zu beachten mit ihr zu schäkern begann. So hell Cristina über seine witzigen Bemerkungen auflachen musste, so sehr errötete sie über seine schamlosen Komplimente.

»Bitte, Sir«, sagte sie nach einem besonders dreisten, »so dürft Ihr nicht mit mir sprechen. Ich bin eine verheiratete Frau.«

»Was war das eben, Mädchen?« Er neigte sich zu ihr hinunter. »Ich verstehe kein Wort!«, brüllte er über die Musik und das Gelächter hinweg.

Sie trat ein wenig näher an ihn heran und wiederholte, ebenfalls lauter, ihre Bitte, aber bereits nach dem ersten Wort zog ihr Tanzherr sie an sich und drückte ihr einen herzhaften Kuss auf die Lippen.

Entsetzt wich Cristina zurück. Er aber grinste sie nur an und drängte sie aus der Reihe der Tanzenden.

Noch immer grinsend, beugte er sich zu ihr hinunter. »Wenn Ihr mir eine Ohrfeige verpassen wollt, Mistress, dann nur zu«, sagte er. »Die ist es mir wert, denn Ihr seid mit Abstand die schönste Frau, die mir je zu Gesicht gekommen ist. Am liebsten würde ich Euch gleich noch mal küssen.«

Benommen, wenngleich geschmeichelt, sagte sie hastig: »Bitte, Sir, mein Gemahl ...«

»Ich habe sehr wohl verstanden, dass Ihr mit einem Ehemann geschlagen seid«, meinte er und seufzte übertrieben auf, um sich dann an die Brust zu klopfen. »Zeigt ihn mir«, forderte er sie auf, »damit ich ihn erschlagen und Anspruch auf Euch erheben kann.«

»Seid nicht töricht«, wies Cristina ihn scharf zurecht und

schaute sich rasch um, weil sie befürchtete, Hector könnte unversehens auftauchen. »Ich werde auf gar keinen Fall ... Barmherziger!«

Auf ihren Ausruf hin richtete auch ihr Begleiter seinen Blick zum Haupteingang.

MacDonald und seine Gemahlin waren zurückgekehrt, und neben ihnen im Türbogen standen Hector Reaganach, Lachlan Lubanach, Mairi von den Inseln und ein älterer Mann.

Auf ein Zeichen von MacDonald hin hörten die Musikanten auf zu spielen. Der Dudelsackpfeifer trat vor, und der Kämmerer verkündete mit Stentorstimme: »Seine Gnaden Robert the Stewart, Anwärter auf den Thron Schottlands!«

Der Dudelsackpfeifer hob an zu spielen, als Robert den Saal durchschritt und die Anwesenden sich verneigten oder einen Knicks machten.

Als Cristina ihre Röcke raffte, um ihrerseits in einen Knicks zu sinken, merkte sie, dass ihr Mann sie beobachtete. Sein Blick ging zu dem Mann neben ihr, dann wieder zu ihr zurück.

Hector Reaganach schien alles andere als erfreut zu sein.

15

Cristina hätte am liebsten anderswohin geschaut, nur nicht in die Augen ihres Mannes, und doch konnte sie nicht anders. Es war, als ob Hector sie selbst auf die Entfernung von einer halben Saallänge hin in Bann hielt. Hatte er etwa mit angesehen, wie der freche Kerl sie geküsst hatte? Bestimmt, denn ansonsten gab es keinen Grund, ein Gesicht zu machen, als wollte er sie erwürgen.

Eine starke Hand fasste sie am Ellbogen, und eine sonore, einschmeichelnde Stimme, die sie beinahe nicht als die des Mannes erkannte, der so zudringlich geworden war, raunte dicht an ihrem rechten Ohr: »Wer zum Teufel ist dieser Kerl da drüben, der, der Euch so unverhohlen anglotzt? Ich habe nicht übel Lust, ihm Manieren beizubringen.«

Entgeistert starrte Cristina ihn an. Hatte er jetzt vollends den Verstand verloren?

Der Lärm ebbte ab, aber wenn jemand angenommen hatte, der schottische Thronfolger würde eine Ansprache halten, so wurde er enttäuscht – Stewart nickte lediglich in Erwiderung des ihm bezeugten tiefen Respekts und wandte sich dann an Lady Margaret, seine Tochter, um mit ihr zu plaudern.

Der Dudelsackpfeifer verstummte, und MacDonald bedeutete den Musikern weiterzuspielen.

»Dieser verfluchte Hundsfott glotzt noch immer zu Euch rüber. Na, den werd ich mir mal vorknöpfen.«

Cristina befürchtete, dass er ernst machen könnte, und gleichzeitig überkam sie eine unbändige Lust, laut aufzulachen. Sie fasste nach seinem Arm. »Tut das nicht, Sir, wenn Euch Euer Leben lieb ist!«

»Mädchen, Ihr wisst nicht, wer ich bin. Er ist mit Sicherheit kein adäquater …«

»Ich kenne vielleicht nicht Euch, umso besser kenne ich ihn«, fiel sie ihm ins Wort, noch ehe er etwas zusicherte, was er ihrer Meinung nach nicht einhalten konnte. »Und auch wenn Ihr es versteht, hervorragend mit dem Schwert umzugehen, warne ich Euch: Er ist besser.«

»Pah! Ich bin in den gesamten Highlands als hervorragender Kämpfer bekannt, werde also auch mit diesem Flegel fertig werden. Außerdem ist er viel zu groß, um geschickt mit einer Waffe umgehen zu können. Schon bei dem Versuch, sein Schwert zu ziehen, dürfte er über seine eigenen Füße stolpern.«

»Das ist Hector Reaganach«, sagte Cristina.

Der Mann verstummte unversehens, seine Kinnlade spannte sich an, seine Augen verengten sich, das Blut wich aus seinen Wangen.

»Darüber hinaus ist er mein Ehemann«, fügte sie leise hinzu.

Er verbeugte sich tief vor ihr. »Vergebt mir, Mylady, das wusste ich nicht. Wenn es sich so verhält, werde ich nichts unternehmen, aber erwartet von mir nicht, dass ich mich für den Kuss entschuldige. Ich habe ihn genossen. Dieser Rüpel ist ein Glückspilz und gleichzeitig ein Trottel, weil er Euch allein gelassen hat. Sollte das während meiner Anwesenheit auf Ardtornish abermals vorkommen, werde ich bestimmt nicht so dumm sein, die Gelegenheit nicht wahrzunehmen.« Er zwinkerte ihr zu, machte auf dem Absatz kehrt und tauchte in der Menge unter.

Während sie ihm noch nachblickte, spürte sie bereits, dass Hector auf sie zukam. Rücksichtslos bahnte er sich seinen Weg durch die Menge, die, als gelte es, einer Sturmbö zu entgehen, zu beiden Seiten zurückwich.

Cristinas Nerven waren zum Zerreißen gespannt, all ihre Sinne geschärft. Obwohl er mordlüstern dreinschaute, blieb sie gelassen, was ihr diesmal nicht schwerfiel. Dass er mitbekommen hatte, wie ihr ein anderer Mann den Hof machte, und nicht angetan davon war, war ihm deutlich anzumerken. Wie konnte ein Mann, der noch immer vorhatte, seine Ehe für ungültig erklären zu lassen, über einen derartigen Vorfall so empört sein, wie es jetzt von Hectors Gesicht abzulesen war?

Eine warnende Stimme in ihrem Hinterkopf raunte, dass er nur beschützen wolle, was ihm gehörte, nicht anders, als er auf ein Maisfeld oder auf eine Kuh auf Lochbuie achtgeben würde. Eigentlich ein deprimierender Gedanke – aber da stand Hector bereits vor ihr, mit blitzend blauen Augen, die Lippen zu einer schnurgeraden Linie zusammengepresst.

»Wer war dieser vermaledeite Schurke, der es gewagt hat, Euch zu küssen?«

»Ihr habt ihn gesehen?«

»Natürlich habe ich das. Wer zum Teufel ist er?«

»Ich weiß es nicht.«

Er packte sie an den Schultern. »Was soll das heißen, Ihr wisst es nicht? Ihr müsst ihn doch kennen, wenn Ihr ihm gestattet habt, Euch zu küssen.«

»Wollt Ihr einen Skandal verursachen, Sir? Lasst mich bitte los.«

Zu ihrer Enttäuschung kam er der Aufforderung unverzüglich nach. Dennoch sagte sie: »Ich habe es ihm nicht ›gestattet‹, mich zu küssen. Er hat es einfach getan. Als die Musik verstummte, verschwand er, ohne sich mir vorzustellen. Wenn Ihr ihn nicht kennt, weiß ich nicht, wie Ihr auf die Idee kommt, dass ich ihn kennen sollte.«

»Sein Name ist Fergus Love«, warf Mariota, die jetzt neben ihnen auftauchte und offensichtlich nichts von der gespannten Atmosphäre wahrnahm, übermütig ein. »Ist er nicht der bestaussehende Gentleman überhaupt? Wenn erst einmal die Annullierung durch ist, würde er meiner Meinung nach wunderbar zu Cristina passen. Meint Ihr nicht auch, Hector?«

»Unsere Angelegenheiten gehen Euch nichts an, Mistress«, wies er sie zurecht. »Kommt mit, Cristina, ich habe mit Euch zu reden. Und was Euch angeht, Mariota, so empfehle ich Euch angesichts der vorgerückten Stunde, dass Ihr Euch verabschiedet und zu Bett geht.«

»Was?! Noch ehe der Mummenschanz beginnt? Kommt nicht infrage. Und überhaupt, Sir, jetzt, da mein Vater anwesend ist, kommt es ihm zu, mir Vorschriften zu machen, nicht Euch.«

»Als ob irgendjemand diesem Grünschnabel etwas vorschreiben könnte«, murmelte Hector und wandte sich, Cristina mit sich ziehend, zur Tür, die hinaus auf den Hof führte.

»Wir werden beobachtet«, sagte sie. »Könnt Ihr nicht wenigstens so tun, als würdet Ihr Euch amüsieren?«

»Erwartet Ihr von mir, dass ich mich amüsiere, wenn ich meine Ehefrau verprügle?«, knurrte er.

Sie schwieg und versuchte sich einzureden, dass niemand sie beobachtete und dass Hector sein Vorhaben nicht in die Tat umsetzen würde.

Obwohl sie sich da nicht so sicher war.

Wie, fragte sich Hector, schaffte es dieses Mädchen, selbst wenn sie sich eindeutig etwas hatte zuschulden kommen lassen, ihm das Gefühl zu geben, er hätte sich irgendwie ungehörig benommen und müsste dafür büßen? Beim Hinausgehen schaute er sich noch einmal im Saal um, konnte aber den Halunken, der es gewagt hatte, Cristina zu küssen, nicht entdecken.

Warum hatte sie ihm keine Ohrfeige verpasst? Für ihn hatte es nicht so ausgesehen, als ob sie etwas dagegen gehabt hätte, geküsst zu werden, aber ebenso gleichmütig hatte sie sich gegeben, als er auf sie zugekommen war und sie, wie es ihm zustand, gefragt hatte, welcher Teufel sie geritten habe, einem Fremden derartige Freiheiten zu gestatten. Wenn er etwas barsch gewesen war – hatte sie das nicht verdient? Aber gewiss doch.

Jetzt schritt sie mit gesenktem Kopf neben ihm her, ohne ein Wort der Rechtfertigung, außer dass sie ihn ersucht hatte, keine Szene zu machen. Als ob sie mit diesem einen verflixten Kuss nicht schon für genug Klatsch gesorgt hätte.

Und was hatte Mariota damit zu tun? Warum schwirrte sie um Cristina herum und säuselte ihm die Ohren voll von Küssen und einem gut aussehenden Mann, der seine Frau heiraten könnte, sobald die Aufhebung ihrer Ehe amtlich wäre? Soweit er beobachtet hatte, schäkerte dieses Frauenzimmer unentwegt mit allem, was Wams und Kniehosen trug, und wurde eifersüchtig, sobald die Blicke der armen Tröpfe eine andere Frau streiften.

Cristina hatte noch kein Wort zu ihrer Verteidigung vorgebracht. Besaß sie denn gar keinen Stolz?

Cristinas Zuversicht war geschwunden. Es kam ihr vor, als triebe er sie ihrem Verhängnis entgegen und sie könnte sich dem nicht entziehen. Er war nicht nur zweimal so groß wie sie, er schien darüber hinaus vor Wut zu platzen. Sie wollte nicht sprechen, weil sie befürchtete, er würde ihr dann auf der Stelle derart die Leviten lesen, dass sie nur noch ein heulendes Bündel Elend sein würde. Nein, sie wollte nicht zum Gesprächsthema Nummer eins innerhalb der Burg werden, was immer geschehen würde. Obwohl zu vermuten stand, dass sie bereits für genug Klatsch gesorgt hatte, um hämische Zungen wochenlang in Bewegung zu halten. Sie kannte Mariota gut genug, um zu ahnen, dass allein sie nach Kräften bemüht sein würde, das Gerede zu schüren.

Mariota war es ja auch gewesen, die sich ungeniert in ihre Auseinandersetzung mit Hector eingemischt hatte. War es möglich, dass ihre Schwester von Anfang an die Absicht gehabt hatte, den jungen Mann auf sie anzusetzen? Eigentlich undenkbar, dass Mariota einen derart gut aussehenden Kerl dazu ermutigt hatte, sich anstatt mit ihr mit Cristina einzulassen.

Sie betraten den Hauptturm, und Hector schob sie regelrecht die gewundene Treppe zum nächsten Stockwerk hinauf. Sie kamen an der innen liegenden Kammer vorbei, überquerten die Steinbrücke vor dem Latrinenturm zum Gästeflügel und gelangten zur Tür seiner Bettkammer.

Er stieß sie auf. Als er Cristina bedeutete, einzutreten, klopfte ihr das Herz bis zum Halse. Ob dies an der Eile lag, zu der er sie veranlasst hatte, oder daran, dass sie nicht wusste, was er vorhatte, hätte sie nicht sagen können. Ihre Nerven waren zum Reißen gespannt, aber Angst hatte sie keine. Sie war höchstens ungehalten, dass er sie entführt hatte, ohne sie vorher Robert Stewart vorzustellen. Sie hätte gern den Mann kennengelernt, der dereinst der König der Schotten werden sollte und den sie noch nie gesehen hatte. Und es war kaum zu erwarten, dass er längere Zeit auf den Inseln verweilen würde.

Wenn Hector zunächst finster dreingeschaut hatte, so veränderte sich jetzt sein Gesichtsausdruck und drückte etwas anderes als Unmut aus. Seine Augen schimmerten, seine Lippen öffneten sich leicht, sein Atem wurde hastiger.

Als sich ihre Blicke trafen, klang unwillkürlich eine Saite in ihr an. So als hätte er sie berührt, auf die gleiche Weise liebkost wie auf Lochbuie, als sie einander beigelegen hatten. Sie fuhr sich mit der Zungenspitze über die plötzlich wie ausgedörrten Lippen und fragte sich, was er von ihr erwartete.

»Komm her«, sagte er mit belegter Stimme.

»Was habt Ihr vor?«

»Du hast es verdient, übers Knie gelegt zu werden, habe ich recht?« – »Nein, Sir. Ich habe nichts getan, wofür ich bestraft werden müsste.«

»Habe ich dir nicht gesagt, du sollst zu Hause bleiben?«
»Sollte ich etwa Eurem Vater den Gehorsam verweigern?«

»Er hat dich geküsst, und du hast ihn in keinster Weise daran gehindert.«

»Euer Vater?«

»Nimm dich in Acht, Weib.« Er packte sie hinten am Kopf und zog sie näher zu sich heran. »Wenn du beabsichtigst, mit deinen Küssen freigiebig zu sein, dann sollten die besten deinem Herrn vorbehalten bleiben, verstanden?«

»Wenn Ihr es so wünscht, Sir«, sagte sie sittsam.

»Verdammt noch mal, Mädchen, ich verstehe es nicht, aber du hast mich irgendwie verhext. Ich schwöre dir, dass ich bei unserer ersten Begegnung nichts davon geahnt habe. Also wie kommt es ...?« Seine Worte gingen in einem Stöhnen unter, als er sie ungestüm an sich zog und so nachdrücklich küsste, als wollte er damit ihre Erinnerung an den Kuss des Fremden auslöschen.

Sie glaubte den Verstand zu verlieren, vermochte aber nicht, ihm Einhalt zu gebieten. Sie wollte es auch gar nicht. Seine Küsse waren dreist und fordernd, seine Lippen nahmen sich alles, was sie von ihr bekamen.

Seine Zunge verlangte Einlass in ihren Mund, und als er gewährt wurde, glitten seine Hände über ihren Körper, mit einer Vertrautheit, die davon zeugte, dass sie ihn kannten und wussten, dass ihnen nichts, wonach sie aus waren, verwehrt werden würde.

»Zieh dich aus«, befahl er und trat schwer atmend einen Schritt zurück.

»Ich muss meine Zofe rufen«, sagte sie. »Allein komme ich damit nicht zurecht.«

»Lass es bleiben. Das übernehme ich.« Mit beiden Händen umfasste er ihr Mieder.

»Zerreißt es nicht«, warnte sie und hielt seine Hände fest, auch wenn sie wusste, dass sie ihn nicht daran hindern konnte, wenn er ihr das Gewand vom Leib reißen würde. »Ich liebe dieses Kleid.«

»Ich kaufe dir ein neues«, sagte er.

»Ich will aber kein neues.« Seine Hände umklammernd, schaute sie ihm geradewegs in die Augen.

Er seufzte auf. »Dann dreh dich um.«

Sie gehorchte. Seine Finger gingen flink zu Werke.

»Bestimmt übernehmt Ihr nicht zum ersten Mal bei einer Dame die Rolle der Kammerzofe, Sir.«

»Für Unverschämtheiten ist jetzt keine Zeit, Mädchen. Du begibst dich damit auf verdammt dünnes Eis.«

Aber sie merkte, dass er nicht länger böse auf sie war. Vielleicht auf Fergus Love, aber nicht auf sie. Etwas hatte seine Leidenschaft angestachelt, und dagegen hatte sie nicht das Geringste einzuwenden.

Seine erfahrenen Hände öffneten routiniert die Verschlüsse ihres Gewands und streiften es ihr ebenso gekonnt von den Schultern.

Leise raschelnd landete es auf dem Fußboden, dann folgte der Unterrock, bis sie schließlich, seine Hände weiterhin auf ihren Schultern, im Hemd dastand.

»Ich glaube, ich benötige meinerseits die Dienste einer Kammerzofe.« Seine tiefe, fast knurrende Stimme jagte ihr Hitzewellen in die Wangen und durch den gesamten Körper.

»Ich werde mein Möglichstes tun«, meinte sie. »Obwohl ich im Umgang mit der Kleidung von Gentlemen keineswegs so vertraut bin wie Ihr mit der von Damen.«

»Wenn du nichts als unverschämte Bemerkungen von dir geben kannst, dann halt den Mund. Komm lieber deinen Pflichten nach und gehorche deinem Gebieter.«

Sie konnte sich ein Lächeln nicht verkneifen. Wieso konnte eine Frau nur so viel Spaß daran haben, derart herumkommandiert zu werden!

»Empfindest du mich als komisch?«

»Ja, Sir, ein wenig.« Jetzt grinste sie ihn ungeniert an.

»Du freches Ding. Du verdienst jede Strafe, die ich mir für dich einfallen lasse.«

»Ach ja?«

»Ja. Komm und küss mich und sieh zu, dass du dich dabei ins Zeug legst.«

»Ich wüsste nicht, weshalb. Ich bezweifle, dass es einem Mann zusteht, die Ehefrau, von der er sich zu trennen beabsichtigt, herumzukommandieren.«

Sie konnte kaum glauben, was ihr da eben über die Lippen gekommen war.

Aber zurücknehmen ließen sich die Worte nicht mehr, und jetzt lagen sie schwer zwischen ihnen.

Er runzelte die Stirn. »Habe ich mich etwa noch nicht deutlich genug ausgedrückt?«, fragte er und fügte förmlich hinzu: »Ich habe nicht länger die Absicht, um die Annullierung unserer Ehe nachzusuchen, es sei denn, Ihr besteht darauf, Madam. Und schon gar nicht werde ich Eure Schwester heiraten. Meint Ihr nicht, wir könnten diese unsere Ehe zum Besten für uns beide gestalten?«

»Gewiss, Sir, wenn Ihr es wünscht.« Ihr Puls hatte sich beschleunigt, aber instinktiv bewahrte sie Haltung und sagte so ruhig wie möglich: »Bis Gott oder die Kirche etwas anderes bestimmen, habe ich geschworen, mich in jeder Weise als Eure Ehefrau zu erweisen.«

»Gutes Mädchen.« Damit schloss er sie wieder in die Arme. »Und jetzt schlage ich vor, dass du darangehst, mir mein Wams aufzuschnüren. Da du dich mit männlicher Kleidung nicht auskennst, werde ich dich darin unterweisen.«

»Gewiss, Sir, aber zuvor möchte ich Euch um einen Gefallen bitten.«

»Du wagst es, Bedingungen zu stellen? Hast du vergessen, dass ein Weib für eine derartige Dreistigkeit bestraft werden kann?«

In der Annahme, er wolle sie nur weiter necken, ging sie über seine Frage hinweg. »Offenbar habt Ihr mich vorhin, als von Mariota die Rede war, nicht richtig verstanden, Sir«, sagte sie ernst. »Wenn Ihr wirklich vorhabt, uneingeschränkt zu unserer Ehe zu stehen, dann bitte ich Euch, Mariota nichts davon zu sagen. Sie soll es selbst merken und sich allmählich daran gewöhnen.«

»Herrgott noch mal, ich weiß gar nicht, warum du derart besorgt um Mariota bist. Sie genießt so viel Aufmerksamkeit von den jungen Männern hier, dass sie bestimmt keinen Gedanken mehr an mich verschwendet. Zerbrich dir ihretwegen nicht den Kopf. Knüpf mir lieber das Hemd auf.«

Seine Begriffsstutzigkeit mit einem Seufzer quittierend, nahm sie sich sein Hemd vor. Mit der Schnürung zurechtzukommen erwies sich als noch komplizierter, als er ihr just in diesem Augenblick das Unterhemd über den Kopf streifte und anfing, ihre Brüsten neckend zu liebkosen. Kurz darauf hob er sie hoch und ging mit ihr aufs Bett zu.

Sacht legte er sie dort ab, riss sich im Nu die restliche Kleidung vom Leib und glitt zu ihr unter die Decke; er schob einen Arm unter sie und zog sie näher zu sich heran. Dann stützte er sich auf einen Ellbogen und bemächtigte sich erneut ihrer Lippen, küsste sie lange und voller Gier. Währenddessen strichen seine Hände ungehindert über ihren Körper, der ungestüm auf jede seiner Berührungen ansprach. Cristina wand sich unter seinem Gewicht und verlangte stöhnend nach Erlösung.

Rasch drang er in sie ein, trug dann aber auf ihrem Höhenflug zum Gipfel der Lust mit kräftigen Stößen seiner eigenen Befriedigung Rechnung, ohne Cristinas Verlangen nach mehr zu beachten.

»Es tut mir leid, Mädchen«, murmelte er schläfrig und kuschelte sich an sie. »Meine Sehnsucht nach dir war wohl größer, als ich angenommen hatte.«

Innerhalb kürzester Zeit war er eingeschlafen. Es war, als hätte er Cristina abermals allein gelassen. Nicht dass sie mehr erwartet hätte, dazu war sie zu unerfahren. Aber während er rundum gesättigt zu sein schien – er war zum Schluss aufstöhnend und wie bewusstlos auf ihr zusammengesunken –, hatte sie das Gefühl, lediglich die ersten Schritte auf dem Weg zu schier unerträglicher Leidenschaft zurückgelegt zu haben. Nichts von dem, was sie kannte, entsprach dem, was er zu empfinden schien, dennoch hatte sie eine Verheißung zu erahnen begonnen, die Verheißung von etwas, dessen Erfüllung sie sich von ihm gewünscht hätte.

Sie zwang sich, an etwas anderes zu denken. Hatte Hector mit seiner Ansicht über Mariota etwa recht? Würde sich ihre selbstverliebte Schwester mit der Aufmerksamkeit zufriedengeben, die ihr von jedem jungen Mann aus gutem Hause, der sich am Hof Seiner Gnaden aufhielt, zuteil wurde? Wahrscheinlich nicht.

Wenn Mariota sich in den Kopf gesetzt hatte, Hector für sich zu gewinnen, würde sie nicht eher ruhen, als bis er ihr gehörte. Wenn er sie aber nicht wollte, wenn er sich wirklich dazu durchgerungen hatte, sich mit der Frau zufriedenzugeben, die er zum Altar geführt und mit dem Segen der Heiligen Kirche geheiratet hatte, was dann? Nicht auszudenken, was dann passieren konnte! Zu erschöpft, um noch länger darüber nachzugrübeln, fiel Cristina schließlich in einen unruhigen Schlummer.

Als sie aufwachte, stellte sie fest, dass sie allein im Bett ihres Mannes lag. Nichts deutete darauf hin, dass er hier gewesen war. Sein Diener musste sich hereingeschlichen haben, um Hector beim Ankleiden behilflich zu sein und anschließend aufzuräumen. Lautlos. Sehr rücksichtsvoll, gewiss, aber schöner wäre es gewesen, wenn Hector sie mit einem Kuss geweckt und ihr Guten Morgen gewünscht hätte.

Entsprechend missmutig sah sie dem neuen Tag entgegen, der ihrer Stimmung zu entsprechen schien: Am Himmel trieben Wolkenfetzen dahin, und in der Ferne braute sich ein Gewitter zusammen. Im Verlauf des Vormittags wurde es über ihnen noch grauer, die Wolken sackten tiefer und verhießen ergiebige Regenfälle.

Eigentlich gab es nichts, was Cristina hätte aufmuntern können. Kaum hatte sie den Saal betreten, um zu frühstücken, überfiel Mariota sie mit der Nachricht, dass Fergus Love sich nach ihr erkundigt hätte.

»Du hast eine Eroberung gemacht, meine Liebe«, sagte sie. »Er ließ sich lang und breit darüber aus, wie schön du bist, bis ich es leid war, sein Geschwätz noch länger zu ertragen.«

»Wenn jemand in deiner Gegenwart eine andere Frau mit Komplimenten bedenkt, hältst du ihn doch für gewöhnlich für einen Dummkopf«, sagte Cristina.

»Wenn du mir das zum Vorwurf machst, sage ich eben gar nichts mehr.« Mariota war sichtlich gekränkt.

Anstatt sie zu beschwichtigen, sagte Cristina: »Dieser Fergus Love interessiert mich nicht im Geringsten. Ich fand sein Benehmen gestern Abend unverschämt und töricht. Eine ihm völlig unbekannte Frau vor den Augen ihres Mannes zu küssen lässt nicht vermuten, dass er seinen Kopf für Sinnvolleres benutzt als zum Tragen seines Huts.«

»Verliebte Männer verhalten sich immer wie Trottel«, meinte Mariota, ohne auf Cristinas Sarkasmus einzugehen. »Das wüsstest du, wenn du so viele Verehrer hättest wie ich. Und Verehrer, Cristina, die brauchst du, denn bald wirst du ohne Ehemann dastehen.«

»Du hast, wie ich weiß, erfahren, dass Hector vorhat, die Annullierung unserer Ehe zu betreiben«, erwiderte Cristina und schnitt damit genau das Thema an, auf das einzugehen sie Hector abgeraten hatte. »Aber das heißt noch lange nicht, dass sie ihm gewährt wird oder dass er sich nicht vielleicht noch anders besinnt und von einem entsprechenden Gesuch absieht.«

»Ich bin genau im Bilde.« Mariota grinste selbstgefällig. »Mairi hat mir alles erklärt und Vater auch. Aber auch so weiß ich, was ich weiß.«

»Dann dürfte dir klar sein, dass bei einer Ablehnung der Annullierung unsere Ehe weiter besteht.«

»Du bist diejenige, die nicht klarsieht«, entgegnete Mariota. »Nur weil sein Vater und sein blöder Bruder gegen die

Auflösung eurer Ehe sind, glaubst du, Hector würde sich fügen. Aber das wird er nicht. Er liebt mich, hat es vom ersten Augenblick an getan.«

Bei diesen Worten ballte sich ein Kloß in Cristinas Magen zusammen. Wenn Hector eine Entscheidung getroffen hatte, die sein Vater und sein Bruder ihm aufgezwungen hatten, dann sagte sie nichts von dem aus, was sie angenommen hatte. Überstürzt verabschiedete sie sich von der Schwester, um sich in ihre Kammer zurückzuziehen, kam jedoch nicht weit, da Isobel sich ihr in den Weg stellte und wissen wollte, wie sie sich in einer so riesigen Burg die Zeit vertreiben sollte, zumal nirgends Kinder ihres Alters zu entdecken waren.

»Vater hat mir verboten, mich im großen Saal aufzuhalten, an den Klippen und dem Sund. Ich soll tun, wozu ich Lust habe, sagt er, aber nichts anstellen. Ich würde gern wissen, was ich tun soll, wenn ich nicht mal ein Pony zum Reiten habe und keinen, der mit mir spazieren geht.«

»Irgendwo müssen hier doch Kinder sein«, sagte Cristina. »Ich werde mich bei Mairi erkundigen.«

»Und was mache ich solange?«

»Wo ist Tante Euphemia?«

Isobel zog einen Flunsch. »Cristina, du erwartest doch wohl nicht, dass ich den ganzen Tag an ihrem Rockzipfel hänge. Sie mag das nicht und ich auch nicht.«

»Da bist du ja, Isobel!« Lady Euphemia hastete auf die beiden zu. »Ich habe dich überall gesucht!« Und zu Cristina gewandt: »Also wirklich, Liebes, du solltest mit diesem Wildfang mal ein ernstes Wörtchen reden. Von einer Sekunde zur anderen weiß man nicht, wo sie steckt.«

Cristina warf Isobel einen vorwurfsvollen Blick zu. »Was hast du dazu zu sagen?«

»Ich habe es Euch doch gesagt, Tante Euphemia«, empörte sich die Kleine. »Ich habe Euch gefragt, was ich tun könnte, und Ihr habt geantwortet, ich soll mir meine Fantasie zunutze machen und mir etwas einfallen lassen. Genau das habe ich getan. Nur bietet sich hier nichts für mich an, und deshalb wollte ich mich bei Cristina erkundigen.«

»Aber du kannst doch nicht einfach verschwinden«, zeterte Lady Euphemia. »Dass ich wissen soll, was du im nächsten Moment zu tun gedenkst und wo du stecken wirst, ist wirklich zu viel verlangt. Mach ihr das klar, Cristina. Ich verstehe nicht, warum du sie überhaupt mitgenommen hast. Das hier ist kein Ort für ein behütet aufgewachsenes Kind. Isobel hätte auf Lochbuie bleiben sollen.«

Um Beherrschung bemüht, weil es nicht ratsam war, die Tante oder Isobel scharf zurechtzuweisen, erwiderte Cristina: »Isobel weiß, dass sie auf Ardtornish ist, Tante Euphemia, und ich glaube nicht, dass sie sich ungebührlich aufführt, solange sie beim Herrn der Inseln zu Gast weilt. Ihr solltet Euch nicht ständig den Kopf darüber zerbrechen, wo sie sich aufhält.«

Und zu dem sichtlich erleichterten Kind gewandt, sagte sie: »Ich werde Mairi bei nächster Gelegenheit fragen, was die anderen Kinder hier so treiben, Isobel. Seine Gnaden hat immerhin mehrere Enkel. Aber erst einmal halte ich es für angebracht, dass du dich bei Tante Euphemia entschuldigst, ihr Angst und Schrecken eingejagt zu haben. Und dann kannst du dich ja für – sagen wir – eine Stunde mit der Stickerei auf dem Kissen beschäftigen, das du noch vor Ostern fertig haben wolltest.«

Isobels Gesicht verriet, was sie vom Handarbeiten hielt, aber Cristina blieb unerbittlich. »Du hast mich gefragt, also geh und tu, was ich gesagt habe.«

»Schon gut«, gab Isobel nach, »aber davon begeistert brauche ich hoffentlich nicht zu sein.« Und zu Lady Euphemia sagte sie: »Es tut mir ehrlich leid, Tante. Ich dachte, ich hätte nur das getan, was Ihr wolltet.«

»Dann verlieren wir kein Wort mehr darüber«, beschied Lady Euphemia. »Lauf jetzt zu. Ich möchte mit Cristina unter vier Augen sprechen.«

Mit einem unguten Gefühl wartete Cristina ab, was Ihre Ladyschaft noch auf dem Herzen hatte.

»Mariota hat mir von diesem unverschämten jungen Mann gestern Abend erzählt. Du überraschst mich, Cristina. Dein Vater wäre ... ich weiß nicht, was er wäre, jedenfalls keineswegs erfreut, meine Liebste, nein, durchaus nicht. Jetzt, da du verheiratet bist, solltest du zu jungen Männern wie diesem auf Abstand gehen. Wie Mariota sagte, war Hector wütend, und dies völlig zu Recht. Ich weiß, dass Mariota meint, du solltest andere junge Männer ermutigen, weil sie glaubt, dass Hector vorhat, dich wegzuschicken und sie zu heiraten, aber dass er so unvernünftig ist, kann ich mir nicht vorstellen. Ein so gescheiter und obendrein einfühlsamer junger Mann! Du darfst anderen Männern keine Hoffnungen machen, Liebes. Kein Ehemann verträgt das.«

Statt laut zu schreien, zwang sich Cristina schon aus reiner Gewohnheit zur Gelassenheit. »Ich habe ihm keine Hoffnungen gemacht, Tante Euphemia. Ich weiß gar nicht, warum alle das annehmen.«

»So sind die Menschen nun einmal«, meinte Lady Euphemia. »Wenn sich ein Mann einer Frau nähert, vermutet man sofort, sie hätte ihn dazu ermuntert. Dass er es gar nicht erst versuchen würde, wenn sie nicht Bereitschaft signalisiert hätte, ihm entgegenzukommen.«

»So war es aber nicht. Auch wenn Hector das zunächst annahm.«

»Er nahm an, was er annehmen wollte. Wie alle Männer.«

»Aber er kann doch nicht im Ernst glauben, ich würde ... würde ...«

»Ihn zum Hahnrei machen«, ergänzte Lady Euphemia trocken, da Cristina es nicht über sich brachte, den Gedanken auszusprechen. »Natürlich kann er das glauben. Man erzählt sich ja, dass er früher in Bezug auf Frauen ein rechter Draufgänger war. Ob dabei betrogene Ehemänner im Spiel waren, weiß ich nicht, aber sei's drum. Was Männern ... eigentlich jedem ... an anderen missfällt, sind für gewöhnlich die Eigenschaften, die sie an sich selbst nicht ausstehen können. Was nicht heißen soll, dass Hector anderen Frauen Avancen macht, sondern nur, dass er weiß, dass das Fleisch schwach ist und deshalb immer die Möglichkeit besteht, Dummheiten zu begehen.«

»So wird es wohl sein«, seufzte Cristina, »und dennoch neige ich dazu, auf das, was er tut oder sagt, sehr viel heftiger zu reagieren als auf das, was andere tun oder sagen. Warum, ist mir ein Rätsel. Ich habe einfach meine Gefühle nicht mehr im Griff, Tante. Bislang war ich dazu in der Lage, ich konnte, wie Ihr ja wisst, ruhig bleiben, wenn andere wütend wurden oder mit Schimpfwörtern um sich schmissen, sogar wenn Vater einen Tobsuchtsanfall bekam.«

»Oh ja, du warst wunderbar, Liebes, du hast stets die Probleme der anderen gelöst und Streitigkeiten geschlichtet. Jetzt allerdings liegen die Dinge anders.«

»Was ist denn nur mit mir los?«

»Wenn ich es dir sagte, würdest du es nicht hören wollen.«

»Aber irgendetwas hat sich verändert. Ich kann es spüren. Es ist, als ob ich mir selbst fremd geworden wäre. Schrecklich.«

»Nein, nicht schrecklich. Du liebst ihn, das ist alles.«

Verblüfft starrte Cristina die Tante an. Wie konnte eine alte Jungfer wie Lady Euphemia sich dessen so sicher sein? »Das habe ich mich auch schon gefragt«, gab sie schließlich zu, »aber wenn ich andere von Liebe sprechen hörte, klang nichts von dem, was sie sagten, nach dem, womit ich es zu tun habe. Dennoch meine ich, dass es genau das sein könnte.«

»Es geschieht immer wieder«, sagte Lady Euphemia. »Nur mit dem Unterschied, dass die meisten Frauen, denen dies widerfährt, nicht mit dem betreffenden Mann verheiratet sind. Also lass davon ab, andere Männer zu ermutigen. Und hüte dich auch vor Mariota. Sie ist felsenfest davon überzeugt, dass Hector vorhat, eure Ehe annullieren zu lassen. Dein Vater dagegen hat mir versichert, dass dem keineswegs so ist.«

»Mariota wird sich nach und nach mit den Tatsachen abfinden, wenn wir uns in Geduld üben und sie auf ihrer Sicht der Dinge beharren lassen, bis sie es sich anders überlegt«, sagte Cristina. »Es führt zu nichts, ihr etwas zu erklären, was sie nicht hören möchte. Irgendwann wird sie sich zu einem anderen Mann hingezogen fühlen und einsehen, dass Hector nicht vorhat, sie zu heiraten. Solange niemand versucht, sie mit den Tatsachen zu konfrontieren, ehe sie bereit ist, sie zu akzeptieren, ist alles in Ordnung.«

»Ich wünschte, dem wäre so«, seufzte die Tante.

»Es passt auch gar nicht zu Euch, derlei zu dramatisieren«, sagte Cristina. »›Hüte dich vor Mariota‹, also wirklich, ich muss schon sagen. Es sei denn, Ihr befürchtet, Hector hielte sein eigenes Fleisch für so schwach, dass sie ihn verführen könnte.«

»Wie kannst du so etwas sagen!«, rief Lady Euphemia aus. »Ich habe dir nicht geraten, ein Auge auf deinen Ehemann zu haben, Liebes, sondern auf deine unberechenbare Schwester. Mariota ist ein verzogenes Ding und gewohnt, das, was sie will, zu bekommen. Sie hat nie den Tod eurer Mutter verwunden, und euer Vater hat sie nach Strich und Faden verwöhnt. Wenn sie wütend ist, ist sie zu allem fähig. Wir sollten uns also hüten, ihren Zorn herauszufordern. Meines Erachtens war sie es, die auf Lochbuie versucht hat, dieses Kätzchen zu ertränken – nur weil es Hector gehört.«

Obwohl Cristina bereits ein ähnlicher Verdacht gekommen war, erschrak sie, sagte aber lediglich, dass es ihrer Meinung nach ein Unfall gewesen sei. Lady Euphemia schien noch mehr loswerden zu wollen, aber Cristinas Geduld war erschöpft. Sie entschuldigte sich nochmals für Isobels Benehmen und verabschiedete sich, eilte nach unten, getrieben von dem Wunsch, der Burg mit ihren vielen Gästen zu entfliehen und ein ruhiges Plätzchen zu finden. Sie überquerte den Hof und hatte vor, den Weg zwischen dem großen Saal und dem Gästeflügel einzuschlagen, als sie hinter sich die Stimme ihres Vaters lautstark nach ihr rufen hörte.

Sie schloss die Augen und blieb stehen, holte tief Luft und wandte sich zu ihm um. »Ja, Sir, was gibt es?«

»Was es gibt? Das fragst du mich! Ich will mit dir reden, Tochter. Was hat es mit diesem Quatsch, der mir zu Ohren gekommen ist, auf sich? Über diesen anderen Mann? Einem Hundsfott von Parvenü, der Mariota zufolge verrückt nach dir ist und den du wie ein liederliches kleines Flittchen angehimmelt hast?«

»Das habe ich nicht«, erwiderte Cristina gelassen, obwohl sie den Vater am liebsten angebrüllt hätte. Aber er war der Letzte, dem sie zugestanden hätte, sie zu einem Temperamentsausbruch zu verleiten, denn dann hätte er ihr ins Gesicht geschlagen, ohne Rücksicht darauf, dass dies vor den Augen der ganzen Burg geschah und dass jeder, der wollte, Zeuge dieser Züchtigung werden würde.

Er ging über ihren Einspruch hinweg, hob zu einer gestrengen und zornerfüllten Strafpredigt an, forderte von ihr, sich entsprechend ihrem Rang zu verhalten und sittsam zu bleiben. Obwohl jedes Wort, das ihm über die Lippen kam, eine Beleidigung war, schwieg Cristina beharrlich, ließ nicht anders als früher seine Kränkungen über sich ergehen und um sich herumschwirren, konzentrierte sich darauf, dieser Flut zu trotzen, anstatt sie – und höchstwahrscheinlich erfolglos – aufzuhalten. Bis er geendet hatte, konnte sie beißende Tränen in ihren Augen spüren, die eher von dem Bemühen herrührten, Schweigen zu bewahren, denn von irgendetwas Bestimmtem, was er ihr vorgeworfen hatte. Ihre Kehle brannte, und ihr Herz verkrampfte sich angesichts dieser Schimpfkanonade.

Nach einer Weile erschöpfte sich der Schwall seiner Worte. »Derartige Anschuldigungen über dich möchte ich nicht mehr hören, Tochter, also pass auf, was du tust«, schloss er.

Für gewöhnlich antwortete sie auf alles, was er bei derlei Schmähreden von sich gab, mit »Ja, Sir«, aber zum ersten Mal blieb sie stumm, auch dann noch, als er sie mit finsterer Miene anschaute und erwartete, dass sie sich zerknirscht oder reumütig gab.

Schließlich sagte er: »Das war's dann. Du kannst gehen. Und beherzige meine Worte.«

Sie schwieg noch immer, sah ihm in die Augen, bis er kehrtmachte und zur Burg zurückging. Cristina holte tief Luft, ließ sie langsam entweichen, dann wandte sie sich um und schlug den Weg zu den Klippen oberhalb von Ardtornish ein.

Es war diesig, im Westen ballten sich Wolken zusammen, und kühler Dunst, der wohl bis zum Einbruch der Nacht in Nebel übergehen würde, stieg vom Boden auf und hüllte Cristina ein. Immer noch besser als in der Burg.

16

Mittlerweile schwante Hector, dass es besser gewesen wäre, wenn Robert Stewart aus Gründen der Sicherheit in Stirling geblieben wäre. Nur mit viel Glück und einem wohlüberlegten Manöver hatten er und sein Gefolge Ardtornish erreicht, ohne Schaden zu nehmen.

Wie vereinbart, hatte Lachlan ihm die halbe Flotte unter der Führung Ranalds von den Inseln entgegengeschickt, ihr aber vorsichtshalber kurz darauf die zweite Hälfte nachfolgen lassen. Der Hinterhalt hatte sich angekündigt, als Ranalds Schiffe in den unweit von Oban gelegenen Hafen einliefen, beim Auftauchen der zweiten Phalanx jedoch hatten die Angreifer die Flucht ergriffen.

Die Nachricht von dem Zwischenfall hatte sich wie ein Lauffeuer verbreitet, und infolge der Konsequenzen, die sich daraus ergaben – ausführliche Besprechungen über weitere Sicherheitsmaßnahmen und Überlegungen darüber, wie man der Angreifer habhaft werden konnte –, hatten er und Lachlan nicht nur gestern auf ihr Abendessen verzichten müssen, sondern auch auf ein genussvolles Erwachen an diesem Morgen.

Noch vor Tagesanbruch hatte sein Diener leise die Schlafkammer betreten und ihm zugeraunt, MacDonald verlange augenblicklich nach ihm. Ohne Cristina zu wecken, hatte sich Hector rasch angekleidet und war in die große Kammer geeilt, wo sein Zwillingsbruder und MacDonald ihn bereits erwarteten.

Ungewohnt ungeduldig lief Lachlan erregt auf und ab.

»Himmeldonnerwetter, Bruderherz!«, rief er aus. »Hattest du etwa die Absicht, den ganzen Tag zu schlafen?«

MacDonald bedachte Hector mit einem Lächeln. »Guten Morgen, Sir«, sagte er. »Ihr hattet Euren Schlaf bestimmt nötig, und ich bitte um Verzeihung, Euch geweckt zu haben. Aber wir brauchen Euch.«

»Auf die Nachricht meines Dieners hin kam ich so schnell ich konnte«, sagte Hector. »Wo brennt es denn diesmal?«

Lachlan verzog unwillig das Gesicht. »Für mich besteht kein Zweifel, dass wir den Drahtzieher für die Feindseligkeiten gegen Stewart unter diesem Dach beherbergen. Außer der wohlbekannten Tatsache, dass der Mann gegen uns ist, habe ich allerdings nicht den geringsten Beweis für meine Behauptung.«

»Du sprichst zweifelsohne von Fingon Mackinnon.«

»Genau, von Seiner Eminenz dem Grünen Abt, der sich so charmant deiner neuen Schwägerin gegenüber – oder was immer dieses Mädchen für dich ist – gibt«, sagte Lachlan barscher als gewöhnlich.

»Mariota ist, wie du weißt, die Schwester meiner Gemahlin. Das ist alles. Also spar dir derlei Unterstellungen«, sagte Hector trocken.

»Entschuldige«, lenkte Lachlan ein, »aber ich bin mit meiner Weisheit am Ende und suche nach Antworten. Fakt ist, dass die angreifende Flotte von Westen kam und genau auf uns zuhielt. Gerade so, als wüsste sie um unsere genaue Position.«

»Offenbar vermuteten sie Oban von Anfang an als Treffpunkt«, sagte Hector. »Und selbst wenn es nicht so war, dürfte es für eines der Schiffe der ersten Hälfte der Flotte ein Leichtes gewesen sein, unauffällig zurückzubleiben, um die Angreifer zu informieren.«

»Aber wie konnten sie das Ziel erahnen?«, fragte MacDonald.

»Mit Verlaub, Euer Gnaden, die Pläne Stewarts sind seit Wochen auf sämtlichen Inseln bekannt, und da eine Seereise in dieser Jahreszeit mit Risiken verbunden ist, bot sich Oban als der am ehesten geeignete Ort für ein Zusammentreffen mit ihm an.«

»In der Tat«, sagte MacDonald.

»Was wir noch herausfinden müssen, ist, was genau sie vorhaben«, meinte Lachlan. »Wäre Hector nicht der Verdacht gekommen, dass die Sache mit dem Sturmvogelöl ein Ablenkungsmanöver sein könnte, hätten sie unter Umständen einen Erfolg verbuchen können. Da es nun einmal die vorrangige Pflicht unserer Männer ist, Stewart zu beschützen, ist den meisten feindlichen Schiffen, die noch dazu alle ohne Identifikationsflagge segelten, zumindest die Flucht gelungen. Dafür kriegen die Männer auf dem einen Boot, das wir gestellt haben, den Mund nicht auf, jedenfalls bis jetzt noch nicht«, fügte er verdrossen hinzu.

»Ich werde sie von einigen meiner Leute in die Zange nehmen lassen«, sagte Hector.

Lachlan nickte. »Ja, tu das, und zwar umgehend und ohne viel Aufhebens darum zu machen. Es ist nicht im Sinne Seiner Gnaden zu verbreiten, dass Stewart von irgendwelchen Inselbewohnern bedroht worden ist. Und genau das ist der Haken an der Sache, denn die Nachricht ist bereits in Umlauf.«

»Wir lassen einfach durchsickern, es seinen Freibeuter gewesen«, schlug Hector vor. »Was schon dadurch glaubhaft wirkt, dass sie kein Clan-Banner aufgezogen hatten. Weshalb auch Seine Gnaden dir den Befehl erteilen kann, sie dingfest zu machen und ausnahmslos aufzuknüpfen.«

MacDonald runzelte die Stirn. »Ja, so könnten wir es handhaben. Und die Berufung auf Piraten würde nicht für Aufruhr unter den feindlich gesinnten Clans sorgen. Zumal leider damit zu rechnen ist, dass einige Stellung beziehen, wenn bekannt wird, dass eine organisierte Opposition gegen Roberts Thronübernahme existiert.«

»Vergebt mir, Euer Gnaden, aber warum sollte das gerade jetzt wichtig sein?«, fragte Hector.

»Weil David kränkelt«, erwiderte MacDonald. »Wenn Roberts Feinde mit Davids baldigem Ableben rechnen müssen, dann ist der Teufel los, und wenn es den Gegnern gelingt, sich rasch zu organisieren und David tatsächlich stirbt, könnte Robert mit massivem Widerstand rechnen, ehe ihm die Krone zuerkannt wird.«

»Aber das Parlament hat der im Testament von Bruce festgelegten Nachfolge zugestimmt.«

Lachlan zuckte mit den Achseln. »Manch einer vertritt die Ansicht, dass Verfügungen, die vor vierzig Jahren zu Papier gebracht worden sind, in der jetzigen Situation nicht mehr zum Tragen kommen sollten, vor allem dann, wenn sich Robert Stewart als zu schwach erweist, seinen Anspruch durchzusetzen. Und wie Ihr wisst, meinen viele Inselbewohner, dass einem aus den alteingesessenen Clans die Krone eher zusteht als Stewart.«

»Aus genau diesem Grund haben die Kinder meines Schwiegervaters angefangen, sich Stewart zu nennen«, sagte MacDonald. »Ich persönlich war dagegen, weil ich argwöhnte, dass ein solcher Namenswechsel die Meinung der Opposition bestärkt, der zufolge es dem erbberechtigten Steward des Reichs – ob er nun ein Neffe von Bruce ist oder nicht – nicht zusteht, König der Schotten zu werden.«

»Auf Ardtornish ist er erst einmal in Sicherheit«, sagte Lachlan. »Ich werde die Flotte im Sund, in Loch Aline, in Loch Linnhe und Firth zusammenziehen lassen. Wir können verbreiten, dass weitaus mehr Schiffe als erwartet ihren Respekt zu erweisen gedenken. Wenn es dann in den umliegenden Gewässern von Kriegsschiffen und Langbooten wimmelt, dürfte sich jeder Feind Seiner Lordschaft oder auch von Euch, Euer Gnaden, gut überlegen, ob er weiteres Unheil anzurichten gedenkt.«

»Dagegen ist nichts einzuwenden«, pflichtete MacDonald bei. »Ich bin zwar nicht auf Kampf aus, scheue aber auch nicht davor zurück. Jedenfalls halte ich es für nötig, die Leute daran zu erinnern, dass ich den Letzten Willen von Bruce ausdrücklich befürworte.«

In den nächsten Stunden war Hector damit beschäftigt, Lachlans Pläne umzusetzen – die Gefangenen zu verhören und den Wortführern der Inseln die Mitteilung zukommen zu lassen, dass ihre Schiffe auf MacDonalds Geheiß die benachbarten Wasserstraßen zu kontrollieren hätten. Er wusste, dass vor Einbruch der Dunkelheit und auch in den nächsten Tagen mit weiteren Schiffe zu rechnen war, da jetzt nach und nach auch Clan-Oberhäupter eintrafen, die mit ihrer Unterstützung gezögert hatten, MacDonald dann aber doch nicht kränken wollten. Derart viele Schiffe, so Hectors Kalkül, sollten eigentlich weiteres Ungemach fernhalten, solange Robert als Gast auf Ardtornish weilte, und ihn dann auf der Rückreise beschützen.

Nachdem er den ihm übertragenen Aufgaben nachgekommen war, machte er sich auf, um Cristina davon in Kenntnis zu setzen, dass er wahrscheinlich bis zur Rückkehr Stewarts nach Stirling zu viel um die Ohren haben würde, um sich um sie zu kümmern. Sie völlig sich selbst zu überlassen hatte er allerdings nicht vor und ganz bestimmt nicht, ehe er Fergus Love nicht deutlich gemacht hatte, sich gefälligst von seiner Frau fernzuhalten.

Noch hatte sich ihm keine Gelegenheit geboten, mit diesem Halunken ein ernstes Wort zu reden, aber das wollte er so bald wie möglich tun.

Er suchte seine Schlafkammer auf, traf Cristina aber dort nicht an. Auch ihre Zofe oder sein Diener waren nirgends zu sehen.

Unten im Saal hielten sich Lady Margaret, Mairi und weitere Damen auf, aber weit und breit keine Cristina.

»Seit dem Frühstück habe ich sie nicht mehr gesehen«, beschied ihm Mairi auf seine Frage. »Sie wirkte müde und war auch in sich gekehrter als sonst. Vermutlich hat sie nicht viel geschlafen«, fügte sie schelmisch zwinkernd hinzu.

Von Lady Euphemia, die ihm im Saal über den Weg lief, erfuhr er, dass sie Cristina wegen ihres und Isobels ungebührlichen Benehmens zur Rede gestellt habe und worüber sonst noch gesprochen worden sei, dass aber Cristina gelassen und ruhig wie immer gewesen wäre.

»Wisst Ihr, wo sie hingegangen ist, Mylady?«

»Gewiss nicht, bei allem, was recht ist«, wehrte sie ab. »Ich bin schließlich nicht ihre Anstandsdame, Cristina kann sehr wohl auf sich selbst aufpassen. Außerdem ist sie Eure Gemahlin, Sir. Wenn also jemand wissen sollte, wo sie ist, dann Ihr.«

»Ich weiß, wo sie hingegangen ist.« Mariota gesellte sich hinzu, schob ihre Hand in Hectors Armbeuge und warf ihm durch die flatternden Wimpern einen betörenden Blick zu. »Machen wir einen Spaziergang im Hof, Sir, und ich sage Euch, was ich weiß.«

»Himmeldonnerwetter, Mädchen, seid so gut und rückt auf der Stelle damit heraus.«

»Wenn Ihr mich so garstig anfaucht, Hector Reaganach, dann werde ich Euch ganz bestimmt nicht heiraten«, schmollte sie. »Selbst wenn Ihr noch so viele Annullierungen anstrebt.«

Obwohl er es trotz Cristinas Warnung mehr als angebracht fand, Mariotas Überzeugung so weit wie möglich zu entkräften, unterdrückte er seinen Zorn auf sie und sagte lediglich: »Ich bin mit meiner Ehe von Tag zu Tag zufriedener, junge Dame.«

»Nett, dass Ihr das sagt. Cristina ist Euch bestimmt dafür dankbar, dass Ihr Eure Absichten nicht ausposaunt, aber ich weiß doch, was Ihr in Wahrheit vorhabt, und unterstütze das auch, obwohl ich das vielleicht nicht sollte, immerhin ist sie ja meine Schwester. Aber dieses Durcheinander, in dem wir stecken, ist schließlich allein ihre Schuld. Ich jedenfalls kann nichts dafür.«

»Wo ist sie?«

Mariota zuckte anmutig mit den Schultern. »Jetzt seid Ihr wirklich unfreundlich. Aber weil ich das nicht bin, werde ich es Euch sagen. Sie wollte zum Hügel hinauf. Bis Ihr Euch aufmacht, sie dort zu suchen, ist sie bestimmt wieder zurück und freut sich auf das Mittagessen.«

»Habt Ihr mal zum Himmel geschaut, Mädchen? Im Westen haben sich in den vergangenen Stunden Gewitterwolken zusammengebraut. Seid Ihr sicher, dass sie die Burg verlassen hat?«

»Gewiss, Sir, warum auch nicht? Ein bisschen Regen macht ihr nichts aus, und auch ich finde den Lärm und die Hektik, den die zahlreichen Menschen hier veranstalten, schier unerträglich. Außerdem liebt Cristina einsame Spaziergänge. Wer also sollte es ihr verübeln, wenn sie sich nach Ruhe sehnt?«

Ohrenbetäubender Donner ließ beide zusammenfahren.

»Wer wohl?«, fragte er sarkastisch. »Entschuldigt mich, ich muss sie suchen.«

Sie zog abermals einen Flunsch, versuchte aber nicht länger, ihn zurückzuhalten.

Bis ein Stallbursche sein Pferd gesattelt hatte, ging er erregt auf und ab, saß dann auf und gab dem Tier die Sporen. Kaum hatte er die schützenden Burgmauern verlassen, empfing ihn stürmischer, vom metallischen Geruch aufkommenden Regens begleiteter Wind, der ihn aus dem Sattel zu werfen drohte.

In der Ferne zuckten Blitze, gefolgt von grollendem Donner. Bei Gott, es war furchterregend.

Die Nackenmuskeln des Ponys zuckten; dennoch trieb er es weiter hügelan.

Als er, oben angelangt, das Tier zügelte, hingen die Wolken noch tiefer und wurden zusehends schwarzer. Windböen hatten den Bodennebel und die über der Bucht wabernden Dunstschwaden vertrieben. Das Grollen des Donners kam unerbittlich näher, wurde lauter und lauter, ein Blitz folgte auf den nächsten, in immer kürzeren Abständen und immer kleinerer Entfernung – das alles war viel zu nah.

Sie konnte unmöglich so unvernünftig sein und sich hierher begeben haben. Keine Frau mit Verstand – und Cristina hatte bewiesen, wie klug sie war – würde sich, wenn es nicht sein musste, einem derart schlimmen Unwetter aussetzen. Da Cristina jedoch laut Mariota die Absicht hatte, den Hügel hinaufzusteigen, durfte er nicht riskieren, sie diesen Naturgewalten ausgesetzt zu lassen, die sich in Windeseile zu einem heulenden und entfesselten Inferno entwickelten.

Er überlegte kurz. Sie konnte jeden beliebigen Pfad eingeschlagen haben, ja sogar ziellos durch den Wald gewandert sein.

Vor ihm erstreckte sich das weite Gebiet von Morvern. Unmittelbar nach einem erneuten Knistern in der Luft zuckte ein greller Blitz auf, und ein krachender Donner bewirkte, dass er spontan den Kopf einzog.

»Als ob es mich retten könnte, wenn ich mich ducke«, murmelte er und kam sich albern vor, schreckte aber wieder zurück, als ein weiterer Blitz in ein Kap auf der anderen Seite des Sunds fuhr. Er sah sich um, in der vagen Hoffnung, Cristina möge irgendwo zwischen den Bäumen, die die Lichtung umgaben, stehen und ihm zulachen. Hinter der freien Fläche erstreckte sich ein dichter, von Brombeergestrüpp durchsetzter Wald.

Aber sie war nicht dort. Hatte sie zur Burg zurück einen anderen Weg eingeschlagen?

Er zwang sich, ganz ruhig zu überlegen. Vor wenigen Minuten noch hatte er seine Frau als vernünftig erachtet, als zu besonnen, um allein in einem ihr unbekannten Gelände herumzuwandern. Dies tunlichst zu unterlassen hatte er ihr und ihren Schwestern außerdem eigens eingeschärft, und trotzig war sie doch eigentlich nicht. Auf starrköpfiges Verhalten hätte er eher rechnen müssen, wenn Mariota diejenige wäre, die er suchte.

Instinktiv wandte er sich den Klippen zu. Es konnte durchaus sein, dass Cristina sich ein Plätzchen gesucht hatte, wo sie nachdenken konnte und wo sich ihr gleichzeitig ein schöner Blick auf die Landschaft bot, die sich vor ihr ausbreitete. Vielleicht hatte sie sogar das aufziehende Gewitter beobachtet. Wie er festgestellt hatte, fürchtete sie sich nicht, wenn es blitzte und donnerte. Wusste sie jedoch, dass Blitze dem Menschen gefährlich werden konnten? Sie darauf hinzuweisen hatte er unterlassen, weil er annahm, sie würde ihn einmal mehr durchschauen.

Dann würde sie merken, dass er weder grimmig war noch furchteinflößend, sondern ein ausgemachter Feigling. Wenn sie seinen Wünschen schon jetzt nur halbherzig nachkam, auch wenn sie vorgab, sich nach ihnen zu richten – wie wäre es erst, wenn sie jedweden Respekt vor ihm verlöre?

Bei diesem Gedanken verzog er das Gesicht. Nein, er wollte nicht, dass Cristina ihm keine Achtung mehr entgegenbrachte. Dann entdeckte er sie, und ihm gefror das Blut in den Adern. Sie hockte auf dem als *Creag na Corps* bekannten Felsen, dem gewaltigen Richterstein, von dem aus überführte Verbrecher auf Befehl des Herrn der Inseln in den Tod gestürzt wurden.

Eingehüllt in einen dicken dunklen Umhang, die angewinkelten Knie – auf eines hatte sie das Kinn gestützt – fest mit den Armen umspannend, blickte sie konzentriert über die Bucht und den Sund in Richtung Duart, so als könnte sie bis nach Lochbuie oder sogar Finlaggan sehen. Dem aufziehenden Gewitter schenkte sie keine Beachtung, obwohl sie so, wie sie da auf dem Felsen hockte, ein ideales Ziel für einen der irrlichternden Blitze abgab.

Beim nächsten feurigen Zucken aus den Wolken und dem Bersten des damit einhergehenden Donners glitt er vom Pferd. Zu rufen wagte er nicht, um sie nicht zu erschrecken, was vielleicht dazu geführt hätte, dass sie impulsiv aufsprang und vor ihm wegzulaufen versuchte. Allerdings war es bei dem Getöse, das mit dem Donnergrollen einherging, fraglich, ob sie ihn überhaupt hören würde.

Wie von den Furien des Unwetters gehetzt, rannte er auf sie zu. In seinen Ohren dröhnte es; vor Angst, der nächste Blitz könnte sie treffen, noch ehe er bei ihr war, stürmte er ihr entgegen.

Der Donner verebbte, es wurde kurz still, und ein Scharren seines Stiefels, als er hinter sie auf den Felsen sprang, ließ sie zusammenfahren.

Ohne ihr Zeit zu lassen, die Situation zu erfassen, umschlang er mit einem Arm ihre Schultern, schob den anderen unter ihre Knie, hob sie hoch und eilte mit ihr vom Rand der Klippe auf den Schutz bietenden Wald zu.

Der Regen benetzte sie, während er lief; die Tropfen tanzten und spritzten beim Aufprall auf die dichter werdende Frühjahrsbelaubung über ihnen. Sobald er Cristina außer Gefahr wusste, ging seine Angst über in Zorn. Mit einem Ruck stellte er sie auf die Füße, umfasste ihre Schultern und schüttelte sie kräftig.

»Was hast du dir eigentlich dabei gedacht, völlig ungeschützt im Freien herumzusitzen?«, brüllte er. »Du hättest tot sein können!«

»Unsinn«, gab sie zurück. »Ihr mögt mich zwar davor bewahrt haben, nass zu werden, weil ich gar nicht gemerkt habe, dass es gleich regnen würde, aber mehr auch nicht. Dafür habt Ihr mich zu Tode erschreckt, als Ihr mich gepackt und weggeschleppt habt. Und wenn Ihr meint, mich abkanzeln zu müssen, schlage ich vor, Ihr wartet damit, bis wir ein Dach über dem Kopf haben. Die meisten dieser Bäume hier tragen lediglich ihr dünnes erstes Grün, und wenn wir uns noch länger hier aufhalten, werden wir bald pitschnass sein.«

Er schüttelte sie wieder. »Himmel noch mal, Weib, wenn ich dich erschreckt habe, dann war das nichts gegen die Angst, die du mir eingejagt hast. Hast du denn keine Ahnung, was ein Blitz anrichten kann?«

»Doch, natürlich«, sagte sie. »Soweit ich weiß, schlägt er für gewöhnlich auf Bergkuppen und in Bäume ein. Wir sind also hier im Wald keineswegs sicherer, als ich es im Freien war.«

»Du scheinst herzlich wenig über Blitze zu wissen. Sie schlagen nämlich nach Lust und Laune ein, in dicht stehende Baumgruppen seltener, dafür umso häufiger in höher gelegene Stellen – in Baumwipfel oder auf einer Klippe wie *Creag na Corps,* wo du dich eben noch befandest.« Er deutete zu dem Felsen, und im selben Augenblick streifte ein Blitz die Klippe daneben, und unmittelbar darauf entlud sich ohrenbetäubender Donner. »Da, hab ich es nicht gesagt?« Er schüttelte sie abermals heftig. »Begreifst du nicht, dass du durch dein Verhalten dein Leben leichtfertig aufs Spiel setzt? Bist du wirklich so dumm?«

»Das kann schon sein«, schnappte sie zurück. »Was schert es Euch?«

»Verdammt noch mal.« Erregt schüttelte er sie wieder. »Stell meine Geduld nicht noch weiter auf die Probe. Ich bin drauf und dran, dich übers Knie zu legen, weil du allein hier hinaufgegangen bist und dich in Lebensgefahr gebracht hast, indem du dich den Blitzen als Zielscheibe dargeboten hast, weil du mich von Anbeginn unserer Ehe an getäuscht hast, weil du es gewagt hast, einem Schuft wie Fergus Love schöne Augen zu machen, und weil du gegen meinen Willen nach Ardtornish gekommen bist. Ich sollte dich wirklich auf der Stelle nach Hause schicken, weil du nicht mehr Verstand hast als eine … Hörst du mir überhaupt zu?« Er hatte bemerkt, dass sie ihn ungerührt anstarrte. »Das rate ich dir jedenfalls tunlichst, denn ich bin dein Ehemann, Teuerste, ob uns das nun gefällt oder nicht, und du hast mir gefälligst zuzuhören, wenn ich …«

»Lasst mich los!«, schrie sie und entwand sich ihm.

Vom Lärm und dem entfesselten Rasen – dem seinen und dem des Gewitters – völlig benommen, konnte Cristina keinen klaren Gedanken mehr fassen. Sie versuchte sich zu beruhigen, indem sie sich sagte, Hector sei wegen des Schreckens, den sie ihm eingejagt hatte, außer sich, aber es war, als bewirkten seine handfesten wie verbalen Grobheiten, dass etwas in ihr sich Bahn brach.

»Was würde es *Euch* schon ausmachen, wenn mich ein Blitz träfe?«, fauchte sie ihn an. »Warum sollte Euch das bekümmern, Euch, der Ihr sowieso nichts mit mir zu tun haben wollt?«

»Versteh mich doch, Cristina«, brüllte er über das Gewitter hinweg und schüttelte sie wieder, wenn auch nicht mehr so nachdrücklich wie vorher. »Natürlich würde es mir etwas ausmachen, wenn dir etwas geschähe.«

»Ihr seid doch nicht im Geringsten um mich besorgt, Hector Reaganach. Wenn ich tot wäre, könntet Ihr Mariota haben. Ihr könnt sagen, was Ihr wollt, sie ist doch diejenige, die Ihr immer begehrt habt und die Euch begehrt. Durch meinen Tod würde sich alles ganz einfach klären.«

»Ich begehre Mariota nicht.« Er hatte seinen Griff gelockert, klang auch ruhiger, wenngleich einsilbiger, weil er mit einem Ohr dem Gewitter lauschte. Das ließ sie nur noch wütender werden.

»Es wäre nett, wenn Ihr mir einmal zuhören würdet«, sagte sie. »Obwohl Ihr mich für einfältig haltet, erwartet Ihr viel von mir, Sir. So wie alle von mir erwarten, jedwedes Problem zu lösen. Aber mir reicht es jetzt. Ihr mögt das für selbstsüchtig halten, aber mich beschleicht das Gefühl, dass mein einziger Lebenszweck darin zu bestehen scheint, alle anderen zufriedenzustellen. Wenn Isobel nicht weiß, wie sie sich die Zeit vertreiben soll, erwartet sie von mir, dass ich ihr etwas vorschlage, womit sie sich beschäftigen könnte.«

»Jetzt aber, Mädchen ...«, hob er an.

Sie ging darüber hinweg. »Als Ihr Eure Sporen nicht finden konntet, nahmt Ihr an, ich hätte sie verräumt, dabei habt Ihr selbst sie irgendwo liegen lassen. Als ich Euch dann aufforderte, mal nachzudenken, wo Ihr sie möglicherweise abgelegt habt, und es Euch dann einfiel, habt Ihr mir da gedankt? Nein. Ihr habt Euch gewundert, warum Ihr sie dort, wo sie sich dann fanden, vergessen hattet – so als könnte ich Euch sagen, warum. Immer bin ich es, die für alles verantwortlich ist. Wenn Mariota störrisch ist, ist das meine Schuld. Jeder meint, Tante Euphemia hätte ein wachsames Auge auf die Macleod-Schwestern, während in Wirklichkeit ich darauf achte, was Tante Euphemia tut und treibt. Und was meinen Vater angeht ... Kurzum, alle erwarten von mir, dass ich mich um sie kümmere. Und wer kümmert sich um mich? Kein Mensch!«

»Arme Cristina.« Er machte Anstalten, sie an sich zu ziehen.

Seine mitfühlend klingenden Worte brachten das Fass zum Überlaufen. Noch ehe er sie umarmen konnte, verpasste sie ihm eine Ohrfeige, die es in sich hatte. »Wag es nicht, mich anzufassen!«, kreischte sie. »Dazu hast du kein Recht. Ja, ich habe geschworen, dir zu gehorchen, aber du *willst* ja gar nicht mein Ehemann sein. Der einzige Grund, weshalb du bislang nicht um eine Annullierung nachgesucht hast, ist der, dass dein Vater und dein Bruder dir dies untersagt haben, nicht etwa, weil *du* beschlossen hast, davon abzusehen, und deshalb verfügst du in Bezug auf mich über keinerlei Rechte. Ich will keinen Gemahl, der mich nur aus Gehorsam und Pflichtgefühl behält!«

Wie versteinert stand er da und sah sie an, und für eine geraume Weile lastete Schweigen zwischen ihnen. Selbst das Toben des Gewitters verebbte allmählich.

Noch immer außer sich, bedachte sie ihn mit finsteren Blicken; erst als er beharrlich schwieg, dämmerte ihr, was sie angerichtet hatte.

Selbst im fahlen Licht des vom Unwetter heimgesuchten Waldes sah sie, dass seine linke Wange feuerrot war und den Abdruck ihrer Hand erahnen ließ.

Ihr Atem stockte, und ihr Herz begann wie wild zu hämmern. So als ob der Boden unter ihren Füßen sich aufzutun und sie zu verschlingen drohte, wich sie vorsichtig zurück.

Hectors Augen verengten sich, ein Muskel in Höhe seines Wangenknochens zuckte, es war ihm anzumerken, wie er sich um Beherrschung bemühte. »Du gehst zu weit, Mädchen«, sagte er grimmig und kam einen Schritt auf sie zu. »Niemand …«

Die Luft knisterte, die Härchen an ihrem Nacken prickelten, der Wald um sie herum wurde weiß, als mit ohrenbetäubendem Lärm der Himmel einstürzte und Hector sich auf sie warf und unter sich begrub.

Sanfter als befürchtet landete sie auf dem Erdreich, weil er, wie sie jetzt feststellte, ihren Kopf fest an seinen Brustkasten gedrückt hatte und es ihm irgendwie gelungen war, ihren Sturz so gut wie möglich mit seinem linken Unterarm und Bein abzufedern und sie gleichzeitig mit seinem Körper zu schützen. Auch der Boden war durch die dichte Schicht Laub auf dem lockeren Erdreich weich. Dennoch konnte sie unter Hectors Gewicht kaum atmen. Als das Getöse abflaute und sich erneut Stille ausbreitete, rührte er sich noch immer nicht.

»Bitte, Sir«, keuchte sie.

Er schien zu zittern, holte dann tief und rasselnd Luft.

Ihr Versuch, sich unter ihm hervorzuschlängeln, misslang. Er hielt sie nach wie vor fest umklammert, zitterte aber derart, als ob er zusätzlich zu dem Schreck, den der Blitz ihnen eingejagt hatte, in einem Schockzustand zu sein schien.

Er merkte wohl, wie schwer er mit seinem Gewicht auf Cristina lastete, denn er rollte sich, ohne sie freizugeben, ein wenig zur Seite. Das Gesicht zur Hälfte an sein dickes Samtwams gepresst, bekam sie mit, wie er laut aufstöhnte, als sie erneut versuchte, sich zu befreien.

»Nicht bewegen, Mädchen«, murmelte er. In seiner Stimme schwang etwas mit, was ihr bislang verborgen geblieben war. »Ich möchte dich noch ein Weilchen festhalten.«

Bei dem Gedanken, dass es ihm guttat, sich ihre Lippen und die Nase an den Brustkasten zu quetschen, überkam sie ein Lachkoller, den sie jedoch unterdrückte, weil sie ahnte, dass sich hinter seiner Bitte sehr viel mehr verbarg. Dennoch gelang es ihr schließlich, den Kopf so weit zu wenden, dass sie tief durchatmen konnte.

Er zitterte noch immer.

»Seid Ihr verletzt?«, fragte sie.

»Ich hätte dich verlieren können«, sagte er, und wieder versetzte sie dieser eigentümliche Tonfall in Erstaunen.

»Aber das habt Ihr nicht«, sagte sie. »Und selbst wenn dem so gewesen wäre ...«

»Sag das nie wieder«, erwiderte er schroff. »Es *würde* mir etwas ausmachen. Und meine Entscheidung, nicht um diese verdammte Annullierung nachzusuchen, hat *nichts* mit meinem Bruder oder meinem Vater zu tun. Sondern nur mit dir, Mädchen, einzig und allein mit dir.«

Siedend heiß durchflutete sie die Erinnerung an alles, was sie vorhin gesagt und getan hatte.

Als sie überlegte, was sie ihm jetzt antworten sollte, spürte sie auf ihrer Wange einen Wassertropfen, der ihren Hals hinabrann und von dort aus den Weg in ihren Umhang rann und sie frösteln ließ.

Ein weiterer folgte, dann noch einer.

»Habe ich dir wehgetan?«, fragte er.

»Nein, auch wenn ich einen Moment lang glaubte, zerdrückt zu werden.«

»Der Blitz ...« Seine Stimme schwankte und verstummte.

Sie bewegte sich nicht. Sie dachte über das nach, was sich ereignet hatte, ohne auf den Regen zu achten, der unaufhaltsam von den Ästen tropfte.

Ob Hector ihn wahrnahm, ließ er sich nicht anmerken. »Hätte der Wald brennen können?«, fragte sie. »Lösen Blitze nicht Brände aus?«

»Schon, aber bei so starkem Regen haben wir nichts dergleichen zu befürchten«, entgegnete er. »Das wusste ich, und dennoch …«

»Und dennoch hat dir der Blitz Angst eingejagt.«

»Du weißt es also.«

»Was weiß ich?«

»Dass ich ein Feigling bin.«

»Das ist doch lächerlich.«

»Wieso sollte das lächerlich sein. Stell dir doch nur vor, was meine Feinde – oder noch schlimmer, meine eigenen Männer – sagen würden, wenn sie wüssten, dass der, den sie Hector den Grimmigen nennen, Angst vor einem kleinen Blitz hat.«

»Du bist kein Feigling«, sagte sie nachdrücklich. »Kein Feigling und schon gar nicht einer, der Angst vor Blitzen hat, hätte wie du sein Leben aufs Spiel gesetzt und mich von diesem Felsen heruntergeholt. Du hast lediglich einen gesunden Respekt vor einer Naturgewalt, die du schon zur Genüge kennengelernt hast.«

»Das stimmt. Einer unserer Diener wurde vom Blitz erschlagen. Ich war damals noch ein Kind und habe es mit eigenen Augen gesehen.«

»Grundgütiger Himmel!«

»Er war dabei, eine störrische Kuh vom Feld zum Melken in den Stall zu treiben, und einen Augenblick später war er tot und die Kuh auch, und alles stank nach verbranntem Fleisch.«

Bei dieser Vorstellung krampfte sich Cristinas Magen zusammen. »Wie entsetzlich muss das für dich gewesen sein! Ich weiß zwar von niemandem, der durch Blitzschlag umgekommen ist, und auch den entsprechenden Geschichten, die kursierten, habe ich weiter keine Beachtung geschenkt, weil Chalamine dicke Mauern hat und wir uns dort stets sicher fühlten. Heute war es mir wohl wichtiger, allein zu sein, weg von der Burg, und das Nahen des Gewitters zu beobachten, anstatt an meine Sicherheit zu denken. Mir war, ehrlich gesagt, nicht bewusst, in welcher Gefahr ich schwebte. In Zukunft werde ich besser darauf achten.«

»Du tätest verdammt gut daran«, meinte er.

»Du bist noch immer wütend auf mich.«

»Ich? Und was ist mit dir?«, herrschte er sie an und rückte ein wenig ab, um zu ihr hinunterzuschauen. »Wie eine fauchende Katze mit ausgefahrenen Krallen hast du dich gebärdet, hast mich und alle anderen mit Anschuldigungen überschüttet.«

»Weil ich mir selbst leidgetan habe«, sagte sie angewidert. »Ich fühle mich grauenhaft.«

»Nicht doch«, wiegelte er ab. »Vieles von dem, was du gesagt hast, stimmt. Weil du zu uns allen so freundlich bist, nutzen wir dich aus.« Er zuckte zusammen.

»Du bist also doch verletzt!«

Er musste grinsen. »Nein, Mädchen, nur nass. Eben ist mir ein eiskalter Tropfen den Rücken hinuntergelaufen. Wir sollten uns nach einer Unterkunft umsehen.«

»Das hab ich vorhin schon gesagt«, stellte sie fest. »Wie wäre es, wenn wir zur Burg zurückgingen?«

»Bis wir ankämen, wären wir durchnässt bis auf die Haut«, sagte er. »Hier kriegen wir zwar auch etwas ab, aber die Bäume bieten doch einen gewissen Schutz. Außerdem weiß ich von einem kleinen Bauernhof in der Nähe, in dem wir ein wärmendes Feuer entfachen können, sofern wir trockenes Holz auftreiben.«

»Der Bauer dürfte doch welches haben.«

»Als ich das letzte Mal dort vorbeikam, war der Hof unbewohnt. Er gehört zu den Ländereien Seiner Gnaden auf Kinlochaline. Mein Großvater Ewan Maclean war hier Burgvogt, als noch der Vater Seiner Gnaden über die Inseln herrschte. Lachlan und ich, wir sind oft genug in diesen Wäldern herumgestreunt.«

Damit stand er auf und streckte die Hand nach ihr aus.

Cristina ergriff sie bereitwillig und ließ sich von ihm hochziehen. Dass noch immer der Abdruck ihrer Hand auf seiner Backe auszumachen war, tat ihr leid. Obwohl es nicht lange her war, dass sie ihrem Ärger Luft gemacht hatte, schien dieser Temperamentsausbruch Jahre zurückzuliegen.

Als Hector nahe an sie herantrat, versteifte sie sich, aber er strich ihr lediglich eine Haarsträhne von der Wange. Die Berührung ließ sie zusammenzucken; es war, als ob das Blut, das sie durchströmte und ihr Herz zum Hämmern brachte, sich in flüssiges Feuer verwandelt hätte. Sie schien nicht fähig zu sein, sich zu bewegen, konnte ihn nur anstarren und sich fragen, welche Strafe ihr für diese Ohrfeige wohl drohte. Dass er ein solch ungehöriges Verhalten hinnehmen würde, war ausgeschlossen.

Ihr Mund war trocken. Sie fuhr sich mit der Zunge über die Lippen.

»Komm jetzt, Weib.« Seine Stimme war rau. »Schau mich nicht an, als wollte ich dich ermorden. Machen wir uns zu diesem Bauernhof auf.«

»Du hast aber ausgesehen, als wolltest du mich umbringen«, sagte sie, als er einen Arm um sie legte und sie tiefer in den Wald hineindrängte. »Dass ich dich geschlagen habe, tut mir leid.«

»Es schien dir aber nicht leidzutun, ehe dich die Naturgewalten unterbrochen haben.«

Sie schluckte. Sein Arm auf ihren Schultern war warm und nötigte sie zur Eile. Als sie auf dem Felsen saß, hatte sie ihre Haube abgenommen und sie dann, als Hector sie mit sich riss, liegen lassen. Dementsprechend nass und zerzaust war ihr Haar jetzt. Wahrscheinlich sah sie schrecklich aus. Fehlte nur noch, dass Hector ihr gehörig den Kopf zurechtrückte. Cristina war nicht erpicht darauf, zu diesem Bauernhof zu kommen.

Was wohl in ihr vorgeht?, überlegte Hector. Hatte sie es wirklich ehrlich gemeint, als sie gesagt hatte, er sei trotz seiner Angst vor Blitzen keineswegs ein Feigling? Vorhin, als dieser eine Blitz den Wald in grellweißes Licht tauchte, hatte er gedacht, sie seien verloren, es sei aus mit ihnen beiden. Mindestens ein Baum hatte etwas abbekommen; Hector hatte gehört, wie die Zweige barsten, und es hatte nach verkohltem Holz gerochen. Der Geruch hatte sich bald verzogen, vorherrschend war jetzt der Duft, den der feuchte Wald verströmte.

Das Anwesen lag auf einer Lichtung vor ihnen. Obwohl in der Ferne gelegentlich noch unheilvolles Grummeln zu hören war, war wohl der schlimmste Teil des Gewitters überstanden. Nur der Regen fiel weiterhin unerbittlich. Um nicht bis auf die Haut nass zu werden, blieb ihnen nichts anderes übrig, als so schnell wie möglich zu dem kleinen Bauernhof jenseits der Lichtung zu gelangen.

Cristina enthielt sich jeglicher Bemerkung und nagte schweigend an ihrer Unterlippe. Er konnte sich auch so vorstellen, wie es in ihr aussah, und fand es ganz angebracht, dass sie verunsichert war. Einer Frau stand es nicht zu, ihren Ehemann zu schlagen, sie sollte sich auch nicht einbilden, mit einem solchen Vergehen ungestraft durchzukommen. Sein Zorn war zwar verraucht, dennoch wollte er sie für ihre Anmaßung ein wenig büßen lassen.

Er freute sich schon darauf, und vielleicht würde sie ebenfalls Spaß daran haben.

Der Fußboden der Hütte lag um einiges tiefer als die Lichtung; von der Tür aus führten steinerne Stufen nach unten. Die Luft im Inneren war so kühl und feucht wie draußen. Gemeinsam machten sie sich daran, einigermaßen trockenes Kleinholz und Scheite zusammenzutragen, dann griff Hector zu seiner Zunderbüchse und entfachte in dem gemauerten Herdstätte ein Feuer.

Durch das einzige Fensterchen regnete es herein, weil einer der Läden geborsten war. Hector gelang es, ihn einigermaßen abzudichten, indem er zwischen ihn und den hölzernen Rahmen einen Ast klemmte und in die noch verbleibenden Spalten kleine Zweige stopfte.

Als das Feuer so richtig zu prasseln begann, wurde es bald in der Hütte so behaglich, wie das unter den gegebenen Umständen möglich war.

Der Fußboden war trocken genug, dass er seinen Mantel darauf ausbreiten konnte. Er zog Cristina zu sich herunter. »Dein Umhang ist ja ganz nass«, sagte er, nahm ihn von ihren Schultern und breitete ihn über einer altersschwachen Bank nahe dem Herd zum Trocknen aus. »Schmieg dich an mich, Mädchen. Bis das Feuer die Kälte vertrieben hat, wollen wir uns aneinander wärmen.«

Sie bekam eine Gänsehaut, als sie daran dachte, dass er gleich alles zur Sprache bringen würde, was noch zu klären war. Dennoch tat sie wortlos, wie ihr geheißen war. Nachdem sie eine Weile schweigend ins Feuer gestarrt hatten, sagte sie: »Ich habe nachgedacht über das, was Ihr gesagt habt.«

»Über die Annullierung?«

»Nein, über die Blitze.«

»Oh.«

»Ihr seid wie Eure Schiffe. Ihr fürchtet das Feuer mehr als das Wasser.«

»Schon möglich. Aber was die Annullierung betrifft, Mädchen, glaubst du mir denn, was ich gesagt habe?«

»Ich glaube Euch.« Sie sah ihm in die Augen. »Ihr belügt mich nicht, Sir.«

»Du süßes kleines Mädchen.« Er beugte sich über sie, um sie zu küssen.

Sie wich ihm aus. »Ihr habt kaum zugehört bei dem, was ich über die Blitze gesagt habe.«

»Mir genügt es, dass du mich nicht für einen Feigling hältst.«

»Küsst mich bloß nicht, nur weil Ihr meint, ich sei süß.«

»Wenn ich ehrlich bin, Weib, will ich dich nicht nur küssen.« Er drückte sie auf seinen Mantel, beugte sich über sie und schaute ihr in die Augen. »Ich möchte mit dir schlafen. Wenn du aber weiterhin darauf bestehst, dass ich kein Recht dazu habe, kann ich ebenso gut ein Nickerchen machen, bis es zu regnen aufgehört hat.« Er beugte sich so weit zu ihr hinunter, bis sein Mund nur noch knapp einen Fingerbreit von ihren Lippen entfernt war. Sie spürte die Wärme seines Atems und die Erregung, die sein Körper so dicht an ihrem auslöste. »Was meinst du dazu, meine Liebste?«

17

Hector entging nicht, dass ihr Gesicht glühte, was entweder auf seine Frage zurückzuführen war oder auf die Wärme, die das Feuer verbreitete. Sie musste irgendwo ihre Haube verloren haben: Ihr Haar war zerzaust, und feuchte honigfarbene Strähnen klebten ihr an den Schläfen und Wangen.

Die Schnürung ihres Mieders hatte sich gelockert; es klaffte auf und gab den Blick auf ihren schlanken Hals und den Spitzenbesatz ihres Unterhemds frei und ließ auch die appetitlichen Rundungen, die sich darunter verbargen, mehr als nur erahnen.

Sie blickte ihn mit weit aufgerissenen Augen an. Als er die Hand auf ihren Busen legte, keuchte sie auf und ihr Atem wurde hastiger. Sein Körper regte sich nachdrücklich. »Nun, mein Herz?«, fragte er.

»Bist du noch immer böse?«

»Nein, aber trotzdem verdienst du es, bestraft zu werden.«

»Wie denn?«

»Küss mich.«

Sie fuhr sich mit der Zungenspitze über die Lippen, und er zügelte sich nicht länger; aufstöhnend nahm er Besitz von ihren Lippen und kostete sie ausgiebig. Sie reagierte ganz so, wie er sich das gewünscht hatte. Als sie den Mund leicht öffnete, drängte er seine Zunge hinein und labte sich an der samtenen Wärme.

Er löste die Bänder ihres Mieders und öffnete es. Als seine Hand den mit Spitze verzierten Batist ihres Hemdes berührte, war er nahe daran, erneut aufzustöhnen.

»Du hast zu viel an«, raunte er, richtete sich auf und zog sie mit sich hoch. Geschickt streifte er ihr die Röcke und das

Hemd ab, schob alles beiseite und machte Anstalten, sie erneut zu umarmen.

»Warte«, bremste sie ihn. »Mir wird kalt.«

»Wird es nicht. Ich lege noch ein Scheit nach.«

»Und was ist mit deinen Kleidern?«

»Du bist mir vielleicht ein ungeduldiges Frauenzimmer«, sagte er und schmunzelte. Dennoch schürte er das Feuer, um sich dann in aller Eile seiner Sachen zu entledigen, ohne sich darum zu scheren, wo Wams, Hemd, Kniehose, Schuhe und Strümpfe landeten. Dass sie ihm dabei zusah, ließ seine Erregung nur noch stärker werden.

Nackt, wie er war, wandte er sich ihr zu und sah, wie ihr erneut die Röte in die Wangen stieg. Als er sich neben sie legte, mit angewinkeltem Ellbogen und den Kopf auf eine Hand stützend, meinte er: »Also, wo war ich stehen geblieben?«

Sie griff nach seiner freien Hand und legte sie sich auf den Busen. »Hier«, sagte sie.

Das war ihm Aufforderung genug. Er beugte sich über sie und küsste sie flüchtig, ehe er mit dem Mund erst ihre rechte Brust liebkoste, dann die linke.

Ihre weiche Haut schmeckte salzig. Als er sich einen Nippel vornahm und daran saugte, stöhnte sie auf und drängte sich an ihn. Seine Hand lag auf ihrem Bauch; als sie sich bewegte, tastete er sich weiter nach unten, zu dem weichen gekrausten Haar ihrer Scham.

Wieder seufzte sie auf. »Ich möchte dich umarmen«, sagte sie.

»Berühre mich zuerst«, sagte er. »Berühre mich überall, wie ich dich überall berühre.«

Er hörte, wie sie nach Luft schnappte. Sie protestierte zwar nicht, kam aber auch nicht sofort seiner Aufforderung nach, sondern beschränkte ihre Liebkosungen auf seine Brust und seine Seiten, streichelte dann eine seiner Brustwarzen, ehe sie sie zwischen Zeigefinger und Daumen nahm.

Obwohl sie ihn nur so zart berührte, rauschte ihm bereits das Blut in den Ohren und weiter unten fühlte er ein kräftiges Pulsieren.

Sein Körper verlangte dringlich nach ihrem. Er schob zwei Finger zwischen ihre Beine und war entzückt, als sie daraufhin heftig zu keuchen begann.

»Pack mich fester an, Liebes, und streichle mich weiter unten.«

Gehorsam griff sie mit der freien Hand nach seinem pochenden Glied, umschloss es so fest, dass er aufschrie. »Nein, nicht so! Oben fester, das schon, aber dort unten behutsam, sonst entmannst du mich noch!«

In ihren Augen blitzte es schalkhaft. »Habe ich da etwa einen Weg gefunden, Euch mir gefügig zu machen, Hector Reaganach?«

Statt einer Antwort legte er sich auf sie und drängte das rechte Knie zwischen ihre Beine. Da er merkte, dass sie bereit war, ihn zu empfangen, schob er ihre Hand beiseite und drang tief in sie ein. Als sich ihr Körper ihm entgegenbäumte, ächzte er lustvoll und verschloss ihren Mund mit einem langen Kuss.

Für eine Weile gaben sie sich ihrer Leidenschaft hin, bis er zum Höhepunkt kam und sich in ihr ergoss. Als er von ihr abließ, sagte ihm ihr leises Keuchen, dass es sie nach mehr verlangte.

Er streckte sich kurz neben ihr aus und lauschte ihrem sich allmählich beruhigenden Atem. Auch der Regen hatte etwas nachgelassen, plätscherte aber noch immer gleichmäßig auf das mit Stroh gedeckte Dach. Hector stützte sich erneut auf seinem Ellbogen auf und sah Cristina an, die starr zur Zimmerdecke blickte.

»Schenk mir ein Lächeln, meine Süße«, sagte er.

So sanft ihr Lächeln auch war, so viel unbefriedigten Hunger verriet ihr Körper. Hector ließ sie sich eine Zeit lang winden, steigerte dann ihre Erregung noch mehr, indem er mit der Hand spielerisch über ihre sensibelsten Stellen fuhr. Sie ächzte.

»Nun, wer beherrscht jetzt wen?«, grinste er sie an.

»Du mich.« Sie keuchte wieder.

»Ich bin ein Musikant, Liebste. Vergiss das nicht. Wie auf den Saiten meiner Laute kann ich auch auf deinem Körper spielen und ihn mit untertan machen.«

Er nahm ihr Stöhnen als Aufforderung, beugte sich über sie und liebkoste sie mit der Zunge dort, wo vorher seine Finger neckend zugange gewesen waren.

Zu seiner Wonne beobachtete er, dass sie seine Liebkosungen lustvoll genoss, bis er sie zum Höhepunkt gebracht hatte. Danach lag sie ruhig da und schaute ihn versonnen an. »Ich wusste gar nicht«, sagte sie, »ich wusste gar nicht, dass man so empfinden kann.«

Wieder neben ihr ausgestreckt, einen Arm um sie geschlungen, ihren Kopf an seiner Schulter, atmete er tief durch und entspannte sich. Was Cristina gesagt hatte, entsprach dem, was auch er fühlte, und gern wäre er noch länger geblieben. Aber es hatte aufgehört zu regnen.

»Wir sollten zurückgehen«, sagte sie bald darauf. »Die anderen werden sich Sorgen machen.«

»Sollen sie doch«, sagte er und fand, dass sie auch mit zerzaustem Haar bildhübsch war. »Wenn sich jemand tatsächlich Sorgen macht, dann höchstens die, die wissen, dass ich mich auf die Suche nach dir begeben habe, und dann wissen sie auch, dass ich, wenn ich dich nicht gefunden hätte, längst die gesamte Burg alarmiert hätte.«

»Das hättest du getan?«

»Gewiss doch, mein Schatz, keine Frage. Und solltest du mir jemals Anlass geben, dies zu tun, werde ich dir, wenn ich dich finde, so nachdrücklich einheizen, dass du das niemals vergessen wirst.«

»So wie jetzt eben?«

Er schmunzelte. »Ich gebe ja zu, dass sich die Dinge besser entwickelt haben als erwartet. Du kannst mit Sicherheit davon ausgehen, dass ich, sobald du wieder in Lochbuie bist, kurz darauf auch dort eintreffe. Ich verzehre mich danach, mich so bald wie möglich wieder an dem zu laben, was du mir an Schätzen zu bieten hast.«

»Aber Sir, die könnt Ihr doch auch hier auf Ardtornish genießen«, erwiderte sie und sah ihn verständnislos an.

»Ich habe noch immer vor, dich nach Hause zu schicken, Liebes«, sagte er ungerührt. »Dass ich dich zunächst mit dürren Worten von meiner Absicht in Kenntnis gesetzt habe, ändert nichts daran, dass mich bis zur Abreise Stewarts meine Pflichten hier voll in Anspruch nehmen, und anschließend werde ich noch etwa eine Woche brauchen, bis sich die Dinge wieder beruhigt haben. Auf Lochbuie kannst du eine friedvolle Zeit verbringen, und ich mach mir weniger Sorgen um dich, weil ich dich dort in Sicherheit weiß, fernab von Leuten wie Fergus Love und deiner umtriebigen Schwester Mariota. Wenn du willst, gebe ich dir zur Begleitung Isobel und deine Tante mit.«

»Ich möchte nicht zurückgeschickt werden wie eine Ehefrau, die nicht weiß, was sich gehört.« Cristina setzte sich auf und strich sich ein paar Haarsträhnen von den Wangen. »Ich habe mir nichts zuschulden kommen lassen, was eine solche Behandlung rechtfertigen würde, Sir, und das wisst Ihr ganz genau. Auch Isobel oder Tante Euphemia werden nicht ohne weiteres Eurer Anordnung Folge leisten. Ihr müsstet wohl zunächst die Erlaubnis meines Vaters einholen.«

Er runzelte die Stirn. Sie hatte ja recht damit, dass er Macleods Schwester sowie dessen jüngerer Tochter nicht befehlen konnte, nach Lochbuie zurückzukehren. Ob er sich Cristina gegenüber als Herr des Hauses erweisen würde oder nicht, blieb abzuwarten.

»Du fährst zurück, meine Schöne«, bestimmte er schroff, »und wenn ich dich mir über die Schulter werfen und dich hinunter ins Langboot tragen muss. Und falls du glaubst, meine Männer würden sich nicht an meine Befehle halten und stattdessen nach deiner Pfeife tanzen, dann hast du dich verdammt getäuscht.«

Sie stand auf, kleidete sich, ohne ihn um Hilfe zu bitten, an, schüttelte den Staub aus ihrem Rock und befühlte ihren Umhang, um zu sehen, ob er trocken war. Hector ließ sie nicht aus den Augen und war verblüfft, dass er noch nie bemerkt hatte, wie anmutig sie sich bewegte, welche Gelassenheit und Eleganz jede ihrer Gesten verriet, sodass es geradezu eine Freude war, ihr zuzuschauen.

Als sie ihn in Anbetracht seiner auf dem Fußboden verstreuten Kleidungsstücke mit einem unmissverständlichen Blick bedachte, begriff er, was sie meinte, und zog sich rasch an.

Eigentlich wollte er noch etwas sagen, um zu unterstreichen, dass er keinen Widerstand duldete – und auch, dass sie ihm fehlen würde –, aber intuitiv hielt er es für angebrachter zu schweigen.

Dass sie seinem neuerlichen Befehl trotzen würde, traute er ihr, die eigentlich gehorsam war und bemüht, Konfrontationen zu vermeiden, nicht zu. Auch wenn es ihr nicht passte, würde sie ihre Sachen packen und morgen Nachmittag mit der Flut auslaufen.

Cristina war dankbar für sein Schweigen. Die Leidenschaft, die er beim Liebesakt bewiesen hatte, hatte ihr genug Selbstbewusstsein gegeben, um ihm zu erklären, dass sie nicht daran denke, Ardtornish zu verlassen. Außerdem war sie sich so gut wie sicher, dass er sich jetzt, da er seine fleischlichen Gelüste befriedigt hatte, nicht auf einen Streit mit ihr einlassen würde.

Aber entweder hatte sie nicht den richtigen Zeitpunkt gewählt, oder sein Entschluss, sie nach Hause zu schicken, war endgültiger als angenommen.

Sie hatte nicht vor, jetzt gleich noch einmal nachzuhaken. Vielleicht bot sich ihr später, nach dem Abendessen und dem Empfang für Robert Stewart, eine Gelegenheit, seine Entscheidung zu beeinflussen oder zumindest ihre Abreise um ein, zwei Tage, wenn weitere Gäste ebenfalls aufbrachen, hinauszuschieben.

Wie sie wusste, griffen Frauen gelegentlich und dann vornehmlich im Bett zu einer List, wenn es darum ging, ihre Ehemänner zu etwas Bestimmten zu überreden.

Hector dazu zu bringen, einen Entschluss nochmals zu überdenken, war sicherlich nicht leicht, aber versuchen konnte sie es ja.

Das Schweigen zwischen ihnen dauerte an, bis sie die Lichtung oben an den Klippen erreichten und er nach seinem Pferd pfiff. Als es nicht auftauchte, pfiff er nochmals, diesmal lauter und so durchdringend, dass Cristina sich am liebsten die Ohren zugehalten hätte. Dennoch ließ sich das Tier auch jetzt nicht blicken.

»Das Gewitter hat es erschreckt, vermutlich ist es zum Stall zurückgehetzt«, murmelte er. »Es tut mir leid, Mädchen, ich hätte es anbinden sollen. Jetzt müssen wir wohl zu Fuß gehen.«

Sie hatte nichts dagegen. Das Letzte, was sie wollte, war, hinter ihm aufzusitzen oder, noch schlimmer, vor ihm, seinen Arm um sie gelegt. Ein flotter, belebender Spaziergang in der frischen Luft nach dem Regen würde ihr guttun.

Er fasste sie um die Schultern. Sie zuckte zusammen; offenbar hatte sich dort, wo er sie vorher gepackt hatte, ein Bluterguss gebildet. Diesmal jedoch sah er sie nur an, strich ihr dann liebevoll ein paar vorwitzige und noch immer feuchte Strähnen aus dem Gesicht. »Wo ist deine Haube abgeblieben?«

»Ich habe sie vorhin auf dem Felsen abgenommen, um den Wind in meinen Haaren zu spüren. Sie muss weggeweht worden sein, nachdem Ihr mich von dort weggerissen habt.«

Er lächelte betreten. »So, wie wir aussehen«, sagte er, »dürfte es für uns beide besser sein, wenn wir es einrichten könnten, in unsere Kammer zu gelangen, ohne Lady Margaret oder Seiner Gnaden über den Weg zu laufen.«

Sie antwortete nicht, war aber angenehm überrascht über seinen zwanglosen Ton, der wohl mithelfen sollte, die Spannung zwischen ihnen abzubauen.

Ihr jedenfalls war völlig egal, wer ihnen über den Weg laufen mochte.

Allmählich lösten sich die in östlicher Richtung treibenden Wolken auf, und durch die Lücken, die sich dazwischen auftaten, drangen, leuchtenden Pfaden vom Himmel zur Erde gleich, vereinzelte Sonnenstrahlen. Ihr goldenes Licht glitzerte auf dem Wasser des Sunds und der Bucht und ließ die Regentropfen auf Gras und Gebüsch funkeln wie Edelsteine an höfischen Prunkgewändern.

Sie gelangten zum Fußweg zwischen Saal und Gästeflügel. »Wenn wir nicht herumtrödeln, bleibt uns gerade noch Zeit, uns zum Abendessen umzuziehen. Ein weiterer Grund, statt den Haupteingang die Abkürzung durch die Küche zu nehmen. Falls uns jemand begegnet, sagen wir, dass wir in Eile sind und nicht zu spät kommen möchten.«

Cristina nickte und ließ ihn vorangehen. Obwohl die Küchentreppe der Dienerschaft vorbehalten war und von Gästen höchst selten benutzt wurde, stellte sich ihnen niemand in den Weg. Cristina hätte auch gar nicht damit gerechnet.

Beim Betreten des Gästeflügels blieb Hector stehen. »Ich möchte mich nur schnell noch vergewissern, dass mein Pferd tatsächlich in den Stall zurückgelaufen ist. Ich lass dich also allein. Du bist sowieso schneller umgezogen, wenn Brona nicht meint, deine Tugendhaftigkeit vor mir behüten zu müssen. Aber ich bin bald zurück.«

Brona erwartete sie bereits, und nicht zum ersten Mal war Cristina froh, nicht die Kammerzofe aus Chalamine nach Lochbuie mitgenommen zu haben, die sich von klein auf um sie gekümmert hatte und deren harsche Zurechtweisung ihr jetzt unerträglich gewesen wäre. Brona dagegen, die wohl nur hatte nachsehen wollen, ob jemand etwas von Cristinas Kleidern zum Waschen mitgenommen hatte, ging in ihrer gewohnt zurückhaltenden Art daran, ihr behilflich zu sein.

»Ich wurde vom Gewitter überrascht und habe meine Haube verloren«, sagte Cristina, als die Zofe begann, ihr mit dem Kamm vorsichtig das zerzauste Haar zu entwirren.

»Das sehe ich, Mylady«, erwiderte Brona. »Ihr solltet Euch ans Feuer setzen, damit Euer Haar trocknet. Es macht keinen guten Eindruck, mit nassem Kopf dem nächsten König der Schotten seine Ehrerbietung zu erweisen.«

Gehorsam rückte Cristina näher an die Feuerstelle, als Mariota hereinkam.

»Wo hast du bloß gesteckt, Cristina?«, rief sie aus. »Ich habe schon befürchtet, dass du dich verirrt hast, oder aber dass du noch immer böse auf mich bist.«

»Ich wäre dir dankbar, wenn du hier nicht einfach eintreten würdest, ohne vorher anzuklopfen, Liebes«, sagte Cristina und musste lächeln, als sie daran dachte, wie ihre Schwester zurückgeschreckt wäre, wenn sie Hector beim Umziehen überrascht hätte. »Du scheinst vergessen zu haben, dass ich diese Kammer mit meinem Ehemann teile.«

»Nein, das habe ich nicht. Aber ich sah ihn über den Hof gehen und wusste, dass du nichts dagegen haben würdest, wenn ich dich überfalle.«

»Dann mach die Tür zu und komm näher«, sagte Cristina. »Ich wärme mich gerade auf.«

»Wo warst du nur? Ich dachte, du wolltest lediglich einen kurzen Spaziergang machen.«

»Wir wurden vom Gewitter überrascht, auf der Klippe, unweit eines Felsens ganz oben. Es dürfte der sein, den Mairi als Gerichtsfelsen bezeichnet.«

Mariota nickte. »*Creag na Corps*. Was um alles in der Welt hattest du da oben zu suchen?«

»Ich wollte meine Ruhe haben, also bin ich den Hügel hinaufgestiegen, um die Aussicht zu genießen. Fang jetzt bloß nicht an, mir Vorwürfe zu machen. Die habe ich mir schon zur Genüge anhören müssen.«

»Von Hector? Ich habe ihm gesagt, dass du vermutlich da oben bist.«

»Ja. Er entdeckte mich in dem Moment, als die ersten Blitze aufzuckten, und mich ihnen ausgesetzt zu sehen hat ihm einen derartigen Schrecken eingejagt, dass er verständlicherweise die Beherrschung verlor und mich furchtbar angebrüllt hat.«

»Nun, das wird ja bald ein Ende haben«, lenkte Mariota ein. »Ich habe mich zufällig heute mit dem Abt unterhalten, und er sagte …«

»Nein, Mariota, das hast du nicht!«

»Aber natürlich habe ich das«, erwiderte Mariota. »Er mag mich und hat den größeren Weitblick, genau wie ich. Er meint, alles ließe sich im Handumdrehen regeln. Du brauchst dir also um Hectors unbeherrschte Art nicht mehr den Kopf zu zerbrechen. Mich jedenfalls würden sie kaltlassen, weil ich genau weiß, wie man einen Mann dazu bringt, sich mit anderen Dingen zu beschäftigen, als mir Standpauken zu halten.«

»Ja, das weißt du«, pflichtete Cristina ihr bei. »Aber Hector kann man nicht so leicht umstimmen. Er hat, nebenbei gesagt, vor, mich morgen nach Hause zu schicken«, fügte sie betrübt hinzu.

»Wirklich?« Mariota strahlte über das ganze Gesicht, bemühte sich dann aber, als ihr bewusst wurde, dass Freude wohl nicht angebracht war, Mitgefühl zu heucheln. »Oh, das tut mir wirklich leid, dass du wegmusst«, sagte sie. »Du bist bestimmt enttäuscht.«

»Begeistert bin ich nicht gerade«, beschränkte sich Cristina allein schon wegen der Anwesenheit von Brona zu sagen. Da sie aber auf deren Vertrauenswürdigkeit baute, fügte sie hinzu: »Wahrscheinlich wird alle Welt denken, er will seine Frau wegen ihres ungebührlichen Verhaltens bestrafen.«

»Der eine oder andere mag das wohl so deuten«, meinte Mariota. »Aber vergiss nicht, dass bis zum Ende der Woche sowieso fast alle abreisen. Und bis dahin dürfte Hector damit beschäftigt sein, sich um Stewart zu kümmern.«

»Gewiss. Übrigens kann er jeden Moment hereinkommen.« Damit stand Cristina auf und bat Brona, die Waschschüssel zu füllen, um sich Hände und Gesicht zu waschen, ehe sie ihr Gewand anlegte und sich erneut setzte, damit die Zofe sie frisieren konnte.

»Dann verschwinde ich wohl besser«, meinte Mariota augenzwinkernd. »Wenn er schlecht gelaunt ist, möchte ich ihm lieber nicht begegnen.« Sie lachte kurz auf.

Für die nächsten zwanzig Minuten konzentrierte sich Cristina auf ihr Äußeres, um dann festzustellen, dass sich Hector für den Weg zum Stall und wieder zurück ungewöhnlich viel Zeit ließ.

Als sie schließlich frisiert war, überlegte sie sogar, ob sie einen Diener nach ihm ausschicken sollte, aber da wurde bereits die Türklinke heruntergedrückt, und Hector trat ein. Er sah bekümmert aus.

»Ist dein Pony noch nicht wieder da?«

»Doch, das schon, aber es hat sich eine Zerrung an einem Sprunggelenk zugezogen. Wahrscheinlich haben ihn die Blitze verschreckt, und er ist gestolpert oder in das Loch eines Kaninchenbaus getreten.«

»Wie traurig! Und alles wegen mir«, sagte sie schuldbewusst. »Wenn ich nicht …«

»Genug jetzt, Mädchen«, herrschte er sie an. »Niemand ist daran schuld. Ich hätte ihn anbinden oder zumindest die Zügel über einen Busch werfen sollen, bevor ich auf dich zurannte.«

Cristina hielt es für angebracht, Brona hinauszuschicken,

Verschwiegenheit hin oder her. »Das ist alles«, beschied sie die Zofe. »Ich bin jetzt so weit, nach unten zu gehen. Sobald der Herr fertig angekleidet ist, kannst du hier ein bisschen aufräumen.«

»Wie Ihr wünscht, Mylady.« Brona deutete einen Knicks an und verschwand.

»Warte nicht auf mich, Frau. Dein Vater dürfte bereits unten sein, und sollten Seine Gnaden oder Lachlan nach mir fragen, dann richte ihnen aus, dass ich mich leider etwas verspäte. Sei taktvoll.«

Sie nickte. »Ich werde mich bemühen, Sir, aber beeilt Euch.«

Als sie auf die Treppe zueilte, trat Fergus Love aus einer im Dunkeln liegenden Nische vor ihr hervor. Er strahlte sie an. »Da seid Ihr ja«, sagte er. »Ich habe mich schon gefragt, ob ich Euch noch hier oben erwische oder ob Ihr Eure Kammer nicht längst verlassen habt.«

Cristina schluckte. »Unterlasst tunlichst diese Annäherungsversuche, Sir«, sagte sie dann leicht verärgert. »Ihr solltet wissen, dass ein solches Verhalten ungebührlich ist.«

»Mylady, ich kann nicht anders«, sagte er und streckte die Hände aus. »Euer Charme ist derart entwaffnend, dass ich sofort herbeigeeilt bin, als ich hörte, dass Euer Gemahl außer Haus ist. Ihr braucht doch einen männlichen Begleiter für Euren Auftritt unten. Eine so schöne Lady wie Ihr sollte nicht allein am Hof Seiner Gnaden erscheinen.«

Als würde er sie zeit seines Lebens kennen, griff er nach ihrer Hand und schob sie sich in die Armbeuge. »Seht in mir Euren Beschützer, Mylady. Ich werde gut auf Euch achtgeben.«

»Bitte, Sir, das dürft Ihr nicht«, wehrte Cristina entsetzt ab und versuchte, ihre Hand zurückzuziehen.

»Ah, schönes Kind, reizt mich nicht.« Er packte ihre andere Hand, riss Cristina an sich und hielt sie, einen Arm um ihre Taille gelegt, fest. »Da, spürt Ihr nicht, wie sehr ich Euch begehre?« Er bedachte sie mit einem lüsternen Blick.

»Wenn Ihr mich nicht sofort freigebt«, zischte sie angewidert, »schreie ich!«

»Das lass ich nicht zu.« Er umfasste ihren Hinterkopf, damit sie ihm nicht ausweichen konnte, und presste seinen Mund auf ihre Lippen.

Wutentbrannt hob Cristina einen Fuß und stampfte mit aller Kraft auf. Sie konnte zwar nicht sehen, wohin sie getreten hatte, dafür hörte sie Fergus Love schmerzhaft aufschreien.

Er fuhr zurück und starrte sie mit offenem Mund an. »Wie könnt Ihr es wagen!«, keuchte er. »Wartet nur, bis Ihr mein seid …«

Das Weitere vernahm Cristina nicht, denn eine große Hand packte Fergus Love an der Schulter und riss ihn zurück, und gleichzeitig griff eine andere nach ihrem Arm und zog sie von ihm weg.

Noch ehe er sich über die grobe Behandlung empören konnte, schickte ihn eine wuchtige Rechte von Hector krachend auf den steinernen Boden.

»Lasst ein für allemal Eure Finger von meiner Frau«, knurrte Hector ihn von oben an.

»Um Himmels willen!«, rief Cristina und sah entsetzt auf ihren völlig benommenen Anwärter. »Was ist, wenn du ihn umgebracht hast, Hector?«

»Na, und wenn schon«, gab der zurück. »Halte dich jedenfalls fern von ihm, Mädchen, wenn du nicht ebenfalls meinen geballten Zorn zu spüren bekommen willst.«

»Wenn du auch nur einen Augenblick lang glaubst, ich hätte …«

»Das tue ich doch nicht. Andernfalls würden wir sofort in unserer Kammer ein ernstes Gespräch führen und davon absehen, uns in aller Form zu den ehrenwerten Gästen Seiner Gnaden zu gesellen.«

»Wir lassen ihn einfach hier liegen?«

»Ja. Was dagegen?«

Sie zögerte, aber seine finstere Miene verriet, dass eine Auseinandersetzung über Leute wie Fergus Love zu nichts führen würde. »Nein, Sir«, begnügte sie sich zu erwidern.

»Gut. Du gehst voran. Um nebeneinander hinunterzuschreiten, sind diese Stufen zu schmal.«

Bei der ersten Rundung der Wendeltreppe hörten sie Love von oben rufen: »Ich verstehe nicht, warum Ihr so erzürnt seid, meine Schöne. Eure eigene Schwester hat gesagt, Ihr wärt verliebt in mich und in Kürze frei, Euch einen neuen Ehemann zu suchen. Es geziemt sich nicht, zu dem Mann, der bereit ist, Euch zu heiraten, derart grob zu sein.«

Cristina schluckte.

»Wenn Mariota es war, die diesen Schuft veranlasst hat, dich vor deiner Kammer abzupassen, dann werde ich sie in ihre Schranken weisen, dass sich ihr die Haare sträuben«, knurrte Hector.

»Tut das bitte nicht, Sir.« Bei dem Gedanken, was eine solche Zurechtweisung für Folgen haben könnte, überlief es Cristina heiß und kalt.

»Deine Schwester legt es drauf an, Unheil zu stiften«, sagte er. »Und wenn ihr einmal mehr der Gaul durchgeht, kreidet man dir das an. Weil du unmöglich allein mit ihr fertig wirst, werde ich dir beistehen. Aber ich knöpf sie mir wohl besser erst nach dem Empfang Seiner Gnaden vor.«

Cristinas Stimmung bekam einen weiteren Dämpfer, als sie hinaus auf den Hof trat und dort Mariota stehen sah. »Fergus hat dich also ...«, hob die Schwester an und grinste, brach aber ab, als sie sah, dass der Mann hinter Cristina nicht Fergus war.

»Mariota! Bist du nicht recht bei Trost, mir diesen Mann hinaufzuschicken!«, rief Cristina. »Ist dir nicht klar, dass er annehmen musste, ich würde auf seine Annäherungsversuche eingehen?«

»Lass es gut sein, Mädchen. Ich übernehme das.« Es klang unheilschwanger.

»Keine Ahnung, was Ihr glaubt, übernehmen zu müssen, Sir.« Mariota lächelte ihn an. »Wenn sich der Dummkopf Freiheiten herausgenommen hat, kann ich jedenfalls nichts dafür. Fingon sagte mir, Fergus wolle Cristina näher kennenlernen, schon weil sie nach erfolgter Annullierung einen neuen Ehemann brauche. Ich bin davon ausgegangen, dass sein Werben sie über Eure niederträchtige Absicht, sie nach Hause zu schicken, trösten würde. Ich habe es nur gut gemeint.«

»Von wegen, du Satansbraten! Wenn du meine Tochter wärst, würde ich ...«

»Tochter! Macht Euch doch nicht lächerlich! Ich möchte keinesfalls Eure Tochter sein, sondern vielmehr Eure Ehefrau. Aber wenn Ihr glaubt, Ihr könntet mich dann genauso schikanieren, dann solltet Ihr Euch das noch mal gut überlegen.«

Noch ehe er ihr sagen konnte, wie er mit ihr verfahren würde, mischte sich Cristina ein. »Schäm dich, Mariota! Und schrei nicht so herum, dass alle hier draußen dich hören können. Weißt du, dass dieser grässliche Mann versucht hat, mich direkt vor unserer Bettkammer zu küssen?«

»Und wenn es so war, dann ist es ...«

»Wir haben ihn auf dem Fußboden liegen lassen«, schnitt Cristina ihr das Wort ab. »Was für eine grässliche Szene, Mariota! Wenn du es warst, die ihn da hinaufgeschickt hat, dann ist das alles deine Schuld!«

Mariota schaute von einem zum anderen. Als ihre weit geöffneten Augen Hectors wütendem Blick begegneten, veränderte sich ihr Gesichtsausdruck. »Das konnte ich nicht wissen«, sagte sie. »Es tut mir leid, wenn ich etwas gesagt habe, was ihn bewogen hat, sich derart flegelhaft zu benehmen. Andererseits, Cristina, hast du dich bestimmt so verhalten, dass er annehmen konnte, er dürfte dich küssen. Ich jedenfalls habe ihm das nicht eingeredet. Bitte, Sir, Ihr müsst mir glauben, dass mir das alles schrecklich leidtut. Aber schuld daran bin ich nicht. Cristina ist immer so freundlich, und ihre zwanglose, entgegenkommende Art hat ihn wohl dazu verleitet …«

»Sei still!«, fuhr Hector sie an. »Kein Wort mehr! Ich werde deinem Vater berichten, was du da erneut für Unheil angerichtet hast. Dein Verhalten ist schändlich, und wenn du auch nur einen Augenblick lang glaubst, ich würde dich noch zur Frau begehren, dann irrst du dich gewaltig. Eher heirate ich eine Dächsin!«

»Das ist nicht Euer Ernst.« Mariotas Augen füllten sich mit Tränen.

»Mir war noch nie etwas so ernst«, sagte er ungerührt. »Und jetzt geh, sonst sage ich dir noch – ganz gleich, wer zuhört –, was ich wirklich von dir halte.«

Um Fassung bemüht, machte sie auf dem Absatz kehrt und stürzte davon.

»Ach Sir, Ihr wisst ja nicht, was Ihr da angerichtet habt«, sagte Cristina und überlegte bereits, wie sie Mariota, die jetzt bestimmt todunglücklich war, trösten könnte.

»Doch, das weiß ich sehr wohl«, erwiderte er. »Ich habe deiner verrückten Schwester den Schwachsinn ausgetrieben, mit dem sie sich das Hirn vollgestopft hat und dem ich, wie ich behaupten kann, glücklicherweise entronnen bin. Hätte ich sie wie ursprünglich beabsichtigt geheiratet, wäre ich auf ewig an sie gekettet gewesen. Eine grässliche Vorstellung! Diese Frau ist wahnsinnig.«

»Nein, Sir, nicht wahnsinnig«, widersprach Cristina, obwohl dieser Gedanke sie selbst oft genug beschlichen hatte. Mariotas Tränen hatten sie ebenso wenig beeindruckt wie ihn, wusste sie doch, dass die Schwester sie sozusagen auf Abruf fließen lassen konnte.

Dennoch ahnte sie, dass die Schwester litt – wie immer, wenn sie gekränkt war. Hectors Zurechtweisung würde sie sogar besonders tief treffen, allein schon weil sie sich einbildete, ihn zu lieben.

»Mariota empfindet anders als andere. Sie denkt manchmal gar nicht darüber nach, was sie durch ihr Verhalten anrichtet«, sagte sie. »Sie gibt vor, gefühlsmäßig zu handeln und deshalb erfinderischer zu sein, sich von den anderen abzuheben. Und wenn sie einem das auseinandergesetzt hat, erwartet sie, dass man ihren Standpunkt akzeptiert.«

»Dann solltest du dich vergewissern, dass sie sich alles, was ich gesagt habe, zu Herzen nimmt«, entgegnete er. »Wenn sie sich noch einmal so etwas leistet wie vorhin, werde ich nämlich nicht mehr so nachsichtig sein. Und nur damit du es weißt – ich werde euren Vater umgehend von diesem Vorfall unterrichten.«

Cristina nickte ergeben, wusste sie doch, dass ihn nichts davon abbringen würde. Genauso wie sie wusste, dass es ihm nicht gelingen würde, Macleod davon zu überzeugen, dass Mariota sich unmöglich verhalten hatte.

Und um wiederum Mariota klarzumachen, dass sie Hector nicht beeinflussen konnte und warum er so wütend auf sie war, bedurfte es eines langen und sicherlich unangenehmen Gesprächs.

Sie gesellten sich zu den anderen im großen Saal. Erst als sie sich zu den ihnen zugewiesenen Plätzen auf dem Podium begeben hatten, zeichnete sich für Cristina die Gelegenheit zu einem Gespräch mit Mariota ab: Dank eines glücklichen Zufalls oder aber durch Mairis Zutun sollte die Schwester links von ihr sitzen, gleich neben Lady Euphemia.

Die Frau zu ihrer Rechten kannte sie nicht; sie schien jedoch, als direkte Nachbarin von Mairi von den Inseln, die wie üblich den Ehrenplatz neben Lady Margaret Stewart einnahm, großes Ansehen zu genießen.

Noch standen alle und warteten auf das Tischgebet vor dem Essen, und Cristina stellte erleichtert fest, dass Hector und Macleod nicht nebeneinander saßen.

Robert Stewart nahm den Ehrenplatz zur Rechten MacDonalds ein, wiederum rechts von ihm standen Lachlan

Lubanach, dann Hector sowie eine Reihe von Inselherrschern, darunter Macleod. Da Stewart nicht mit seiner Gemahlin erschienen war, vermutete Cristina, dass die Frau zu ihrer Rechten am Damentisch die Ehefrau eines Clan-Oberen war.

Als man sich setzte, beugte sich Mariota zu Cristina. »Ich finde, du hättest ihn daran hindern sollen, derart ungehobelt mit mir zu sprechen«, sagte sie.

Cristina vergewisserte sich durch einen Blick auf ihre Nachbarin zur Rechten, dass diese sich angeregt mit Mairi unterhielt, ehe sie sich an Mariota wandte: »Sprich leise, Mariota. Durch diesen Mann, den du da zu mir hinaufgeschickt hast, hast du eine höchst unangenehme Szene heraufbeschworen. Kein Wunder, dass Hector wütend ist. Warum willst du nicht einsehen, dass das ungehörig von dir war?«

»Ich habe mich dafür entschuldigt«, erfolgte prompt, wenn auch mit gedämpfter Stimme, Mariotas Protest. »Du hast es doch selbst gehört.«

»Du hast gesagt, dass es dir leidtut«, erwiderte Cristina. »Wenn du etwas Schlimmes angestellt hast, sagst du immer, es täte dir leid, immer und immer wieder, dabei ist es dir gar nicht ernst damit, das merkt man ganz genau. Selbst als du dich entschuldigt hast, gabst du gleich wieder mir die Schuld an dem, was passiert ist. Begreifst du denn nicht, dass dadurch deine Entschuldigung zu einer Anschuldigung wird?«

»Sei nicht kindisch, Cristina. Du hast eben nicht wie ich den Blick übers Ganze. Du versteifst dich auf Nebensächlichkeiten und hirnrissige Überlegungen, zum Beispiel darauf, was andere darüber denken könnten. Mich beschäftigt Derartiges *nie.*«

»Wie wahr«, sagte Cristina zähneknirschend.

»Weil ich nämlich immer mein Ziel vor Augen habe«, erklärte Mariota, »und mich über Lappalien hinwegsetze. Von dieser Seite kennt Hector mich noch nicht, und es ist unglaublich gemein von dir, ihm das nicht verständlich zu machen. Meiner Meinung nach manipulierst du ihn im Sinne deiner eigenen selbstsüchtigen Zwecke, weil du Angst hast, keinen Ersatz für ihn zu finden, wenn er erst einmal weg ist. Aber du irrst dich, wenn du meinst, ich sei die Einzige, die dir gefährlich werden könnte. Er ist nämlich hier bei Hofe ungemein beliebt. Die Frauen beten ihn an, und er schäkert mit jeder. Denk nur einmal an Fiona MacDougall. Sie soll seit Jahren verrückt nach ihm sein und bringt ihn immer zum Lachen. Hector schenkt ihr sehr viel Aufmerksamkeit. Du hast es doch bestimmt selbst mitbekommen. Es würde mich nicht wundern, wenn er nach Lust und Laune mit ihr das Bett teilt.«

»Wie kannst du es wagen …«, stieß Cristina aus, unterbrach sich aber in Anbetracht etwaiger neugierigen Lauscher unterhalb des Podiums und auch des Lakaien, der mit dem Rotweinkrug hinter ihr stand. Sie zwang sich zu einem Lächeln und bedeutete ihm, ihren Pokal zu füllen. Als er sich danach entfernte, zischelte sie Mariota ins Ohr: »Wenn mir jemals auch nur der Verdacht kommen sollte, dass du dieses abscheuliche Spiel auch mit anderen treibst, sorge ich dafür, dass alle Welt erfährt, was für ein verlogenes Biest du bist.«

»Aber …«

»Kein Wort mehr«, schnappte Cristina. »Was du da gesagt hast, ist abscheulich und außerdem nicht wahr. Fiona MacDougall gehört zu den liebenswertesten Frauen, die ich kenne, und ich lasse nicht zu, dass du sie aus höchst eigennützigen Motiven verunglimpfst.«

»Aber …«

»Schweig«, zischte Cristina und hoffte nur, dass der gleichmäßige Lärmpegel, für den die Unterhaltungen im Saal sorgten, verhinderte, dass andere mithörten. »Nimm dich bloß in Acht, Mariota. Sollte mir zu Ohren kommen, dass du derartige Unverschämtheiten verbreitest, dann werde ich nicht nur Vater davon in Kenntnis setzen, sondern auch Mairi, eine von Fionas engsten Freundinnen. Und Mairi wird mit Sicherheit Seine Gnaden informieren, der Fiona ungemein schätzt und dich, wie anzunehmen ist, von seinem Hof verbannen wird. Und jetzt lass mich für heute Abend in Ruhe. Mein Zorn auf dich ist zu groß, um freundliche Worte mit dir zu wechseln.«

Prompt füllten sich Mariotas Augen mit Tränen, was aber auf Cristina keinen Eindruck machte, stand für sie doch fest, dass die Schwester nicht weinte, weil ihr ihre Bemerkungen leidtaten, sondern weil ihre Worte nicht die beabsichtigte Wirkung gezeigt hatten.

Und da sie wusste, dass die Tränen in dem Augenblick versiegen würden, da die Aufmerksamkeit der Schwester auf etwas anderes gelenkt wurde, wandte sich Cristina an ihre Nachbarin zur Rechten, die, wie sie bemerkte, ihr Gespräch mit Mairi beendet hatte, und machte sich mit ihr bekannt.

Als sie erfuhr, dass sie die Ehefrau eines Oberhaupts einer der Inseln war, die den Aufruhr um das Sammeln und den Verkauf von Sturmvogelöl entfacht hatten, hielt sie es für angebracht, auf weniger heikle Themen zu sprechen zu kommen. Es dauerte nicht lange, bis die beiden Frauen angeregt über die Kinder der Tischnachbarin plauderten und über Cristinas erst kürzlich geschlossene Ehe, die die Aufgabe mit sich brachte, einen bislang männlichen Haushalt in ein gemütliches Heim zu verwandeln.

»Ich kann Euch gar nicht sagen, Madam«, merkte Cristinas Gesprächspartnerin an, »wie angenehm es ist, einmal über etwas anderes zu sprechen als über das Sturmvogelöl, ein Thema, auf das alle außer uns beiden geradezu erpicht zu sein scheinen. Wenn ich mich dann ständig darauf konzentrieren muss, was ich sagen soll und was auf gar keinen Fall, werde ich ganz wirr im Kopf. Umso angenehmer, gar nicht erst in die Verlegenheit zu kommen, eventuell in ein Fettnäpfchen zu treten.«

»Aber was könntet Ihr denn sagen, was Ihr nicht sagen solltet?«

»Na ja, man weiß ja nie. Als ich angeregt habe, für Seine Gnaden wäre es doch bestimmt interessant zu wissen, wie wichtig das Öl für die Heilige Insel ist, hat mein Gemahl – MacFadyen von Coll, wo viel von diesem Öl gesammelt wird – losgebellt wie eine aufgebrachte Robbe.«

»Es ist doch aber allgemein bekannt, dass das Öl für kirchliche Zwecke verwendet wird.«

»Das schon, aber der Grüne Abt verlangt von uns, dass wir einen Großteil davon – den Ertrag von etlichen Jahren – vorab an ihn liefern, ohne dass MacDonald die Abtei zur Kasse bittet. Aber das ist eines der Dinge, über die ich *nicht* sprechen darf. Reden wir also lieber von was anderem.«

18

Cristina ließ sich gern darauf ein, Nachsicht gegenüber einer so warmherzigen Nachbarin wie Lady MacFadyen zu üben, und obwohl sie Mariota nicht guten Gewissens links liegen lassen konnte, gelang es ihr dank Ihrer Ladyschaft, der Schwester gegenüber die Formen der Höflichkeit zu wahren. Dennoch war sie erleichtert, als das Festmahl vorüber war und die Abendunterhaltung begann.

MacDonald hatte zur Erbauung seiner Gäste Sänger und eine Schauspielertruppe eingeladen, außerdem wurde ein Wettstreit im Schwertertanz ausgetragen, an dem auch Lachlan Lubanach teilnahm und sich als geschickt und flink erwies. Hector beschränkte sich darauf, die Tänzer aufmerksam zu beobachten.

Als Cristina zu ihm hinüberschaute, um zu sehen, ob er sich am Wettstreit beteiligen würde, warf Mairi ihr über Lady MacFadyen hinweg einen amüsierten Blick zu. »Erwarte von deinem Mann nicht, dass er heute Abend tanzt. Solange Lachlan Haushofmeister meines Vaters und Admiral seiner Flotte ist, hat er Hector ausdrücklich untersagt, bei Derartigem mitzumachen.«

»Warum das denn?«

Mairi lachte leise auf. »Weil beim letzten Mal, da die beiden an einem solchen Wettstreit teilnahmen, Hector um ein Haar einem anderen Mann den Kopf abgeschlagen hätte. Nur Lachlans geschickte Parade rettete den armen Kerl.«

Mairis Fröhlichkeit war ansteckend; Cristina lachte hell auf. Noch begeisterter war sie, als Hector sich die Laute eines Musikanten lieh und gefühlvoll die Saiten zum Klingen brachte. Wie damals, als sie sich zum ersten Mal zu ihm hingezogen fühlte. Bevor sie ihn singen gehört hatte, war er für sie lediglich ein weiteres selbstgefälliges, wiewohl blendend aussehendes Mitglied des Hofes Seiner Gnaden gewesen. Aber kaum hatte er zur Laute gegriffen, war ihr gewesen, als spielte er nur für sie.

Auch diesmal zupfte er mit leichter Hand gekonnt die Saiten, und bereits die ersten Akkorde ließen die Unterhaltung nach und nach verstummen. Als er sich der ungeteilten Aufmerksamkeit sicher sein konnte, hob er an zu singen, und Cristina lauschte ihm ebenso andächtig wie beim ersten Mal. Er trug eine Ballade von den Eroberungen Somerleds vor, und obwohl so gut wie jeder die Geschichte von den siegreichen Schlachten dieses großen Heerführers über die Wikinger kannte, hörten sie gebannt zu. Es war schier unglaublich, wie sehr Hectors Stimme die Zuhörer zu fesseln vermochte.

Als er endete, herrschte Stille, bis er ein vergnügteres Lied anstimmte, das die Zuhörer schon bald zum Lachen brachte. Danach wünschte sich jemand sein Lieblingslied und ein anderer ein anderes, kannten doch viele der Gäste Seiner Gnaden Hectors Repertoire von früheren Auftritten her. In seinen großen Händen wirkte die Laute wie ein Spielzeug, das er allerdings meisterlich handhabte, und in seiner tiefen Stimme schwang ein einschmeichelndes Timbre mit. Bald darauf forderte er seine Zuhörerschaft zum Mitsingen einer wohlbekannten Ballade auf, und Cristinas klarer Sopran erhob sich über alle anderen Stimmen. Sie fing Hectors Blick auf, und als er lächelte, überrieselte es sie so angenehm, als hätte er sie berührt.

Warum, fragte sich Hector, war es ihm noch nicht aufgefallen, dass Cristina eine so klare und schöne Stimme besaß? Und warum konnte er sich nicht daran erinnern, sie bereits früher am Hofe Seiner Gnaden gesehen zu haben? Immerhin hatten mehrere Gäste zum Ausdruck gebracht, dass sie sich freuten, sie wiederzusehen, und ihm zur Hochzeit gratuliert.

Weil sie nicht die grellen Farben und ausgefallenen Kleider trug, wie sie neuerdings von den Inselbewohnern und ihren Frauen bevorzugt wurden, hatte er befürchtet, sie würde sich eventuell fehl am Platze fühlen. Aber obwohl sie nicht versuchte, sich so herauszuputzen wie Mariota, sagte ihm Cristinas unaufdringliche Eleganz weit mehr zu.

Mariotas Kleider waren viel zu tief ausgeschnitten und ihre Mieder so eng geschnürt, dass Hector sich wunderte, wie sie überhaupt atmen konnte. Neben ihrer Putzsucht kreidete er ihr an, dass sie jedem Mann, der einen Blick auf sie riskierte, schöne Augen machte. Auch wenn sie von Verehrern belagert wurde wie eine Salzlecke von Rindern, war der, der sie einmal heiraten würde, wahrlich nicht zu beneiden.

Nachdem das Lied verklungen war, merkte er, dass Lachlan ihm vom hinteren Ende des Saals aus ein Zeichen gab. Worauf Hector, als weiterhin Musikwünsche aus der Zuhörerschaft an ihn herangetragen wurden, lächelnd den Kopf schüttelte, aufstand und die entliehene Laute zurückgab.

Indem er sich in Richtung Cristina wandte und kurz nickte, gab er seinem Zwillingsbruder zu verstehen, dass er zunächst seine Frau in ihre Bettkammer geleiten und ihm dann zur Verfügung stehen würde. Während des Essens hatte er Lachlan über den Zwischenfall mit Fergus Love informiert; ein langes Gespräch hatte sich angeschlossen. Doch bevor er sich Fergus vornahm, galt es, die Gefangenen zu verhören.

Cristina sah ihn zielstrebig auf sie zukommen. Wollte er sie etwa zu dem Ringtanz auffordern, den die Musikanten gerade angestimmt hatten? Oder sich nur mit ihr unterhalten? Er lächelte zwar, aber weil ihr nicht entgangen war, dass er seinem Bruder zugenickt hatte, schien irgendetwas in der Luft zu liegen.

Er streckte ihr die Hand entgegen. »Kommt, Mylady«, sagte er. »Es ist schon spät. Sobald Stewart sich zurückzieht, müssen Lachlan und ich uns mit Seiner Gnaden zusammensetzen. Deshalb möchte ich Euch vorher in Eure Bettkammer begleiten, um Euch in Sicherheit zu wissen.«

Da sie es unpassend fand, ihm in Hörweite einiger Gäste vorzuwerfen, dass er ihr ein weiteres Verweilen im Saal nicht zugestand – zumal ihr Vater und auch die Tante weiterhin anwesend waren –, sagte sie lediglich: »Wirkt es denn nicht respektlos, mich vor Stewart zurückzuziehen, Sir?«

»Ich werde Euch entschuldigen.« Damit ergriff er ihre Hand und legte sie sich auf den Arm.

»Es gibt demnach zusätzlichen Ärger?«, fragte sie.

»Meine Leute haben die Burschen verhört, die wir nach dem Überfall festnahmen. Wir haben vor, über das, was sie in Erfahrung gebracht haben, zu sprechen und über die nun notwendigen Schritte zu beratschlagen.«

Als sie so eilig, dass niemand es wagte, sie aufzuhalten, auf die Tür zum Hof zugingen, sagte sie: »Dann geht es wohl diesmal nicht um weitere Streitigkeiten um das Sturmvogelöl?«

Er sah sie von der Seite her an. »Nein. Das heißt, ich glaube nicht, dass das hier mit hineinspielt. Vielmehr haben wir es mit einem gezielten Anschlag auf den Thronerben zu tun.«

Sie dachte kurz nach, sagte dann: »Ich sollte dir trotzdem berichten, was ich beim Abendessen erfahren habe.«

»Warte, bis wir im Freien sind.«

Gehorsam wartete sie, bis sie draußen auf dem Hof waren, um dann leise zu sagen: »Lady MacFadyen von Coll hat mir erzählt, der Abt hätte ihren Mann aufgefordert, der Abtei auf der Heiligen Insel vorab eine beträchtliche Menge Öl abzutreten.«

»Dieser Satansbraten! Coll untersteht Maclean und damit Lachlan! Es würde mich interessieren, was dieser unverschämte Kerl wirklich vorhat.«

»Er sagte zu MacFadyen, Seine Gnaden sollte nicht vom Verkauf des Öls an die Abtei profitieren.«

»MacDonald verfügt über keinerlei Vollmacht für die Abtei, den Abt oder meinetwegen auch die Machtbefugnis des Papstes«, schnaubte Hector. »Fingon scheint der Meinung zu sein, wir sollten das Öl allen christlichen Kirchen geben, die daran interessiert sind. Aber Moment mal«, fügte er hinzu, »Ionas Sturmvögel liefern Unmengen von dem Zeug, und sowohl die Abtei wie auch die Bewohner der Heiligen Insel profitieren von den Verkäufen in gleichem Umfang wie alle anderen auf den Inseln. Warum also fordert er noch eigens Öl von den anderen Inseln ein, wenn er einfach einen Teil seines eigenen einbehalten könnte? Unterm Strich käme doch das Gleiche dabei heraus.«

»Ich weiß es nicht.«

»Ich auch nicht. Aber ich werde der Sache nachgehen. Gut, dass du mich darüber unterrichtet hast, Mädchen. Wir vermuten schon seit einiger Zeit, dass er etwas im Schilde führt, aber was genau, ist uns schleierhaft.«

Auf dem Weg nach oben wurde kein weiteres Wort gewechselt, und als sie ihre Bettkammer betraten, in der Brona bereits wartete, beschränkte sich Hector darauf, Cristina flüchtig zu küssen und ihr zu sagen, sie brauche nicht aufzubleiben, bis er zurück sei.

»Wann das sein wird, ist nicht abzusehen«, meinte er. »Und da du morgen mit den Vorbereitungen für deine Heimreise viel zu tun haben wirst, Liebes, solltest du schnurstracks zu Bett gehen.«

Sie sah ihn durchdringend an. Wie gerne hätte sie ihm gesagt, was sie davon hielt, von ihm gezwungen zu werden, zu Bett zu gehen. Wenn sie aber jetzt Brona wegschickte, damit sie nicht Zeugin einer möglicherweise heftigen Auseinandersetzung wurde, würde er bestimmt darauf bestehen, dass die Zofe blieb, und Brona würde ihm nicht den Gehorsam verweigern. Leise seufzend ließ sie ihn also ziehen, nahm sich aber vor, ihn bei nächster Gelegenheit nochmals auf die Art, wie er mit ihr umsprang, anzusprechen. Die Ereignisse des

Nachmittags hatten sie von der Angst befreit, dass der Erdboden sich auftun und sie verschlucken würde, wenn sie Hector für ein derartiges Verhalten die Leviten las – oder ihm sogar eine Ohrfeige verpasste.

Es ließ sich nicht leugnen, dass ihr Selbstbewusstsein Hector gegenüber gestiegen war. Wenn er sich einbildete, rücksichtslos über ihre Wünsche und Meinungen hinweggehen zu können, würde er schon bald merken, worauf er sich da einließ. Bei diesem Gedanken musste sie schmunzeln, und sich vorzustellen, ihm erneut die Stirn zu bieten, löste ein wohliges Prickeln in ihr aus.

Zurück im Saal, sollte sich Hector auf Weisung seines Zwillingsbruders gedulden, bis sich der Ehrengast zurückgezogen hätte. Eine weitere halbe Stunde verstrich, bis Robert sich endlich erhob. Seine Entourage tat es ihm gleich, und nach einem förmlichen Dank an Gastgeber und Gastgeberin verließ der Tross die Halle.

Die Musikanten spielten weiter, es wurde wieder getanzt. »Seine Gnaden möchte sich umgehend mit uns in der großen Kammer zusammensetzen«, raunte Lachlan. »Haben deine Leute schon etwas in Erfahrung gebracht?«

»Ja«, bestätigte Hector. »Auch wenn uns das noch nicht viel nützt. Die Gefangenen behaupten, jemand – ein Unbekannter – hätte sie dafür bezahlt, die Flotte zu überfallen. Einer von ihnen hat sich allerdings wahnsinnig verstockt gegeben«, fügte er hinzu. »Meiner Meinung nach weiß er mehr, scheut sich aber, damit herauszurücken. Sein Verhör dauert an.«

Lachlan nickte. »Bleib dran.«

»Da ist noch etwas«, sagte Hector und berichtete dem Bruder, was Cristina von Lady MacFadyen erfahren hatte.

»MacFadyen ist loyal bis in die Knochen.« Lachlan runzelte die Stirn, ehe er hinzufügte: »Ich darf Seine Gnaden nicht warten lassen. Aber könntest du vielleicht einmal nachsehen, ob sich MacFadyen noch im Saal aufhält, und wenn ja, ihn näher dazu befragen? Ich würde gern mehr darüber wissen.«

Hector machte tatsächlich MacFadyen ausfindig. Mehr als seine Frau Cristina erzählt hatte, hatte aber auch er nicht zu berichten.

»Sie hätte nicht drüber reden sollen, das habe ich ihr doch ausdrücklich gesagt. Aber Frauen haben offenbar eine gespaltene Zunge«, meinte er kopfschüttelnd. Auf die Frage, warum er Lachlan nicht von dem Ansinnen informiert hätte, erwiderte er: »Weil der, der bei mir vorsprach, einer von den Mackinnons war und vorgab, der Abt ließe anfragen. Weil der Abt nicht selbst erschien, hielt ich die Sache für nichts weiter als einen Versuch, Unruhe zu stiften.«

»Verständlich«, meinte Lachlan, als Hector ihm davon berichtete, nachdem er sich bei ihm und MacDonald in der großen Kammer im ersten Stock der Burg eingefunden hatte. »Trotzdem würde ich der Sache gern auf den Grund gehen.«

»Ich ebenfalls«, kam es von MacDonald. »Konntet Ihr den Namen dieses Mannes aus dem Mackinnon-Clan in Erfahrung bringen?«

Hector nickte. »Gewiss, Euer Gnaden. Er nannte sich, wie MacFadyen sagte, Kinven. Er ist allerdings nicht hier, und MacFadyen hat keine Ahnung, wo ich ihn ausfindig machen kann.«

Worauf Lachlan betreten lächelte und meinte: »Dann bleibt dir nichts anderes übrig, Freundchen, als mit der Morgenflut nach Coll auszulaufen. Ich weiß nicht, warum mir das dringlich erscheint, schon weil es aussieht, als hätte es nichts mit den Ungereimtheiten zu tun, über die wir uns den Kopf zerbrechen, aber so ist es nun einmal, und ich vertraue solchen Gefühlen.«

Hector nickte. Auch er verließ sich auf sein Gespür.

Daraufhin kam man auf die Gefangenen zu sprechen und auf das wenige, das von ihnen zu erfahren war. Seit dem

Überfall auf das Schiff Stewarts waren Hectors Instinkte hellwach, und ungeachtet aller Vorsichtsmaßnahmen, die getroffen worden und für die Rückfahrt nach Oban geplant waren, konnte er sich des Gedanken nicht erwehren, dass sie irgendetwas Entscheidendes übersehen haben mussten.

Als er dies äußerte, pflichteten Lachlan und MacDonald ihm bei, und die Unterredung zog sich bis in die frühen Morgenstunden hin.

Kurz nach Sonnenaufgang erwachte Cristina und fand das Bett neben sich leer. Nur ganz schwach erinnerte sie sich, dass ihr Mann sich irgendwann zu ihr gelegt hatte; etwas deutlicher war ihr sein Abschiedskuss im Gedächtnis geblieben. Da es aber noch dunkel gewesen war, konnte sie nicht sagen, ob sie das vielleicht nur geträumt hatte.

Als sie kurz darauf von Brona erfuhr, dass Hector mit dem von ihm bevorzugten Langboot samt Mannschaft sowie vier weiteren Schiffen auf unbestimmte Zeit und in ihr unbekannter Mission zur Insel Coll aufgebrochen war, war ihre Neugier geweckt, gepaart mit einem gerüttelten Maß an Verärgerung.

Dass Hector laut Brona ein Langboot nebst Begleitschiffen für die Rückreise seiner Gemahlin bereitgestellt hatte, machte sie nur noch wütender.

»Das Mindeste, was er hätte tun können, wäre gewesen, mich zu wecken und persönlich zu informieren«, beschwerte sie sich, als Brona sich entfernte, um das Kleid zu holen, das sie heute tragen wollte, und gleichzeitig fragte sie sich, ob sein Ausflug nach Coll etwas mit dem zu tun haben könnte, was Lady MacFadyen erwähnt hatte. Da dem ihrer Meinung nach so sein musste, verwünschte sie jedweden Ratsch und Tratsch und die Sturmvögel im Besonderen.

Brona kam mit dem moosgrünen Gewand zurück, für das sich Cristina entschieden hatte, und legte es vorsichtig aufs Bett. »Wir müssen uns beeilen, Mylady. Es wäre besser gewesen, Ihr hättet mir schon gestern gesagt, dass wir heut abreisen.«

Cristina bat um Nachsicht für ihre angebliche Vergesslichkeit und ließ nichts darüber verlauten, dass sie gehofft hatte, Hector umstimmen zu können, dann aber erst die Gefangenen und schließlich das offenbar allgegenwärtige Sturmvogelöl dazwischengekommen wären. Die Versuchung, Brona zu sagen, dass sie dennoch nicht daran dachte, nach Lochbuie zurückzukehren, war groß, aber obwohl Cristina inzwischen für sich erkannt hatte, dass Hector ihr keine Furcht mehr einjagte, brachte sie es nicht über sich, ihn zu hintergehen. Sie würde es ihm nicht einmal übel nehmen, überlegte sie und lächelte verschämt, wenn er Lachlan gebeten hätte, dafür zu sorgen, dass sie sich fügte.

Da sie es, Flut hin oder her, nicht eilig hatte und noch immer darauf baute, Hector würde rechtzeitig zurück sein, um ihre weibliche List an ihm erproben zu können, beschied sie Brona, dass sie so spät wie möglich mit der Nachmittagsflut auslaufen würden, keinesfalls vor dem Mittagessen. Und als der Kapitän ihres Langboots nach dem Mahl an sie herantrat und erklärte, sie würden die Flut verpassen, wenn sie nicht bis drei Uhr Anker lichteten, meinte sie nur, sie werde sich bemühen, bis dahin fertig zu sein, dass ihr allerdings vier Uhr gelegener wäre, und ließ dann als Zeichen ihres guten Willens von Dienern hinunterschaffen, was Brona bereits gepackt hatte.

Mariota hatte sie bei Tisch nicht gesehen, und Lady Euphemia schien sich bereits Sorgen um sie zu machen. Macleod konnte ihnen auch nicht sagen, wo das Mädchen steckte, war aber darüber nicht im Geringsten besorgt. Dennoch konnte Cristina unmöglich Ardtornish verlassen, ohne der Schwester Lebewohl gesagt und wenigstens versucht zu haben, ihre verletzten Gefühle zu beschwichtigen. Und wo steckte eigentlich Isobel?

Um sie zu suchen, stieg sie hinauf in die Kammer, die Mariota und Isobel mit der Tante teilten. Sie war leer. Da es sein konnte, dass die Schwestern ihrerseits auf der Suche nach ihr waren, begab sie sich in ihre Bettkammer, traf dort aber lediglich Brona an. Cristinas gesamtes Gepäck war bis auf den Umhang und die Handschuhe für die Reise bereits weggeschafft worden.

»Hast du Lady Mariota oder Lady Isobel gesehen?«, fragte sie die Zofe.

»Nein, My…«

Sie brach, den Mund geöffnet, ab, als die Tür der Bettkammer in ihren Angeln erschüttert wurde und Isobel mit erhitztem Gesicht und atemlos hereinstürmte.

»Gott sei Dank, dass ich dich gefunden habe, Cristina!«, rief das Mädchen. »Mariota hat gesagt, sie wäre außer sich vor Kummer über das, was sie da angerichtet hat, und um dir und Hector zu beweisen, wie schuldig sie sich fühlt, will sie sich von einer der Klippen stürzen!«

»Das hat sie wirklich gesagt?« Cristina fasste die kleine Schwester bei den Schultern und schaute ihr in die Augen.

»So etwas würde ich mir doch niemals ausdenken!«, entrüstete sich Isobel. »Ich fand es wichtig, dir sofort Bescheid zu sagen, schon weil ich von einem Diener erfahren habe, dass du heute abreist. Aber du kennst Mariota ja. Bestimmt will sie sich nur wichtigmachen.«

»Vielleicht.« Cristina dachte daran, wie verzweifelt Mariota gewesen war und wie impulsiv sie in einem derartigen Zustand sein konnte.

»Du *weißt* doch, wie sie ist«, sagte Isobel mit Nachdruck.

»Du hast vermutlich recht, Liebes, aber du wirst verstehen, wenn ich nicht die Möglichkeit außer Acht lassen möchte, dass sie diesmal tatsächlich meint, was sie sagt.«

Isobels Brauen wölbten sich. »Was willst du denn unternehmen? Es stimmt doch nicht, dass du abreist, oder? Wenn du Hector Reaganach Bescheid sagst, könnte er doch …«

»Ich reise nirgendwohin, ehe ich Mariota nicht gefunden

habe«, sagte Cristina und fügte schärfer hinzu: »Aber kein Wort davon, zu niemandem!«

»Aber Hector oder Vater oder sogar Tante Euphemia könnte …«

»Könnte was?«, fiel Cristina der Schwester barsch ins Wort. »Was könnten die wohl tun, wenn Mariota am Rande einer Klippe steht und damit droht, sich hinunterzustürzen?«

»Sie könnten sie auffordern, Vernunft anzunehmen.« Es klang nicht überzeugend, und Cristina wusste, dass auch Isobel sich kaum vorstellen konnte, dass Mariota einer solchen Weisung kleinlaut nachkommen würde.

»Genau«, sagte sie, als Isobel sie hilflos anstarrte. »Wenn der Appell, vernünftig zu sein, jemals bei ihr auf Gehör gestoßen wäre, würde ich sie liebend gern selbst darum ersuchen. Mariota befolgt meine Anweisungen ebenso wie die der anderen, oder?«

Isobel verzog das Gesicht und meinte seufzend: »Eher tut sie genau das, was man ihr befiehlt, *nicht* zu tun.«

»Eben«, sagte Cristina. »Man muss sie überreden. Und aus langjähriger Erfahrung weiß ich, wie man das schafft. Also pass auf, Isobel. Bis ich Klarheit darüber habe, was sie wirklich vorhat, musst du mir versprechen, über Mariotas Drohung kein Wort verlauten zu lassen. Überleg mal, was für einen Skandal das auslösen würde! Noch dazu, wo Stewart hier weilt! Vater würde … Ehrlich gesagt, kann ich mir gar nicht vorstellen, was er mit ihr machen würde, und eigentlich *will* ich das auch gar nicht.«

Isobel ließ nicht locker. »Wenn sie sich umbringt« – bei diesem Gedanken wurde sie blass –, »würde das nicht einen noch größeren Skandal auslösen?«

»In der Tat. Deshalb ist schnelles Handeln vonnöten. Also noch einmal: vorläufig kein Wort zu Hector oder sonst jemandem, versprich mir das.«

Isobel zögerte.

»Komm schon, du weißt doch, dass ich allein viel besser

mit ihr zurande komme. Weder Hector noch Vater würden sich zurückhalten, ihren Unmut an ihr auszulassen. Wenn sie sie anschreien, ist das Schlimmste zu befürchten.«

»Das stimmt«, räumte Isobel ein.

»Also versprichst du es mir?«

Das Kind nickte.

»Gut.« Cristina drückte sie sanft an der Schulter. »Überlass alles mir, Liebes. Und vielleicht wäre es besser, wenn du dich unsichtbar machen könntest, bis ich zurück bin. Hector ist zwar momentan nicht da, wird aber bestimmt bald wieder hier sein. Wenn er dann – und das gilt auch für Vater – nach mir fragt, müsstest du zwangsläufig Farbe bekennen.«

»Sie werden mich nicht finden«, versicherte Isobel.

»Gut«, sagte Cristina nochmals. »Brona, ich nehme meine Handschuhe mit, den Umhang lasse ich hier. Isobel, du läufst in den Stall und bittest darum, ein Pferd für mich bereitzuhalten, und zwar eins, das ich ohne Sattel reiten kann. Ich darf keine Zeit verlieren.«

Isobel flitzte los. Da Cristina wusste, dass die Stallknechte in Windeseile Isobels Bitte nachkommen würden, derweil Mariota wahrscheinlich schon ungeduldig darauf wartete, dass jemand bei ihr auftauchte, wandte sie sich Brona zu, deren Stirn sich gekraust hatte, und stopfte sich so ruhig wie möglich ein paar vorwitzige Locken unter die Haube, schon um zu vermeiden, durch hektische Eile die Neugier der Zofe zu schüren. Die vertrödelte Zeit würde sie dadurch wieder wettmachen, dass sie nicht zu Fuß zu den Klippen wandern musste.

»Brona«, sagte sie einschmeichelnd, »ich kann nicht von dir verlangen, dass du den Herrn oder meinen Vater belügst, aber wenn du es einrichten könntest, ihnen für eine Weile aus dem Weg zu gehen …« Auf Verständnis hoffend, brach sie ab.

»Geht nur, Mylady«, sagte Brona. »Ich werde Euch nicht verraten, wenn ich es vermeiden kann.«

Bis Cristina den Stall erreichte, war Isobel bereits verschwunden. Wortlos half ihr ein Stallbursche beim Aufsitzen. Da sie es merkwürdig fand, dass er kein Wort verlor, wo doch jeder Bedienstete hier wissen musste, dass sie in weniger als einer Stunde Ardtornish verlassen sollte, sagte sie: »Ich bleibe nicht lange weg. Ich will nur hinauf zu den Klippen und dort ein wenig frische Luft schnappen. Sollte jemand nach mir fragen, dann sag ihm bitte, dass ich gleich wieder da bin.«

»Ganz wie Ihr wünscht, Mylady.« Der Stallbursche nickte.

Sie ließ ihr Pferd im Schritt die Burgmauer in Richtung der Klippen entlanggehen und schickte ein Stoßgebet zum Himmel, dass sie keine Aufmerksamkeit erregen würde. Mit Ausnahme von zwei Dienern, die von den Stufen aus, die hinunter zur Anlegestelle in der Bucht führten, über den Hof kamen, wirkte die Burg wie ausgestorben. Cristina schloss daraus, dass man bereits Vorkehrungen traf, sich zum abendlichen Festmahl umzukleiden.

Sobald sie es als risikolos empfand, drückte sie dem Zelter die Fersen in die Weichen und drängte ihn zur Eile. Wenn Hector sie jetzt sah, würde er sie bestimmt ausschelten, zu schnell hügelan zu reiten, aber dann würde sie entgegnen, wenn ein Pferd einen derart sanften Hang nicht schaffe, mangle es ihm einfach an Bewegung.

Bei dem Gedanken daran, was er daraufhin sagen würde, konnte sie sich ein Lächeln nicht verkneifen. Eigentlich, so gestand sie sich ein, fand sie ihre verbalen Rangeleien durchaus amüsant, nur dann nicht, wenn er wirklich zornig war. Dass er derart aufgebracht sein könnte, nur weil sie die Flut zum Auslaufen versäumte, schreckte sie von ihrem Vorhaben nicht ab.

Er würde bestimmt verstehen, dass Mariotas Sicherheit wichtiger war, als mit einer bestimmten Flut nach Lochbuie heimzufahren. Wo er sich doch in den meisten Fällen als erstaunlich vernünftig erwiesen hatte. Gewiss, er war aufbrausend und konnte durchaus streng und unnachgiebig sein, wenn er sich im Recht fühlte, aber er hatte auch gezeigt, dass er über einen gesunden Menschenverstand verfügte und über viel Humor. Wenngleich die augenblickliche Situation alles andere als Anlass dazu gab. Was er Mariota vorhalten würde, wenn er von ihrem neuesten Streich erfuhr, was garantiert der Fall sein würde, wollte sie sich gar nicht ausmalen.

Auf dem Weg zur Anhöhe hinauf war keine Spur von der Gesuchten zu entdecken, und da Cristina vom Hang aus *Creag na Corps* im Blickfeld hatte, kam ihr der Verdacht, ihre launenhafte Schwester könnte Isobel an der Nase herumgeführt haben. Die Burschen, die sie oben auf den Stufen zur Bucht gesehen hatte und die vermutlich ihr Gepäck hinuntergeschafft hatten, hätten Mariota, wenn sie denn zum Sprung bereit auf dem Felsen gestanden wäre, ebenfalls sehen müssen und sofort Alarm geschlagen.

Wenn allerdings Mariota sich genüsslich in einer ihrer dramatischen Rollen erging, wollte Cristina auf Zeit spielen und sich erst blicken lassen, wenn sich das hysterische Gehabe der Schwester erschöpft hatte. Sollte Mariota tatsächlich vorhaben, sich das Leben zu nehmen, wäre es ihr herzlich egal, wer alles ihr dabei zusah.

»Und umso mehr Menschen sie sehen würden, desto lieber wäre es ihr«, sagte sich Cristina und entspannte sich. Bestimmt hatte Isobel recht, wenn sie vermutete, dass die Schwester eine der ihr eigenen impulsiven dramatischen Szenen hinlegte. Zu solchen Auftritten, an denen Mariota Gefallen fand, während sie den Rest der Familie in Angst und Schrecken versetzten, war es fast immer gekommen, wenn Mariota sich gekränkt gefühlt hatte oder ihrem Willen nicht entsprochen worden war. Mit den Jahren waren sie seltener geworden, nicht etwa weil Mariota den Spaß daran verlor, sondern weil jeder versuchte, es erst gar nicht so weit kommen zu lassen.

»Hector hat recht«, sagte sich Cristina. »Wir waren zu

nachsichtig mit ihr. Andererseits – was hätten wir denn sonst tun sollen? Wenn man bedenkt, wie sie sich gebärdet hat, wenn sie wütend war …«

Sie gelangte zur Kuppe des Hügels. Erst nach weiteren fünf Minuten kam *Creag na Corps* erneut in Sicht, und jetzt sah sie am Rande des gewaltigen Felsens Mariota sitzen.

Diese sprang, als sie Cristina erblickte, sofort auf.

»Mariota! Wie schön, dass ich dich noch antreffe.« Cristina zügelte ihr Pferd. »Das Abendessen wird zwar erst nach der Vesper serviert«, fuhr sie fort, »aber alle sind bereits dabei, sich umzuziehen, und ich …«

»Ich bin nicht hungrig.«

»Dennoch solltest du mitkommen, Liebes. Vater ist bestimmt ungehalten, wenn wir uns verspäten, und Seine Gnaden dürfte auch nicht begeistert sein, wenn du eine Szene machst.«

»Ich werde beim Abendessen keine Szene machen«, sagte Mariota gelassen, »ich werde nämlich gar nicht daran teilnehmen.« Und noch ehe Cristina etwas sagen konnte, fragte sie: »Nennst du etwa das, was ich vorhabe, eine Szene?« und stellte sich, die Arme wie Flügel ausgebreitet, an die Kante des großen flachen Steins.

»Ist es etwa nur eine weitere Szene, wenn ich mich von diesem Felsen in den Tod stürze?«

»Von etwas so Furchtbarem solltest du nicht einmal sprechen«, beschwor Cristina die Schwester. »Bei deinen Worten gefriert mir das Blut in den Adern. Also komm schon. Wo ist dein Pferd?«

»Ich kam zu Fuß her«, sagte Mariota. »Zufällig denke ich nämlich gelegentlich nicht nur an mich, wie du mir das unterstellst, Cristina. Ich wollte nicht, dass ein armes Tier herumirrt oder schier verhungert, bis jemand auf die Idee kommt, es zu suchen. Außerdem«, fügte sie hinzu, »wusste ich, dass du eines mitbringen würdest.«

Infolge dieser verräterischen Bemerkung atmete Cristina

zum ersten Mal, seit sie Mariota auf dem Felsen erblickt hatte, erleichtert durch. »Dann komm jetzt mit«, versuchte sie die Schwester zu überreden. »Du kannst hinter mir aufsteigen. Von dem Felsen, auf dem du stehst, ist das ganz einfach«, setzte sie hinzu und drückte das Knie an den Zelter.

»Bleib, wo du bist!«, befahl Mariota, als das Tier daraufhin einen Schritt näher kam. »Ich reite nicht mit dir mit.«

»Dieses Pferd ist nicht so temperamentvoll, wie wir das gern haben.« Cristina legte Mariotas Worte absichtlich falsch aus. »Dafür trägt es uns beide mühelos, ganz bestimmt.«

»Versuch nicht, mich reinzulegen. Ich weiß doch genau, was du vorhast«, kam es bissig von Mariota. »Du willst den Saal betreten und allen erzählen, ich hätte versucht, mich umzubringen, aber du – die wunderbare, alles vermögende Cristina – hättest mich davon abgehalten.«

»Nichts dergleichen würde ich tun, und das weißt du genau.«

»Ja, das weiß ich. Wahrscheinlich hast du überall herumgetönt, du würdest dich aufmachen, um mich zu retten.«

»Keinem habe ich was gesagt.«

»Was hat dann Isobel hier zu suchen?«, verlangte Mariota mit einer theatralischen Geste zu wissen.

Von der in die Ferne deutenden Geste ebenso überrascht wie von der Frage, fuhr Cristina herum und sah ihre kleine Schwester am Horizont auftauchen.

»Du selbst hast Isobel gesagt, was du plantest«, erinnerte sie Mariota.

»Das habe ich nicht.« Mariota stritt die Tatsache rundweg ab. »Ich werde doch nicht einem Kind sagen, was ich vorhabe.«

»Woher dann sollte ich dann deiner Meinung nach wissen, dass ich dich hier oben antreffe?«

»Du bist mir einfach gefolgt.« Mariota warf den Kopf zurück.

»Mariota, eben hast du mir vorgeworfen, ich hätte herumgetönt, was du zu tun beabsichtigst. Wenn dem so wäre, muss ich doch, wie du zugeben wirst, gewusst haben, wo du steckst und wo ich dich zu suchen habe.«

»Keine Haarspaltereien, Cristina! Du wusstest es, weil du mir immer nachspionierst und dir nichts entgeht, was ich tue.«

»Du weißt, dass das nicht stimmt, Liebes.« Cristina kämpfte darum, ganz ruhig zu bleiben.

»Nichts dergleichen weiß ich. Du möchtest wohl gern, dass ich dir glaube, während du anderen auf schamlose Weise weismachst, ich sei zu schrecklichen Dingen fähig. Was kann ich denn dafür, dass mich die Männer umschwärmen? Sie tun es nun einmal!«

»Nicht doch, Mariota ... Liebes, du bist wohl nicht ganz bei dir, dass du so etwas behauptest. Weißt du nicht mehr, dass du dich dafür entschuldigt hast, die Drahtzieherin für diese unschöne Begegnung zwischen Hector und Fergus Love gewesen zu sein? Ich hätte damals nicht so harsch und unfreundlich zu dir sein sollen und möchte dich nachträglich um Verzeihung dafür bitten. Ich weiß doch, dass keine böse Absicht dahintersteckte. Du bist meine Schwester, und ich habe dich sehr lieb.«

»Ich bezweifle, dass du eine Ahnung davon hast, was man unter Liebe versteht, Cristina. Du bist weiter nichts als ein verklemmtes, armseliges Geschöpf, das von wahren Gefühlen keinen Schimmer hat und immer unglaublich logisch denkt, so ungeheuer vernünftig. Ich bin Gott sei Dank anders. Und obwohl du immer wieder vorgibst, mich besser zu verstehen als sonst jemand, kennst du mich überhaupt nicht.«

»Natürlich tue ich das!«

»Von wegen! Du hast kein Verständnis dafür, wenn man sich von seinen Gefühlen leiten lässt und nicht von seinem Verstand. Das sage ich dir immer wieder, und du erwiderst darauf nur, dass niemand das kann. Nur weil du es nicht kannst! Ich dagegen kann es, Cristina, und ich tue es auch. Du meinst, mir überlegen zu sein und dass ich dir nacheifern sollte, dabei will ich gar nicht sein wie du, weil Hector mich so liebt, wie ich bin. Tut mir leid für dich, Cristina, aber du hast dich mit List und Tücke in eine Ehe ohne Liebe geschmuggelt, und so lange ich lebe, wird sich daran nichts ändern. So und nicht anders sieht es in Wirklichkeit aus, nur du mit deinem ach so klaren Verstand weigerst dich, dies anzuerkennen.«

»Das ist nicht *wahr*«, begehrte Isobel vernehmbar auf.

Cristina fuhr zusammen, als sie die Stimme des Kindes in unmittelbarer Nähe vernahm. Sie hatte Mariota nicht aus den Augen gelassen, ihr so aufmerksam zugehört und gleichzeitig gegen die vertrauten wie schmachvollen Überlegungen angekämpft, die in ihr tobten, dass sie nicht gehört hatte, wie Isobel abgestiegen und näher gekommen war.

19

»Isobel, du hättest mir nicht nachkommen sollen«, sagte Cristina leise. »Ich bin darüber ziemlich erbost und möchte, dass du auf der Stelle zur Burg zurückreitest.«

»Tante Euphemia hat mir aufgetragen, auf dich achtzugeben«, verteidigte sich Isobel.

»Damit hat sie aber nicht gemeint, dass du mir überallhin folgen sollst, und selbst wenn du das so verstanden hast, wirst du jetzt so lieb sein und umkehren.«

»Ich werde mich bemühen, den Mund zu halten, aber verschwinden werde ich nicht.« Isobel gab sich entschlossen.

Cristina seufzte. Eine Auseinandersetzung mit ihrer kleinen Schwester würde die Situation nicht verbessern, sondern eher verschlechtern, falls Mariota sich weiterhin uneinsichtig gab.

Da sie merkte, dass diese im Augenblick keinen Widerstand leistete, drängte sie behutsam den Zelter näher. Isobel hinter ihr verhielt sich gottlob ruhig.

»Bleib, wo du bist«, befahl Mariota. »Ich weiß nicht, was du im Schilde führst, Cristina, jedenfalls habe ich nicht vor, mit dir zu kommen. Wenn ich das täte, würde es heißen, ich hätte mich nicht an das gehalten, was ich gesagt habe, also vergiss es. Die Leute werden schon merken, was los ist, wenn ich mich erst ins Nichts gestürzt habe und sie erleben, wie verzweifelt Hector Reaganach ist. Ich kann es kaum erwarten zu hören, was sie dazu zu sagen haben!«

»Liebes, wie stellst du dir das vor? Dass du etwas hörst, wenn du dich von dieser Klippe stürzt?«

»Ich werde es mitbekommen«, versicherte Mariota. »Ich weiß genau, wie es sein wird. Diejenigen, die neidisch auf mich sind, werden Betroffenheit heucheln, und diejenigen, die mich noch nie haben leiden können, werden so tun, als wären sie meine besten Freunde gewesen.«

»Mir ist schleierhaft, wie du dir so etwas ausdenken kannst«, sagte Cristina betrübt.

»Weil *sie* sich so verhalten würde, wenn sich jemand, den sie nicht mag, eine Klippe hinunterstürzen würde«, mischte sich Isobel ein. »Sie würde sich so geben, wie die anderen sie sehen sollen, diejenigen, die sie ihrer Meinung nach für einfühlsam halten und voller Anteilnahme.«

»Das reicht, Isobel.« Cristinas energischer Ton sollte vertuschen, dass das Kind ihrer Ansicht nach Mariotas Geisteszustand genau beschrieben hatte.

»Entschuldigung«, murmelte Isobel.

Mariota blitzte die jüngere Schwester abschätzig an. »Du glaubst wohl, weiser als Salomon zu sein? Dabei hast du von nichts eine Ahnung, und ich wäre dir sehr dankbar, wenn du verschwinden würdest. Du bist hier nicht erwünscht.«

»Von *dir* bestimmt nicht. Trotzdem bleibe ich.«

»Mach doch, was du willst. Wenn Cristina allerdings vorhat, mich zu überreden, nach Ardtornish zurückzukehren, wäre es mir lieber, sie stiege ab und redete unter vier Augen mit mir, also ohne eine weitere vorlaute Bemerkung von dir.«

»Tu das nicht, Cristina«, warnte Isobel. »Bleib auf deinem Pferd sitzen.«

»Sei still, Isobel. Du bist alles andere als eine Hilfe.«

»Doch, das ist sie«, meinte Mariota. Es klang belustigt. »Ich finde sie direkt zum Lachen, wirklich. Du dummes Gör, meinst du, ich würde Cristina etwas antun?«

»Ich nehme nichts dergleichen an«, kam Cristina der Kleinen zuvor und glitt bereits von ihrem Reittier, dessen Zügel sie festhielt, damit es sich nicht entfernen konnte.

»Warum lässt du Isobel nicht auf dein Pferd aufpassen?«, fragte Mariota. »Wenn sie sowieso bleibt, kann sie sich zumindest irgendwie nützlich machen.«

»Also gut.« Mit einem eindringlichen Blick übergab Cristina dem Kind die Zügel und sagte dann leise. »Kein Wort mehr von dir, Isobel, oder ich sorge dafür, dass Vater dich einen Monat lang in deiner Schlafkammer einsperrt.«

Isobel verzog das Gesicht und nickte.

Einigermaßen erleichtert, dass Mariota offenbar nicht vorhatte, ihr Leben zu beenden, wandte sich Cristina wieder dem großen Felsen und damit der anderen Schwester zu, die sie am liebsten bei den Schultern gepackt und kräftig geschüttelt hätte, weil sie sie und Isobel mutwillig in Panik versetzt hatte.

Im Augenblick jedoch hielt sie es für angebracht, nichts zu tun, was Mariotas Erregung zusätzlich schüren könnte, und hoffte insgeheim, die entsprechende Zurechtweisung würde Hector übernehmen.

»Du hast mir einen Mordsschrecken eingejagt«, sagte sie und ging auf sie zu. »Eigentlich sollte ich böse auf dich sein.«

»Schau doch mal, was für eine Aussicht du von hier aus hast, Cristina.« Mit einer ausholenden Geste wies sie über die Bucht und den dahinterliegenden Sund. »Sieh doch nur, wie die Sonne auf dem Wasser glitzert. Wie geschmolzenes Gold. Und die Wolken dort drüben«, fügte sie hinzu und deutete in westlicher Richtung. »Wie weiß sie sind.«

»Ein wirklich schöner Nachmittag«, pflichtete Cristina bei. »Allerdings wird es bald dunkel, und man wird sich fragen, wo wir abgeblieben sind. Wir sollten schleunigst umkehren.«

»Gleich.« Es klang, als wollte sie sich fügen. »Komm doch rauf zu mir. Hier oben meint man, die ganze Welt läge einem zu Füßen. Komm, dann kannst auch du dieses Gefühl genießen.«

Trotz des Unbehagens bei dem Gedanken, sich so nahe an den Rand des Felsens zu begeben, stieg Cristina auf den Stein. Um keinen Preis wollte sie Mariota die Genugtuung verschaffen festzustellen, dass sie nicht schwindelfrei war. Eigentlich wartete sie darauf, dass Isobel rufen würde, sie solle bleiben, wo sie sei, aber das Kind blieb stumm.

Obwohl sie sich jetzt unmittelbar an der Felskante befand, unterdrückte sie ihre Angst. Sie wollte nicht, dass Mariota sich einmal mehr damit brüstete, mutiger zu sein als alle anderen, und vielleicht noch Gewagteres riskierte.

»Ist das nicht herrlich?« Mariota blickte in die Ferne. »Man kann sogar Burg Duart erkennen.«

Cristina schluckte. Auch wenn Mariota zwischen ihr und der Kante stand, hatte sie weiche Knie. Sie wollte die Schwester anflehen zurückzutreten, befürchtete jedoch, die Stimme würde ihr versagen.

Eine Windbö strich über sie hinweg und ließ Laub und Gras hinter ihr rascheln.

»Der Wind nimmt an Stärke zu«, sagte sie in der Hoffnung, gelassener zu klingen, als sie war. »Wir sollten wirklich gehen.«

»Gleich. Aber vorher komm näher und sieh dort hinunter.« Mariota fasste die Schwester am Arm. »Hab keine Angst. Ich habe doch auch keine.« Ihr Griff war sanft, ihre Stimme ebenfalls.

Als Cristina regungslos verharrte, verstärkte sich der Druck auf ihrem Arm. »Du fürchtest dich ja doch! Ich merke es ganz genau.«

»Nein, ich finde nur …«

»Du meine Güte, du bist ja völlig verkrampft! Du musst dich über deine Angst hinwegsetzen, sonst hält man dich für einen Feigling. Hier, tritt dicht an die Kante vor. Solltest du hinunterfallen, werde ich allen erzählen, du hättest mich retten wollen«, fügte sie hinzu und lachte kurz auf.

»Wie kannst du nur so etwas sagen!«, rief Cristina und versuchte, sich Mariotas Griff zu entziehen.

»Ich habe doch nur Spaß gemacht, du Dummerchen. Komm näher, nur noch einen kleinen Schritt.«

»Nein, Mariota. Bitte nicht. Du bist viel mutiger als ich,

und das werde ich auch jedem sagen, der es hören will, aber noch näher an den Rand werde ich *nicht* gehen.«

»Komm schon, wenn ich es doch sage!« Sie zerrte Cristina am Arm.

»Lass mich«, wehrte Cristina ab. »Für derlei Spielchen habe ich nichts übrig.«

»Das sind keine Spielchen.« Es hörte sich nicht länger aufmunternd oder neckend an, sondern böse, wenn nicht gar drohend. Verzweifelt versuchte Cristina, sich zu befreien.

»Lass mich los, Mariota. Bitte.« Sosehr sie sich um Gelassenheit bemühte, geriet sie jetzt doch in Panik. »Was willst du denn dadurch beweisen, dass du mich zwingst, bis vor an den Rand zu treten?«

»Ich brauche nichts zu beweisen, Cristina, ebenso wenig wie ich diejenige sein muss, die sich ins Nichts stürzt. Du bist es doch, die sich in eine Ehe ohne Liebe verrannt hat.«

»Das ist nicht wahr!«

»Überleg doch mal, wie wunderbar sich alles fügt, wenn du über diese Kante trittst«, fuhr Mariota ungerührt fort. »Hector wird mich heiraten, und wir werden fortan glücklich sein.«

»Hector liebt dich nicht, Mariota, und du liebst ihn auch nicht. Du begehrst ihn nur, weil er mich geheiratet hat. Vorher hat er dir nichts bedeutet.«

»Weil ich zu spät merkte, dass ihr, du und Vater, mich hintergangen habt.«

»Lass los!« Cristina versuchte erneut, sich diesem unbarmherzigen Griff zu entziehen.

»Tritt einfach nur über die Kante, dann wird alles so sein, wie es sein soll.« Mariotas lakonischer Ton war noch unerträglicher als ihr schraubstockartiger Griff.

»Nicht!«, schrie Isobel gellend auf.

Urplötzlich stand sie neben ihnen, zerrte an Cristina und versuchte gleichzeitig, Mariota wegzuschubsen.

»Tritt von der Kante zurück!«, schrie Cristina.

»Lass sie los, Mariota!«, fauchte Isobel. »Was fällt dir ein?! Hast du vor, zur Mörderin zu werden?«

»Verschwinde, Isobel«, sagte Mariota mit diesem eigenartig beiläufigen Ton und zog Cristina unerbittlich näher an die Felskante. »Ich habe dir doch gesagt, dass du hier unerwünscht bist.«

Unter Aufbietung all ihrer Kräfte gelang es Cristina, sich in dem Augenblick loszureißen, da Isobel Mariota einen Schubs verpasste.

Mariota verlor das Gleichgewicht, griff nach dem Kind, und ebenso hilflos wie entsetzt musste Cristina mit ansehen, wie beide Schwestern über die Felskante gingen.

Hector eilte auf den Stall zu. Er hatte erwartet, Cristina bei den Vorbereitungen für ihre Abreise mit der Nachmittagsflut anzutreffen, aber nur eine leere Bettkammer vorgefunden. Selbst ihre Kleidungsstücke waren verschwunden, und auch von ihrer Zofe war nichts zu sehen. Zumindest wusste er, dass das Langboot noch nicht ausgelaufen war, auch wenn es seinem Kapitän zufolge nicht mehr lange dauerte, bis die Flut einsetzte.

War sie abermals allein spazieren gegangen? Hatte sie etwa die Absicht, sich seinen Anordnungen zu widersetzen und hierzubleiben? Er musste sich Gewissheit verschaffen. Es war unumgänglich, dass sie Ardtornish verließ, auch wenn sie nur bis Duart fahren würde und selbst wenn seine Ruderer gegen die Flut anzukämpfen hatten. Und er würde mitkommen, zumindest über Nacht bei ihr bleiben, um ihr unter anderem zu sagen, dass die Situation auf Coll undurchsichtiger denn je war und dass er zwar diesen Kinven ausfindig gemacht hatte, dieser aber nur das wiederholt hatte, was ihm zugetragen worden war. Dass Mackinnon, um Unruhe zu stiften, Gerüchte in Umlauf gebracht hatte, stand für ihn fest; da er aber unmöglich aller, die sie verbreiteten, habhaft werden konnte, war die Chance, den Beweis dafür zu erbringen, gleich null. Was hinter diesen Gerüchten steckte, war ihm ein Rätsel; gut möglich, dass sie ein weiteres Ablenkungsmanöver darstellten.

Im Stall war von den Angestellten nichts zu sehen. Da sein eigenes Pferd lahmte, nahm Hector sich das erstbeste, das ihm unterkam: Lachlans preisgekrönten Rotbraunen, dem er jetzt das Mundstück ins Maul zwängte und das Zaumzeug anlegte.

»Ich nehme den hier«, sagte er überflüssigerweise zu dem Stallburschen, der jetzt dazukam, stülpte dem Pferd die Zügel über den Kopf und schwang sich ihm auf den Rücken.

Der Bursche warf ihm einen misstrauischen Blick zu. »Wollt Ihr keinen Sattel, Laird?«

»Nein. Hast du meine Lady gesehen?«

»Ja, Sir«, sagte ein zweiter Knecht, der eben den Stall betrat. »Lady Cristina ist vor gut und gern zwanzig Minuten ausgeritten. Sie sagte, sie will hinauf zu den Klippen.«

Hector erkannte in ihm Mairis Stallknecht. »Nach Osten oder Westen, Ian?«, fragte er kurz angebunden.

»Das weiß ich nicht, Sir«, gab Ian zurück. Und fügte hinzu, als Hector den Rotbraunen auf das breite Tor dirigierte: »Übrigens ist kurz danach auch Lady Isobel weggeritten. Sie sagte, sie will ihrer Schwester nach.«

Hector sah Ian durchdringend an. Dass der Bursche auf seiner Unterlippe herumkaute, genügte, seine Skepsis zu wecken. »Sonst noch etwas?«, herrschte er ihn an. »Erzähl mir bloß nicht, dass es für dich normal ist, ein Kind allein ausreiten zu lassen. Das nehme ich dir nicht ab.«

»Nein, Sir, aber weil sie doch gesagt hat, sie muss unbedingt Lady Cristina einholen. Und Lady Isobel sagt nie etwas, das nicht wahr ist.«

Da Hector weiterhin finster dreinschaute, brach es aus Ian heraus: »Ich weiß nicht, ob etwas nicht stimmt, Laird, aber Lady Isobel … Sie schien es verdammt eilig zu haben!«

»War sie wütend?«

»Nein, wütend nicht unbedingt, eher wild entschlossen ... vielleicht auch besorgt. Ich habe ihr nachgerufen, ob etwas nicht in Ordnung ist, aber sie hat nur abgewinkt und hat gemacht, dass sie wegkommt.«

»Noch was?«, fragte Hector trocken.

»Nein, Herr.«

»Schien Lady Cristina es eilig zu haben?«

»Na ja, sie ist ohne Sattel weg, genauso wie Lady Isobel. Die beiden reiten ja wie der Teufel und legen keinen Wert auf einen Damensattel.«

»Stimmt, das besagt noch gar nichts«, pflichtete Hector bei.

Irgendwie hatte er mit einem Mal das Gefühl, dass er keine Zeit verlieren durfte. Im leichten Galopp ging es an der Burg vorbei und den mit Gras bedeckten Hang hinauf. Rechts von ihm, unweit der Hügelkuppe, weckte in der Ferne ein Durcheinander von Bewegungen seine Aufmerksamkeit. Angesichts des stärker werdenden Windes und der sich in der Sonne wiegenden, hin und wieder golden aufleuchtenden Umrisse dauerte es ein Weilchen, ehe er, mit zusammengekniffenen Augen in die Weite spähend, feststellte, dass jemand – mehr als einer – auf *Creag na Corps* zu tanzen schien. Bis er begriff, dass dies kein Tanz war, sondern ein Kampf – und zwar, wie man an den wehenden Röcken unschwer erkennen konnte, ein Kampf zwischen Frauen.

»Sind die übergeschnappt?«, brummte er und gab dem Rotbraunen bereits die Sporen. Konnte es sein, dass seine Frau, weil er ihre Heimreise angeordnet hatte, derart gekränkt war, dass sie im Begriff war, sich das Leben zu nehmen?

Er setzte die Sporen noch nachdrücklicher ein und betete, Gott möge etwas derart Törichtes nicht zulassen. Nie hätte er Cristina für derart impulsiv gehalten, für derart unbedacht, und das wollte er auch jetzt nicht glauben. Wenn ihr jedoch etwas zustoßen würde ...

Diesen Gedanken weiter zu verfolgen brachte er nicht über sich. Er hoffte, dass es sich bei einer der Frauen um Mariota handelte und dass sie stark genug sein würde, Cristina zurückzuhalten, bis er bei ihr war und ihr sagen konnte, dass er einzig und allein um ihre Sicherheit besorgt war, dass sein Unmut sich nicht gegen sie richtete, dass seine unbeherrschten Temperamentsausbrüche ebenso aufzuckten und vergingen wie Blitze am Horizont. Als ihm dieser Vergleich durch den Kopf schoss, sah er zwei der Kämpfenden über die Klippe stürzen.

Mit einem Aufschrei des Entsetzens drückte er dem dahingaloppierenden Pferd so fest er konnte die Sporen in die Flanken.

20

Wie versteinert stand Cristina da, unfähig, einen Blick in die Tiefe zu riskieren. Als sie nach geraumer Zeit von unten Rufe vernahm, schöpfte sie Hoffnung und trat zögernd an die überstehende Felskante heran.

Entgegen ihrer Befürchtung war die Klippe, die an der Stelle, wo der Unfall passiert war, etwa drei Handbreit vorsprang, nach unten hin nicht einwärts ausgehöhlt, sondern wölbte sich wie der Wanst eines Mannes, der über die Jahre hinweg mehr Ale getrunken hatte, als gut für ihn war. Unterhalb der Wölbung jedoch fiel die steinerne Wand steil ab.

Cristina sah Isobel, die sich an einem mickrigen Strauch auf der Wölbung festkrallte, und unter ihr Mariota, eine Hand um einen faustgroßen Vorsprung im Gestein, die andere um einen unwesentlich größeren Strauch als den, der Isobel als Halt diente.

»Ich glaube, dieser Strauch reißt gleich aus«, kam es um einiges ruhiger, als Cristina sich unter ähnlichen Bedingungen geäußert hätte, von Isobel.

»Mal sehen, ob ich dich zu fassen kriege.« Erst auf allen vieren, dann bäuchlings auf dem Felsen liegend, robbte sich Cristina Zoll um Zoll zum Rand des Gesteins vor und streckte eine Hand nach dem Kind aus. Aber der Abstand war zu groß. »Kannst du dich so weit aufrichten, dass du meine Hand zu fassen bekommst?«, fragte sie, und obwohl sie die Antwort kannte, hoffte sie, dass Isobel es irgendwie schaffen würde.

»Ich habe Angst abzustürzen, sobald ich, egal mit welcher Hand, dieses dürre Gestrüpp loslasse«, kam es von Isobel. »Meine Füße baumeln in der Luft, Cristina. Da ist nichts, um sie abzustützen, und sie zu bewegen traue ich mich nicht mehr.«

»Worauf wartest du, Cristina?«, meldete sich Mariota zu Wort. »Unternimm endlich was!«

»Kannst du es einrichten, dass Isobel sich wenigstens mit einem Fuß abstützen kann?«, fragte Cristina.

»Ich kann unmöglich riskieren, mich zu bewegen! Da ist kaum etwas, woran ich mich festhalten kann, und das hast du mir eingebrockt, Cristina. Du und Isobel. Du hättest nicht herkommen sollen. Und als du dann doch gekommen bist, hättest du auf mich hören und dich von der Felskante fernhalten sollen.«

Schon weil es sinnlos war, Mariota vorzuhalten, dass sie nichts dergleichen geäußert hatte, robbte sich Cristina so weit vor, bis ihr Oberkörper gefährlich weit über den Felsrand ragte. Den Blick fest auf Isobel geheftet, um nicht in die Tiefe schauen zu müssen, umklammerte sie so gut es ging mit einer Hand das raue Gestein und streckte die andere erneut nach ihrer kleinen Schwester aus.

»Wenn ich mich noch weiter hinunterbeuge, verliere ich das Gleichgewicht, und dann stürze ich ebenfalls ab«, sagte sie.

»Ich schaffe es einfach nicht, deine Hand ist immer noch zu weit weg.« Jetzt schien Isobel in Panik zu geraten. »Cristina, was sollen wir bloß machen?«

»Wir werden euch beide in Sicherheit bringen«, versprach Cristina und rappelte sich hoch. »Bewegt euch nicht. Ich bin gleich wieder da.«

»Als ob wir irgendwo hingehen könnten«, fauchte Mariota. »Wo gehst *du* denn hin?«

»Warte es ab.« Cristina raffte ihre Röcke und hastete zurück zu dem Zelter, der mit hängenden Zügeln geduldig wartete.

Isobels Pony war nirgends zu sehen. Treuloses Tier!, fluchte Cristina im Stillen, sah aber gezwungenermaßen davon ab, es zu suchen, und griff stattdessen nach den Zügeln des Zelters, nestelte sie vom übrigen Zaumzeug ab und rannte zurück zum Felsen.

Sie verschlang die Lederriemen zu einem festen Seil, versah es unten und oben mit einem Knoten. »Versuche, ob du diesen Strick zu fassen bekommst«, forderte sie Isobel auf.

»Wenn sie es schafft«, nörgelte Mariota, »ist der Strick nicht lang genug, um bis zu mir zu reichen. Wie gedenkst du dann also, *mich* hochzuziehen? Ich hänge fast mit meinem gesamten Gewicht an einem Stein, der zu klein ist, um ihn mit beiden Händen zu umklammern, und dieser blöde Busch kann jeden Moment ausreißen.«

»Ich weiß auch nicht, wie«, musste Cristina zugeben. »Wenn Isobel diese Riemen zu fassen bekommt und sie sich ums Handgelenk wickelt, könntest du versuchen, mit der Hand, mit der du dich im Gestrüpp einkrallst, ihren Fuß abzustützen. Dann kann ich euch beide vielleicht wenigstens so lange festhalten, bis man uns zu Hilfe kommt.«

»›Vielleicht‹ – das ist nicht gerade aufmunternd. Und wer sollte uns denn zu Hilfe kommen?«, wollte Mariota wissen. »Wir sind allein auf weiter Flur, und du hast doch sonst keinem gesagt, wo du hinreitest.«

»Jemand wird uns sehen.« Cristina baute darauf, dass Hector inzwischen zurück war und sie suchen würde, sobald er festgestellt hatte, dass sie sich weder in ihrer Bettkammer aufhielt noch bereits abgereist war.

Wieder ließ sie sich auf Hände und Füße nieder, legte sich flach hin und schlang sich die miteinander verknüpften Lederriemen um Hand und Handgelenk. Als sie das andere Ende Isobel hinhielt, blickte sie kurz schräg hinüber zur Burg.

»Kannst du jemanden sehen?«, fragte Isobel, die noch immer das klägliche Büschel Gras umklammert hielt und keine Anstalten machte, nach dem rettenden Seil zu greifen.

»Ich sehe Männer am Landungssteg und ein paar Leute

unweit des Eingangs zur Burg, und einige scheinen in unsere Richtung zu schauen. Oh, Gott sei Dank«, fügte sie hinzu, als sie rechts von sich in einiger Entfernung sich etwas bewegen sah und neue Hoffnung schöpfte. »Ein Reiter galoppiert den Hügel hinauf. Das könnte Hector sein.«

Als sie die Augen zusammenkniff, um sich dessen zu vergewissern, hörte sie Mariota sagen: »Schnapp dir doch um Himmels willen diese Leine, Isobel. Ich rutsche ab. Wir können nicht warten, bis uns jemand zu Hilfe kommt.«

Cristina merkte, dass Mariota um Halt bemüht war, Isobel dagegen nichts tat, kaum atmete und verzweifelt den Lederriemen anstarrte, nach dem zumindest mit einer Hand zu greifen sie nicht den Mut aufbrachte.

»Pack ihn«, befahl Mariota. »Wenn du es nicht tust, müssen wir beide sterben.«

»Schau mich an, Isobel«, beschwor Cristina die kleine Schwester. Und als das Kind gehorchte, sagte sie: »Du kannst es, Liebes. Du weißt, dass du es kannst. Das Seil befindet sich nur ganz knapp über deiner rechten Hand.«

»Ich habe solche Angst«, schluchzte die Kleine auf.

»Ich weiß. Deshalb möchte ich, dass du jetzt tief Luft holst. Denk nicht an deine Füße. Denk an nichts anderes als an das Seil knapp über dir. Wie du siehst, habe ich unten einen dicken Knoten hineingemacht. Du brauchst es nur oberhalb des Knotens anzupacken, dann kann deine Hand nicht abrutschen. Schau nicht nach unten«, warnte sie, als Isobel Anstalten machte, den Kopf zu bewegen. »Was da unten ist, ist nicht wichtig. Außerdem wird Hector gleich hier sein.«

»Aber was ist, wenn …«

»Denk nur an das, was du tun sollst. Du schaust mir in die Augen. Jetzt möchte ich, dass du den Blick auf meine Hand richtest und auf das Seil, das ich festhalte. Dann das Seil entlang bis zu dem Knoten. Wenn du den Knoten siehst, konzentrier dich darauf. Überleg, welche Hand du zuerst bewegst. Wenn du dich entschieden hast, wie du es anstellst, bring es rasch hinter dich. Wenn du zupackst, werde ich dich nicht fallen lassen. Versprochen.«

»Und was ist mit mir?«, wiederholte Mariota und durchbrach damit die Konzentration, die Cristina mit beschwörender Stimme der kleinen Schwester zu vermitteln versucht hatte.

»Eine nach der anderen«, sagte Cristina nicht ohne Schärfe, um Mariota zu verstehen zu geben, dass sie gefälligst schweigen solle, bis Isobel der Anweisung Folge geleistet hatte.

»Was mit mir passiert, ist dir wohl egal. Du hältst mich für …«

»Sei still, Mariota. Isobel muss …«

»Gewiss, natürlich, wichtig ist nur, was Isobel tun muss! Sie ist die Einzige, um die du besorgt bist, stimmt's? Ich zähle gar nicht.«

»Bitte, Mari…«

Der Ruck an dem Seil war so heftig, dass Cristina um ein Haar den Halt verloren hätte: In dem Augenblick, da sie ihre Aufmerksamkeit Mariota zuwandte, ließ Isobel ihr Grasbüschel los und schnappte mit einer Hand nach den Riemen. Ein weiterer Ruck erfolgte, als sie ihn mit beiden Händen umklammerte, sodass Cristina jetzt das volle Gewicht der kleinen Schwester mit einer Hand festhielt.

Da sie dieser Anstrengung nicht lange gewachsen sein würde, nahm sie jetzt die zweite Hand zu Hilfe, mit der sie sich zur Sicherheit am Felsen abgestützt hatte.

In dem Bemühen, nicht nachzugeben, schloss sie die Augen, konzentrierte sich und betete darum, nicht vom Felsen gerissen zu werden. Sie wusste, dass sie es unter den gegebenen Umständen nicht allein schaffen würde, das Kind hochzuziehen, schon weil sie sich kaum bewegen oder an etwas anderes denken konnte als daran, dass sie Isobel unbedingt festhalten musste, ohne selbst hinabgerissen zu werden.

In diesem Augenblick erhöhte sich das Gewicht an den Riemen beträchtlich. Isobel stieß einen Schrei aus.

Cristina riss die Augen auf und sah, dass Mariota Isobels Bein umklammerte. Offenbar versuchte sie, über das Kind hinweg die Klippe hochzuklettern.

»Mariota! Nicht!!«

Hector hörte die Schreie, sah aber von der Stelle aus, wo er sich befand, lediglich Bäume. Als er den Rotbraunen zu noch größerer Eile antrieb, meinte er, wieder in diesen Albtraum versetzt zu sein, der ihn mit fünfzehn Jahren, nach dem Tod seiner Mutter, so oft heimgesucht hatte. In diesem Traum hatte er geglaubt, er könnte verhindern, dass sie starb, wenn er nur rechtzeitig bei ihr war, um sie zu warnen, aber seine Füße schienen immer in Schlamm oder Sand festzustecken. Und trotz all seiner Bemühungen wusste er, dass er zu spät kommen würde. Dies befürchtete er jetzt auch.

Die Schreie verstummten, als er die Bergkuppe erreichte und sich den Klippen zuwandte. Nur noch ein kurzes Stück durch die Bäume, dann würde die Lichtung vor ihm liegen.

»Lieber Gott«, murmelte er, Schreckliches ahnend, »mach, dass sie nicht in Gefahr ist.«

»Mariota, was soll das?«, kreischte Cristina. »Lass Isobel los!«

»Das geht nicht!«, rief Mariota über Isobels Schreie hinweg. »Ich wollte ihr nur einen Schubs geben, damit sie an das Seil rankommt, aber dann riss das Büschel aus, an das ich mich geklammert hatte.«

»Nein, es ist nicht ausgerissen. Ich kann es sehen«, sagte Cristina.

»Das ist ein anderes«, erwiderte Mariota. »Das da würde mich doch nie aushalten.«

»Lass sofort Isobel los!«, rief Cristina abermals und bemühte sich mit aller Kraft, nicht über den Rand der Felsklippe gerissen zu werden. »Ich kann nicht euch beide halten, Mariota. Wenn du nicht loslässt, reißt du mich mit, und dann werden wir alle drei abstürzen.«

»Halt uns einfach weiter fest. Hector wird gleich hier sein. Das hast du doch selbst gesagt.«

Im selben Moment, da Mariota seinen Namen aussprach, hörte Cristina hinter sich das Geräusch von Pferdehufen. Kam er etwa zu spät? Ihre Hände, Arme und Schultern schmerzten höllisch, und jeder weitere Zoll, den sie notgedrungen nachgab, würde ihrer aller Ende bedeuten.

Isobel schrie wieder auf, kreischte, Mariota solle von ihr ablassen, aber Cristina achtete kaum noch darauf. Sie hatte wieder die Augen geschlossen und betete so inbrünstig darum, durchzuhalten, bis Hector da war, dass alles andere für sie nebensächlich geworden war. Auch die Schritte hinter ihr nahm sie nur undeutlich wahr.

Plötzlich wurde das Gewicht am Seil leichter.

Sie atmete auf, als ein markerschütternder Schrei Isobels flehentliche Rufe überlagerte. Cristina riss die Augen auf und sah Mariota in die Tiefe stürzen.

Trotz ihrer Erstarrung hielt sie weiterhin das Seil umklammert, bis Hector sich über sie warf und ihr beistand.

Mit einer Hand Cristina beiseiteschiebend, übernahm Hector mit der anderen die Lederleine, an der das Kind hing.

»Du kannst loslassen, Liebes«, sagte er. »Ich hab sie.«

»Wir müssen sie gemeinsam hochziehen«, sagte Cristina mit tränenerstickter Stimme. »Mariota hat ihr Leben hingegeben, als sie versuchte, ihr mit einem Schubs nach oben zu verhelfen. Sie darf uns nicht entgleiten.«

»Wird sie auch nicht. Aber zu zweit zu ziehen ist zu riskant. Wir würden uns nur gegenseitig behindern. Ich werde mich also nach links rollen, und du krabbelst von der Felskante zurück und stehst auf.«

Sie antwortete nicht. Als er sich aber aufrichtete, damit sie unter ihm hervorrutschen konnte, tat sie genau dies, ohne jedoch das Lederseil freizugeben.

»Jetzt lass schon los«, drängte er. »Ich halte sie doch fest.«

Sie zögerte, gab dann, unterdrückt aufschluchzend, nach. Er verstand nur allzu gut, dass sie mit den Nerven am Ende war. Soeben hatte sie mit eigenen Augen ansehen müssen, wie eine ihrer Schwestern in den Tod gestürzt war, und jetzt bangte sie um Isobels Sicherheit.

Dass sie um ihre gewohnte Haltung rang, griff ihm ans Herz, aber er konnte sich nicht um sie kümmern, ehe Isobel nicht gerettet war.

»Weich noch ein Stück weiter von der Felskante zurück, Liebes«, sagte er sanft.

»Aber es könnte doch sein, dass du meine Hilfe brauchst.«

»Nein, nicht nötig. Glaub mir, Liebes, ich schaffe es wirklich allein, wenn ich genug Bewegungsfreiheit habe. Also mach schon. Ich will nicht auch noch um deine Sicherheit bangen müssen.«

Als sie weiterhin zögerte, wurde sein Ton schärfer. »Steig *sofort* von dem Felsen herunter, Cristina! Ich kann Isobel erst hochziehen, wenn ich freie Bahn habe.«

Daraufhin bewegte sie sich tatsächlich rückwärts, wenn auch nur ein paar Schritte, und Hector wandte seine ganze Aufmerksamkeit Isobel zu. »Halt dich so fest, wie du kannst, Kleines. Ich ziehe dich jetzt rauf. Pass auf, dass du dabei nicht an den Felsen schrammst. Stemm dich mit den Füßen dagegen. Wenn du abrutschst, ist es nicht weiter schlimm. Ich lasse dich nicht los.«

»Meine Hände schwitzen und meine Finger sind ganz taub«, jammerte Isobel.

Bei diesen Worten krampfte sich Hectors Herz angstvoll zusammen, und von Cristina war ein erstickter Schreckensschrei zu vernehmen. Obwohl er das Kind am liebsten mit einem einzigen Ruck aus der Gefahrenzone gehievt hätte, zwang er sich, langsam und bedacht vorzugehen, wusste er doch, dass bei gefühllosen Fingern bereits die kleinste Erschütterung gefährlich sein konnte.

Als endlich Isobels Hände in Reichweite kamen, packte er das schlanke Handgelenk, das ihm am nächsten war, und stand langsam auf.

Den Lederriemen weiterhin mit beiden Händen umklammernd, wartete Isobel ab, bis sich ihre Füße nahe genug an dem Felsvorsprung befanden, um sie dann mit einem Ruck anzuheben und auf sicherem Boden zu landen.

Hector schloss sie in die Arme. »Bist ein tapferes Mädchen«, raunte er und drückte mit Tränen in den Augen das Gesicht an ihre Locken. »Ich bin stolz auf dich.«

»Bring sie von der Kante weg!«, entrang es sich Cristina.

Da er wusste, dass sie noch immer um ihre Sicherheit besorgt war, sagte er beschwichtigend: »Wir sind außer Gefahr, Cristina. Lass Isobel erst einmal zu sich kommen.«

»Wir dürfen keine Zeit verlieren«, entgegnete Cristina. »Wir müssen uns so schnell wie möglich um Mariota kümmern.«

»Wir können ihr nicht mehr helfen«, sagte er.

»Das kannst du doch gar nicht wissen! Vielleicht lebt sie noch und braucht mich.«

Er wusste, dass Mariota, sollte sie, was eher unwahrscheinlich war, den Sturz in die Tiefe überlebt haben, ein qualvoller Tod beschert sein würde. Deshalb sagte er so ruhig wie möglich: »Ich habe gesehen, dass Burschen vom Landungssteg aus auf sie zurannten. Sie dürften schneller bei ihr sein als wir. Du und ich, wir müssen uns um Isobel kümmern; sie könnte Verletzungen davongetragen haben, als sie über die Felskante fiel oder weil sie so lange am Seil hing.«

»Du kümmerst dich um sie«, beschied sie ihm. »Ich gehe zu Mariota.«

Isobel zupfte ihn am Ärmel. »Haltet sie zurück, Sir«, flüsterte sie beschwörend.

»Das werde ich auch«, versicherte er ihr und zog sie von

der Felskante auf sicheren Boden, derweil Cristina bereits auf ihr Pferd zuging, das in der Nähe wartete. Wann würde sie merken, fragte er sich, dass er und Isobel noch immer die Zügel des Zelters in der Hand hielten?

Gleichzeitig stellte er fest, dass Lachlans Rotbrauner sich ein Stück weit entfernt hatte und jetzt unweit der Bäume graste.

»Kannst du mal kurz hier warten?«, fragte er Isobel.

»Freilich, Sir, aber bitte schimpft nicht mit ihr.«

»Ich werde mich bemühen, Ruhe zu bewahren.« Er ließ Cristina nicht aus den Augen. »Aber ich werde zu verhindern wissen, dass sie in ihrer augenblicklichen Verfassung den Hügel hinunterprescht.«

Cristina war inzwischen bei ihrem Zelter angelangt und starrte ihn einen Augenblick lang verständnislos an. Dann warf sie Hector über die Schulter einen Blick zu. Aha, die fehlenden Zügel.

»Bitte, Sir«, flehte Isobel. »Sie hat Mariota geliebt, trotz all ihrer Marotten.«

»Das weiß ich doch.« Jetzt schien Cristina einen Platz zu suchen, von dem aus sie aufsitzen konnte. Als sie den Zelter an der Mähne packte und ihn zu einem Felsbrocken von geeigneter Höhe drängte, fügte Hector hastig hinzu: »Du bleibst hier. Ach, und übrigens, Kleines …« Er wartete, bis Isobel ihn ansah. »Versuch auch du, mir zu vertrauen.«

Isobel zwinkerte. »Das tue ich doch. Ich vertraue Euch insofern, dass Ihr in dem Moment, da Cristina sich Euch abermals widersetzt, die Beherrschung verliert. Wo Ihr doch, wie ich weiß, Sir, aufmüpfige Weibsbilder nicht duldet.«

Fast musste er schmunzeln, als er seine eigenen Worte aus dem Munde eines Kindes vernahm. Aber mittlerweile hatte Cristina ihr widerwilliges Reittier zu dem Felsblock dirigiert und würde sich gleich auf seinen Rücken schwingen.

»Cristina! Warte!«, rief er und stürmte auf sie zu.

Wäre der Zelter Derartiges gewöhnt oder wären Cristinas

Röcke weniger hinderlich gewesen, hätte sie mühelos aufsitzen können und wäre weg gewesen, noch ehe Hector sie eingeholt hatte. Als sie ihn jedoch auf sich zukommen sah, ließ sie den Zelter stehen und rannte auf Lachlans Rotbraunen zu, griff nach dessen Zügeln, packte ihn an der Mähne und schwang sich auf seinen Rücken.

Noch ehe sie sich zurechtsetzen konnte, bäumte sich das noch nicht vollends zugerittene Pferd unter lautem Wiehern auf und warf sie ab.

Hector gelang es gerade noch, sie aufzufangen, musste sie allerdings zu Boden gleiten lassen, um nach den Zügeln des Pferds zu greifen, es hinunterzureißen und von Cristina wegzudrängen, um zu vermeiden, dass sie von den wie wild ausschlagenden Vorderläufen zermalmt wurde. Nachdem er schließlich die Zügel um einen Ast geschlungen hatte, ging er auf seine Frau zu.

»Fass mich ja nicht an«, zischte sie und rappelte sich auf. »Sie ist meine Schwester, und ich muss zu ihr. Sie braucht mich.«

»Sie braucht dich nicht, und du gehst nirgendwohin«, herrschte er sie an. Wie gern hätte er sie gepackt und geschüttelt, dass ihr Hören und Sehen verging! »Hast du nicht für heute dein Leben ausreichend aufs Spiel gesetzt. Musst du jetzt auch noch so unvernünftig sein, in wehenden Röcken ein erst teilweise gezähmtes Pferd ohne Sattel reiten zu wollen?«

Statt zu antworten, wandte sie das Gesicht von ihm ab. Die Backenknochen angespannt, die Lippen fest zusammengepresst, so als müsste sie mit aller Gewalt die Worte zurückhalten, die sie ihm gern an den Kopf geschmissen hätte, starrte sie ins Leere.

Als er ihr Schweigen nicht länger ertragen konnte, legte er ihr eine Hand um die Taille, in der Absicht, mit ihr zu ihrem Zelter zurückzugehen und ihn für sie aufzuzäumen, und gleichzeitig in dem Wunsch, sie nahe bei sich zu wissen, damit sie nicht erneut wegrannte, was in ihrer gegenwärtigen Verfassung nicht auszuschließen war.

In dem Augenblick jedoch, da er sie berührte, wirbelte sie laut aufkreischend zu ihm herum und fing an, ihn aus Leibeskräften mit ihren Fäusten zu bearbeiten.

Er ließ dieses Trommelfeuer über sich ergehen, mit hängenden Armen und krampfhaft bemüht, dem immer stärker werdenden Wunsch, sie zu packen und zu schütteln, damit sie zur Besinnung kam, nicht nachzugeben.

»Tu doch was!«, schrie sie und schlug weiter auf ihn ein. »Warum unternimmst du denn nichts? Warum bist du nicht früher gekommen, wenn du dich schon auf den Weg gemacht hast? Warum konntest du sie nicht retten? Du hast gesagt, dass ich nicht alles allein tun soll, dass du mir beistehen würdest – also wo warst tu? Du hast mir nicht geholfen, das zu verhindern, was geschehen ist!«

Er schwieg noch immer, schwieg so lange, bis sie sich völlig verausgabt hatte und aufschluchzend den Kopf auf die geballten Fäuste an seiner Brust sinken ließ.

Sanft legte er ihr die Hände auf die Schultern. »Mit dem, was Mariota zugestoßen ist, habe ich nichts zu tun, Liebes.«

»Ich weiß.« Wieder schluchzte sie auf.

»Und du auch nicht.«

Daraufhin brach sie in Tränen aus. Er zog sie an sich, ließ sie sich ausweinen. Als er über ihre Schulter hinweg Isobel ernst und in sich gekehrt dasitzen sah, wandte er seine Aufmerksamkeit wieder seiner Frau zu, und selbst nachdem ihr Schluchzen zu einem Schniefen abgeflaut war, wartete er, bis auch dies gänzlich verebbte und Cristina einen tiefen Seufzer ausstieß.

Als sie keinen Versuch unternahm, sich von ihm zu lösen, sondern die Arme um ihn schlang, breitete sich in ihm unvermittelt endloser Friede aus, so als ob die Welt, nachdem sie aus den Fugen geraten war, sich wieder zusammengefügt hätte. Es durchströmte ihn warm, als er Cristina festhielt, und in diesem Augenblick wusste er nicht nur, was er sich am sehnlichsten gewünscht hatte, sondern auch, dass dieser Wunsch in Erfüllung gegangen war. Was ihm darüber hinaus am Herzen lag, war, Cristina von dem sie so belastenden Gefühl zu befreien, für alle und alles um sie herum verantwortlich zu sein.

Als sie schließlich zu ihm aufsah, das Gesicht von Tränenspuren gezeichnet, umrahmt von Haarsträhnen, die unordentlich aus ihrer Haube hervorquollen, die Augen gerötet und geschwollen, fragte er sich, wie er sich jemals hatte einbilden können, sie sei weniger hübsch als Mariota. Ganz im Gegenteil! Cristinas Schönheit strahlte selbst jetzt von innen heraus, aus ihrer Seele. Was immer von nun an zwischen ihnen sein würde – um sie davor zu bewahren, sich selbst zu zerstören, durfte er nicht zulassen, dass sie sich einredete, für Mariotas Tod verantwortlich zu sein.

Die Hände auf ihre Schultern gelegt, schaute er auf sie hinunter. »Du glaubst doch nicht allen Ernstes, dich an ihrem Tod mitschuldig gemacht zu haben?«

»Doch, natürlich«, seufzte sie. »Was denn sonst? Ich hätte merken müssen, dass sie Kummer hatte, und mehr darauf eingehen sollen.«

»Ach ja? Sie hätte dir doch gar nicht zugehört, wie du selbst weißt. Sie hat nie auf andere gehört.«

»Aber wenn ich freundlicher gewesen wäre, mehr Verständnis gezeigt hätte ...«

»Du warst stets freundlich zu ihr, Cristina.« Erst als sie zusammenzuckte, merkte er, dass sich der Druck seiner Hände auf ihren Schultern verstärkt hatte. Er lockerte seinen Griff und sagte: »Wirklich, Liebes, du bist zu jedem freundlich. Meiner Meinung nach ist jedoch nicht deine angeblich mangelnde Freundlichkeit der Grund, weshalb du meinst, dich an ihrem Tod mitschuldig fühlen zu müssen, sondern pure Arroganz.« Sie erstarrte, so als hätte er ihr eine Ohrfeige verpasst, was er in gewisser Weise ja auch getan hatte.

»Wie kannst du etwas derart Abscheuliches sagen?«, fauchte sie ihn an.

Er freute sich, sie wütend gemacht zu haben. Ihr bislang unnatürliches Schweigen war ihm unheimlich gewesen.

»Weil es wahr ist«, entgegnete er.

Sie funkelte ihn an. »Das ist *nicht* wahr!«

»Zu glauben, dass du stark genug bist, auf alle um dich herum aufzupassen und sie vor ihren eigenen Fehlern und Dummheiten zu bewahren, *kann* man als nichts anders als arrogant bezeichnen«, sagte er. »Glaubst du im Ernst, dass irgendein Sterblicher so etwas vermag?«

»Aber …«

»Nein, Liebes.« Er legte ihr einen Finger auf die Lippen, um sie zum Schweigen zu bringen. »Wir können uns später noch eingehender darüber unterhalten, aber jetzt müssen wir zurück, sonst werden wir von einer Armee Neugieriger umringt. Und da Isobels Pony offenbar in den Stall zurückgerannt ist oder aber irgendwo herumstreunt, werde ich sie bei mir aufsitzen lassen.«

»*Ich* nehme sie mit«, sagte Cristina. »Ich möchte sie ganz nah bei mir wissen.«

»Nein«, sagte er abermals und noch immer sanftmütig. »Du hast dich völlig verausgabt. Es ist besser für euch beide, wenn sie mit mir kommt. Schluss jetzt«, fügte er hinzu, als sie Anstalten machte, ihm zu widersprechen. »Alles weitere später. Komm, ich helfe dir auf deinen Zelter.«

Sie warf ihm einen trotzigen Blick zu, den er gelassen hinnahm, und fügte sich dann. Darauf hob er die Zügel auf, die er, als er Cristina auffing, hatte fallen lassen, und ging mit ihr zu dem wartenden Pferd. Er zäumte es auf, warf ihm die Zügel über den Kopf, packte dann seine Frau um die Taille und hob sie auf den Rücken des Reittiers.

»Meinst du, es geht?«, fragte er.

»Natürlich geht es. Aber ehrlich, Sir, ich könnte …«

Er schüttelte nur den Kopf und winkte dann Isobel heran,

die, die Röcke raffend, auf ihn zuhastete. »Du reitest bei mir mit, Kleines«, sagte er. »Ich steige zuerst auf, und dann ...«

Er brach ab, weil er nicht sicher war, dass er sie hochziehen konnte, ohne ihre geschundenen Arme noch mehr zu strapazieren.

Cristina erkannte das Problem sofort. »Das könnt Ihr nicht tun, Sir, Ihr könnt sie nicht einmal für die kurze Zeit, die Ihr zum Aufsteigen braucht, allein auf diesem jungen Pferd lassen. Ihr werdet sie also wohl oder übel bei mir mitreiten lassen müssen. Dieser Zelter ist Röcke gewohnt.«

»Ich setze sie bei dir auf, bis ich im Sattel bin«, sagte er. »Aber dann nehme ich sie zu mir rüber. Keine Widerrede, Frau. Meiner Geduld sind Grenzen gesetzt.«

Damit hob er Isobel zu Cristina hinauf, stieg auf seinen Wallach, zügelte ihn und übernahm dann die Kleine. Er setzte sie vor sich, damit er sie, ohne die Kontrolle über sein Pferd zu verlieren, festhalten konnte.

»Du reitest hinter mir«, wies er Cristina an. »Dann brauche ich nicht zu befürchten, dass du dein armes Pferd den Hügel hinuntergaloppieren lässt.«

Sie widersprach nicht, sagte überhaupt nichts. Ihr Gesichtsausdruck verriet, dass sie in Gedanken versunken war. Er wusste nicht, ob er sich darüber freuen oder traurig sein sollte. Wenn sie über das nachdachte, was er zu ihr gesagt hatte, war das positiv zu werten, wenn sie wegen Mariota Schuldgefühle hatte, dann nicht.

»Wie geht es deinen Armen?«, fragte er Isobel.

»Es ist nicht so schlimm. Ich habe erst gemerkt, dass sie wehtun, als Ihr mich diese Felswand hochgezogen habt. Es hat mich eine Menge Überwindung gekostet, mich an den Riemen festzuhalten.« Ihre Stimme zitterte.

»Das kann ich mir denken«, meinte er nur, »aber das ist ja jetzt vorbei.«

Mit einem Blick über die Schulter vergewisserte er sich, das Cristina gehorsam hinter ihm blieb und auch nicht, was durchaus im Bereich des Möglichen lag, zu einer Stelle ritt, von wo aus sie zu den Felsen entlang der Küste hinunterschauen und beobachten konnte, wer sich um die Bergung von Mariotas Leiche kümmerte.

»Sir, ich finde, Ihr solltet wissen …« Isobel verschluckte, was immer sie hatte sagen wollen, und beugte sich leicht zur Seite, um einen Blick nach hinten zu werfen.

»Sie kann nicht mithören, Kleines. Worum geht es denn?«

»Cristina hat doch gesagt, dass Mariota ihr Leben hingegeben hat, als sie versuchte, mich in Sicherheit zu bringen. Erinnert Ihr Euch?«

»Ja, ich erinnere mich«, sagte er. »Wenn das stimmt, freut es mich, dass sie so selbstlos war. Eigentlich entsprach das nicht unbedingt ihrem Charakter.«

»Es stimmt nicht«, sagte Isobel leise.

»Dann sag mir, wie es wirklich war.«

»Sie hat versucht, auf mich draufzusteigen.«

Hector hätte am liebsten laut aufgeflucht, schaffte aber zu sagen: »Ich glaube, sie war sich nicht bewusst, in welch große Gefahr sie dich damit gebracht hat, Kleines. Sie scheint wie immer nur an sich gedacht zu haben. Wann hat sie schon mal überlegt, dass das, was sie tut, schlimme Folgen für andere haben könnte?«

»War das der Grund, dass sie niemals etwas wirklich zu bedauern schien, auch wenn sie immer wieder sagte, wie leid es ihr täte?«

»Ich glaube schon. Meiner Meinung nach stimmte etwas nicht mit ihr.«

»Sie war nicht verrückt«, sagte Isobel mit Nachdruck.

»Nein, nur nicht so wie normale Menschen.«

»Ihr werdet doch Cristina nichts davon erzählen, nein?«

»Ich glaube, sie weiß es selbst.«

»Nein, das weiß sie nicht! Und … ich finde, sie sollte weiterhin glauben, dass Mariota zuletzt noch etwas Gutes getan hat, Sir. Das könnte ihren Schmerz lindern.«

»Ich stelle nicht zum ersten Mal fest, dass du für dein Alter ungemein klug bist, Isobel. Meiner Meinung nach bist du sogar ... klüger als die meisten Erwachsenen.«

»Nicht unbedingt, Sir, ich beobachte eben viel und bemühe mich, von anderen zu lernen.«

Bei der Erinnerung daran, wie er Isobel beim Lauschen an der Tür ertappt hatte, lachte Hector in sich hinein – seit er gesehen hatte, wie die beiden Gestalten den Felsen hinabstürzten, meldete sich zum ersten Mal wieder sein Humor zurück. Er knuffte Isobel liebevoll in die Schulter, und im selben Augenblick erreichten sie den Hof vor dem großen Saal, wo ein Empfangskomitee ihrer harrte.

Auch Cristina hatte die zunehmend anwachsende Menschenmenge an der Ostseite des großen Saals bemerkt, war aber noch immer so in ihre Gedanken verstrickt, dass sie ihr keine Beachtung schenkte. Erst nachdem sie und Hector in den Hof einritten und die Leute auf sie zueilten, versuchte sie, sich auf sie einzustellen, was erst gelang, als sie den Grünen Abt erkannte, der wutentbrannt auf sie zu kam.

»Da ist sie ja!«, rief er und deutete mit dem Finger auf sie. »Mörderin! Sie hat ihre Schwester umgebracht. Ich habe es mit eigenen Augen gesehen. Legt sie in Eisen!«

Cristina starrte ihn verständnislos an. »Ich ... ich ...« Sie vermochte nicht weiterzusprechen, schon weil sie nicht leugnen konnte, dass ungeachtet dessen, was Hector gesagt hatte, der Tod von Mariota zwar kein Mord war, aber in gewisser Weise ihre, Cristinas Schuld.

Jetzt trat ihr Vater mit vor Zorn hochrotem Gesicht hinzu. »Was hast du da angerichtet?«, schnarrte er, riss sie von ihrem Pferd und schüttelte sie. »Was du getan hast, war hinterhältig, verrucht!«

»Cristina trifft keine Schuld!«, rief Isobel, als Hector, nachdem er abgesessen war, ihr aus dem Sattel half.

Im nächsten Moment stand er neben Cristina. Seine starke

Hand legte sich beruhigend auf ihre Schulter. »Sie hat nichts dergleichen getan, Macleod, und das wisst Ihr auch. Und Ihr ebenfalls«, wandte er sich an den Abt. »Was Ihr gesehen habt, war, dass meine Gemahlin beinahe ihr eigenes Leben hingegeben hätte, um ihre geliebten Schwestern zu retten. Wie abscheulich von Euch, sie eine Mörderin zu nennen! Ich schwöre Euch, wenn Ihr nicht ein Mann der Kirche wäret ...«

»Aber ich bin ein Mann der Kirche«, gab Mackinnon zurück. »Außerdem verfüge ich in dieser Region über mehr Macht als selbst MacDonald.«

»Das bestreite ich.« MacDonald trat neben Hector.

»Das würde ich an Eurer Stelle ebenfalls tun«, sagte eine andere Stimme, und Cristina sah Robert Stewart zu MacDonald aufschließen.

»Das würdet Ihr, Sir?« Mackinnon reckte das Kinn. »Würdet Ihr ebenfalls Zweifel anmelden, wenn ich Euch sagte, dass Ihr von einem Mann unterstützt werdet, der Gelder seiner Abteikirche dazu verwendet, sein eigenes Säckel zu füllen, von einem Mann, der sein eigenes Volk betrügt?«

»Wollt Ihr etwa Euren Lehnsherrn auf niederträchtigste Weise beschuldigen?«, fragte MacDonald mit leiser und gleichzeitig eisiger Stimme, die Cristina einen Schauer über den Rücken jagte und sie erbeben ließ. Da jedoch Hectors Hand nicht zuckte, musste es wohl diese durch nichts zu erschütternde ruhige Hand auf ihrer Schulter sein, die ausschlaggebend dafür war, dass sie sich noch auf den Beinen hielt.

»Der Einzige, dem ich verpflichtet bin, ist Gott«, entgegnete der Grüne Abt frömmlerisch und fuhr keineswegs eingeschüchtert fort: »Ihr habt Seine Gesetze missachtet, MacDonald von den Inseln. Ihr habt Euer eigenes Volk ausgeraubt, sogar Eure eigenen Kirchen dazu genötigt, gutes Geld für das heilige Öl zu bezahlen, das Ihr ihnen eigentlich kostenlos zukommen lassen solltet.«

Unwillkürlich musste Cristina an das denken, was Lady MacFadyen ihr gegenüber hatte verlauten lassen, und ohne die Folgen zu bedenken, rief sie, einen von Hectors Lieblingsausdrücken benutzend, aus: »Himmeldonnerwetter noch mal, Fingon Mackinnon! Ihr seid es doch, der von den Bewohnern auf Coll verlangt hat, Euch die Ölerträge von Jahren abzutreten. Und wenn Ihr das auf Coll gefordert habt, habt Ihr das bestimmt auch auf anderen Inseln getan.«

Mit zornig funkelnden Augen wandte Mackinnon sich wieder ihr zu, worauf die beschwichtigende Hand von ihrer Schulter glitt und Hector sich vor sie stellte.

»Meine Gemahlin spricht die Wahrheit«, verkündete er für alle hörbar. »Ich bin sogar überzeugt, dass Ihr auch für andere Schandtaten verantwortlich seid, die noch der Aufklärung bedürfen.«

Mackinnon ging auf ihn zu. »Unglaublich! Ein heidnischer Emporkömmling wie Ihr wagt es, so mit mir zu sprechen! Wisst Ihr, was ich mit Euch tun kann? Exkommunikation ist für mich nicht nur ein Wort, Hector Reaganach, sondern eine Macht, kraft derer Ihr zur Hölle fahrt!«

»Haltet ein!«, gebot MacDonald. »Fingon, es steht Euch nicht zu, Euch hier auf diesem Boden so großspurig aufzuführen. Wenn es nach mir ginge, würde ich Euch für Eure Missetaten hängen lassen, zumal mir scheint, als wüssten wir nicht einmal die Hälfte von dem, was Ihr Euch habt zuschulden kommen lassen. Dass Ihr ein Schurke seid, hat sich längst herumgesprochen. Ihr solltet Euch schämen!«

Mackinnon wirbelte zu ihm herum und machte Anstalten, den Arm zu heben, wurde aber von Hector daran gehindert.

»Verdammt noch mal, Mann, macht keine Dummheiten«, sagte er. »Ob Ihr ein Mann der Kirche seid oder ein Verrückter, ich für meinen Teil fühle mich jedenfalls meinem Lehnsherrn verpflichtet. Wenn Ihr noch einen Schritt näher kommt oder abermals die Hand erhebt, strecke ich Euch nieder.«

»Wagt es!«

Stille trat ein, als die beiden sich mit finsteren Blicken maßen, bis Robert sagte: »MacDonald, ich rate Euch, diesen Unruhestifter auf seiner Heiligen Insel festzusetzen. Gut möglich, dass ich selbst einen solchen Befehl erteile, sobald ich in aller Form die Krone Schottlands trage.«

Als Cristina in die Runde spähte, bemerkte sie, wie sich jemand hinter Robert und MacDonald anpirschte: Es war Fergus Love, der sich durch die Menge zu ihr vordrängelte.

Er zwinkerte keck, als sich ihre Blicke trafen.

Dass er es wagte, sich ihr zu nähern, ihr in Gegenwart ihres Gatten und in Anbetracht dessen, dass ihre Schwester kurz zuvor in den Tod gestürzt war, sogar zuzuzwinkern, war empörend. Hochmütig wandte sie sich ab; da ihre Neugier jedoch größer war als ihre Willenskraft, sah sie sich nochmals nach ihm um.

Fergus kam immer näher, befand sich jetzt unmittelbar zwischen Robert und MacDonald. War der Kerl wahnsinnig?

Noch während sie darüber nachdachte, sah sie, dass er jetzt in sein Wams und griff und etwas herauszog, was sie eindeutig als den Griff eines Dolches ausmachte.

Mit einem Aufschrei warf sie sich zwischen MacDonald und Stewart, stieß beide mit aller Kraft beiseite und sah den funkelnden Dolch auf sich zukommen.

21

Hectors ganze Aufmerksamkeit war auf Fingon Mackinnon gerichtet. Gespannt wartete er darauf, dass der Mann zu einer Rechtfertigung anhob, und gleichzeitig überlegte er, weshalb Fingon sich so merkwürdig verhielt. Dass er seit ihrer Rückkehr Unfrieden hatte stiften wollen, lag auf der Hand; außergewöhnlich für ihn war jedoch, sich bei Hofe ein derartiges Benehmen zu gestatten.

Unvermittelt und mit sichtlich triumphierendem Blick schaute Mackinnon seitwärts.

Hector hörte Cristinas Aufschrei und merkte, wie sie sich von ihm löste und auf MacDonald und Stewart zustürzte. Reflexartig versetzte er dem grinsenden Abt einen nachdrücklichen Magenschwinger, der ihn zu Boden streckte. Ohne den Sturz bis zum Ende zu verfolgen, schon weil er überzeugt war, dass der Geistliche sich nicht so bald wieder erheben würde, wirbelte Hector herum, als Cristina sich zwischen MacDonald und Stewart warf, und sah den funkelnden Dolch auf sie gerichtet.

Ganz auf diesen Dolch konzentriert, stürzte er auf sie zu und griff nach ihr. Als seine Hand den Stoff am Rücken ihres Gewandes zu fassen bekam, packte er zu und riss Cristina an sich, hob sie hoch, hielt sie mit der Linken fest, während er sich gleichzeitig auf den blitzenden Dolch zu bewegte.

Cristina schrie erneut auf, diesmal sowohl in ohnmächtigem Zorn wie vor Angst, obwohl sie außer Reichweite des Mannes war, der sie und auch Robert hätte töten können und der jetzt Hector gegenüberstand, der bei der Suche nach seiner Gemahlin auf Schwert oder Streitaxt verzichtet hatte und bis auf den kurzen Dolch, der wie immer in seinem Stiefel steckte, unbewaffnet war. Aber er genügte, um mit Fergus Love fertig zu werden.

Loves Dolch flog davon, als ein kräftiger Unterarm die Rechte des vermeintlichen Verehrers nach oben stieß, worauf dieser derart aufbrüllte, dass Hector annehmen konnte, ihm den Arm gebrochen zu haben. Um jedoch sicherzugehen, dass Love keinen Ärger mehr machen würde, versetzte er ihm noch einen gezielten Kinnhaken, der ihn zu Boden gehen ließ. Über ihm stehend und nur darauf wartend, dass der Kerl sich wieder aufrappelte, um ihm dann einen weiteren Fausthieb verabreichen zu können, bemühte Hector sich dennoch, seinen Zorn zu zügeln, stand doch das Recht, über das Schicksal von Fergus Love zu entscheiden, nicht ihm zu, sondern MacDonald oder Robert.

Also riss er den zu Boden Gegangenen hoch und übergab ihn zwei Bewaffneten, die sich bei Ausbruch der Streitigkeiten einen Weg durch die Menge gebahnt hatten, um ihm zu Hilfe zu kommen.

Derweil Love unter strenger Bewachung weggeschafft wurde, wandte sich Hector Cristina zu.

Erbost funkelte sie ihn an, was ihm fast ein Schmunzeln entlockte, erkannte er sie doch wieder als seine Cristina. Offenbar war sie hingefallen, als er sie hinter sich gedrängt hatte, denn jetzt ging sie, von Isobel tatkräftig unterstützt, mit kindlich-trotziger Miene daran, sich den Staub aus dem Rock zu schütteln. Wie gern hätte Hector sie in die Arme geschlossen!

»Ihr habt mir das Kleid zerrissen«, warf sie ihm an den Kopf. »Dabei hätte er mir keinesfalls etwas angetan. Er hat mich erkannt und hielt die Klinge von mir weg.«

»Cristina, er hätte dich beinahe umgebracht.« Isobel legte ihr beschwichtigend die Hand auf den Arm.

»Er hat den zukünftigen König der Schotten und MacDonald, meinen Lehnsherrn, bedroht«, entgegnete Hector heftig und fügte leiser hinzu: »Und bevor du mich vor ihnen und all den anderen hier tadelst, Liebste, solltest du bedenken, welche Strafe darauf steht, den Herrn der Inseln und *darüber hinaus* den Erben des Königreichs Schottland wegzustoßen.«

Cristina erblasste, ihr Blick wanderte von MacDonald zu Robert und wieder zurück.

»Welche Strafe steht denn darauf?«, fragte Isobel mit weit aufgerissenen Augen.

Hector wünschte sich bereits, nichts davon erwähnt zu haben, weil ihm eingefallen war, dass eine körperliche Attacke auf MacDonald mit dem Sturz in den Tod von *Creag na Corps* geahndet wurde. Um zu verhindern, dass auch Cristina sich dessen bewusst wurde, sagte er rasch: »Vergiss es, Isobel. Du, Cristina, tätest allerdings gut daran, dich auf der Stelle zu entschuldigen, damit Stewart dich nicht nach Stirling beordert, um dich für dein Tun zur Rechenschaft zu ziehen.«

»Jagt Eurer Gemahlin keinen Schrecken ein, Sir«, mischte sich jetzt MacDonald lächelnd ein. »Wahrscheinlich hat sie ihm und vielleicht auch mir das Leben gerettet. Dieser Schurke muss von Sinnen gewesen sein, sich vor all den Leuten hier derart aufzuspielen.«

»Er hatte Helfer, Euer Gnaden«, sagte Hector und sah auf Mackinnon hinunter, der mithilfe eines seiner Günstlinge mühsam wieder auf die Beine kam. »In dem ganzen Trubel wurde ich das Gefühl nicht los, dass etwas nicht stimmte. Ich glaube, dass der Grüne Abt vorsätzlich diese Szene machte, um von Fergus Love abzulenken, genauso wie er die Schiffe der Flotte, die zum Schutz von Robert gedacht waren, auf falschen Kurs gebracht hat. Er wusste, was Love vorhatte.«

»Das müsst Ihr erst einmal beweisen«, schnarrte Mackinnon. »Versucht doch, irgendetwas davon zu beweisen.«

»Meint Ihr etwa, Love wird nicht mit uns sprechen?«, fragte Hector. »Keine Bange, er wird.«

»Nein, wird er nicht«, entgegnete Mackinnon. »Er hat nichts zu sagen.«

»Wir werden ja sehen«, meinte Hector nur.

Als er unweit der Treppe, die zum Anlegeplatz hinunterführte, zwei Männer bemerkte und daraus schloss, dass man inzwischen Mariotas Leichnam geborgen hatte und ihn in Kürze herbringen würde, warf er MacDonald einen Blick zu und deutete mit dem Kopf zu den Männern an der Treppe.

Scheinbar ohne Hectors Hinweis zur Kenntnis zu nehmen, wandte sich MacDonald an Cristina: »Wir sind überaus dankbar für Euer rasches Eingreifen, Mylady«, sagte er feierlich. »Euer mutiges Handeln ...«

»Ich bitte Euch, Euer Gnaden«, wehrte sie ab. »Ich habe nichts getan, wofür Ihr Euch zu Dank verpflichtet fühlen müsstet. Ich habe ganz spontan gehandelt.«

»Es ist ihr Handeln, an dem wir unsere Freunde erkennen, Lady Cristina«, sagte Robert. »Und ab sofort betrachte ich Euch in der Tat als einen sehr guten Freund.«

Sie sank in einen tiefen Knicks, und als sie sich erhob, fasste Hector nach ihrer Hand, schob sie sich in seine Armbeuge und klemmte sie dort fest.

»Wenn Ihr uns jetzt entschuldigen würdet«, sagte er. »Meine Gemahlin hat heute viel durchgemacht, und ich möchte, dass sie sich ausruht. Mit Eurer Erlaubnis werden wir auch auf das gemeinsame Abendessen im großen Saal verzichten.«

»Ihr habt unsere Einwilligung, Sir«, sagte MacDonald. »Lasst ihr all Eure Fürsorge angedeihen.«

»Du kommst mit uns, Isobel«, beschied Hector dem Kind, das sogleich zustimmend nickte.

»Aber warum sollten wir ...?«, hob Cristina an.

Hector drückte ihre Hand fester, und zu seiner Überraschung schwieg Cristina.

Mit Isobel im Schlepptau bahnte er sich mit seiner Gemahlin den Weg durch die Menge und über den Hof. Als Cristina erneut Anstalten machte, etwas zu sagen, wehrte er ab. »Wir reden über alles, was du willst, aber erst, wenn wir in unserer Schlafkammer sind, meine Liebste.«

Sie näherten sich dem Haupteingang zur Burg, als er hinter sich seinen Zwillingsbruder nach ihm rufen hörte. Inständig hoffend, dass Lachlan nicht vorhatte, ihm weitere Aufträge zu erteilen, blieb er stehen, schaute sich um und stellte erleichtert fest, dass Mairi den Bruder begleitete.

Die Schwägerin umarmte Cristina innig. »Wie entsetzlich, was sich zugetragen hat«, sagte sie voller Mitgefühl.

»Das ist es«, pflichtete Lachlan leise bei. »Wir bedauern Euren Verlust, Mylady, und werden alles tun, um Euren Schmerz zu lindern.«

Cristina blickte auf zu Hector. Ihre Augen waren wieder von Traurigkeit erfüllt, starrten aber nicht mehr so beängstigend ins Leere. »Wir können noch nicht hineingehen«, sagte sie. »Man wird gleich ihren Leichnam heraufbringen, und da muss ich dabei sein.«

»Nein, Liebes«, sagte er begütigend. »Du kommst mit mir. Keine Widerrede. Lachlan wird sich um sie kümmern und Mairi ebenfalls. Mariota kannst du später immer noch aufsuchen.«

»Er hat recht, Cristina. Ihr müsst Euch ausruhen. Ich werde Euch das Abendessen hinaufbringen lassen und Ausschau nach Lady Euphemia halten; bestimmt möchte sie mithelfen, Mariotas Leichnam zurechtzumachen. Um Isobel braucht Ihr Euch ebenfalls keine Gedanken zu machen, um die werde ich mich auch kümmern. Du bist doch damit einverstanden, Isobel, ja?«

»Natürlich«, sagte Isobel. »Aber nur wenn Hector verspricht, nicht mit Cristina zu schimpfen.«

Mairi lachte und zwinkerte ihm belustigt zu.

»Ich kann nur wiederholen, Kleines«, sagte er zu Isobel, »dass ich mich nach Kräften bemühen werde, mich daran zu halten.«

Isobel schmunzelte, nickte und ging mit Mairi davon. Noch ehe Lachlan folgen konnte, sagte Hector: »Einen Moment, Bruderherz, ich habe noch etwas mit dir zu besprechen.«

Er trat mit Lachlan beiseite. Mairi drehte sich noch einmal zu Cristina um. »Keine Sorge«, sagte sie. »Ich habe meinem Mann bereits klargemacht, dass er Hector für mindestens eine Woche auf keinen Fall irgendwohin entsendet. So lange gehört er unbedingt an Eure Seite.«

Cristina nickte. Da Hector seinen eigenen Worten zufolge ihr vieles zu sagen hatte, wusste sie nicht, ob sie Mairi für ihre Vermittlerrolle dankbar sein sollte. Immerhin wärmte der Gedanke, Hector um sich zu haben, ihr Herz.

Die Unterredung mit dem Zwillingsbruder nahm nur kurze Zeit in Anspruch. »Wir können jetzt gehen, Liebes«, sagte Hector, als er sich wieder zu ihr gesellte.

Sie erhob keine weiteren Einwände. Zu wissen, dass sie sich auf Mairi verlassen konnte und Isobel bei ihr in den besten Händen war, verstärkte das wohlig-warme Gefühl, das sie erfüllte.

Soweit sie sich zurückerinnerte, hatte sie sich immer nur auf sich selbst verlassen können, weil mit Ausnahme von ein, zwei Dienern sich jeder auf seine Art als entweder ausgesprochen unzuverlässig erwiesen hatte oder aber als zu jung, um Verantwortung zu übernehmen. Und jetzt hatte sie innerhalb von etwas mehr als einem Monat mehrere Menschen kennengelernt, denen sie vertrauen konnte.

Mairi gehörte dazu, Lachlan und auch Isobel ... Isobel war ein Schatz, sie würde ihr schrecklich fehlen, wenn sie nach Chalamine zurückkehrte. Und dann war da natürlich Hector. Sie warf ihm einen Blick zu, als sie an ihm vorbei die gewundene Steintreppe beschritt, worauf seine nachdenklich gerunzelte Stirn sich augenblicklich glättete, er lächelnd den Arm um Cristina legte und sie kurz drückte.

Es war ein kräftiger Arm, ein zuverlässiger Arm, und er

selbst ein Mann, der für sich einstand. In dem Augenblick, da er den Arm um Isobel legte, hatte sie gewusst, dass das Kind in Sicherheit war und dass auch Isobel sich sicher gefühlt hatte. Wer würde das nicht? Sie selbst hatte ja so empfunden, Auge in Auge mit dem Abt, als Hectors Hand auf ihrer Schulter ruhte.

Dementsprechend entspannter erreichte sie, vorbei am Latrinenturm, den Gästeflügel. Als sie ihre Schlafkammer betrat und hörte, wie Hector hinter ihnen die Tür ins Schloss fallen ließ, drehte sie sich zu ihm um.

»Ich möchte noch nicht zu Bett gehen«, sagte sie nachdrücklich.

»Wir gehen nicht wieder hinunter, Liebes. Du kannst dich also ausruhen.«

»Ausruhen ja, wenn es denn sein muss, aber nicht schlafen, Sir. Dann würden nur all die furchtbaren Bilder wieder auftauchen, und das will ich nicht. Ich möchte Mariota so im Gedächtnis behalten, wie sie war, wenn sie lachte und fröhlich war, nicht wie sie war, als sie …«

»Ich verstehe schon, mein Liebes. Wenn du magst, unterhalten wir uns.«

»Nicht, wenn Ihr vorhabt, mich auszuschelten.«

»Nein, Weib, das werde ich keinesfalls, obwohl du mich zu Tode erschreckt hast, als du auf dieses Messer zustürmtest. Ich musste mich verdammt zusammenreißen, um diesen Verrückten nicht zu erwürgen.«

Beinahe hätte sie wiederholt, dass Fergus Love ihrer Meinung nach nicht vorhatte, ihr etwas anzutun, aber sie ahnte, dass sie kein Gehör finden würde, schon weil Fergus sich möglicherweise nicht hätte zurückhalten können. Außerdem konnte Hectors Zorn erneut aufflammen, wenn sie Fergus in Schutz nahm, und das wollte sie nicht. Nicht heute Abend.

Hector hatte sein Wams abgelegt und kniete an der Feuerstelle, stopfte Späne unter die bereits aufgeschichteten Scheite.

»Müsst Ihr nicht zugegen sein, wenn Fergus verhört wird?«, fragte sie.

»Nein. Ich habe Lachlan erklärt, dass ich ihm mindestens einen Monat lang nicht zur Verfügung stehe.« Er zog seine Zunderbüchse heraus. »Ich möchte Zeit für meine Braut haben und Zeit, um Lochbuie den letzten Schliff zu geben. Mein Bruder verfügt über genug Leute, die seinen Anordnungen Folge leisten können. Eine Weile kommt er auch ohne mich aus.«

Nachdem er das kleine Feuer entzündet hatte, erhob er sich und ging mit ernster, entschlossener Miene auf sie zu. »Wir sollten über das sprechen, was sich heute ereignet hat, Liebes. Mir scheint, du machst dir noch immer Vorwürfe deswegen.«

»Schon möglich«, seufzte sie. »Denn auch wenn Ihr das als arrogant bezeichnet, denke ich noch immer ›wenn doch nur dies‹ oder ›wenn doch nur jenes ...‹.«

»Das tut doch jeder, und du hast dich lange genug um alle gesorgt.«

»Gewiss, aber das gab mir noch lange nicht das Recht, Euch gegenüber so aufbrausend zu sein. Denn eigentlich habe ich Euch überhaupt nichts vorzuwerfen.«

»Vergiss es«, sagte er und legte den Arm um sie.

»Etwas stimmte nicht mit ihr, Hector.«

»Ich weiß. Komm, setzen wir uns ans Feuer. Ich möchte dich festhalten.«

»Sie hat immer behauptet, anders zu sein als alle übrigen.« Sie setzte sich neben ihn auf die Bank und lehnte den Kopf an seine Schulter. »Aber dass sie zu etwas Derartigem wie heute fähig wäre, hätte ich nie für möglich gehalten.«

»Keiner hat das für möglich gehalten, Liebes. Dass mit ihr etwas nicht stimmte, habe ich gemerkt, als ich sie auf Lochbuie wiedersah und feststellen musste, dass sie nur an sich dachte. Und selbst da fand ich ihr Verhalten lediglich selbstsüchtig. Später, im Gespräch mit ihr, hatte ich Mühe zu verstehen, was sie zum Ausdruck bringen wollte, es war wie ein Herumtappen im Nebel. Wie sie die Welt sah, war zwar ansatzweise zu erkennen, wenn ich dann aber nachhakte, um mir ein klares Bild zu verschaffen, misslang das gründlich. Keiner schaffte das.«

»Gott sei Dank hat sie auf andere nicht diesen Eindruck gemacht«, sagte Cristina.

»Ja«, bestätigte er. »Ein Sonderling fällt in der eigenen Familie weniger auf.«

Ihre Augen wurden schmal. »Soll das heißen, dass ihr Tod eine Erlösung war?«, fragte sie.

»Das habe ich nicht gesagt«, erwiderte er. »Mariotas Tod ist eine Tragödie, aber sie wird uns allen als jung und schön, ja sogar edel im Gedächtnis bleiben. Möglich, dass Troubadoure Balladen über sie singen und Barden immer wieder die Geschichte ihrer beherzten Aufopferung vortragen werden. Wie hätte sie sich darüber gefreut!«

Cristina schwieg. Ein derartiger Gedanke war ihr noch gar nicht gekommen, und sie wollte sich auch nicht weiter damit befassen.

Was sie dagegen nicht länger ertragen konnte, war, dass er nicht die Wahrheit kannte.

»Da ist etwas, was Ihr wissen solltet«, sagte sie und schaute ihn an.

Als er nicht antwortete, holte sie tief Luft. »Ich finde nicht«, hob sie an, »dass Mariotas Verhalten edel war. Ich glaube ...« – es fiel ihr schwer, damit herauszurücken, aber sie zwang sich dazu – »Ich glaube, sie dachte heute einmal mehr nur an sich. Ich bin mir nämlich so gut wie sicher, dass sie Isobel nicht helfen wollte. Sie hat versucht, auf sie zu klettern, Sir, und um ein Haar wären mir beide entglitten. Wenn sie nicht abgestürzt wäre ...«

»Daran sollten wir jetzt nicht denken.« Er zog sie näher an seinen festen, warmen Körper. »Behalte sie als fröhliches und lachendes junges Mädchen im Gedächtnis. Auch die anderen sollen sie so in Erinnerung behalten, wie es ihnen angenehm ist.«

»Ihr werdet doch hoffentlich Isobel nichts von all dem verraten?«, bestürmte sie ihn. »Es dürfte besser für sie sein, wenn sie weiterhin glaubt, dass Mariota versucht hat, sie zu retten.«

»Nichts werde ich ihr verraten«, versprach er feierlich, konnte aber ein leichtes Glucksen nicht unterdrücken. Sie sah zu ihm auf.

»Ich finde das keineswegs komisch.«

»Nein, Liebes, nur solltest du mittlerweile wissen, dass Isobel über so manches besser Bescheid weiß als alle anderen. Auch über deine Schwester Mariota.«

»Isobel weiß es?«

»Natürlich. Sie ist es doch, auf die Mariota klettern wollte. Sie hat mich gebeten, dir nichts davon zu sagen. Sie meinte, für *dich* sei es wichtig zu glauben, dass Mariota sich aufgeopfert hat.«

»Das hätte ich mir denken können.« Sie schmiegte sich enger an ihn. »Sie hat mir einmal vorgehalten, dass ich mich nie von jemandem abhängig machen möchte. Damit hatte sie durchaus recht, bislang hielt ich das nämlich für undenkbar. Vielleicht habe ich mich noch immer nicht daran gewöhnt, anderen rückhaltlos zu vertrauen. Aber dank Euch und Mairi und Isobel lerne ich allmählich dazu.«

»Ich kann mir denken, wie schwer es dir gefallen ist, mich Isobel ohne dein Zutun hochziehen zu lassen.«

»Ja. Obwohl ich spürte, dass sie in Euren Händen sicherer war als in meinen. Durch den Sturz von Mariota war ich offenbar wie von Sinnen, und gleichzeitig war ich, von dem Augenblick an, da Ihr Euch auf mich geworfen habt, ehrlich gesagt überzeugt, dass es für Isobel und mich gut ausgehen würde. Ich konnte nur nicht … der Schock …«

Als er schwieg, atmete sie durch und fuhr dann fort: »Als Ihr sie dann hochgezogen und in die Arme geschlossen habt, muss sie sich ebenso geborgen gefühlt haben, wie ich mich fühle, wenn Ihr mich umarmt. Jeder würde so empfinden.«

»Ich freue mich, dass *du* es tust«, raunte er.

Das Feuer prasselte anheimelnd, die Luft in der Kammer hatte sich erwärmt.

Nicht nur die Luft, auch Cristina. Ihre linke Hand ruhte entspannt auf Hectors muskulösem Schenkel, ihr Kopf lehnte an seiner gestählten Brust. Dass er den Arm um sie gelegt hatte, tat gut und fühlte sich richtig an. Sie konnte sein Herz schlagen hören, langsam und kräftig. Sie war wunschlos glücklich.

Auch er schien nicht das Bedürfnis zu haben, etwas zu sagen. Einer seiner Finger spielte mit einer Locke, die unter ihrer Haube hervorlugte, und kitzelte sie im Nacken. Aufmunternd blickte sie zu ihm auf.

Bereitwillig küsste er sie, wenn auch nur flüchtig, keineswegs sinnlich, obwohl sie den Kuss sofort erwiderte. Seine Augen indes verrieten, dass er sie ebenso begehrte wie sie ihn und dass er sich nur aus Rücksicht auf ihre Trauer zurückhielt.

Sie schaute ihm noch immer in die Augen. »Ist es verwerflich«, flüsterte sie, »Sehnsucht nach dem Liebesspiel zu haben, wenn Mariota tot da unten liegt?«

»Nein, meine Süße, das ist ein ganz natürliches Bedürfnis, das so manchen bei einem derartigen Anlass überkommt. Der Tod weckt den Wunsch, neues Leben zu erschaffen.«

»Ihr seid demnach willens, Euch mit mir zu vereinigen?«

Er lächelte. »Wenn du das willst, werde ich es tun, sehr gern sogar. Soll ich nach Brona schicken, damit sie dir hilft, dich fürs Bett zurechtzumachen?«

Das Blut schoss ihr in die Wangen. »Nicht nötig. Aber vielleicht sollten wir heißes Wasser kommen lassen, um uns Gesicht und Hände zu waschen.« Und etwas ungeduldig fügte sie hinzu: »Vielleicht sollten wir warten, bis man uns das Abendessen gebracht hat.«

»Vielleicht sollten wir überhaupt nicht warten«, sagte er. »Wo ich mich doch bestens auf die Rolle einer Kammerzofe verstehe. Stimmt doch, oder?«

Sie schmunzelte. »Ja, das stimmt.«

»Rühr dich nicht von der Stelle«, schärfte er ihr ein, gab sie frei und stand auf. »Ich bin gleich wieder da.«

Er eilte zur Tür, riss sie auf und rief nach einem Bediensteten. Dem Burschen, der erschien, erteilte er den Befehl, dafür zu sorgen, dass ihr Abendessen für mindestens eine Stunde warm gehalten wurde und dass wer immer es dann hochbrachte, vor Betreten der Kammer anzuklopfen hatte.

Dann schloss er wieder die Tür, verriegelte sie und sah Cristina begehrlich an.

»Komm her zu mir«, sagte er.

»Am Feuer ist es wärmer«, entgegnete sie. Ihre eigene Stimme kam ihr plötzlich fremd vor, leise und heiser und ungemein kehlig.

Ihre Lippen fühlten sich mit einem Mal trocken an. Sie fuhr mit der Zunge darüber.

Ohne den Blick von ihr zu wenden, kam er langsam auf sie zu. Als er ihr so nahe war, dass sie vor Wollust erbebte, sah er auf sie hinunter. »Ein gutes Eheweib gehorcht ihrem Gatten«, sagte er.

»Gewiss doch, aber hier am Feuer ist es wärmer.«

Er zog sie hoch. »Dreh dich um«, sagte er.

Sie drehte sich um. Ein Schauer überlief sie, als seine Finger leicht über ihren Rücken fuhren.

»Ich habe tatsächlich dein Kleid zerrissen«, sagte er. »Es ist aber nur ein kleiner Riss. Du kannst ihn zunähen.«

»Mein Flickkorb ist bis obenhin voll«, erwiderte sie.

»Dann besorg ich dir eben ein neues Kleid«, sagte er und zwängte seinen Finger durch den Riss. Wieder überlief sie ein Schauer, als er ihre nackte Haut oberhalb ihres Hemdes liebkoste. Er küsste ihren Nacken, drückte einen Kuss neben den anderen, eine Spur zärtlicher Küsse, die sich von unterhalb ihres linken Ohrs bis zu ihrer Kehle zog. Und dann sah sie sich ihrer Haube entledigt, die er ihr ohne weitere Umstände abstreifte und beiseitewarf, und schon ging Hector daran, die Haarnadeln aus ihrer Frisur zu ziehen und sie unter Küssen eine nach der anderen zu Boden fallen zu lassen, bis sie es nicht mehr aushielt.

Sie wandte sich abrupt zu ihm um, schlang die Arme um ihn und drückte ihn an sich.

Kurz darauf waren ihr Mieder und ihr Rock abgestreift, dann auch ihr Hemd. Er hob Cristina hoch und trug sie zum Bett, legte sie darauf und betrachtete sie mit sichtlichem Wohlgefallen.

»Willst du weiterhin stehen bleiben?«, fragte sie.

Statt einer Antwort entledigte er sich seiner restlichen Kleidung, aufreizend langsam diesmal. Mit wachsender Begierde sah sie ihm zu. Was für ein hinreißend schöner Mann! Sie konnte sich nicht satt an ihm sehen.

Er legte sich neben sie, nahm sie in die Arme und küsste sie. »Wir sollten Isobel und deine Tante einladen, bei uns zu bleiben. Ich finde sie amüsant, und wenn ich auf Reisen bin, dürfte dir ihre Gesellschaft guttun. Meinst du, dein Vater hat was dagegen?«

»Nein«, erwiderte sie. »Adela ist tüchtig, und die anderen werden ja auch rasch größer. Die beiden werden ihm nicht fehlen, und ich würde mich freuen, wenn sie bei uns blieben.«

»Gut.« Wieder küsste er sie, zu ihrem Entzücken jetzt weiter unten. Er verteilte seine Küsse über ihren ganzen Körper, bis Cristina sich wie auf dem Fußboden der Hütte wand, in der sie Zuflucht vor dem Regen gesucht hatten. Als sie dem Höhepunkt ihrer Sinnenlust entgegenstrebte, konnte auch er sich nicht mehr zurückhalten und drang in sie ein, mit einer Leidenschaft, die auch die ihre zum Lodern brachte. Es war ihr, als stünde sie in Flammen, ein Gefühl, das sich abwechselte mit dem, zu schweben.

Als sie einander anschließend befriedigt in den Armen lagen, murmelte Cristina schläfrig: »Ich fühle mich bei dir unendlich geborgen.« Und als er sie daraufhin an sich drückte, fügte sie hinzu: »Dennoch wird sie mir fehlen.«

»Ich weiß.«

»Es tut mir leid für dich, dass ich nicht so hübsch bin wie sie.«

Er lachte leise und sah sie an. »Als ich deine Schwester zum ersten Mal sah, war ich töricht genug, mir einzubilden, ihre Schönheit und ihr Charme wären für mich das Höchste. Damals war mir der tiefere Sinn dieser Begriffe noch nicht bewusst.«

»Daran gibt es doch kaum etwas zu deuteln, Sir. Sie war atemberaubend schön.«

»Auf eine gewisse Weise, nun ja«, meinte er und lächelte ironisch. »In meiner Verblendung habe ich mir tatsächlich eingebildet, ich würde glücklich sein, wenn ich sie für den Rest meines Lebens ansehen könnte. Als ob ihre Schönheit niemals vergehen würde. Und ihren Charme habe ich nur insoweit kennengelernt, als dass sie aus ihrer Schwärmerei für mich keinen Hehl machte. Wirklich abscheulich, wie ich mich seinerzeit verhalten habe.«

»Nicht doch«, murmelte sie.

»Liebste, die Frau, die ich zu begehren glaubte, war Gott sei Dank nicht die, die ich bekam. Die Frau, die ich geheiratet habe, bedeutet mir sehr viel mehr, und daran wird sich auch bis zum Ende unserer Tage nichts ändern. Ich habe mehr Glück gehabt, als ich verdiene, denn du hast mich gelehrt, dass wahre Schönheit nicht nur makellose Haut bedeutet, goldene Augen und ein Lächeln, das jeden Raum erhellt – und dass Charme lediglich eine Facette zeitloser Schönheit ist, einer Schönheit, die von innen herausstrahlt. Ich liebe dich, Cristina, von ganzem Herzen.«

»Ich liebe dich auch«, sagte sie. »Seit Langem schon weiß ich das.«

»Weil du klug bist«, sagte er und küsste sie zärtlich. »Ich

bin deinem hinterhältigen Vater zu mehr Dank verpflichtet, als er sich vorstellen kann.«

Sie wölbte die Brauen. »Du hast doch nicht etwa vor, ihm das zu sagen?«

»Himmeldonnerwetter noch mal, nein! Der Mann ist mir zuwider genug. Stell dir bloß mal vor, wie er sich aufführen würde, wenn ich ihm beipflichten müsste, dass du und ich zusammengehören und das auch für immer so bleiben wird!«

Liebe Leserin, lieber Leser,

der Auslöser dafür, *Die Tochter des Highlanders* wie auch *Das Schwert des Highlanders* zu schreiben, war eine Sammlung von Balladen (*West Highland Tales* von Fitzroy Maclean, Edinburgh, 1985). Als ich herausfand, dass die Stammesväter der beiden Clans höchstwahrscheinlich Zwillinge waren und Lachlan Lubanach (»Der Listige«) und Hector Reaganach (»Der Grimmige«) hießen, waren für mich die Weichen gestellt. Weitere Recherchen ergaben, dass Lachlan – obwohl anzunehmen ist, dass Hector der Ältere der beiden war – Oberhaupt des Clan Gillean wurde, weil sein Vater die Ansicht vertrat, für den Clan sei ein umfassend gebildeter Anführer wichtiger als ein Muskelprotz. Darüber hinaus brachte ich in Erfahrung, dass Lachlan es auf fragwürdige Weise geschafft hatte, die Tochter des Gebieters über die Inseln zu heiraten und die Macht seines Clans beträchtlich zu stärken, was mich darin bestätigte, mit zumindest einer guten Geschichte aufwarten zu können. Das Problem, das sich stellte, war, dem Werdegang Hectors nachzuspüren (oder ihn zu erfinden).

Abgesehen von seiner berühmten Streitaxt, seiner Fähigkeit, die Vorhaben seines Bruders umgehend auszuführen, seiner Geschicklichkeit im Umgang mit Waffen, seiner Ehe mit Cristina Macleod, dem Namen des Sohns, der ihm auf Lochbuie nachfolgte und der Generation, die diesem wiederum nachfolgte, wissen wir eigentlich so gut wie nichts über Hector Reaganach. Seine Geschichte entspringt meiner eigenen Fantasie, erweitert um die Ballade von einem abergläubischen Mann und Vater einer Schar Töchter.

Die wirkliche Cristina Macleod mag durchaus sieben Schwestern gehabt haben. Wir werden es nie erfahren, da die Namen von Frauen – sofern sie nicht eine Ehe mit bedeutenden Männern eingingen – wie auch ihre Herkunft nur selten in Genealogien aus alter (und auch nicht ganz so alter) Zeit vermerkt sind. Was wir jedoch genau wissen, ist, dass Murdoch Macleod von Glenelg ihr Vater war. Ihre Mutter könnte eine MacNichol gewesen sein, und mit an Sicherheit grenzender Wahrscheinlichkeit hatte Cristina zumindest einen Bruder, Torquil Macleod, der als späteres Oberhaupt der Macleods von Lewis Erwähnung verdient, auch wenn ich davon abgesehen habe, ihn in *Die Tochter des Highlanders* mit einzubeziehen. Derlei Freiheiten gestatte ich mir, wenn ich die Fakten vorliegen habe, nur selten; weil aber nicht mit letzter Sicherheit geklärt ist, ob die beiden Geschwister waren oder verschiedenen Generationen entstammten, habe ich ihn, um keine Verwirrung zu stiften, außer Acht gelassen.

Sturmvogelöl war in der Tat eine lukrative Einnahmequelle für die Bewohner der Inseln seit der Zeit von Angus Og, dem Vater von MacDonald von den Inseln. Anfangs sammelten norwegische Wilderer das Öl ausschließlich auf den Orkneyinseln. Bis Angus beschloss, es auch auf anderen Inseln zu sammeln und zu exportieren, das heißt, eigentlich war es sein Sohn, der beim Hansebund und anderen um Mithilfe beim Transport nachsuchte. Unter MacDonald und angesichts der endlich vereinten Inseln blühte das Geschäft, und dementsprechend dezimierte sich der Bestand an Sturmvögeln, wenn auch nicht für lange, da Sturmvögel sich wie Kaninchen vermehren.

Da Hector der Grimmige der Stammesvater der Maclaines von Lochbuie war, werden sich manche Leser fragen, warum ich im vorliegenden Buch seinen Namen »Maclean« schreibe. Der Grund dafür ist, dass laut dem gegenwärtigen Oberhaupt der Maclaines von Lochbuie die veränderte Schreibweise erst 1746 wirksam wurde. Bis dahin sind beide Zweige als die Macleans von Duart und Lochbuie ausgewiesen.

Ich sollte nochmals auf zwei Punkte zurückkommen, die ich am Schluss von *Das Schwert des Highlanders* anspreche und die ich hier denjenigen Lesern, die dieses Buch noch nicht kennen, näher erläutern möchte. Zum einen gab es im vierzehnten Jahrhundert lediglich einen Mac Donald (sic), ausgewiesen als der Lord der Inseln. Mac Donald war noch kein Familienname, sondern ein Titel und bedeutete »*der* Sohn von Donald« – es konnte also jeweils nur einen einzigen geben. Im Laufe der Zeit schliff sich die Schreibweise dieses Namens zu den heute gebräuchlichen ab. Um Leser wie Korrekturleser nicht zu verwirren, habe ich die gängige Buchstabierung gewählt – MacDonald.

Der zweite Punkt, auf den ich zurückkommen möchte, ist für diejenigen Leser gedacht, die die fast baumlosen westlichen Inseln Schottlands besucht haben und jetzt möglicherweise über die vielen Wälder in *Die Tochter des Highlanders* verblüfft sind. Bis zum sechzehnten Jahrhundert verfügten die Inseln über einen Baumbestand von mehr als sechzehntausend Hektar, die im Laufe der Zeit Englands unseligem Bestreben zum Opfer fielen, Wälder zur Gewinnung von Brennstoff und Baumaterial abzuholzen. Leider wurde bis in die Gegenwart hinein kaum etwas unternommen, dieses Gebiet wieder aufzuforsten.

Leser, die gern mehr über die Geschichte der Macleans/Maclaines erfahren möchten, sei von den vielen Quellen, auf die ich gestoßen bin, vor allem *Warriors and Priests* von Nicholas Maclean-Bristol (Tuckwell, 1995) empfohlen. Denjenigen, die sich für die Geschichte der Macleods interessieren, empfehle ich *The MacLeods: The History of a Clan* (Edinburgh, 1981) sowie *The Macleods of Dunvegan* (Clan MacLeod Society, 1927). Zahlreiche Quellen finden sich auch im Internet.

Denjenigen, die sich eingehend mit den Herrschern der Inseln beschäftigen wollen, empfehle ich folgende Bücher: *House of Islay* von Donald Grumach (Argyll, 1967), *The Clan Donald* von Reverend A. MacDonald (Inverness, 1896), *History of the Macdonalds and Lords of the Isles* (mit Genealogien) von Alexander Mackenzie (Inverness, 1881), *The Lords of the Isles* von Raymond Campbell Paterson (Edinburgh, 2001) sowie *The Islesman* von Nigel Tranter (London, 2003, Frances May Baker).

Herzlichst,
Ihre Amanda Scott

Deutsche Erstausgabe 2008
Weltbild Buchverlag –Originalausgaben–

Dieses Werk wurde vermittelt durch die
Literarische Agentur Thomas Schlück GmbH, 30827 Garbsen.

Projektleitung: Almut Seikel
Übersetzung: Veronika Cordes
Redaktion: Carmen Dollhäubl
Umschlag: Hauptmann & Kompanie Werbeagentur GmbH, München
Umschlagabbildung: © Franco Accornero (sowie Elaine Gignilliat, Hintergrund) via Agentur Schlück GmbH
Satz: avak Publikationsdesign, München
Gesetzt aus der Sabon 10,5/12,5 pt
Druck und Bindung: CPI Moravia Books s.r.o., Pohorelice

Gedruckt auf chlorfrei gebleichtem Papier

Printed in the EU

ISBN 978-3-89897-424-0